La villa
de la Mort

La villa de la Mort

UNE INTRIGUE DE
DAPHNÉ DU MAURIER

Joanna Challis

Traduit de l'anglais par
Marie Gonthier

éditions

Copyright © 2011 Joanna Challis
Titre original anglais : The Villa of Death
Copyright © 2012 Éditions AdA Inc. pour la traduction française
Cette publication est publiée en accord avec St. Martin's Press LLC, 175 Fifth Avenue, New York, N.Y., 10010
Tous droits réservés. Aucune partie de ce livre ne peut être reproduite sous quelque forme
que ce soit sans la permission écrite de l'éditeur, sauf dans le cas d'une critique littéraire.

Éditeur : François Doucet
Traduction : Marie Gonthier
Révision linguistique : Daniel Picard
Correction d'épreuves : Nancy Coulombe, Carine Paradis
Conception de la couverture : Matthieu Fortin
Photo de la couverture : © Thinkstock
Mise en pages : Mathieu C. Dandurand
ISBN papier 978-2-89667-740-5
ISBN PDF numérique 978-2-89683-762-5
ISBN ePub 978-2-89683-763-2
Première impression : 2012
Dépôt légal : 2012
Bibliothèque et Archives nationales du Québec
Bibliothèque Nationale du Canada

Éditions AdA Inc.
1385, boul. Lionel-Boulet
Varennes, Québec, Canada, J3X 1P7
Téléphone : 450-929-0296
Télécopieur : 450-929-0220
www.ada-inc.com
info@ada-inc.com

Diffusion
Canada :   Éditions AdA Inc.
France :   D.G. Diffusion
                  Z.I. des Bogues
                  31750 Escalquens — France
                  Téléphone : 05.61.00.09.99
Suisse :   Transat — 23.42.77.40
Belgique :   D.G. Diffusion — 05.61.00.09.99

Imprimé au Canada

Participation de la SODEC. SODEC
Nous reconnaissons l'aide financière du gouvernement du Canada par l'entremise du Fonds du livre du
Canada (FLC) pour nos activités d'édition.
Gouvernement du Québec — Programme de crédit d'impôt pour l'édition de livres — Gestion SODEC.

**Catalogage avant publication de Bibliothèque et Archives nationales du Québec
et Bibliothèque et Archives Canada**

Challis, Joanna

    La villa de la mort
    (Une intrigue de Daphné Du Maurier ; 3)
    Traduction de: The villa of death.
    ISBN 978-2-89667-740-5
    1. Du Maurier, Daphne, 1907-1989 - Romans, nouvelles, etc. I. Gonthier, Marie. II. Titre.

PR9619.4.C42V5414 2012   823'.92   C2012-941964-8

Pour mes frères et sœur : Tony, Jason et Amanda

CHAPITRE UN

Cannon Hall
Hampstead, Londres
Résidence des du Maurier

— Daphné, quitte cette fenêtre tout de suite. Tu n'as pas répondu à lady Gersham.

Je tirai le rideau tout en plaquant sur mes lèvres le sourire affable convenant au thé de l'après-midi : un sourire hautain et figé.

— Chère lady Gersham, je n'ai pas tout à fait réfléchi à l'idée. J'imagine que la meilleure façon de voyager c'est encore d'enrouler ses vêtements dans une valise.

— Les vêtements de Daphné sont toujours froissés.

En souriant, Jeanne coupa un autre morceau de gâteau au carvi pour lady Gersham.

— Elle fait ses bagages trop vite, continua Jeanne.

— Il est malavisé de faire sa valise à la hâte, fit remarquer lady Gersham. Peut-être devriez-vous la sortir de ses livres, Muriel.

Ma mère haussa un sourcil et eut un sourire qui, pour une fois, témoignait d'un peu de patience envers mes petites lacunes sociales.

— Oh! Mais, vêtements fripés ou pas, elle a réussi à susciter l'intérêt d'un certain gentleman.

Lady Gersham se redressa.

— Oh?

— Un certain gentleman d'une condition *irréprochable*.

— Oh?

— Un homme fortuné et bien éduqué.

— Oh! Oui?

Je sentis la chaleur me monter au visage et décochai un regard furieux à ma mère. Elle n'allait quand même pas dire son nom. Elle n'allait pas me mettre mal à l'aise devant l'une des plus célèbres commères de Londres.

— *Sir Marcus Oxley.*

— Oooh.

Lady Gersham m'inonda de son aura approbatrice.

— Je croyais que vous alliez parler du major Browning, lança Jeanne à ma grande honte.

— Les cadettes n'identifient jamais bien le candidat préféré du moment, affirma ma mère à lady Gersham. Daphné, emmène Jeanne dans sa chambre et veille à ce qu'elle finisse ses additions. J'ai quelque chose de *particulier* à dire à lady Gersham.

Ainsi renvoyée, j'emmenai Jeanne à l'étage mais avec l'intention de lui tirer les oreilles.

— Comment as-tu osé? Tu *avais promis* de ne pas souffler mot.

Sœur cadette typique, Jeanne avait adopté l'agaçante manie d'écouter aux portes et de nous espionner, Angela et moi.

— Tu as rompu ton serment.

Je m'arrêtai et croisai les bras.

— Et puisque tu es incapable de garder un secret, alors tu ne viendras pas à la réception d'Ellen vendredi. Il n'y a pas de place pour les petites filles idiotes.

Son visage s'assombrit subitement; puis Jeanne baissa la tête et s'affaissa sur son lit en pleurant.

— Désolée, Daph, je ne voulais pas... Je veux aller à la réception d'Ellen. Je ne suis jamais allée à une fête en l'honneur d'une future mariée... Oh, Daphné, je t'en prie, *s'il te plaît*, laisse-moi y aller.

— Non.

Je regagnai ma chambre et claquai la porte. Encore heureux qu'elle n'ait pas aussi entendu le nom de Roderick Trevalyan. Angela et moi étions seules à partager les secrets de Somner House mais j'avais mentionné sans réfléchir le nom du major Frederick Arthur Montague Browning.

— Était-il à Somner, lui aussi? m'avait demandé Jeanne plus tard ce jour-là. Maman l'ignore.

— Et elle ne doit pas le savoir, avais-je ajouté.

Pour m'assurer de son silence, je lui avais révélé quelques-unes de mes aventures personnelles et Jeanne, impressionnée par ces secrets, m'avait fait une promesse solennelle.

— Daphné !

J'avais prévu cet interrogatoire de ma mère dès que lady Gersham serait partie.

— Oui, mère ?

— Pourquoi Jeanne a-t-elle mentionné le major ? Tu as eu d'autres nouvelles de lui ?

Je me détournai. Je ne voulais pas que ma mère décèle la vérité sur mon visage. Le visage trahit toujours quelqu'un, et les mères possèdent le don étrange de percer les secrets de leurs enfants.

— Mère, soupirai-je, sir Marcus est un *ami*, pas un soupirant. J'aimerais que vous cessiez de répandre des rumeurs sur nous. Il ne trouverait pas cela amusant.

En fait, sir Marcus *aurait trouvé* cela amusant mais ma mère n'avait pas besoin de le savoir.

— Eh bien, cette façon que vous avez de chuchoter dans les coins laisse penser autre chose.

— Nous sommes juste des *amis*.

— J'étais une amie de ton père avant notre mariage.

Oh non. Encore cette histoire de mariage.

— Maman, je vous l'ai dit. Je ne vais ni me marier bientôt, ni faire comme si j'allais me marier, tout particulièrement devant lady Gersham !

— Je fais simplement un peu de réclame pour que l'on sache que tu es disponible, répliqua-t-elle du tac au tac. Vraiment, Daphné, tu as l'intention de devenir vieille fille? Car tu vas y arriver si tu continues de cette façon. Les gentlemans ont besoin d'*encouragement*, et ta langue trop acérée me désespère. Cela n'a pas aidé Elizabeth Bennet auprès de Mr Darcy, n'est-ce pas?

— Permettez-moi de ne pas partager cette opinion. Sa langue acérée a protégé ses intérêts dès le début et, plus tard, Mr Darcy l'a louangée pour son esprit, plutôt que pour ses «beaux yeux».

Ma mère fit les yeux ronds.

— Oh! Donc, tu as une *relation* avec le major, comme je le soupçonnais. Quand reviendra-t-il nous rendre visite? Ton père regrette de l'avoir manqué la dernière fois.

Je me retirai près de la fenêtre. L'incident auquel elle faisait allusion s'était produit le mercredi précédent. Sans aucun avertissement, le major s'était présenté à la maison. Le cœur battant, car je n'étais pas vêtue convenablement et mes cheveux étaient affreux, j'avais descendu l'escalier et l'avais aperçu, devisant gaiement avec ma mère et mes sœurs dans le salon de thé. Angela avait croisé mon regard. Elle se demandait, tout comme moi, quel sens donner à cette première visite depuis notre dernière rencontre à Somner House.

Il m'a fallu attendre. Sur le point de partir, il avait porté ma main à ses lèvres et murmuré:

— *Au revoir*. À une prochaine fois.

— Quand devrions-nous le revoir?

J'aurais bien voulu le savoir.

— Je l'ignore maman. Je sais qu'il est invité au mariage d'Ellen.

— Ah, les mariages, dit ma mère en souriant. Un endroit parfait pour faire naître une histoire d'amour. Ton père a donné son entière approbation. Pourtant, dit-elle après réflexion, nous ne connaissons pas encore très bien la situation financière du major. Ton père veut ce qu'il y a de mieux pour sa Daphné… Voilà pourquoi j'estime que tu ne devrais pas écarter la candidature de sir Marcus. Quelle prise splendide !

Pauvre sir Marcus.

— Chassé comme un renard.

— Eh bien, dit ma mère, les lèvres pincées, les renards doivent s'attendre à cela, et espérons que cette saison de mariages t'inspirera, toi ou ta sœur, car sinon je vais me sentir comme Mme Bennett et me plaindre d'avoir trois filles, toutes célibataires, et un époux qui ne fait rien pour remédier à la situation. Rien du tout !

Le sentier mélancolique l'attirait. Elle ne prêtait pas attention à son état délabré, pas plus qu'elle n'entendait le vent de la tourmente se lever autour d'elle. Tel était son état d'esprit tandis qu'elle avançait vers sa destination, sachant que c'était la dernière fois…

— Daphné ! La voiture attend.

Avec un soupir, je gribouillai la dernière phrase. Ils pouvaient attendre.

Le monde pouvait attendre.

Mais pas cette phrase.

— Oh, là, là.

Jeanne était montée à la course et elle avait ouvert brusquement la porte de ma chambre.

— Tu n'es même pas habillée!

— Je suis *pratiquement* habillée, corrigeai-je.

Je ramassai prestement carnet et plume, et glissai les derniers objets dans mon sac; révisant mentalement ma liste, je constatai avec satisfaction que j'avais tout ce qu'il fallait et je descendis au rez-de-chaussée derrière Jeanne.

Angela attendait déjà dans la voiture. Elle avait, elle aussi, des bigoudis dans les cheveux, et nous invoquions le ciel pour que personne ne nous voie au cours du trajet jusque chez Ellen.

— Comme cela va être amusant.

En applaudissant, Jeanne exprimait l'enthousiasme de la cadette qui se rend à sa première réception avec des grandes personnes.

— Je meurs d'impatience de le dire à Bethany; elle parle tout le temps de ses riches cousins allemands, mais elle n'a jamais été invitée à une fête en l'honneur de la *future mariée*.

— Personne n'aime les fanfaronnes, prévint Angela. Et quoi qu'il arrive, n'accapare pas les dames avec tes questions. Tu dois rester assise et apprendre, et si tu te comportes bien, nous te laisserons boire un peu de champagne, n'est-ce pas, Daphné?

Occupée à regarder par la fenêtre, je donnai mon accord. J'ignorais à quoi j'avais consenti car le babillage d'Angela s'était fondu dans le spectacle de Londres le soir. Il était encore tôt, et les braises du crépuscule baignaient les rues, ses lueurs se reflétant sur toutes les voitures qui passaient. La ville avait ses attraits et son éclat, mais mon cœur était en Cornouailles, avec sa campagne vaste, sauvage, et la mer, la mer...

— Daphné, tu n'as pas oublié d'apporter le cadeau d'Ellen, n'est-ce pas ?

Je décochai à ma sœur un regard affligé.

— Nous nous écrivons depuis combien d'années maintenant ? Il y a peu de chances que j'oublie, non ?

— On ne sait jamais avec toi, la taquina Angela. As-tu terminé le chapitre ?

— Non, fis-je en gémissant.

J'aurais préféré rester à mon bureau et travailler à mon livre. J'avais peut-être tort mais, mise à part Ellen, quel intérêt avais-je à me rendre à une réception de future mariée ? Je détestais ce genre de fête qui attirait invariablement des femmes qui gloussaient sans arrêt et parlaient des hommes et du mariage.

Après la guerre, les hommes et le mariage étaient devenus les sujets de prédilection de ma mère car nous avions atteint la majorité. Chez certaines de nos relations, cela tournait à la compétition et le fait que les mères vantaient les succès de leurs filles y contribuait pour une large part. Je ne voulais pas décevoir ma mère mais je n'étais pas sûre de vouloir me marier. Je considérais avec cynisme l'idée de l'amour éternel, sans doute parce que je n'avais pas encore éprouvé le sentiment d'Elizabeth Bennett qui affirmait :

— Je suis convaincue que seul le grand amour pourrait me décider à me marier.

Ce genre de réflexions m'accompagna jusqu'à la grille d'entrée de l'élégante demeure londonienne d'Ellen. Enfin, il serait plus exact de dire que la maison appartenait à son riche fiancé. En approchant de la porte, j'admirai les haies fraîchement taillées et la rangée impeccable de pots de fleurs. Bien sûr, ce n'était rien comparé à Thornleigh.

— Quel est le nom du fiancé d'Ellen, déjà ? murmura Jeanne.

— Teddy Grimshaw, mais ne l'appelle pas Teddy. Pour toi, ce sera *Mr* Grimshaw.

— Oh, d'accord. Il est vieux, c'est ça ?

— C'est une question de perspective, murmurai-je. Penses-tu que le colonel Brandon est trop vieux pour Marianne dans *Raisons et Sentiments* ?

Jeanne réfléchit.

— Non, j'imagine, car c'est un homme bon, et Willoughby est un monstre. Un beau monstre, remarque.

— Les beaux monstres ne font pas de bons époux, affirma Angela en retirant ses gants. Et même si Mr Grimshaw a seize ans de plus qu'Ellen, il n'est pas très vieux. Tu as vu sa photo dans le journal ? Il a fort belle allure.

— Il a les tempes grises, fit remarquer Jeanne.

— Il est très riche, fit aussi remarquer Angela. Et si ses tempes grises dérangent Ellen, elle peut toujours les noircir avec du cirage à chaussures.

Nous avons éclaté de rire et échangé entre nous des regards coupables tandis qu'Ellen descendait l'escalier.

— Vous voilà, mes chéries ! En retard juste ce qu'il faut, comme dit l'expression.

Avançant vers nous dans un peignoir en satin violet et exhalant un parfum de luxe, Ellen Hamilton incarnait parfaitement la mariée de la haute société. Avec sa chevelure blond miel tombant sur ses épaules et une lumière dansant dans ses yeux verts, elle était très différente de l'image qu'elle présentait la dernière fois que je l'avais rencontrée.

Lorsqu'elle m'aperçut, une gravité sincère que je connaissais si bien remplaça l'étincelle dans ses yeux.

— Oh, Daphné, je suis si contente que tu sois là. Il y a tant de choses à faire… Jamais je n'aurais cru qu'un mariage puisse être aussi complexe.

— C'est un mariage de la haute société, rappelai-je. Les cartons te plaisent ?

— Ils sont parfaits ! Honnêtement, j'ignore comment je m'en sortirais sans toi et Megan. C'est triste que ma mère n'ait pas vécu assez longtemps pour connaître cette journée. Chaque petit détail l'aurait réjouie.

L'expression nostalgique sur son visage fit place à la jubilation de la future mariée dès que nous entrâmes dans la pièce remplie de filles.

À vingt-huit ans, Ellen Hamilton respirait une confiance en soi qu'aucune d'entre nous ne possédait. Ses expériences durant et après la guerre lui avaient peut-être enseigné l'autonomie alors qu'elle devait supporter la pauvreté, le chagrin et l'oppression. Dans notre échange de lettres, j'avais partagé tant de choses avec elle et pourtant, je me sentais encore maladroite et inexpérimentée auprès d'elle.

— Non, Daphné, dit-elle plus tard en me prenant à part. Tu ne dois pas envier ce que j'ai vécu. Oui, tout cela m'a beaucoup appris et serait digne d'un roman, dit-elle, esquissant un vague sourire, mais ne m'envie pas. Tu as toute la vie devant toi et ne sois pas trop pressée de te départir de ton innocence.

— Je ne suis *pas* innocente.

Elle soupira, ses yeux verts pénétrants exprimaient le contraire.

— Tu as des nouvelles de ta future belle-fille?

— Eh bien, Rosalie *vient* au mariage. Teddy est partie à sa rencontre à la gare. Oh, Daphné, je redoute... je redoute tout cela.

— Le mariage ou l'arrivée de sa fille?

— Les deux. Tu sais comme elle me hait.

— Sous l'influence de sa mère, rappelai-je. Elle est sûrement excitée à l'idée d'avoir une petite sœur, n'est-ce pas? Je ne peux pas m'imaginer grandissant sans mes sœurs... Je soupçonne que les enfants uniques souffrent beaucoup de solitude.

— Et ils sont gâtés, ajouta Ellen. Malheureusement, la perte de son héritage préoccupe davantage Rosalie que l'idée d'avoir une sœur.

— Toujours encouragée par la mère ?

— Oh, Daphné, tu connais toute mon histoire mais peu de gens la connaissent. Si tout cela venait à être divulgué, je serais ruinée.

— Cela *ne sera pas* divulgué, et tu ne seras pas ruinée, l'assurai-je. Que ce soit la fille ou la mère, agir ainsi serait vraiment stupide.

— Je crois qu'elles vont essayer. Elles ne supportent pas que Teddy puisse à nouveau être heureux. Oh ! J'aurais préféré qu'elles restent à Boston !

Je lui serrai la main.

— À présent, où est la petite Charlotte ?

— Plus si petite. Elle a eu huit ans le mois passé.

— Huit ans ! Je me rappelle quand elle est née…

— Oui, moi aussi.

Ellen sourit.

— Elle est avec Nanny Brickley pour le moment et elle raffole des livres que tu lui as envoyés. Nous les lisons tous les soirs. *Hansel et Gretel* est son préféré, et cela me rappelle les étés que nous avons passés ensemble dans les bois à Thornleigh.

J'étais heureuse qu'elle ait fait le lien, car la même pensée m'était venue en regardant les illustrations.

— Et alors, ma chérie, tu as vu le major depuis ta dernière lettre ? Tu dois me tenir au courant, n'est-ce pas, car autrement comment pourrais-je m'occuper de toi? Est-ce un homme bien ou un goujat? Il semble très populaire auprès des femmes; j'ignore si c'est une bonne ou une mauvaise chose.

— Autant que ton Teddy.

Ellen réfléchit avant de répondre avec un sourire affectueux.

— Oui, je suppose que tu dis vrai. Il est le chouchou de sa famille. Tu devrais voir comme ses sœurs sont folles de lui.

— Sont-elles toutes arrivées pour le mariage?

— La plupart, mais je tiens beaucoup à arriver la première à Thornleigh.

— Pour tout préparer avant l'invasion.

— Exactement.

En souriant, Ellen me demanda ce que je pensais du nouveau portrait de Charlotte suspendu au mur.

— Teddy a passé la commande à Rudolf Heinemann. Tu vois comme elle sourit? C'est un sourire pour son papa. Il l'adore. Il a toujours voulu avoir d'autres enfants mais il ne croyait pas que cela arriverait.

— Toi non plus, rappelai-je gentiment en riant. Je me souviens de la lettre dans laquelle tu me confessais ton *péché mortel*. Tu semblais horrifiée.

— Réflexion faite, j'ai bien fait de cacher cela à maman, dit Ellen. La nouvelle de la grossesse l'aurait tuée. *Le scandale du siècle.*

J'éclatai de rire.

— Enfin, pour un certain temps.

— On aurait cru qu'après la guerre les gens seraient devenus plus tolérants et indulgents. Mais il y a certaines choses qu'ils n'oublient jamais ; ils s'y cramponnent et alors elles pourrissent et se transforment en poison... Voilà pourquoi je redoute...

— Rien n'arrivera. Les années ont passé depuis.

— Ma chère, ma sage Daphné ! Je suis soulagée de te savoir ici. Ce fut une idée géniale d'ajouter les cristaux aux robes.

— Tu seras une mariée resplendissante, la plus resplendissante de la saison.

Une pâleur soudaine gagna le visage d'Ellen.

— De grâce, ne dis pas de telles choses. Tu sais comme j'ai horreur d'être le centre d'attention. J'ai hâte que cette cérémonie de mariage soit terminée afin que nous puissions tourner la page et commencer notre vie à Thornleigh.

— Mais Teddy est-il d'accord ? Il a son entreprise en Amérique.

— Oui, soupira-t-elle, si bien que nous sommes arrivés à un compromis. Une moitié de l'année là-bas et l'autre moitié ici ; ainsi Charlotte aura le meilleur des deux mondes.

— Tu es courageuse d'affronter à nouveau les « Brahmanes de Boston »[1], dis-je en souriant.

— Ce sera un défi, mais toute ma vie a été un défi. Je m'y suis habituée, j'imagine, d'une certaine façon.

---

1. N.d.T. : Les premières grandes familles de Boston.

— Tu triompheras, j'en suis sûre, proclamai-je. Et je veux voir dans le journal beaucoup de photos de toi éclipsant les Brahmanes de Boston. D'accord ?

— Je ferai de mon mieux, dit Ellen en riant.

CHAPITRE DEUX

J'ai bien fait de cacher ma déception concernant la réception de mariage.

Le matin de notre départ, ma mère m'a téléphoné :

— Le major Browning n'a pas appelé, dit-elle. Veux-tu laisser un message, s'il le fait ?

Je dis non, avec une véhémence incontrôlée. Pourquoi n'avait-il pas tenu promesse ? Pourquoi n'avait-il pas téléphoné ?

— Daphné ? Est-ce que ça va ?

Ellen m'avait surprise au moment où je raccrochais brutalement.

— Que se passe-t-il ? C'est lui, n'est-ce pas ? Le major ?

— Ou-oui. Il avait promis de téléphoner.

— Il le fera, dit Ellen, cherchant à m'apaiser. D'après ce que tu m'as écrit à son sujet, c'est un homme intègre, semble-t-il.

Ses mots ne parvinrent pas à me calmer. Mordillant ma lèvre inférieure, j'invoquai les habituelles excuses.

Avait-il été appelé au loin à l'improviste? Avait-il accepté une mission secrète en se promettant de m'écrire à la première occasion?

— Il a *bien* accepté ton invitation au mariage, n'est-ce pas?

— Eh bien, oui.

Ellen semblait surprise.

— Il a dit qu'il serait enchanté d'y assister et qu'il viendrait avec les Rutland.

Je plissai les yeux.

— Le *comte* de Rutland? Il vient à ton mariage?

— Oui, en effet, répondit Ellen avec un sourire de satisfaction grandissant. Ils étaient de grands amis de mes parents, si tu te souviens bien. Ils sont venus aux funérailles de ma mère; alors je me suis dit : pourquoi ne pas les inviter à mon mariage? J'imagine que la nouvelle va se répandre parmi les journalistes. Je ne leur ai laissé savoir que ce matin.

— Chère Ellen, dis-je en riant avec elle. Tu as beaucoup de succès.

Son sourire s'évanouit.

— N'aie pas une trop haute opinion de moi, Daphné. Je me sens parfois contrainte de faire toutes ces choses même si je n'en ai pas envie.

— Tu veux dire, jouer le jeu social? Répondre à la force par la force?

— Oui... et plus encore.

Son visage s'éclaircit et ses yeux retrouvèrent leur éclat.

— Nous pourrons donc nous entraîner car Harry a réservé des voitures pour aller à Thornleigh.

— Harry. Comment va-t-il?

— Oh, bien. Égal à lui-même, n'est-ce pas? Il prend toujours la vie du bon côté. Sans lui, je n'aurais pu me débrouiller durant toutes ces années, j'en suis sûre.

— C'est un bon ami, dis-je doucement. Qu'en pense Teddy?

— Il est content qu'Harry demeure le gestionnaire du domaine. Qui peut mieux le faire que lui? Et nous avons tellement de travail à abattre. Tu seras étonnée quand tu verras Thornleigh.

— Merci de m'avoir envoyé une copie des plans de rénovation. Tu sais à quel point j'adore les vieilles maisons.

— Et ta contribution est essentielle.

Ellen me serra la main.

— Je veux redonner à Thornleigh sa gloire ancienne, comme dans le tableau.

La toile du XVIe siècle ornant la salle principale de la maison familiale d'Ellen me revint en mémoire.

— C'est une immense entreprise, continua Ellen, mais Teddy adore la maison lui aussi et comme tous les hommes, il aime « réparer ». Nous projetons d'aller à l'étranger pendant l'hiver, au moment où beaucoup de rénovations majeures auront lieu. Réparation de la toiture, restauration de l'aile ouest, et ainsi de suite.

— Ainsi, tu comptes retourner à Boston après le mariage?

— Oui. Pour la mère de Teddy. Elle est trop malade pour voyager et elle n'a pas encore vu Charlotte.

— Mais tu préférerais rester à Thornleigh, complétai-je à sa place pour la taquiner. Moi aussi je n'aimerais pas quitter, mais pense aux changements que tu verras à ton retour ! Et puis il fait un temps affreux ici l'hiver.

— Tu as raison et tu m'encourages énormément. Bon, je pense que nous nous sommes suffisamment attardées. Je crois que les derniers bagages ont été apportés près de la porte. Voudrais-tu descendre ma robe de mariée ? Tu serais un ange. Je ne fais confiance qu'à toi pour cela.

J'accédai avec plaisir à sa demande. Cela m'empêchait de penser à *lui*, au major Browning. Ce major absent qui n'avait pas honoré sa promesse.

Arrivée à la gare Victoria, je me mis à chercher son visage dans la foule. Comme il n'avait pas téléphoné à la maison, n'aurait-il pas dû se donner la peine de venir à la gare me saluer avant mon départ ? Ou au moins, envoyer un mot ?

J'étais convaincue que mon inquiétude était passée inaperçue dans le groupe.

— Tu es amoureuse de lui, n'est-ce pas ?

Ellen me prit le bras.

— Je ne suis pas sûre de savoir ce qu'est l'amour.

La gorge serrée, je regardai où je mettais les pieds de crainte de trébucher et de céder à la tristesse.

— Alors nous sommes deux.

Saisissant ma main gantée, Ellen m'entraîna vers Nanny Brickley.

— Charlotte nous a réunis, Teddy et moi, j'en suis sûre.

Je faillis perdre pied sous le choc.

— Tu n'aimes pas Teddy?

— Bien sûr, je l'aime, mais parfois je me demande si ce mariage aurait eu lieu, s'il n'y avait pas eu Charlotte. Après tout ce que nous avons traversé, j'ai l'impression de vivre un rêve auquel je n'ose croire de crainte qu'il ne s'évanouisse sous mes yeux.

— Il *se réalise*, lui dis-je sur un ton convaincu tandis que nous atteignions le wagon qui nous avait été assigné.

— Teddy s'est chargé de tous les préparatifs, dit Ellen en remettant nos billets au préposé. Il a voulu «bien faire les choses» pour notre voyage.

Elle monta puis elle s'arrêta; avec son tailleur gris pâle et ses perles magnifiques, elle incarnait la quintessence de la mariée élégante et sophistiquée.

— J'ai peut-être la tête de l'emploi mais je ne suis pas du genre à occuper le centre de la scène. J'aime les coins sombres, comme toi, et je préférerais de beaucoup voyager en deuxième classe plutôt qu'en première.

Elle murmura cette phrase de façon à ne pas être entendue des autres mais c'était inutile : éblouis par l'opulence de notre wagon, les autres n'y prêtèrent aucune attention. Tel un palais sur roues, le magnifique Pullman qui nous avait été réservé (grâce à Mr Teddy Grimshaw, millionnaire), était d'un luxe inouï.

Résistant à l'envie de me précipiter sur le siège bourgogne capitonné, j'admirai l'intérieur recherché et digne d'un roi. Des poignées en laiton aux tentures installées devant les fenêtres panoramiques, chaque petit détail avait été pensé de façon à assurer un voyage confortable.

Je me dirigeai vers la fenêtre et évaluai la longueur du quai, sans prêter trop attention au babil admiratif de mes compagnes de train : «oh, c'est fabuleux», «quel style» et «ce voyage a dû coûter une *fortune*».

Oui, une petite fortune, songeai-je, me remémorant le visage d'un mendiant croisé récemment dans la rue.

Ma mauvaise humeur s'intensifiait tandis que l'espoir s'éteignait dans mes yeux. Il n'y avait pas de major Browning en vue, il n'y avait pas ce visage que j'aurais souhaité entrevoir par-dessus tout, surgissant dans le brouillard de la gare.

— Vous attendez quelqu'un ?

La douce voix américaine me prit au dépourvu. Détachant mon regard de la fenêtre, je vis Nanny Brickley qui rangeait son sac de voyage. Selon mon expérience, les Américains sont très directs tandis que les Anglais demeurent évasifs quand il s'agit de leur vie privée.

— Un gentleman, dois-je déduire ?

— Un *ami*, répondis-je du tac au tac.

Alicia Brickley sourit intérieurement.

Je n'aimais pas son attitude calculatrice, laquelle était perceptible dans ses yeux de biche bruns. Teddy Grimshaw avait voulu que cette parente peu fortunée ait sa place dans la maison. Ancienne secrétaire, elle était maintenant la gouvernante de son enfant fraîchement retrouvée. Un jour, Ellen m'avait expliqué.

— C'est la nièce de Teddy ; la cousine pauvre.

— A-t-elle de l'expérience ?

— Quatre sœurs plus jeunes et deux demi-frères. Qui dit mieux ?

Personne, évidemment, et Alicia Brickley n'avait pas l'intention de renoncer à son poste prestigieux. On la traitait plutôt comme un membre de la famille, et la petite Charlotte l'adorait, c'est tout ce qui comptait.

Je consultai ma montre-bracelet. Le départ aurait lieu dans cinq minutes. Avait-il téléphoné à la maison ? Avait-il reçu mon message ?

— En voiture !

Mon cœur se serra pendant que le sifflet retentissait. Devant la fenêtre, je fronçai les sourcils en me promettant d'injurier Frederick Arthur Montague Browning dans un futur roman.

Préférant lire ou jouer avec la petite Charlotte plutôt que de me mêler à mes compagnes si pleines d'entrain, je refoulai ma déception.

Je devais le faire. J'étais première demoiselle d'honneur et j'avais un travail à accomplir.

— Ce sera le plus beau mariage de la saison, déclara Megan Kellaway.

Demoiselle d'honneur numéro deux, Megan était optimiste, communicative et attachante ; sa personnalité me plaisait, sans doute parce qu'elle était si différente de la mienne.

— Thornleigh au crépuscule! Comme c'est original...
J'ai hâte de lire le compte rendu dans les journaux.

— Autant que de rencontrer tous les hommes disponibles ? dit Angela, taquine.

Megan sourit.

— Eh bien, dit-elle, je ne veux pas rester vieille fille.

Étant la fille de sir Roger Kellaway, écuyer, Megan avait le choix parmi les prétendants de la saison.

— Peut-être un des parents américains ?

Les yeux pétillants, Megan demanda encore une fois à Ellen les noms de ces gentlemans qui allaient assister au mariage.

— J'aime la sonorité du nom du neveu, prononça Megan après coup. Jack Grimshaw... hum; puis-je m'imaginer vivant en Amérique ?

— Pauvre homme, dit Jeanne en souriant. Chassé comme un renard.

— Es-tu sûre de vouloir partager une partie de ta lune de miel avec nous toutes ?

La troisième demoiselle d'honneur, Mme Clarissa Fenwick, croisa ses longues jambes sur le somptueux capitonnage.

— Après tout, chère Ellen, Teddy et toi avez été trop longtemps et trop cruellement séparés.

Tenant Charlotte sur ses genoux, Ellen irradiait et son visage était celui d'une mère comblée. Avec ses souples boucles blondes et son petit visage espiègle, Charlotte n'avait pas idée du scandale que sa venue au monde avait provoqué.

— Cela ne nous dérange pas du tout, n'est-ce pas, princesse ?

— J'ai entendu dire que les Spencer ont levé le nez sur l'invitation, commenta Angela. C'est mieux pour vous, ça c'est sûr ! Je ne peux supporter cette prétentieuse de Bertha.

— Et maman dit de ne pas vous en faire à propos des West-Morton, glissa Jeanne. Ils ne sont plus du tout «dans le coup».

— Je me fiche de tous ces gens, rétorqua Ellen.

En se tortillant, Charlotte quitta les genoux de sa mère pour aller retrouver Nanny Brickley. Ellen revint à la conversation.

— Le passé est un chapitre clos, et je préfère ne jamais connaître ceux qui me jugent en fonction de lui.

— Bravo !

En frappant sur le buffet, Megan réclama du champagne.

Je n'avais pas de raison de me plaindre à propos du train. Les nouveaux wagons-lits de classe S, peints en bleu, avec leurs inscriptions et leurs décorations dorées, leur exquise marqueterie en bois et leurs accessoires en laiton, reflétaient l'essence même de la splendeur et de la richesse.

Splendeur et confort ne vont pas nécessairement de pair mais dans ce train, le pari avait été remporté. Depuis les wagons-lits jusqu'à la salle à dîner et au salon, on avait pensé à tous les petits détails pour assurer le confort des passagers. Curieusement, cet environnement me faisait penser au *Titanic* et à sa tragique odyssée. Je priai pour qu'une telle catastrophe ne se reproduise jamais.

— Oiseau de mauvais augure, ça c'est Daphné, dit Jeanne, les yeux brillants à la perspective du champagne rosé. Chaque fois que nous allons en voyage, elle nous régale des pires histoires. L'année dernière, maman était terrorisée en l'écoutant !

Je souris.

C'était vrai.

— Oh ! Fais-nous plaisir, raconte-nous une histoire, Daphné, insista Megan.

— Mais nous devrions attendre après le déjeuner, recommanda Clarissa.

— Oui, après le déjeuner, insista Angela.

Les préparatifs élaborés qui précédèrent notre arrivée à la salle à dîner m'amusèrent. Clarissa bouclait ses cheveux, Angela se perdait en contemplation devant le miroir à main de ma mère, Megan avait changé de robe cinq fois, et Jeanne me suppliait de lui donner du rouge à lèvres.

Je possédais un bâton de rose très simple et j'acquiesçai à sa demande sous le regard réprobateur d'Angela. Elle n'aimait pas voir Jeanne grandir trop vite. Elle se considérait comme notre gardienne d'enfants.

Le tintement du cristal nous accueillit dès notre entrée dans le long wagon servant de salle à dîner.

— Judicieux de la part de Teddy d'avoir retenu une table, murmura Megan à mon oreille. Bonté divine, est-ce Lionel Adams là-bas ? Je vais mourir !

— Alors je t'en prie, n'obstrue pas l'allée, dit Angela avec un clin d'œil amusé, avant d'adresser un sourire au célèbre acteur. Papa le connaît, je crois.

— Papa connaît *tout le monde* dans le milieu, affirma Jeanne, qui s'arrêta à la table de Lionel pour demander un autographe.

— Non, elle l'a fait, je n'arrive pas à y croire.

Angela roula des yeux et partagea la honte de Clarissa.

— Oh! Laisse-la tranquille, dit Ellen, qui nous entraîna plus loin. Nous avons toutes eu son âge.

Avant ce jour, je n'avais pas compris à quel point nous changeons entre quinze et vingt-cinq ans. J'imaginais que le passage de la trentaine à la quarantaine nous révèlerait d'autres mystères de notre véritable personnalité.

— Nous sommes tous façonnés par les circonstances, dit Clarissa.

Elle nous rappelait que nous étions là pour le mariage d'Ellen et non pour regarder bouche bée la pléthore de notables présents dans le train.

— Quand j'ai rencontré mon Charles, la première fois, je l'ai considéré avec dédain. Je le percevais comme un homme très orgueilleux et très vaniteux.

— Et maintenant? dit Megan sur un ton taquin.

Le visage de Clarissa s'adoucit.

— Et maintenant, je le trouve adorable... et *si* bon pour moi.

Mettant de côté toutes ces réflexions sur les hommes, je cherchai à m'imprégner de l'atmosphère créée par les couverts d'argent rutilants sur notre table et la variété des visages, des voix et des plats, avec en fond sonore l'hymne apaisant des *Quatre Saisons* de Vivaldi.

Pour ce déjeuner, j'avais choisi une tenue que lady Kate Trevalyan m'avait généreusement donnée durant mon séjour à Somner House. Avec ses plis de satin doux qui me rappelaient le ventre d'une colombe, cette robe gris argenté à taille basse me seyait à merveille; et le boléro en dentelle noire avec ses fausses manches lui conférait un charme supplémentaire. Mes cheveux étaient retenus par un bandeau portant une étoile d'argent et une plume noire. Je paraissais plutôt bien à mon avis et beaucoup plus âgée que mes vingt et quelques années.

Tandis que nous passions nos commandes, Clarissa fit cette observation :

— Cette robe est un peu vieille pour toi.

À vingt-neuf ans, elle était la plus âgée d'entre nous.

— Elle appartenait à lady Trevalyan, répliquai-je. Et elle a la réputation d'avoir un goût infaillible.

— J'ai entendu dire qu'elle doit épouser sir Percival Clements. Un parti *splendide*.

— Tu veux dire qu'il est splendidement riche, dit Angela, ironique. Il est assez vieux pour être son grand-père.

— Son père, à la limite, reprit Ellen d'une voix apaisante, en riant. À présent mesdames, je crois que nous attirons l'attention de ce côté.

D'un regard discret, elle indiqua une table placée en diagonale par rapport à la nôtre où étaient installés quatre gentlemans sur lesquels nous faisions bonne impression, oserais-je dire. La grâce tranquille de la blonde Ellen contrastait avec l'exubérante Megan à la chevelure noire de jais et aux yeux foncés et espiègles. D'un autre côté, nous, les demoiselles du Maurier, étions souvent qualifiées de « séduisantes », sans toutefois être dotées d'une grande beauté. Je trouvais mon nez trop *retroussé*, le menton d'Angela, trop volontaire, et Jeanne n'était qu'une pâle version de ma mère.

— Je pense qu'ils sont français, soupira Megan. Oh ! comme j'aimerais être courtisée par l'un d'eux !

— Les Français ne font pas de bons époux, l'informa Clarissa. Je le sais de source sûre, ma cousine en a épousé un.

Il y avait dans son intonation une légère arrogance contre laquelle je me rebellais. Clarissa venait d'une famille riche et elle avait épousé un homme issu également d'une famille riche. Ils avaient de l'argent mais aucun titre ou relations en haut lieu. C'était le genre de personne à compenser ce manque par une attitude hautaine et à user de condescendance pour mieux s'élever.

Au moment où notre repas fut servi, un couple entra dans le wagon à l'autre extrémité. Je blêmis, une blancheur maladive envahissant mon visage comme si le sang s'en était retiré ; ce que je vis me dégoûta — oui, c'était bien *lui*, le major Browning, en compagnie d'une dame à la chevelure foncée ; il l'aidait à s'asseoir et arrangeait attentivement son châle étincelant tout en lui adressant un sourire affectueux.

— Daphné, qu'est-ce qui ne va pas ?

Serrant ma main sous la table, Ellen me regarda avec une immense compassion.

— C'est lui, n'est-ce pas?

Les mots se coinçaient dans ma gorge. Je ne pouvais que regarder fixement, étonnée, blessée et en colère. *Qui* était-ce? Ce n'était pas sa sœur, je le savais très bien. Étaient-ce ses parents assis en face d'eux? Angela, théâtrale, leur lança ouvertement des regards furieux. Elle se retourna vers moi, les yeux remplis d'innombrables questions.

— Qui est-ce? soufflèrent Clarissa et Megan, stupéfaites.

— Le petit ami de Daphné, répondit Jeanne. Aïe! Ne me frappe pas sous la table, Ange; c'est vrai!

— Jeanne, *chut*!

Je refusais de le croire et je voulais encore moins entrer en contact avec lui. Cherchant une issue, je me dis que je pouvais quitter la table et retourner furtivement dans notre wagon. Je pouvais faire tout cela sans être remarquée.

Il me fallait rassembler mes pensées. Mon estomac brûlait. Je me sentais faible, j'avais l'impression d'avoir été éventrée. Le sentiment d'avoir été trahie de façon ignoble m'envahissait pendant que je m'enfuyais, sans prêter attention aux murmures des curieux.

Parvenue dans notre wagon, je repris mon souffle et m'affaissai contre la porte en bois lambrissée. J'aurais voulu donner des coups de poing et gémir. Des imprécations s'échappaient de ma bouche et des larmes de colère inondaient mon visage.

— C'est sa fiancée, lady Lara Fane.

Angela avait ramené l'accablante nouvelle.

— Ils vont en Cornouailles pour le mariage mais ils ne resteront pas à Thornleigh. Il a semblé gêné en me voyant et il regardait sans arrêt derrière moi en te cherchant.

— *De grâce*, ne me dis pas que tu lui as dit que j'étais dans le train.

— Bien sûr qu'il sait que tu es dans le train. Ce n'est pas un imbécile. Il s'est informé de toi d'une étrange façon.

J'attendis qu'elle m'explique. Je n'étais pas sûre de vouloir en entendre davantage.

— Il a dit : « Est-ce que tous les membres de votre famille voyagent avec vous ? », ce à quoi j'ai répondu : « Tous sauf mes parents qui vont venir dans une semaine. » Puis il m'a présenté sa fiancée et ses parents. J'ai fait un salut de la tête, froidement, et je suis repartie.

J'étais contente que Clarissa n'ait pas été témoin de cet échange. Angela ajouta qu'il n'y avait de place pour aucune autre personne dans l'allée et que, pour cette raison, elle avait passé à peine cinq minutes avec eux. Elle dit que le major avait l'air décidément mal à l'aise.

— Comment a-t-il osé se jouer de ma sœur ! J'ai envie de lui frotter les oreilles et je le ferai.

— Il n'en vaut pas la peine, murmurai-je.

Maintenant, je comprenais pourquoi il ne s'était pas donné la peine de téléphoner à la maison ou d'envoyer un mot. Il avait bien trop à faire avec sa fiancée, une personne dont il s'était bien gardé de me parler. Était-il fiancé avec elle le jour où nous avions échangé ce baiser à Somner? *Était-il fiancé*?

Je lançai un regard furieux par la fenêtre.

Soudain, le monde avait changé, il était devenu très morne. Je jurai de ne plus jamais faire confiance à un être humain aussi longtemps que je vivrais. Je jurai de ne plus jamais ouvrir mon cœur. Jamais.

Angela vint s'asseoir près de moi, silencieuse compagne. Aucune de nous ne dit mot et Angela se chargea d'éloigner les autres. J'avais besoin d'être seule... pour réfléchir.

Il y avait le mariage et l'arrivée à Thornleigh; alors je priai pour que le tourbillon des frivolités chasse une bonne fois pour toutes de mon esprit le souvenir du major.

CHAPITRE TROIS

— Ne te tourmente pas, conseilla Ellen. Dis-toi que c'est une bonne chose qu'ils ne restent pas à Thornleigh. Oh ! J'ai envie d'annuler son invitation. *Toutes* leurs invitations ! J'ignorais complètement que Lara était fiancée. C'est drôle qu'ils ne l'aient pas mentionné.

Drôle qu'*il* ne l'ait pas mentionné.

— Il a blessé mon amie et il ne compte plus parmi mes amis. Je mettrai du poison dans sa tasse de thé à la première occasion !

La loyauté d'Ellen me fit sourire tandis que nous montions dans les voitures qui nous attendaient. Angela s'était postée en sentinelle et veillait à ce que nous ne tombions pas sur *son* groupe, avec la fiancée. Je serrai bien fort mon sac à main et espérai de tout cœur que cette humiliation me soit épargnée.

Refoulant ma peine et mes larmes, je concentrai mon attention sur la verte campagne qui défilait. Pour la première fois de ma vie, Cornouailles en été ne réussissait

pas à me réconforter. La fenêtre tout entière se trans-
forma en une masse confuse de couleurs en mouvement, sans forme précise. Je sentais ma gorge se serrer
et palpiter, et j'y posai la main pour la dissimuler. Oh!
pourquoi, mais pourquoi donc avais-je demandé à Ellen
de l'inviter au mariage? Et comment avait-il osé accepter, *sachant* qu'il avait une fiancée et *sachant* que j'étais
une demoiselle d'honneur d'Ellen?

Non je n'allais pas pleurer. Pas maintenant.

Jamais je n'ai effectué un voyage aussi long, j'en suis
convaincue. Les minutes me semblaient des heures
abominables, et le vrombissement de la Rolls-Royce aux
lignes épurées résonnait comme un essaim d'abeilles
dans mes oreilles. J'aurais voulu tout interrompre.
J'aurais voulu arrêter la vie. J'aurais voulu m'enfuir.

Mais je ne pouvais pas.

Le devoir m'appelait, et mon amitié pour Ellen passait
avant tout.

S'il avait eu ne serait-ce qu'un soupçon de sensibi-
lité, il aurait refusé l'invitation. Mais non. Et moi qui
avais rêvé de rendez-vous romantiques dans les jardins
de Thornleigh, dans la grande galerie de Thornleigh,
dans la bibliothèque de Thornleigh... dans les bois
entourant Thornleigh. Comme ce souvenir avait un
goût amer!

Comment devais-je me conduire? Sourire à sa fiancée
et faire comme s'il n'y avait rien entre nous? Lui arracher les yeux *devant* sa fiancée? Crier contre lui devant
tout le monde, comme une marchande de poisson?

Une voix intérieure me disait de rester silencieuse. Prendre une contenance et ignorer la situation. Le traiter comme une simple connaissance, sans plus.

Buriné par la rouille, le grand portail de Thornleigh retint mon attention, comme toujours.

— Teddy veut de nouvelles grilles, soupira Ellen, mais je ne peux pas. Ces grilles sont peut-être vieilles, mais elles font partie de Thornleigh.

— Oui, je suis d'accord. Ce serait un crime de les enlever; elles ont tellement de caractère.

Intégrées aux grilles, brillaient les armoiries des Hamilton dont avait hérité l'ancêtre d'Ellen cinq siècles auparavant. Sir Winston, un chevalier possédant une fortune considérable, avait sauvé la vie de son roi et il s'était mérité une épouse et un château. Depuis ce jour, les Hamilton avaient résidé en ces terres. J'aurais aimé pouvoir me glorifier d'avoir une telle histoire familiale. Ma parente la plus tristement célèbre était ma trisaïeule, Mary Anne, qui avait été la maîtresse du prince Frederick, duc de York.

Deux rangées de marronniers et de tilleuls formaient une élégante allée menant à la demeure. Sir John Hamilton avait assisté à leur plantation durant la Restauration et c'était lui et son ami architecte qui avaient conçu les plans du Thornleigh d'aujourd'hui.

— Maman, je meurs d'envie de monter mon nouveau poney!

Avec un sourire indulgent, Ellen ébouriffa les cheveux de sa fille.

— Daphné est une grande cavalière. Je suis sûre qu'elle t'emmènera cet après-midi.

— Oui, promis-je à Charlotte.

Comme je n'avais pas été à cheval depuis un certain temps, j'attendais avec impatience ce moment, moi aussi.

Au-delà des arbres, Thornleigh se dressait, fière et antique. Une pluie fine tombait sur les tourelles crénelées et sur l'immense aile de style jacobéen, avec ses innombrables fenêtres à meneaux et ses jolis pignons. Du lierre rouge et vert grimpait en abondance à l'assaut des trois tourelles ayant survécu au château d'origine et, remarquai-je avec joie, commençait à ramper sur les pierres calcaires du bâtiment principal.

— Songe, Daphné, à l'apparence de tout cela dans cinquante ans.

Ellen descendit de la voiture et tournoya sous la pluie.

— Quand nous serons de vieilles dames, nous pourrons nous asseoir dans ce salon de thé donnant sur les jardins.

Je suivis son regard vers le coin le plus éloigné de la maison.

— Qui a besoin d'une salle de dessin de nos jours ? Nous l'avons convertie en un salon de thé douillet et clair. Nous projetons de transformer Thornleigh en une villa italienne-anglaise. Tu vas adorer.

Je n'en doutais absolument pas. J'aimais toutes les vieilles demeures et tout particulièrement Thornleigh. Sans doute parce que j'étais venue ici dans mon enfance, que je m'étais promenée seule dans les bois, que j'y avais rencontré ma correspondante Ellen et parce que toutes mes fantaisies de jeune fille étaient associées au domaine romantique sur lequel se trouvait la vieille demeure.

— Si Xavier avait vécu, tu aurais pu être la maîtresse de Thornleigh, dit Ellen sur un ton taquin.

Nous nous dirigions alors vers la maison et pénétrions dans le charmant salon de thé.

Une image du beau Xavier en uniforme alors qu'il était en permission pendant la guerre me revint à l'esprit et me fit sourire. J'étais beaucoup plus jeune, je sortais à peine de l'enfance, et pourtant il m'avait traitée comme une dame, et je le considérais comme un héros. S'il avait vécu, calculai-je rapidement, il aurait trente-trois ans aujourd'hui ; l'âge idéal pour une fille dans la vingtaine, comme moi, et j'aurais pu l'épouser.

Ellen suggéra que nous prenions le thé avant de nous retirer dans nos chambres. En observant tous les changements, je n'en croyais pas mes yeux. Depuis le nouvel escalier Queen Anne jusqu'aux pièces d'apparat entièrement restaurées, Thornleigh était sur le point de retrouver son ancienne gloire.

— Nous projetons de rénover une pièce à la fois, dit Ellen pendant que nous montions au troisième étage. Teddy est un grand planificateur. Il n'arrête pas de faire pression sur l'entrepreneur.

— J'imagine que l'argent facilite les choses.

Angela sourit et fit une pause pour admirer un tableau installé sur le mur de la cage d'escalier.

— C'est un Monet ?

— Oui.

Ellen semblait embarrassée.

— C'est un cadeau de fiançailles. J'avais pensé le mettre dans un coffre de sûreté mais il est assuré, et Teddy dit qu'il faut l'exposer. Nous l'avons d'abord accroché dans la bibliothèque mais je pense qu'il est beaucoup mieux ici dans la salle.

Elle se remit en route, et Angela et moi avons ouvert de grands yeux. C'est ainsi que les millionnaires dépensaient leur argent, visiblement.

— Il n'aurait pu être offert à une meilleure personne, dis-je plus tard à mes sœurs. Et comme c'est gentil de la part d'Ellen de nous donner la meilleure chambre, plutôt qu'à ses parents américains !

— Tu es sa demoiselle d'honneur, rappela Angela. Et nous devons partager ces appartements avec nos parents. Pas question de se faufiler dehors en fin de soirée.

J'explorai toutes les pièces, ravie de retrouver la « Chambre de la reine » ; on l'appelait ainsi parce que la reine Charlotte en personne avait séjourné à Thornleigh alors qu'elle était de passage dans la région ; on y retrouvait le lit où elle avait dormi, un lit à baldaquin massif en chêne, un salon Louis XVI, la pièce de la femme de chambre où nous, les trois filles, avions défait nos bagages, et un autre salon de style Regency, dans une pièce séparée. Le vieux mobilier avait été restauré avec goût, quelques meubles avaient été remplacés et de nouvelles tentures en velours bleu encadraient une immense porte-fenêtre. Je sortis sur le balcon extérieur privé pour contempler les bois.

Je voulais être seule un moment. Laisser libre cours à ma peine, à ma colère et rêver à ce que je dirais à Mr Browning, le major, quand il se présenterait avec sa fiancée. Lady Lara Fane ! Ce seul nom mettait mon sang en ébullition.

Peut-être devais-je ne rien dire du tout. Le traiter avec une froide indifférence, faire comme s'il n'était rien pour moi. Oh ! Comme j'aimerais que sir Marcus soit là ! Son humour joyeux me manquait. Au lieu de cela, je devais affronter les vautours — la haute société anglaise et leurs homologues américains, les Bostoniens.

J'appréhendais ces rencontres. Et comme demoiselle d'honneur, je ne passerais sûrement pas inaperçue. Même dans une situation idéale, je n'avais pas vraiment confiance en moi et je n'avais pas du tout envie que tout le monde m'examine des pieds à la tête. Je m'encourageai en me disant que je n'aurais qu'à descendre l'allée, sourire et soutenir Ellen.

Si seulement les choses étaient aussi simples, pensai-je, quand je me retrouvai à table le lendemain soir, cernée par la tribu de Bostoniens. Mrs Bertha Pringle et Mrs May Fairchild, deux sœurs de Teddy, y prenaient place, fières, imperturbables ; leurs enfants, Dean, Amy, et Sophie conversaient avec Jack, leur cousin, et Rosalie, la fille de Teddy. Un groupe de sept personnes qui avaient du mal à socialiser avec les Anglais malgré les efforts enthousiastes de Megan pour jeter des ponts.

Je jetai un coup d'œil rapide à Ellen, assise de l'autre côté de la table, et je constatai qu'elle était très mal à l'aise, timide même. Rosalie, la fille de Teddy, s'exhibait sans vergogne tout en ignorant délibérément sa future belle-mère. Les Américains aiment danser, et Angela se joignit à eux, mais je choisis de rester à table. Les hommes avaient bonne mine et parlaient fort, tandis que les femmes étaient pleines d'entrain et trop habillées. J'en vins à conclure que les Américains nous trouvaient, nous les Anglais, guindés et secs comme de vieux biscuits.

Après avoir abordé divers sujets neutres avec les deux tantes, je me retrouvai à court d'inspiration. C'est alors que Teddy intervint, avec sa mine de beau garçon affable, en m'adressant un grand sourire.

— Voici Daphné, la fille de *sir* Gérald du Maurier. Elle descend d'une longue lignée d'aristocrates, comme mon Ellen ici présente.

— Oh! firent-ils tous en chœur en haussant les sourcils.

À partir de ce moment, toutes mes paroles présentèrent de l'intérêt. Mrs May Fairchild, tout particulièrement, m'observait comme si elle essayait de deviner si je possédais ou non une dot importante. Étant la mère de Dean et de Sophie, elle projetait probablement de marier l'un ou l'autre de ses enfants à un membre de notre « aristocratie » anglaise.

Mon opinion sur ces hôtes se trouva renforcée le lendemain quand, au retour de ma chevauchée avec Charlotte, Amy me demanda carrément si mes sœurs et moi avions de l'argent à notre nom.

Nous étions dans la cour de l'écurie, et la brise légère ébouriffait la chevelure de couleur maïs autour du visage de la jeune fille. Je décidai qu'elle était plus jolie que sa cousine Sophie, et aussi plus effrontée.

— Tante May veut vraiment que Dean fasse un bon mariage. Elle veut lui trouver une riche épouse anglaise.

C'était peut-être un peu trop effronté.

— Alors es-tu… ?

— Riche ? Non. Enfin, mon père l'est. Quant à la dot, je pense que tu devras lui demander toi-même à son arrivée.

Son visage s'allongea.

— Sir Gérald vient ici ?

— Bien sûr que si. Et le comte de Rutland, également, si ce sont des noms que tu cherches. En fait, je peux te remettre une liste de tous les participants si tu as envie de la consulter. Je peux même ajouter une colonne sur le côté indiquant leur statut social et le montant de leur fortune.

Elle me regarda fixement, et l'excitation à cette idée était perceptible dans ses yeux bruns, avant qu'elle prenne conscience de mon cynisme.

— Vous, les Anglais, vous êtes trop fiers. Je n'avais pas l'intention de t'insulter.

Elle partit en coup de vent, et j'eus un petit rire. Cette confrontation me remonta le moral et, avec

Megan, je m'occupai des préparatifs de dernière minute pendant tout l'après-midi. Les autres invités, dont mes parents, arrivèrent entre-temps ; l'heure du mariage approchait.

— Je suis terriblement nerveuse, avoua Ellen, alors que nous nous habillions dans sa chambre, de l'autre côté de la maison.

— Je ne suis pas nerveuse, maman, dit Charlotte, en virevoltant devant le miroir. J'aime mon papa. Pourquoi tu ne lui as rien dit à mon sujet ? Tu m'avais dit que mon papa était mort !

Dans sa robe à moitié enfilée, Ellen étendit le bras pour saisir la main de sa fille.

— Charlotte, nous avons déjà parlé de cela. Je t'ai expliqué pourquoi.

— J'ai demandé à Rosalie si elle avait brûlé les lettres, et elle a dit qu'elle ne les avait jamais vues.

— Elle ment, soupira Ellen, exaspérée. Elle craignait d'être éloignée de son père, à cause de toi et moi. Mais, heureusement, elle a grandi et elle est contente d'avoir une petite sœur.

Hochant la tête, Charlotte absorba toute cette information avec une solennité inhabituelle.

— J'avais aussi pensé à Rosalie comme demoiselle d'honneur, dit Ellen, mais je ne pouvais prendre le risque qu'elle sabote tout. Peut-être est-ce une erreur de ma part, mais *quelqu'un* a détruit toutes les lettres que j'ai envoyées, et je sais au plus profond de moi que c'est Rosalie.

— Teddy a-t-il abordé la question avec elle ? demandai-je.

— Oui, mais elle n'avouera pas. Si ce n'est pas elle, qui d'autre aurait pu faire ça ? Il n'y avait qu'elle et son père à cette adresse, et j'imagine mal un des serviteurs mettant son nez dans cette correspondance. Quoique, à la réflexion, cela aurait pu se produire, à la demande de la mère de Rosalie. Oh ! c'est une situation embrouillée et puis j'en ai ras-le-bol. Cela n'a plus d'importance maintenant, n'est-ce pas, ma chérie ? Notre famille est réunie, même si c'est huit ans plus tard.

— Ne pleure pas, maman, dit Charlotte en passant ses bras autour du cou d'Ellen. Nous pouvons être heureuses maintenant.

— Oui, ma chérie, dit Ellen en me regardant à travers ses larmes, nous pouvons être heureuses à présent.

Nauséeuse, j'examinai la longue ligne devant moi. L'allée semblait s'étirer sur des kilomètres. Voulant jouir un peu du spectacle des tentes en soie érigées dans le plus beau coin du domaine de Thornleigh, de l'éclairage aux chandelles, de l'éclat des couverts en argent, du tintement des verres en cristal, de la beauté apaisante des violonistes jouant Mozart, je pris une grande inspiration et ajustai les plis de ma robe. Je portais une robe en satin rose lustré, de coupe classique, avec des touches de blanc. Ellen avait insisté pour que nos cheveux soient tirés vers le bas et que nous portions sur la tête une couronne de fleurs.

Debout, dans sa robe d'un blanc éclatant et ornée de perles, les cheveux bouclés et relevés avec des broches en forme d'étoile serties de diamant, Ellen avait l'air d'une princesse sortie tout droit d'un livre de contes de fée. Je le lui ai dit, et elle a ri, puis elle m'a saisi la main tandis que Charlotte, Clarissa et Megan nous quittaient pour commencer la marche nuptiale.

La gorge serrée par l'émotion, je priai pour que mes talons hauts ne me fassent pas faux bond. Mon amour-propre exigeait que je marche avec dignité, la tête haute et en souriant avec optimisme. J'étais résolue à ne pas me sentir mal à l'aise ou humiliée, sachant que le major Browning était dans l'assistance en compagnie de lady Lara suspendue à son bras. J'étais une du Maurier et les du Maurier ne laissaient jamais voir leur faiblesse. Jamais en public, et j'aurais préféré mourir plutôt que de pleurer.

Fort heureusement, la cérémonie nuptiale se termina plus tôt que ce que j'avais prévu. Comme l'atmosphère romantique ne contribuait pas du tout à améliorer mon humeur, à la première occasion, je m'éclipsai.

— Quelle excuse avez-vous pour vous retirer si tôt ?

La voix basse et amusée provenait d'une encoignure près de la porte de la maison.

— Les pieds endoloris et un mal de tête, rétorquai-je, et mon état s'aggrave en rencontrant un coureur de jupons déloyal tel que vous. Veuillez me laisser passer major, j'ai beaucoup à faire.

Son bras m'arrêta au passage.

— Ah, ainsi vous regagnez votre chambre à cause de moi.

— À cause de *vous*? répondis-je sur un ton sarcastique. Vraiment, major, vous avez une trop haute opinion de vous-même et de vos charmes. À quand le mariage, à propos? Je suppose que vous avez emmené votre fiancée pour trouver des idées en prévision de vos propres noces. Je vous félicite tous les deux.

— Vous faites fausse route, Daphné.

Comme il ne semblait pas vouloir me laisser passer, je tins bon et croisai les bras.

— Selon vous, je fais toujours fausse route. Je ne peux même pas espérer me hisser jusqu'au sommet élevé sur lequel vous imaginez être perché. Et c'est exactement cela. C'est *imaginaire*. Cette surestimation de votre intelligence est aussi erronée que ridicule. Et quant à votre intégrité, eh bien, vous n'en avez aucune, monsieur. Maintenant je vous prie de vous écarter, sinon je vais retirer mon soulier à talon haut et vous l'enfoncer dans le visage.

Il s'esclaffa, maudit soit-il. Et il rit de plus belle quand j'entrepris de retirer mon soulier.

— Daphné, Daphné, ce n'est pas ce que vous croyez… laissez-moi vous expliquer.

— Il n'y a rien à expliquer, dis-je avec colère. Vous feriez mieux d'aller vous occuper de lady Lara, monsieur. Je suis sûre qu'elle vous cherche.

— Daphné, vous ne comprenez pas. Oui, elle est ma fiancée, murmura-t-il sans ménagement, et ses paroles fouettèrent mon visage. Mais uniquement pour la galerie. J'avais l'intention de vous le dire...

— J'aurais apprécié.

— ... mais ce sont des choses délicates. Je ne voulais pas vous en parler avant d'être officiellement libre de le faire.

— Me parler de quoi? demandai-je. Nous ne sommes que des amis, major. Même pas, des *connaissances*.

— Nous sommes plus que des amis.

— Non, nous ne le sommes plus. Ce que vous avez fait est impardonnable, dis-je avant de lever la main. Non, ne dites rien. Plus un mot.

Apercevant mon père, je me précipitai à ses côtés. Tout à sa sollicitude envers moi, ce dernier ne vit pas le major qui restait là, le visage livide. Mais ma mère le vit. Elle garda le silence jusqu'à ce que nous arrivions à notre chambre et attendit que je sois au lit, bien au chaud.

— Ma pauvre fille, quel choc pour toi...

Elle était au courant au sujet des lettres du major. Elle avait espéré, comme moi. Elle avait attendu une déclaration et, comme il n'y avait eu aucun signe, bien sûr elle avait commencé son travail d'entremetteuse.

— Je ne sais que dire.

Je ramenai mes genoux vers mon menton.

— Il n'y a rien à dire. Oui, il est fiancé, et il s'agit de lady Lara Fane, la fille du comte de Rutland. Et de plus, elle est belle; tu l'as vue?

En soupirant, ma mère vint s'asseoir sur le bord de mon lit. Les rides s'accentuèrent sur son front.

— Il t'a traitée d'une façon abominable. Je demanderai à ton père d'aller lui en toucher un mot.

— Oh, non, n'en faites rien! *Promettez*-moi que vous ne le ferez pas. Ce serait trop humiliant.

— Qu'est-ce qu'il t'a dit à la porte?

— Je ne sais plus. J'étais trop en colère pour écouter, et puis ça m'est égal. Plus tôt ils partiront et mieux ce sera. Ils ne vont pas passer la nuit ici, n'est-ce pas?

— Je ne crois pas. Tu veux que j'aille m'informer?

— Oui, c'est ça, dis-je, exaltée. Je ne pourrais pas supporter qu'ils restent ici. Ellen aurait dû m'en parler, tu ne crois pas?

— Les mariées ont bien des choses en tête, ma chérie.

Elle me quitta, et j'allai m'asseoir sur le lit de mes parents. Je projetais de m'y étendre en attendant son retour mais ce fut plus fort que moi. J'éteignis la lumière et me dirigeai vers le balcon. Sans trop savoir pourquoi. Voulais-je me tourmenter en regardant les festivités qui se déroulaient en contrebas? Observer le major en train de valser avec sa belle fiancée dans la chaude soirée d'été? Voir le journaliste les prendre en photo?

Reprenant mes esprits, je me tournai pour revenir dans la pièce lorsque j'entendis une clameur venant d'en bas. Des gens couraient dans tous les sens avec fébrilité et criaient.

Jeanne vint m'annoncer la nouvelle.

— Vite, viens vite! Quelque chose de *terrible* est arrivé.

— Quoi?

— Il vaut mieux que tu viennes. Tout de suite !

J'eus froid et me sentis mal tout à coup.

— Il est arrivé quelque chose à Ellen ?

— Non, à Teddy. Il est mort.

CHAPITRE QUATRE

— Mort ?

Teddy Grimshaw est mort ? L'infaillible homme d'affaires, le jour de son mariage ? Était-ce trop pour lui ? Son cœur avait-il flanché ?

— Pauvre Ellen. Où est-elle ?

— Dans le solarium. Ils ont transporté Teddy dans cette pièce en attendant le docteur.

Je hochai la tête et tentai de rassembler mes esprits. Cela tenait du cauchemar. Teddy Grimshaw, mort ? Teddy Grimshaw, l'époux d'Ellen, mort ? En me pinçant pour être bien sûre que je ne rêvais pas, je saisis une veste et sortis précipitamment.

En bas, le chaos régnait. J'aperçus mon père, la mine sombre, qui arpentait le corridor. D'autres invités suivaient son exemple. Que faire d'autre ?

— Espérons que le médecin se hâtera, me dit mon père, en cherchant à l'intérieur de son veston un cigare. Je les avais apportés dans l'espoir d'en fumer un avec cet homme. Maintenant il est mort. C'est terriblement injuste.

— Vous êtes sûr qu'il est mort?

— Il a eu une attaque, là sous mes yeux.

Sir Gérald du Maurier tremblait, ce qui ne lui ressemblait pas du tout; il se faisait l'écho du sentiment d'horreur qu'éprouvaient tous les invités. Un homme ne rend pas le dernier soupir le jour de son mariage.

Ellen sanglotait, agenouillée à côté du canapé où gisait Teddy. En apercevant le visage blafard et figé du défunt, je demeurai pétrifiée. Un homme débordant de vitalité, réduit à un état d'inertie qui ne lui convenait pas du tout. Ne sachant où regarder ni que dire, je m'agenouillai moi aussi.

— Et Charlotte? murmurai-je.

— Elle est au lit. Elle ne sait pas. Peut-être y a-t-il encore de l'espoir?

Ellen sourit à travers ses larmes à l'homme qu'elle aimait.

— Un homme si gentil, oh, c'est insupportable! Pas maintenant, nous venions tout juste de nous retrouver.

Je cherchai des paroles de réconfort mais les mots refusaient de sortir. Je voulais lui donner de l'espoir. Je voulais partager son chagrin.

D'autres personnes se pressèrent autour de nous. Voyant mon père qui hésitait sur le pas de la porte, j'agitai mes mains en l'air en signe d'exaspération. Ellen n'avait pas besoin d'un public. Tiré de sa torpeur par ce

geste, mon père conduisit tous les amis et parents sin-
cèrement consternés en bas dans la salle.

— C'est un meurtre, cria une voix. Cette garce l'a tué.

Rosalie Grimshaw poussa mon père et entra dans
la pièce. Le visage rouge, elle tangua durant quelques
instants ; visiblement, elle avait bu beaucoup trop de
champagne.

— C'est la vérité. Elle l'a épousé uniquement pour
son argent. Voilà pourquoi tu as voulu que papa rédige
ce nouveau testament. Oh ! Je sais tout à propos du
testament.

Ellen se leva et fit face à sa belle-fille.

— Le nouveau testament n'a pas été signé, Rosalie, ce
qui fait de toi la principale bénéficiaire.

Irritée, Ellen me serra la main encore plus fort.

— C'est vraiment tout ce qui t'intéresse ? Tu n'as
même pas eu un regard pour lui !

La bouche écumante de rage, Rosalie jeta un coup
d'œil vers le mort.

— Tu l'as tué et je te jure que tu vas le payer.

Pivotant sur ses talons, elle s'éloigna d'un pas
nonchalant.

— Vois à ce que rien ne lui arrive, me dit Ellen. C'est
un gros choc.

Je suivis Rosalie qui tituba jusque dans la salle et
je la laissai rapidement aux bons soins de ses cousins.
L'horreur et l'incrédulité absolue se lisaient sur tous les
visages. Les deux tantes, les sœurs de Teddy, avaient
des vapeurs et elles étaient assises dans des chaises

trouvées dans une pièce quelconque de la maison. Penché sur l'une des tantes, le major Browning vérifiait son pouls.

— Voilà le médecin, annonça mon père.

La foule se sépara pour livrer passage au docteur et à Harry, et je m'empressai d'aller à leur rencontre.

— Harry, c'est grave, l'avertis-je.

Gérant de la propriété, depuis longtemps au service d'Ellen, l'homme pâlit.

— Ellen. Comment va-t-elle?

— Elle est sous le choc. Je ne crois pas que le médecin puisse faire quoi que ce soit…

Ma voix s'estompa laissant peu d'espoir. Peut-être que si le docteur avait été là au moment où Teddy avait eu son infarctus? Il était difficile de savoir, et je n'étais pas experte en la matière.

La présence de mon père était très rassurante, et je sais qu'elle réconfortait aussi Ellen. Tout au long de ces années, elle avait toujours admiré cet homme et elle avait souvent dit qu'il lui rappelait son propre père avant que ce dernier ne tombe malade.

— Je suis navré, murmura le médecin.

Je serrai Ellen dans mes bras tandis que mon père parlait avec lui. Je m'efforçai de tendre l'oreille pour entendre par-delà les sanglots d'Ellen. Le docteur disait avoir déjà rendu visite à Teddy une ou deux fois et affirmait qu'il souffrait d'angine. Il demanda si quelqu'un savait où Teddy conservait ses médicaments et s'il les avait pris aujourd'hui.

— Il les gardait dans sa chambre, près de son lit, répondit Ellen en larmes. Je veillais habituellement à ce qu'il les prenne, mais nous avions fait chambre à part durant les quelques jours précédant le mariage.

— C'est son cœur, alors? insista mon père.

— Oui, sir Gérald, d'après ce que je peux voir. Le coroner fera un rapport complet. Dois-je m'occuper des formalités?

— Si vous voulez, dit mon père qui fouilla dans son veston et en sortit une carte. Voici mes coordonnées si je peux me rendre utile. Je resterai ici à la maison.

— Très bien, sir.

Secouant la tête, le vieux docteur plaça quelques objets dans son petit sac noir et repartit.

Je persuadai Ellen de s'asseoir et demandai un verre d'eau.

— Prends les calmants que t'a donnés le docteur, dis-je en pressant délicatement les comprimés dans sa main. Cela t'aidera à dormir.

— Dormir, reprit-elle en écho, le visage blême. Après ce qui s'est passé aujourd'hui, je crois que je ne dormirai plus jamais.

Je croisai le regard de mon père à l'autre bout de la pièce. Lui aussi, il s'était assis.

— Ma chère Ellen, je te conseille d'aller dans ta chambre avec Daphné. Je monterai la garde, ne t'inquiète pas.

— Non, je ne peux pas le laisser, je ne peux vraiment pas, dit Ellen en gémissant.

Puis elle le supplia :

— Je vous en prie, de grâce, tenez les autres à distance.

Mon père acquiesça d'un signe de tête et alla verrouiller la porte tout en dénouant sa cravate.

— Rien de plus facile.

Cette nuit si étrange me parut interminable. En dépit de ses protestations, le sédatif avait plongé Ellen dans le sommeil. Mon père avait eu l'heureuse idée de recouvrir le corps avec une couverture ; nous ne cessions de nous assoupir et de nous réveiller tous les deux.

La présence du cadavre me rendait mal à l'aise. Un homme fort, en assez bonne santé, et voilà qu'il était mort. J'arrivais difficilement à assimiler cette idée. C'est vrai qu'il était plus âgé qu'Ellen, il avait seize ans de plus pour être précise, mais il se comportait néanmoins comme un jeune homme. Il avait le pas alerte et montait bien à cheval. Je l'avais vu grimper les escaliers quatre à quatre et faire tournoyer Charlotte dans les airs à plusieurs reprises. Si l'homme avait eu des problèmes cardiaques, de telles activités auraient exigé de lui bien des efforts ; or, Teddy Grimshaw semblait toujours maître de la situation.

Je n'ai pas confié mes doutes à mon père durant cette nuit-là. Allumant son cigare, il avait lancé au défunt :

— Eh bien, mon vieux, je fumerai encore un cigare avec toi, mais ce n'est pas ce que j'avais en tête.

Je me demandais comment réagissaient les autres invités. Je me demandais si le major Browning trouvait la mort suspecte. Comme les autres, il avait dû entendre l'esclandre de Rosalie Grimshaw. *C'est un meurtre*, avait-elle crié.

Meurtre? C'était une simple crise cardiaque, à mon avis. Ce genre de choses arrive parfois quand on est survolté. C'est injuste mais c'était arrivé. Je me souvenais avoir lu dans un journal l'histoire d'une jeune femme qui rentrait chez elle en Angleterre pour retrouver sa famille et qui était décédée la nuit précédant son arrivée. C'était aussi une défaillance cardiaque, et la femme n'était que dans la trentaine.

Ellen était toujours allongée, dormant d'un sommeil troublé et agité; je n'aurais pas aimé être à sa place quand elle se réveillerait. Ronflant dans un fauteuil, à proximité de la dépouille, mon père était un gardien bien négligent. Je m'approchai sans bruit et retirai son pardessus.

— Qu-quoi...? bredouilla-t-il, retrouvant ses esprits.

— Je vais m'occuper du thé. Pouvez-vous veiller sur Ellen en mon absence?

Je ne regardai pas le corps. Je refusais de regarder le corps. Une fois à l'extérieur, je constatai avec satisfaction que rien ne bougeait dans la maison. C'était silencieux et paisible; on n'entendait que le tic-tac de l'horloge comtoise sur le manteau de la cheminée.

J'entrai dans la cuisine au moment où la cuisinière alimentait le feu.

— Ah, bonjour, Miss Daphné.

J'adressai un sourire à la femme imposante d'âge moyen. Tout chez Nelly Ireson était gigantesque — ses mains potelées, son grand sourire, sa voix puissante.

— Vous m'avez manqué, Nelly. Vous n'avez pas du tout changé.

— Et vous, vous êtes devenue bien jolie! Très jolie! dit-elle.

Elle s'affaira devant le feu en secouant la tête.

— Triste. C'est triste. C'était si bon de la voir heureuse à nouveau, après tout ça. Elle a dormi?

— Oui, un peu, avec le calmant. J'espère qu'ils vont déplacer le corps aujourd'hui.

— Oh, ne vous tracassez pas avec ça. Le Dr Peterson est sans doute vieux et un peu sourd, mais il fait son travail rondement. Vous feriez mieux de ne jamais la laisser seule, Miss Daphné. Elle a vécu l'enfer, et je pense que ce dernier coup a failli la tuer. C'est une bonne chose que la gentille fillette soit là.

— Vous parlez de Charlotte? Vous croyez qu'elle s'enlèverait la vie si Charlotte n'était pas là?

Les yeux bruns de Nelly se plissèrent.

— Cette petite fille a été sa planche de salut, même si on l'a reniée à cause de ça.

— Nelly, murmurai-je, en regardant derrière moi. Vous devez faire attention à ce que vous dites, pour le bien d'Ellen. Peu de gens connaissent toute cette histoire.

— Oh! ils sauront maintenant, si vous voyez ce que je veux dire. La mort fait sortir tous les secrets. Vous allez devoir l'aider, Miss Daphné. Ne laissez pas Ellen seule. Je me fais du souci pour elle. Je m'en suis toujours fait, depuis qu'elle est toute petite.

— Ne vous inquiétez pas, je ne pars pas. Je n'ai pas d'engagements; alors je peux rester aussi longtemps que je veux... ou aussi longtemps qu'Ellen aura besoin de moi.

Nelly hocha la tête, ravie.

— Vous êtes une bonne fille. Pas comme ces jeunes fofolles que je vois courir après tous les hommes qui passent dans une voiture clinquante. Pouah! Non mais pour qui elles se prennent ces *prétentiardes*?

Je souris et ajoutai que le major Browning pourrait être rangé dans cette catégorie.

— Je ne le connais pas, dit Nelly après réflexion, mais j'ai lu sur sa fiancée, lady Lara. Elle est belle, n'est-ce pas? Comme une poupée de porcelaine. Tous ces cheveux dorés et une...

— Oui, fis-je, lui coupant la parole. Le *thé*, Nelly?

— Et tâchez de la convaincre de manger, continua Nelly.

Elle prépara le plateau, s'arrêtant même pour ajouter une fleur fraîchement cueillie dans le jardin.

— De la confiture de fraises sur des toasts. C'est son petit déjeuner préféré.

— J'essaierai, Nelly.

Il fallait que je parte sans plus attendre. Si j'avais entendu un mot de plus à propos de lady Lara, j'aurais dit une grossièreté.

— Daphné, chuchota une voix, au moment où j'entrais dans le hall.

Cette voix, je la connaissais trop bien. Grinçant des dents, je me raidis.

— Si vous dites un seul mot, major Browning, je vous lance ce plateau.

— Ce n'est pas très distingué.

J'ignorai son sourire lénifiant.

— Je suis venu dès que j'ai pu.

Subrepticement, il vint se placer à mes côtés tandis que je parcourais le corridor. Je regardais droit devant moi, bouillonnant intérieurement.

— Qu'est-ce que vous faites ici ?

Avec un sifflement, il recula d'un pas.

— Cruelle.

Redressant les épaules et sans ralentir ma marche, je réitérai ma question et ajoutai :

— Vous n'avez aucune raison d'être ici, major Browning. Ceci ne vous regarde pas ; vous-même disiez connaître à peine la famille. Vous avez été invité uniquement parce qu'Ellen croyait...

— Ah, elle ignorait que le fiancé de lady Lara et moi ne faisions qu'une seule et même personne, vraiment ? Très économique pour elle, si j'ose dire, mais je ne suis qu'un fiancé de *façade*.

Je m'arrêtai.

— Un fiancé de *façade* ?

Nous étions près de l'entrée principale.

— Qui vous a laissé entrer, au fait ?

Il sourit et tira un couteau de sa poche.

— Une fenêtre, dans le salon de thé. J'ai remarqué hier qu'un loquet était défectueux.

— Et c'est un hobby pour vous que d'entrer clandestinement dans les grandes demeures? Je devrais appeler la police.

— Je *suis* la police, vous l'oubliez?

Je ne pouvais rivaliser avec lui, et cela me contrariait. Non, cela me *hérissait*. Oui, le mot était plus approprié.

— Vous n'allez pas vous débarrasser de moi aussi facilement, me lança-t-il. Je m'occupe d'une affaire dans la région.

Il laissa tomber une carte sur le plateau de thé.

— C'est pour Ellen. Veuillez la transmettre.

Il se retourna et sortit par la porte principale.

Ellen était debout au moment où j'entrai avec son petit déjeuner. Mon père l'avait encouragée à s'asseoir près du feu qui avait été rallumé. La matinée était froide, et la vue de la couverture sur le corps rigide provoqua d'autres frissons le long de mon échine. Se pouvait-il que l'homme ait été tué? Ou était-il mort de cause naturelle, tout simplement?

— Je vis un cauchemar, me dit Ellen qui s'efforçait de prendre quelques gorgées de thé. Je ne vois pas comment je pourrais continuer à vivre à présent. Rien ne me semble correct. Comment puis-je même être assise ici et manger mon petit déjeuner? Comment pourrais-je me remettre? Nous avions prévu de vivre toute notre vie ensemble. Oh... oh...

Étranglée par ses larmes, elle se retira brusquement près de la fenêtre.

— Non, laissez-moi seule.

Elle enfouit son visage dans ses mains et sanglota.

Je lançai un regard à mon père.

Il regarda le toast sur le plateau mais je fis non d'un signe de tête.

— Ellen, dis-je doucement. La police sera bientôt ici. Viens en haut avec moi pour te changer.

— Oui, dit-elle en pleurant, et ses larmes coulaient sur sa robe de mariée. Débarrasse-moi de cette robe; je ne veux plus jamais la revoir!

Par bonheur, je parvins à la conduire à sa chambre sans que personne ne nous voie. Un peu plus tard, nous serions certainement tombées sur un des invités sortant de sa chambre.

Ellen avait déjà entrepris de déboutonner sa robe avant même que je n'ouvre la porte donnant sur la chambre principale. À l'époque médiévale, cette pièce était la chambre des seigneurs. J'avançai en trébuchant derrière Ellen et remarquai avec stupéfaction tous les changements qu'on y avait apportés. En pénétrant dans cette pièce fermée depuis des années, j'avais le senti-ment d'entrer dans un autre temps, une autre époque.

— Nous devions passer notre nuit de noces ici, gémit Ellen, en s'asseyant sur l'immense lit à baldaquin ins-tallé au centre de la pièce.

Parfaitement reconstituée, cette chambre était celle d'un châtelain fortuné du XVe siècle. Des armes médiévales étaient accrochées en haut des murs de pierre, et quatre tapisseries anciennes représentant des scènes de chasse à courre ornaient le mur le plus éloigné. Les tapisseries étaient françaises ainsi que les motifs floraux et les fleurs de lis, que l'on retrouvait sur le couvre-lit et les tentures bleu royal suspendues aux deux immenses fenêtres, et qui donnaient sur les jardins bordés à l'est par la rivière.

En raison de la tragédie, personne n'avait allumé de feu de sorte qu'une affligeante sensation de froid régnait dans la chambre. Frissonnante, j'aidai Ellen à quitter sa robe de mariée et à enfiler des vêtements chauds et confortables. Elle ne voulait plus porter le moindre article ayant fait partie de son trousseau de mariée ; tous ces vêtements raffinés seraient peut-être jetés au feu un jour, ce que je trouvais bien dommage. J'évitai d'aborder ce sujet pour le moment et estimai que c'était une chance que le feu ne soit pas allumé.

— À quoi sert tout ceci ? Que vais-je faire maintenant ?

Je m'assis près d'elle sur le lit. Je savais que je devais au moins la faire sortir de cette chambre. Je la serrai dans mes bras et j'écoutai les gémissements de son cœur déchiré.

— J'ai le sentiment que ma vie est finie... nous avions tellement de projets.

Souriant à travers ses larmes, elle reparla de son passé tragique.

— Après toutes ces années perdues, je pensais que nous passerions ensemble le reste de notre vie. Tu sais que Charlotte m'a demandé hier soir si nous allions toujours sur le grand bateau et s'il y avait un docteur à bord qui pourrait aider son papa? Cela lui brisera le cœur quand elle découvrira... quand elle découvrira... oh! Daphné! Et dire que nous aurions pu prévenir cela.

— Prévenir cela?

Tout en se mouchant, elle me donna à lire la carte laissée par le major Browning. Son nom était soigneusement imprimé puis il y avait un court message rédigé de façon peu soignée :

> Mme Grimshaw,
> *Je sais que votre époux avait de nombreux ennemis et qu'il avait dû supporter beaucoup de stress depuis quelque temps. J'aimerais vous parler en privé.*
>
> MB

Naturellement, je l'avais déjà lu. Néanmoins, je feignis la surprise.

— Ennemis? Mais il est mort d'une crise cardiaque, non? Tu crois que c'est à cause du stress?

— Je l'ignore.

Ellen pleura, le visage dans les mains.

— Il semblait si heureux et si détendu dernièrement, à l'exception de quelques petits tracas liés à son travail. Il ne me parlait jamais de ses affaires, tu comprends. Il disait vouloir garder notre vie en dehors de tout cela. Qui est ce major Browning? Je croyais t'avoir entendue dire qu'il était dans l'armée?

— Oui, mais il travaille aussi pour Scotland Yard.

— Oh... peut-être sait-il quelque chose au sujet de Teddy dont il veut me parler. J'ignore si j'accepterai de le voir après ce qu'il t'a fait.

— Rien ne t'oblige à le faire si tu ne veux pas, murmurai-je. Ou alors, si tu préfères, je me renseignerai sur ce qu'il a à te dire.

— Oui, je préfère, décida Ellen. J'ai trop de préoccupations en ce moment. Oh, ma chère Daphné, comment vais-je pouvoir affronter la journée ?

CHAPITRE CINQ

— Je n'aimerais pas être à sa place, dis-je à mes parents tandis que nous étions là, regardant le corps qu'on emportait.

Ellen se tenait à l'écart, seule, stoïque, rigide, comme si elle était morte elle aussi.

— C'est comme l'affaire Kate Trevalyan, chuchota Angela à mon intention.

— Cela n'a rien à voir, rétorquai-je.

En apercevant le visage du major Browning dans le groupe de spectateurs, je plissai les yeux. Rôdait-il dans les environs dans l'espoir d'obtenir un entretien avec Ellen ? Si oui, il devait avoir quelque chose d'important à lui dire.

Je brûlais d'envie de savoir quoi. Il avait le chic pour obtenir des informations, et cela m'irritait. Il prenait plaisir à prouver que j'avais tort.

— Il devrait faire la cour à sa fiancée plutôt que de traîner par ici, dis-je, bouillante de colère, tandis qu'Angela lui décochait aussi un regard furieux.

Pour toute réponse, il leva un sourcil interrogateur.

— Ha! Il simule même l'innocence; décidément, je ne peux le supporter.

— Demande à Ellen de le chasser du domaine, murmura mon père derrière moi.

Je lui lançai un coup d'œil furtif. Oui, sir Gérald du Maurier n'approuvait pas la façon dont le major Browning avait traité sa fille. Il refusait, lui aussi, de regarder l'homme dans les yeux, préférant fixer son regard sur le charriot noir emportant les restes de Teddy Grimshaw.

— Daphné, Angela, sir Gérald, dit Ellen en levant vers nous son visage sillonné de larmes. Venez à la nursery, je vous prie. Votre mère, également. J'ai besoin d'une figure maternelle aujourd'hui.

Têtes baissées, nous sommes revenus à la maison à sa suite. Parvenue à la hauteur du major, je regardai délibérément par terre. Pourquoi avais-je promis à Ellen de lui parler? Il retournerait sans doute là où il séjournait, ce qui m'obligerait à le chercher. Ou je pouvais attendre simplement qu'il revienne. Je brûlais de curiosité. Que savait-il? Soupçonnait-il quelque chose de louche?

Pour nous rendre à la nursery, nous sommes passés par l'entrée adjacente au petit salon où nous prenions le petit déjeuner. Des voix en sortaient : soupirs étouffés, assertions laconiques, reproches passionnés. Comme on mentionnait le nom d'Ellen, celle-ci s'arrêta en se tenant le ventre.

— *... et elle fait un tel cinéma! Non mais vous l'avez vue, dans ses habits de veuve qui saluait de la main la dépouille de mon père?*

— N'écoute pas, conseilla mon père à Ellen en l'entraînant vers l'escalier.

— Ma pauvre chérie, dit ma mère en prenant Ellen dans ses bras.

Hésitante, Nanny Brickley demeurait au fond de la pièce. Assise dans un coin avec Clarissa, elle s'était levée rapidement en nous voyant entrer dans la chambre. Megan, qui était occupée à faire un puzzle sur le parquet avec Charlotte, se leva aussi et offrit ses condoléances.

— J'aimerais qu'aucun de vous ne parte, dit Ellen en pleurant.

— Nous resterons aussi longtemps que vous aurez besoin de nous, déclara Clarissa. Charles a annulé tous ses engagements et offert ses services. Son oncle est pasteur dans le Devon.

Megan lui fit des gros yeux.

— Quoi? fit Clarissa en haussant les sourcils. C'est une tâche indispensable, les funérailles.

— Les funérailles, répéta Ellen en blêmissant.

— C'est quoi des funérailles? demanda Charlotte en tirant sur sa main.

— C'est un... c'est un endroit où les gens vont pour dire adieu, répondit Ellen entre deux sanglots.

Ma mère chercha son mouchoir, et mon père passa son bras autour d'elle. Nous avions eu notre part d'obsèques dans la famille.

— Pourquoi me regardez-vous avec un air de reproche?

Convaincue de son innocence et tel un modèle de vertu, Clarissa déambulait dans la pièce d'un pas majestueux.

— Il faut s'occuper de ces choses, tout simplement.

— Oui, vous avez raison, dit Ellen, clignant des yeux à travers ses larmes. Pouvez-vous demander à Charles de prendre les dispositions nécessaires pour moi?

— Certainement.

Clarissa inclina la tête tandis que je levais les yeux au plafond. Clarissa Fenwick était passée maître dans l'art d'intervenir au moment le plus inopportun.

Par bonheur, elle quitta la pièce, toujours d'un pas majestueux, pour aller à la recherche de son mari.

— Tu vas devoir être forte, ma chère, dit ma mère en étreignant Ellen tandis que nous tenions Charlotte occupée. Il vaudrait mieux descendre déjeuner. Ton entrée fera taire les commérages.

— Oh, je ne peux pas, commença Ellen.

Puis elle comprit rapidement que ma mère lui avait donné un sage conseil.

— C'est regarder l'ennemi en face, ajouta mon père.

Et comme c'était un homme de théâtre et qu'il possédait une grande intelligence, Ellen acquiesça.

— J'espère que vous serez tous à mes côtés. Je n'y arriverai pas seule. Pas avec les Fairchild et les Pringle. Comme ils me haïssent!

— Deux camps ennemis, observa mon père.

— Gérald, dit ma mère en secouant la tête. Ceci ne peut nous aider...

— Absurde, ma chère. Vous n'avez pas vu le regard de cette fille mais moi si, et je puis vous dire qu'il était carrément féroce.

— La pauvre fille a perdu son père...

— Et ses millions, glissai-je.

— C'est vrai, confirma Megan. Voilà pourquoi elle déteste Ellen. Elle n'a jamais voulu que son père se remarie.

Étant la plus âgée et la plus sage, ma mère changea de sujet.

— Le mieux c'est de te concentrer sur ta petite fille.

— Voilà ce que je redoute le plus, avoua Ellen. Teddy était carrément fou de cette enfant. Elle n'a pas eu de père et quand elle l'a trouvé... ils ont passé un an ensemble tout au plus mais curieusement, elle est devenue plus proche de lui que de moi. Oh! tante Muriel, elle est dans le déni. Elle croit encore qu'il est allé à l'hôpital. Elle croit encore que nous irons en Amérique.

— Laisse-moi essayer de lui parler, demain, dit ma mère doucement. D'ici là, elle aura observé les visages de chacun et entendu ce qui se dit. Elle n'est plus une enfant.

Ellen regarda sa fille.

— Non, reconnut-elle, l'air sombre. Elle ne l'est plus.

— J'ai peut-être une expérience limitée avec les enfants, déclara au déjeuner Clarissa Fenwick, une femme aux opinions toujours bien arrêtées, mais ne vaut-il pas mieux leur dire la vérité?

— Nous ne savons pas encore quelle est la vérité, lui rappelai-je, tout en surveillant d'un œil l'arrivée d'Ellen.

Nous étions tous rassemblés dans la grande salle à dîner où on avait sorti l'argenterie tandis que des mets aromatiques chauds et froids nous parvenaient de la cuisine de Nelly. Par égard pour Ellen, je fis un effort pour discuter avec le camp ennemi. Je choisis d'abord la moins austère des deux sœurs.

— Mrs Fairchild, j'espère que tout est en ordre dans votre chambre? Vous devez me le faire savoir si vous avez besoin de quoi que ce soit, car je compte rester ici pour veiller au confort de chacun et aider Ellen.

— Oh? fit-elle, haussant un mince sourcil tracé au crayon. Vous êtes la cousine pauvre, n'est-ce pas?

Mes joues s'empourprèrent.

— Certainement pas. Je ne suis pas une parente. Je suis Daphné du Maurier.

— Oh, oui, je me souviens, dit-elle en souriant à nouveau. Je vous prie d'excuser la mémoire d'une vieille dame, mon enfant, car je ne suis plus très jeune, vous savez. Je suis l'aînée de la famille, et Teddy avait dix ans de moins que moi. J'ai eu mes enfants très tard, comme vous pouvez voir.

Elle indiqua Mr Dean Fairchild et sa sœur, Miss Sophie Fairchild, assis sur un canapé Louis XVI.

— Comment se porte Miss Rosalie, Mrs Fairchild ? chuchotai-je, puisqu'une certaine familiarité s'était installée entre nous.

Elle n'eut pas à répondre car la réponse nous dévisagea. Lorsqu'Ellen entra dans la pièce, Rosalie bondit de sa chaise en lançant un regard mauvais.

— Eh bien, si vous croyez que je vais m'asseoir ici et manger en sa compagnie, vous faites erreur. Je quitte cet endroit.

Bousculant Ellen en sortant, elle s'enfuit, Amy Pringle, sa cousine, sur les talons. Miss Sophie Fairchild l'aurait suivie également si sa mère ne lui avait pas fait signe de reprendre sa place.

C'est ainsi que commença le repas ; personne ne parlait sauf en cas d'absolue nécessité, s'il fallait passer le plat de pommes de terre, par exemple. Mr Dean Fairchild et Mr Charles Fenwick échangèrent quelques remarques sur la température, et je devinai qu'ils avaient l'idée de chasser dans les bois durant l'après-midi.

Les informations recueillies sur le camp américain me donnaient à penser qu'aucun d'entre eux n'avait été proche de Teddy Grimshaw. Ses sœurs le voyaient rarement plus de deux fois par année ; les personnes l'ayant le plus fréquenté étaient ses neveux, Dean et Jack, pour des raisons d'affaires. Dean Fairchild gérait l'une des entreprises de Teddy, et Jack était directeur adjoint d'une autre.

Le décès de leur oncle affecterait sûrement leurs moyens d'existence, mais je n'avais pas envie de réfléchir à cela. Ni l'un ni l'autre ne semblaient s'en préoccuper. Dissimulaient-ils leur angoisse sous une nonchalance de façade? Ou alors, me demandai-je, étaient-ils trop débonnaires pour le montrer?

Miss Amy Pringle revint bientôt et reprit sa place à table.

— N'est-elle pas jolie? dit Jeanne en me donnant un coup de coude sous la table.

En observant ses boucles dorées, sa bouche coquine, son petit nez et ses yeux bleu ciel, je devais reconnaître que la jeune fille possédait un certain charme. Si elle cherchait un mari anglais, elle en trouverait un, j'en étais sûre. Et d'après ce que j'avais entendu de la bouche même de sa mère, je savais que l'heureux élu devrait posséder un titre, ou il serait éconduit.

Cependant, oubliant les projets et souhaits de sa mère, Amy Pringle ne lâchait pas d'une semelle sa cousine, Rosalie Grimshaw. Enfant unique elle aussi, Rosalie faisait exactement ce qu'elle voulait.

— Je ne vous comprends pas, vous les Anglais, murmura à mon intention Sophie Fairchild après le petit déjeuner. Vous ne vous parlez jamais le matin. Partout où nous allons, les salles de petit déjeuner sont remplies de couples anglais qui sirotent leur thé et lisent les journaux. Vous ne parlez donc jamais?

Je souris.

— Oui. Nous avez-vous observés durant des fêtes?

Elle réfléchit en inclinant sa chevelure brune sur le côté.

— Je n'ai pas participé souvent à des fêtes anglaises ; je n'ai fait mes débuts dans le monde que cette année.

— Ah, alors je vous suggère de vous lier d'amitié avec Megan. Elle connaît toutes les bonnes personnes.

— Mais ma mère dit que votre famille est — elle rougit —, je veux dire, oh, vous savez ce que je veux dire.

— Oui, je crois savoir.

Je souris à nouveau, car je commençais à aimer cette fille. Elle n'avait aucune prétention, à la différence des autres et, plus nous continuions de parler, plus il devenait clair qu'elle adorait son frère, Dean. J'aurais aimé avoir un frère. Et comme mon père aurait été ravi d'avoir un fils !

Après le petit déjeuner, au moment où nous tournions le coin pour monter à l'étage, un vacarme éclata dans le vestibule. Rosalie Grimshaw, aidée de sa femme de chambre... lançait ses valises par la porte. J'aurais cru qu'elle aurait fait attention à ses jolies choses, mais non, elle voulait que cela se remarque, que tout le monde sache qu'elle quittait la maison à cause d'Ellen.

Sophie fronça légèrement les sourcils. Était-ce de la gêne ?

— Reste, Rosalie, demanda-t-elle à sa cousine. Où comptes-tu aller ?

— N'importe où sauf ici, répondit-elle sur un ton sec.

Puis le regard féroce de ses yeux bleus se posa sur moi.

— Dites à Ellen que je la reverrai au tribunal, après la lecture du testament de papa.

Le moteur d'une voiture démarra à l'extérieur, et je jetai un coup d'œil furtif par la fenêtre. Le cousin Jack installa les bagages de Rosalie, puis il monta à l'avant du véhicule pour occuper le siège du chauffeur. Rejetant son écharpe rouge derrière son cou, Rosalie monta à son tour avec sa femme de chambre, et ils partirent à vive allure.

— Quel soulagement, dit ma mère, faisant écho aux sentiments de tous les invités qui étaient encore là. La pauvre Ellen n'a pas besoin de ce genre de problème. Elle a déjà bien assez de son chagrin et d'avoir à veiller sur Charlotte.

— La mère de Rosalie est-elle venue d'Amérique ? Rosalie ira peut-être rester avec elle ?

— Sans doute, grommela mon père. Je n'aime pas parler de ces choses, particulièrement en sa présence, mais Ellen devra bientôt livrer bataille sans l'avoir voulu.

— Vous voulez dire à propos de l'argent ?

— L'argent. C'est toujours à propos de l'argent.

— Croyez-vous qu'elle a fait une scène parce qu'elle pense vraiment qu'Ellen a tué son père ? Ou parce qu'elle craint la perte soudaine de son héritage ?

— La mort subite de son père l'a bouleversée, dit mon père dans l'intimité de nos appartements. Malheureusement, si sa mère est impliquée dans toute cette histoire, elle utilisera la pauvre fille.

Je le regardai bouche bée.

— Ce n'est pas une vaine menace alors ? Comment peut-elle traîner Ellen en cour ?

— Oh, elle va faire du tapage. Un tapage déplaisant.

— Pauvre Ellen, soupira ma mère. Mais le père de Rosalie lui a sûrement laissé quelque chose? Quelqu'un devrait dire à la pauvre fille que ça ne vaut pas la peine de partir en guerre pour cela.

— Quand il y a des millions en jeu, oui, objecta sir Gérald. Oui.

CHAPITRE SIX

— Alors elle est partie ?

— Oui, elle a quitté la maison. Jack l'a emmenée. Où crois-tu qu'ils sont allés ? Ils sont retournés en ville ?

— Sa mère est à Londres, répondit Ellen.

Puis elle s'arrêta pour ouvrir la vieille porte rouillée donnant sur le jardin d'agrément médiéval.

J'avais persuadé Ellen de prendre l'air, et l'excursion nous faisait du bien à toutes les deux.

— Bonté divine, Ellen, quel travail tu as abattu !

Je regardai tout autour de moi, émerveillée par tous ces changements. C'était autrefois un labyrinthe complètement envahi par les arbustes et les mauvaises herbes ; et aujourd'hui je découvrais une série de jardins, dont la plupart étaient de forme rectangulaire, et un grand jardin ovale au centre.

— Harry et moi avons travaillé ensemble ici, dit Ellen, en me guidant. Nous avons intégré certains éléments de la Renaissance, mais j'ai tenu à conserver l'aspect sauvage typique de l'époque médiévale. C'est ainsi que j'ai trouvé l'idée du jardin clos et du belvédère.

Je m'arrêtai pour admirer l'étang dans le jardin ovale débordant de fleurs roses et jaunes.

— Le jaune est une couleur gaie ; alors j'ai voulu qu'il y ait plein de fleurs jaunes.

Un triste sourire apparut sur ses lèvres.

— Ma mère aussi aimait les roses jaunes. Si tu te souviens, elle avait un rosier près des écuries.

— Oui, je me rappelle. Qu'est-il devenu ?

— Il y a eu un incendie. Nous avons réussi à l'éteindre et à réparer les écuries, mais pour le jardin, c'était sans espoir. Et puis il était situé dans un curieux endroit.

— Très curieux en effet, reconnus-je. C'est bien d'avoir fait pousser des roses jaunes ici le long du mur.

— Je savais que tu aimerais le jardin clos. Il y a aussi un banc dissimulé, là au centre. C'est un endroit idéal pour passer l'après-midi à lire.

— Tu ne devrais pas me donner des idées, l'avertis-je. Il se peut que tu ne me voies plus pendant un mois.

— Oh ! Daphné.

Réprimant un sanglot, elle s'effondra dans mes bras.

— J'ai l'impression que mon cœur s'est arrêté et que la vie m'a quittée. Je n'ai plus envie de vivre. Si Charlotte n'était pas là, je...

— Mais Charlotte *est* là et même si elle n'y était pas, même si c'est très difficile, nous devons continuer. C'est ce qu'aurait voulu Teddy. Tu as eu des nouvelles de Charles à propos des arrangements funéraires ?

— Lui et Clarissa s'occupent de tout. Je ne pourrais le faire. Oh! comme j'aurais aimé ne pas avoir fait chambre à part ces deux dernières nuits! J'aurais veillé à ce qu'il prenne son médicament pour le cœur. Mais il était toujours tellement minutieux, Daphné. Il y a dans cette affaire quelque chose qui cloche.

Je l'examinai attentivement.

— Crois-tu que quelqu'un a essayé de le tuer?

Elle regarda au loin.

— Nous avons reçu des menaces. Enfin, pour être plus précise, *Teddy* a reçu des menaces. Il n'a jamais voulu que je le sache mais un jour, il y a environ un mois, j'ai pris connaissance du courrier avant lui. Il y avait dans le courrier un billet écrit avec des lettres découpées dans un journal et qui disait : «La vengeance est mienne, je vais vous faire payer.»

Je m'arrêtai net et plissai les yeux.

— C'est tiré de la Bible, n'est-ce pas?

Ellen haussa les épaules.

— As-tu prévenu la police?

— Non. Teddy ne voulait pas. Cela le faisait rire; il ne s'inquiétait pas du tout. Il disait qu'il avait reçu beaucoup de menaces depuis qu'il était riche. Tu vois, les investisseurs et les compagnies de Teddy sont inextricablement liés. Ils font des profits en général, mais parfois les rendements ne sont pas à la hauteur des attentes.

— Et certaines personnes perdent beaucoup d'argent, complétai-je pour elle.

— Cela semble injuste, mais Teddy affirmait mener toutes ses affaires d'une manière équitable et il ne se serait jamais abaissé à tricher pour faire de l'argent. Les gens avaient confiance en lui, et c'est pourquoi il était plutôt agacé de recevoir des lettres de menace par la poste. Il disait que cela venait de gens qui ne connaissaient pas tous les faits.

— Comment a-t-il réagi à ces menaces ?

— Il a jeté les lettres au feu, répondit Ellen, en fixant le sol. Mais j'en ai gardé une ou deux, à son insu. J'ignore pourquoi. Je croyais probablement que cela pourrait avoir de l'importance un jour.

— Et tu avais parfaitement raison.

Je commençais à envisager la mort de Teddy Grimshaw sous un autre angle. Je ne croyais plus qu'il était décédé de cause naturelle.

Ellen donna un coup de poing dans la haie et pleura.

— Je crois qu'il a peut-être été assassiné. Il se peut que *quelqu'un* l'ait tué. *Quelqu'un* qui était au mariage...

— Au mariage, repris-je en écho, et mes paroles se perdirent dans la brise. Mais qui aurait voulu le voir mourir ?

— Ceux qui voulaient son argent : sa famille. Ils vont tous en retirer, tu sais. *Tous.* Je le sais car Teddy avait rédigé un nouveau testament cette semaine. Il disait avoir effectué plusieurs changements mais son second témoin ne pouvait signer que la semaine prochaine.

— Ce nouveau testament aura sûrement la préséance.

— Si l'affaire est présentée au tribunal, je risque de tout perdre. Pas que je veuille un seul centime pour moi. Si ce n'était de Charlotte, je les enverrais tous au diable, ces cupides vautours.

J'étais horrifiée. Je connaissais très peu ce genre de problème. L'écrivaine en moi avait toujours voulu observer une dispute à la suite d'un décès, avec des parents cupides et rapaces, selon les mots d'Ellen, qui se déchirent pour obtenir l'argent. Mais je ne m'attendais pas à me retrouver au milieu d'une de ces querelles.

— Ellen, tiens bon, il faut te battre pour Charlotte, au moins pour elle.

— Oui, tu as raison, marmonna Ellen entre ses dents. Mais j'éprouverais une grande satisfaction à leur lancer l'argent au visage.

J'avais de sérieuses réserves à l'idée de retrouver le major Browning pour rendre service à Ellen.

Tout d'abord, je ne le voulais pas.

Mais quelle sorte d'amie serais-je si je ne le faisais pas ?

Ravalant mon amour-propre, je demandai aux invités encore présents s'ils savaient où il était. À l'exception des Fenwick, de ma famille, de Megan et du camp américain, tous les autres avaient quitté Thornleigh en secouant tristement la tête au moment du départ.

— Je crois que le major Browning s'est installé au Jamaïca Inn, me dit le colonel Ramsay. Nous allons dans cette direction, voulez-vous qu'on vous dépose ?

Je n'avais pas prévu quitter Thornleigh aussi rapidement. Je n'avais pas le temps de vérifier ma chevelure ou ma robe. Je ne me *souciais* pas du tout de l'opinion que pouvait avoir de moi le major mais j'avais eu l'intention de m'y rendre convenablement vêtue. Dans l'état actuel des choses, j'avais simplement enfilé une robe très ordinaire, et ma chevelure était terne. Elle aurait eu besoin d'un bon lavage car les préparatifs de la coiffure de mariage l'avaient rendue rêche. Je ramenai mes cheveux en arrière sur la nuque en un chignon austère, au point que Jeanne me dit que j'avais l'air d'une gouvernante.

Gouvernante ou pas, j'acceptai l'offre du colonel. Il avait opté pour une voiture décapotable qu'il conduisait lui-même. Je m'assis sur le siège arrière avec son épouse, laquelle manifestait sa réprobation en fronçant les sourcils chaque fois que son mari s'amusait à rouler à toute allure.

— Oh ! Léopold, quel enfant vous faites !

L'homme sourit largement devant le rétroviseur.

— Daphné n'y voit pas d'inconvénient, n'est-ce pas ?

— Non, criai-je, mais si j'avais un chapeau, peut-être que cela m'ennuierait.

Cette repartie le fit rire mais je le suppliai de ralentir aux abords de l'agglomération. Il y avait tant de cottages intéressants éparpillés en bordure de la route dans cette magnifique campagne. Je mourais d'envie de vivre ici, de respirer tous les jours les parfums de ces champs de lavande, de posséder ma propre roseraie, d'habiter une demeure aussi grande que Thornleigh. Mais mon cœur appartenait à Cornouailles.

— Comment rentrerez-vous à la maison, ma chère? demanda l'épouse du colonel au moment où la voiture entrait dans le village.

— Oh, ne vous en faites pas pour moi, je trouverai bien un moyen.

Je les rassurai tous les deux, les saluai de la main et descendis sur les pavés ronds devant le Jamaïca Inn. Je rougis jusqu'à la racine des cheveux lorsque j'entrevis mon image dans les portes réfléchissantes de l'auberge où je m'engouffrai; puis je me dirigeai directement vers la dame installée au bureau de la réception.

— Bonjour! Voudriez-vous, je vous prie, dire au major Browning qu'il a de la visite?

La dame me regarda d'un œil soupçonneux, et son attitude reflétait une insinuation. Pourquoi une jeune femme non accompagnée désirait-elle voir le major Browning? Je refusai de lui donner satisfaction et pianotai sur le comptoir.

— Vous pouvez le lui dire vous-même, finit-elle par lancer d'un ton hargneux. Chambre deux, en haut à gauche.

— Merci, dis-je avec un sourire serein.

Je m'attendais un peu à ce qu'elle me réponde qu'il était sorti déjeuner avec sa fiancée ou faire une balade dans la campagne. Elle devait savoir qu'il était fiancé, ce qui expliquait sa curiosité concernant ma visite. Elle allait sans doute le questionner à son retour, et je songeai à la réponse qu'il allait donner : «Oh! c'est une amie.» «Oh! c'est ma cousine.» «Oh! c'est l'amour de ma vie, celle que j'ai récemment trahie en me fiançant avec lady Lara Fane.»

Je devais me rendre à la chambre numéro deux. Je cognai à la porte en bois tout en regardant autour de moi, soulagée que personne ne m'ait vue, même si j'entendais les chuchotements des domestiques au rez-de-chaussée.

— Un moment, fit une voix à l'intérieur, et j'eus envie de rentrer sous terre.

Je faillis redescendre à toute vitesse l'escalier. Lâche, lâche, me répétais-je. Rappelle-toi le motif de ta visite. *Rappelle-toi.*

Le visage du major rayonna dans l'embrasure de la porte. À moitié vêtu et interrompu dans son rasage rituel, il m'invita à entrer. Si je n'avais pas autant rougi en apercevant son peignoir, j'aurais pu insister pour que l'on se voie en bas.

Je m'efforçai de ne pas le regarder tandis qu'il se promenait nonchalamment dans la pièce, heureux, détendu et prenant tout son temps. Il continua de se raser.

— C'est un grand privilège pour moi de vous recevoir ce matin.

— Je suis ici pour Ellen, dis-je, allant droit au but.

— Ah.

Il s'égratigna légèrement sur le côté gauche du visage.

— Elle vous verra.

Il s'arrêta, me lançant un coup d'œil à travers le miroir.

— C'est bien.

— Soyez à la maison à quinze heures cet après-midi. Bonne journée.

Je me hâtai vers la porte mais il me saisit la main.

— Pourquoi partez-vous si tôt ? N'allez-vous pas au moins partager mon petit déjeuner ?

Partager son petit déjeuner ?

— Partager votre petit déjeuner, répétai-je, complètement incrédule. *Partager avec vous le petit déjeuner ?*

— Inutile de réitérer l'invitation, dit-il, blagueur, en asséchant son visage avec une serviette. Ici même.

Il approcha une chaise qui se trouvait sous la fenêtre afin que je puisse m'asseoir de l'autre côté de la minuscule table sur laquelle se trouvait son petit déjeuner.

— C'est gentil et chaleureux, non ? Café ou thé ? Non, le matin, vous prenez votre café noir et fort.

Le fait qu'il se rappelât ce petit détail ne fit qu'accroître ma fureur.

— Non, je prendrai du thé, faible et avec du lait. Sans sucre.

Il leva un sourcil insouciant, et je m'avisai de l'absurdité de ma situation. Qu'est-ce que je faisais ici, seule, sans être accompagnée, dans les appartements d'un célibataire ?

Je m'attardais parce que je voulais une explication.

Je m'attardais parce que je voulais le blesser comme il m'avait blessée.

Je me fichais bien des convenances.

Sans se départir de son attitude désinvolte, il se versa du café et mordit dans son toast beurré.

— Hum, un peu froid. J'aime mon toast chaud. Vous ?

Puisqu'il était d'humeur à plaisanter, j'en fis autant.

— Je préfère un œuf dur.

— Vraiment ?

Je lançai un regard furieux sur un coin de la nappe. Il avait une telle façon de manifester de l'intérêt même quand il n'était pas sincère.

— Oh ! allons. Ne rêvez-vous pas d'une belle brioche chaude, couverte de confiture de fraises et de crème fouettée ?

— Non, je préférerais du bacon et des champignons.

— Et des épinards ? Des harengs fumés ?

— Pas de harengs fumés.

— Excellent.

Il choisit un autre toast sur lequel il tartina une copieuse cuillerée de confiture de prunes. Avant de l'attaquer, il m'en offrit une moitié. Je refusai poliment.

— Vous ne savez pas ce que vous manquez, murmurat-il, le regard fixé sur moi, tout en dévorant lentement le toast et se léchant les doigts pour terminer.

— Je suppose que c'est là votre routine avec votre fiancée ? Où est-elle ? Cachée derrière un rideau ?

L'idée que lady Lara Fane puisse se dissimuler derrière un rideau était ridicule et nous le savions tous les deux. Il rit et j'esquissai un minuscule sourire.

— Il y a du progrès, dit-il en me rendant mon sourire. J'en suis heureux car nous sommes bien plus que des amis, n'est-ce pas, Daphné?

Ses yeux bruns demeuraient fixés sur les miens, comme s'il cherchait à percer certains secrets par la ruse. J'aurais aimé tenir bon devant un tel regard scrutateur mais je flanchai. Il était trop beau, trop charmant et trop habile ce diable d'homme.

— Lady Lara et moi nous ne sommes pas vraiment fiancés. Nous aurions pu l'être, si vous n'étiez pas arrivée.

— Oh? dis-je, feignant un intérêt modéré alors que je mourais d'envie de tout savoir.

— C'était le souhait le plus cher de nos parents, que nous nous mariions un jour. Quand le père de Lara est tombé malade au début de cette année, elle m'a demandé de me proclamer publiquement son fiancé. Nous avions l'intention de jouer cette comédie jusqu'à ce qu'il meure.

— Je vois. Quelle générosité de votre part.

— Je ne suis pas du tout généreux.

— Vous auriez pu me glisser un mot à son sujet.

— J'aurais pu.

— Et délibérément vous ne l'avez pas fait parce que...

— Parce que je savais que cela vous bouleverserait.

Il me souriait maintenant, avec chaleur.

— Ma chérie, comme vous êtes irritable! Je vous aurais tout expliqué au mariage si vous m'aviez laissé faire. Dans l'état actuel des choses, votre père me méprise tandis que votre mère et vos sœurs me lancent des regards meurtriers chaque fois que nous nous croisons.

Une grimace vint s'installer subrepticement aux commissures de mes lèvres. J'aimais l'idée qu'*il* soit mal à l'aise. Lui, toujours si impeccable en société, si apprécié de tous. Je trouvais bon qu'il ait à supporter une petite dose de désagrément.

— Pourquoi voulez-vous voir Ellen? Que savez-vous au sujet de Teddy Grimshaw?

— Questions. Questions. Si je dois répondre à chacune d'elles, il vous faudra passer quelques heures en ma compagnie.

Je le fixai d'un air soupçonneux. Ma chevelure était en désordre, ma robe affreuse, j'avais mauvaise mine et j'avais le sentiment d'être horrible. J'avais quitté la maison avec une telle précipitation que j'avais même oublié de prendre mon parapluie. Je me consolai en pensant qu'au moins, j'avais suivi le conseil qu'Angela m'avait donné l'hiver précédent et rempli mon sac à main de toutes sortes de sachets promotionnels à utiliser en pareilles occasions.

— À moins que vous n'ayez un autre moyen de transport?

Je faillis mentir et prétendre que Mr Dean Fairchild, un bel américain et un bon parti, m'attendait en bas.

— Alors ce n'est pas si terrible de passer un peu de temps avec l'homme que vous aimez, en balade à la campagne...

— L'homme que j'aime? Vous êtes vraiment suffisant.

CHAPITRE SEPT

— Je sais, reprit-il en souriant. Je ne peux m'en empêcher. Ou peut-être que cela se manifeste uniquement
avec vous. Vous avez une façon diabolique d'attiser les
feux, pour ainsi dire.

— N'avez-vous pas un rendez-vous avec votre fiancée? Un déjeuner, ou autre chose?

— Oui, répondit-il avec entrain, mais quand une
meilleure offre se présente, il faut la saisir.

Il baissa le regard et pencha sa tête vers la mienne,
presque comme s'il avait l'intention de m'embrasser.
Battant en retraite jusqu'à la porte, je me reprochai ma
faiblesse. Je connaissais cet homme. Son désir de passer du temps en ma compagnie cachait autre chose; il
était en quête d'informations. Je décidai de vérifier s'il
tenterait de me poser des questions durant notre petite
excursion. Oserais-je parier là-dessus? Mille livres qu'il
essaierait de m'arracher quelques secrets.

— Je suppose que lady Lara et ses parents ne restent pas dans cette auberge miteuse ?

— Snob, siffla-t-il tandis que nous descendions l'escalier. Ce n'est pas du tout miteux. C'est charmant.

Il n'attendait qu'une incitation de ma part.

— Eh bien ? insistai-je, une fois dans la rue. Où réside le comte de Rutland ?

— Dans une maison.

Il sourit tout en me conduisant vers sa voiture.

— Dans *leur* maison. Ils en ont une par ici.

— Naturellement. Les Earl ont des maisons un peu partout.

— Je parie que votre sir Marcus a plus de maisons que le comte.

— Ce n'est pas *mon* sir Marcus, commençai-je, avant de m'interrompre.

Pourquoi nier ? Pourquoi ne pas faire semblant qu'il y avait effectivement quelque chose entre sir Marcus et moi ?

— Il compare chaque femme qu'il rencontre à vous, déclara-t-il sèchement tandis que nous traversions la rue.

Je m'arrêtai près de la rutilante Bentley.

— C'est votre voiture ?

— Ne jouez pas l'incrédule. Montez.

Ce n'est qu'après avoir quitté le petit village qu'il ajouta :

— Non, vous aviez raison. Un ami me l'a prêtée.

— Un ami de Scotland Yard ?

Il ne répondit rien, et je soupirai.

— Oh, je vous en prie. C'est juste une voiture ; pas un secret d'état.

Un sourire énigmatique flotta sur ses lèvres.

— On ne sait jamais avec vous. Vous êtes vraiment trop fouineuse.

— Fouineuse ? Je n'aime pas ce mot. Curieuse, c'est mieux.

Il passa les vitesses.

— À propos, j'ai lu votre histoire. C'est excellent.

Je ne m'attendais pas à ce compliment.

— Merci.

Il eut un sourire ironique.

— J'ai fait tous les liens. Votre inspiration : Rachael Eastley.

— Au départ, oui, mais vous remarquerez que ma veuve a ses traits distinctifs. Elle est plus directe et déterminée.

— Des traits qui pourraient être les vôtres ?

Je haussai les épaules.

— Où allons-nous exactement ? J'ai une existence bien à moi, vous savez. Je ne suis pas à votre entière disposition.

— Oh ! mais vous l'êtes, dit-il dans un éclat de rire. Vous êtes ma captive et, pour quelques heures, vous m'appartenez complètement.

Je refusai de me laisser gagner par son charme.

— De quoi voulez-vous discuter avec Ellen ? Je suis son ambassadrice.

— Ambassadrice! Quelle absurdité. Vous connaissez à peine cette femme.

— Je la connais très bien, sifflai-je. Le fait que nous communiquions par courrier ne signifie pas que je ne la connais pas. En fait, je parie que je la connais beaucoup mieux que mes autres amies avec qui je passe du temps toutes les semaines.

— Ah, fit-il en hochant la tête, vous partagez des secrets.

— Dans une certaine mesure. La correspondance procure certains avantages. On peut écrire presque n'importe quoi sur sa propre vie tout en découvrant celle d'une autre personne. C'est assez...

Je m'arrêtai. Comment s'y était-il pris? M'amener par la ruse à parler d'Ellen alors que j'avais décidé du contraire?

Il vit à quel point cela m'agaçait et il eut un sourire en coin.

— Je suppose qu'il est inutile de vous demander quelle sorte de travail vous faites en ce moment?

— En ce moment, commença-t-il, d'une voix très sérieuse, en ce moment je suis occupé à jouer au fiancé.

— Naturellement. Je suis surprise que vous ayez l'approbation du comte de Rutland. Combien de maisons possédez-vous?

— Pas autant que sir Marcus, dit-il en riant. Et je tiens de bonne source que je ferais un très mauvais époux.

— Oh?

— C'est ce que dit ma marraine. J'aimerais que vous la rencontriez un de ces jours.

— C'est fort peu probable.

— Pas aussi improbable que vous croyez, dit-il en consultant sa montre. Nous devrions être là dans une demi-heure.

— Une demi-heure ?

Il devait plaisanter.

— Elle habite un cottage près de Tintagel Castle.

Il ne plaisantait pas.

— Je lui ai promis d'emmener cette future romancière célèbre pour la lui présenter. Elle adore les livres. En fait, je ne l'ai jamais vue sans un livre.

Il poursuivit en énumérant la liste des derniers livres, qu'elle avait lus, et des commentaires qu'ils lui avaient inspirés. Écoutant d'une oreille distraite, je me crispai sur mon siège. Pourquoi voulait-il que je rencontre sa marraine ? N'aurait-il pas dû d'abord me prévenir ?

Non. S'il m'avait fait cette suggestion, je lui aurais suggéré de lui présenter sa *fiancée*. Peut-être avait-il déjà amené lady Lara chez elle.

— Que pense lady Lara de votre marraine ?

— Elle ne l'a jamais rencontrée.

— Qu'est-ce qu'elle faisait aujourd'hui ? Un rendez-vous chez son couturier ? Suis-je un divertissement ?

Il appuya brusquement sur les freins.

Je me cramponnai à mon siège. Il avait l'air en colère. Je ne l'avais encore jamais vu ainsi, et cette vision me fit frémir.

— Qu'est-ce qu'il faudra pour que vous me croyez?
Je pense que vous ne comprenez pas le grand risque...

Il serra les dents.

— Non. Vous ne comprenez pas. Comment pourriez-vous? Vous n'êtes qu'une femme.

— Je ne suis qu'une femme! hurlai-je.

J'étais prête à sauter hors de la voiture et à courir sur la route, ce que j'aurais fait s'il n'avait pas saisi mon bras.

— Laissez-moi partir.

— Si Lara vous dit la vérité, la croirez-vous? Ce que je voulais dire c'est que nous exigeons beaucoup de vous en vous demandant de tenir secrètes nos fausses fiançailles.

— Quand vous l'a-t-elle demandé?

J'avais besoin de savoir. J'avais besoin de connaître tous les détails et de faire les liens nécessaires.

— Il y a plusieurs mois. Avant que je ne vous voie sur les îles Scilly.

Je comptai mentalement toutes nos rencontres et, à ma grande consternation, les cartes jouaient en sa faveur. Notre relation avait éclos à Somner House, elle s'était approfondie et elle était devenue très chaleureuse. Il était ironique que cela se soit produit au cœur de l'hiver, songeai-je.

Il redémarra la voiture, et je gardai le silence. Je ne voulais pas parler. Je voulais m'imprégner de l'idée qu'il se souciait de moi. Que j'étais plus qu'une amie. C'était plus qu'une aventure. J'avais assez d'importance à ses yeux pour qu'il demande à Lara de me parler. Je souris. J'appréciais d'une certaine façon cette promesse... la reconnaissance par le major Browning de la place que j'occupais dans son cœur.

Avait-il un cœur? Un cœur capable d'un amour durable?

De toute façon, je refusais d'envisager la chose maintenant. J'avais l'intention de profiter de cette journée.

Alors que nous tournions pour entrer dans le petit village au bord de la mer, il se mit à pleuvoir. J'avais observé les nuages qui se formaient au-dessus de nous, espérant sans trop y croire que cela n'arriverait pas. Du moins, pas avant l'après-midi, pas avant mon retour à Thornleigh. Il pouvait pleuvoir à Thornleigh, peu importe, mais pas maintenant, non, de grâce, pas maintenant, suppliais-je le ciel.

Ce ciel qui me fixait, sombre et chargé.

— Oh! non, dis-je, j'ai oublié mon parapluie, *encore une fois.*

Que m'arrivait-il donc ces derniers temps? J'avais coutume d'être toujours bien préparée, d'avoir toujours un parapluie à portée de la main.

— Ceci fera-t-il l'affaire?

Tendant le bras vers le siège arrière, le major en avait tiré un imperméable.

— Il vous tiendra au sec jusqu'à ce que nous soyons à l'intérieur.

J'enfilai l'imper. Les manches étaient trop longues, mais c'était sans importance.

— Et vous?

Il éclata de rire, tirant le capuchon sur ma tête.

— Je vais prendre un bain matinal.

Et il n'était pas très loin de la vérité. Ce qui avait débuté comme une averse modérée se changea en pluie torrentielle.

— Peut-être devrions-nous attendre?

— Non, dit-il en m'encourageant à sortir de la voiture. Allez tout droit à la porte verte et frappez bien fort. Elle est un peu sourde.

Fourrant mon sac sous l'imper, j'ouvris la portière et me précipitai dans l'allée menant à la porte verte. À quelques mètres seulement de la rue, le pittoresque cottage en pierre se dressait, invitant. Une plante solitaire se balançait près de la porte verte et, sur une de ses feuilles, reposait une petite grenouille verte avec de grands yeux.

— Elle adore les babioles, murmura le major, qui renchérit sur mes coups et frappa plus fort à la porte. Sa maison en est pleine.

— J'espère qu'elle répondra bientôt, dis-je, ou nous serons tous deux trempés jusqu'aux os.

J'avais à peine terminé ma phrase qu'on entendit un cliquetis; puis une série de verrous furent poussés, et la porte s'ouvrit enfin, révélant une femme d'âge moyen aux cheveux noirs et à la physionomie peu ordinaire. Elle nous fit entrer et, tandis qu'elle se lançait dans un échange vif et plein d'esprit avec le major, j'eus l'occasion de l'observer. De toute évidence, elle n'avait pas vu le major depuis longtemps, et son rire adoucissait son front puissant et son menton carré. J'aimais le son de ce rire; il était espiègle et attachant. Avec son nez retroussé et ses yeux bleus perçants sous sa chevelure épaisse et noire comme de l'ébène, elle ressemblait à une aristocrate européenne et elle se comportait comme telle. Plus que de la joliesse, son visage avait une beauté classique.

Ces observations sur son apparence jaillirent de ma bouche et la firent sourire.

— Et vous devez être Daphné, dit-elle en m'embrassant sur les deux joues. Bienvenue, Daphné, dans ma petite maison au bord de la mer. Vous êtes vraiment brillante. Pouvez-vous deviner de quel pays je viens ?

— Italie ?

— Allemagne.

Son sourire s'estompa.

— Bien sûr, les Allemands ne sont pas très populaires en Angleterre et, n'eût été mon brave époux Wilhelm, nous n'aurions peut-être pas survécu à la guerre.

Sans s'attarder sur ce sujet, elle nous invita à la suivre dans sa petite maison au bord de la mer. Le sombre couloir dont les murs étaient recouverts d'un papier peint à motif de vigne menait, au cœur de la maison, à une vaste pièce rectangulaire donnant sur l'océan. Une fenêtre aux volets clos s'ouvrit avec un claquement, et l'air marin parvint à mes narines, frais et grisant.

Le major se dirigea vers la fenêtre pour la fermer tandis que je suivais sa gracieuse marraine dans la minuscule cuisine située à droite de cette pièce.

— C'est petit, dit-elle, mais cela me convient. Ah, vous voyez que j'ai une passion pour le cuivre. Du cuivre partout et des livres. Voilà ma vie. Quand Wilhelm était en vie, nous restaurions des livres ensemble. Il a reçu sa première commande anglaise cinq ans avant la Grande Guerre. Nous étions à Londres quand la guerre s'est déclarée et, pour notre sécurité, nous sommes venus ici.

— Quand Wilhelm est-il mort? demandai-je, d'une voix douce et basse.

Quelque chose en cet endroit invitait au silence et à la solitude. C'était une maison de paix et de réflexion.

— Il est mort au printemps.

Elle n'en dit pas davantage, et je n'insistai pas. Je me demandais s'il avait souffert sous l'oppression anglaise, car je me rappelais que plusieurs de mes compatriotes nourrissaient de l'animosité envers tout ce qui était allemand.

— Voulez-vous du café, Daphné?

— Elle l'aime fort.

Le major pénétra dans la cuisine et décrocha trois tasses de céramique verte suspendues à des crochets en cuivre installés au mur.

— Susanna fait le meilleur café au monde.

— Avec ma minuscule cafetière italienne, dit-elle, rayonnante. Si moi-même je le dis, c'est qu'il est bon. Et j'ai des petits pâtés en croûte et des gâteaux aux amandes pour déjeuner.

— Susanna, *le chef*, plaisanta affectueusement le major.

— Je fais du pain et je cuisine un peu. Mon voisin dîne avec moi. Il est veuf lui aussi.

— Ah, un amoureux?

Susanna secoua la tête.

— Tommy, tu penses toujours à ça et tu n'as jamais emmené tes amoureuses chez moi auparavant; alors cette fille doit être très spéciale.

Elle dit cela sur un ton parfaitement neutre, et mon visage se colora. Je m'affairai à transporter le plateau à café dans la pièce principale et offris de verser le café. Susanna esquissa un sourire mystérieux, et je cherchai à détourner son attention en lui demandant où elle conservait ses livres.

— Dans la salle de lecture, répondit-elle. Je vous y conduirai plus tard, mais d'abord, je veux tout savoir sur vous et votre famille, comment vous avez rencontré mon Tommy, même s'il m'a déjà parlé un peu de tout cela.

Comme mon visage virait au rouge, je me concentrai sur mon café. Le major avait raison. Le café était excellent. Et j'aimais beaucoup sa marraine, cette femme étrange et expérimentée. Elle ne laissait passer aucun détail et notait soigneusement tout ce que je trouvais à dire sur moi.

— Vous avez du goût pour l'aventure, non? dit-elle à la fin. Ah, vous me rappelez ma jeunesse. J'avais l'habitude d'aller à cheval dans les bois durant des heures et des heures. Mes parents n'approuvaient pas. Mais, à l'époque, ils n'approuvaient pas grand-chose.

— La famille de Susanna l'a reniée quand elle a épousé Wilhelm, glissa le major. Quand elle est venue en Angleterre, elle était jeune mariée.

— Ma famille ne voulait pas que j'épouse un restaurateur de livres, expliqua Susanna. Même si des universités lui avaient passé d'importantes commandes pour préserver des manuscrits et des livres rares, il était encore pauvre au moment où je l'ai épousé.

— Vilaine Susanna, dit le major en faisant claquer sa langue, vous auriez dû épouser le gros comte.

— Helmut, dit Susanna en riant. Comme vous vous rappelez bien tout ce que je vous raconte. Il a un cerveau qui enregistre tout, me dit-elle, peut-être vous en êtes-vous aperçu?

— Une ou deux fois.

Je souris et regardai par la fenêtre. Je ne pouvais apercevoir que la pointe surélevée de Tintagel Castle s'étirant vers la mer. La pluie obscurcissait partiellement ma vision mais j'avais très envie d'y aller. Nous n'aurions probablement pas le temps aujourd'hui mais, pour une fois, cela ne me faisait rien. Susanna m'intéressait beaucoup plus.

Après le déjeuner, elle m'emmena dans sa salle de lecture, et je découvris un endroit paradisiaque. J'avais vu de nombreuses bibliothèques dans de grandes demeures au cours de ma vie, mais aucune d'elles n'avait la simplicité et l'élégance de la salle de lecture de Susanna. Entièrement décorée dans de chaleureuses teintes de prune, cette pièce était tout à fait charmante. Une moquette épaisse réchauffait les planchers; visiblement, elle avait bien servi car, tout comme le cuir des deux fauteuils de lecture identiques, elle était légèrement décolorée. De solides étagères en chêne ornaient deux côtés du mur où trônait un antique secrétaire ovale dégarni, à l'exception d'un sous-main en cuir vert repoussé.

— C'est ici que Wilhelm avait coutume de travailler… quelle tristesse, il ne sert presque plus à présent.

— Il est magnifique, murmurai-je.

J'y posai la main, puis j'effleurai de mes doigts les nombreux livres empilés sur les étagères. J'aimais ce secrétaire. J'aurais voulu tirer la chaise et y écrire quelques phrases tout en regardant par l'étroite fenêtre donnant sur la mer.

— Daphné est écrivaine.

Le major se glissa dans la pièce en grignotant un autre morceau du délicieux gâteau aux amandes de Susanna.

— Elle a publié.

— Pas un roman, ajoutai-je, le visage en feu.

— C'est ce que vous souhaitez ? Devenir romancière ? Que voulez-vous écrire ? Un drame ? Une intrigue ? Une histoire d'amour ?

— Oh.

À l'invitation de Susanna, j'essayai un des fauteuils de la bibliothèque.

— Je ne sais pas exactement. J'aime l'histoire et j'aime les vieilles demeures. J'aime aussi les livres ayant un thème plus sombre, qui explorent des émotions peu souvent abordées dans les œuvres de fiction grand-public.

Levant un sourcil, Susanna adressa un large sourire au major.

— Vous avez bien choisi, Tommy. Elle est brillante. Je l'aime. Je l'aime beaucoup et j'espère que vous viendrez me visiter à nouveau, Daphné?

— Oui, je viendrai, promis-je, sans réaliser que le temps avait filé.

— Vous serez la bienvenue, si vous voulez séjourner ici et écrire sur ce secrétaire, dit Susanna au moment du départ.

L'invitation était si chaleureuse que je me dis que je pourrais bien l'accepter un jour.

CHAPITRE HUIT

Nous rentrâmes à Thornleigh avec une demi-heure de retard.

— Ellen est très ponctuelle, soupirai-je, exaspérée par le refus du major de me faire part de ce qu'il savait.

— Elle est en deuil, murmura-t-il, en se glissant hors de la voiture pour venir m'ouvrir la portière. Le monde change quand on est en deuil.

C'était vrai. Tout en me dirigeant vers la chambre d'Ellen, j'étais encore hantée par ses mots. *Comment puis-je continuer sans lui? Comment le puis-je?*

— Elle l'aimait et il l'aimait. La différence d'âge n'avait aucune importance. Par une cruelle ironie du sort, son cœur avait flanché à ce moment-là.

Le major ne dit rien, ce qui signifiait qu'il savait quelque chose. J'en étais venue à cette conclusion en observant un petit signe révélateur sur le côté gauche de sa figure. Un petit muscle qui se crispait chaque fois qu'il voulait éluder mes questions.

Ellen nous reçut dans son bureau privé. Il y avait deux bureaux à Thornleigh, un pour le maître et l'autre pour la maîtresse de maison. Celui du maître était adjacent à la bibliothèque tandis que celui de la maîtresse donnait sur les jardins à l'arrière de la maison. La pièce était claire et ensoleillée comme un petit salon conçu pour être utilisé durant la matinée, et Ellen aimait y venir durant cette période de la journée car les rayons du soleil réchauffaient la pièce.

En entrant, je ne pus m'empêcher de comparer le bureau d'Ellen à la minuscule bibliothèque de Susanna. Il y avait au centre de l'immense pièce un énorme secrétaire George III orné de motifs floraux incrustés et pourvu de nombreux tiroirs, ainsi que deux petits fauteuils rembourrés recouverts d'un tissu uni et placés devant lui. Les fenêtres étaient encadrées de tentures jaunes assorties au tissu des fauteuils et à un tableau représentant des tournesols accroché au mur. Dans un coin, il y avait aussi un plus petit secrétaire de style victorien, à l'usage des dames, mais il était là uniquement pour l'apparence.

Ellen se leva de son bureau.

— Asseyez-vous. Voulez-vous du café ? Du thé ?

J'aperçus un plateau vide sur le secrétaire.

— Non, ça va. Et je suis désolée pour notre retard. C'était la...

— La circulation, expliqua le major. Infecte, à cette période de l'année.

Le regard d'Ellen passa de lui à moi. Son visage reflétait une légère surprise car, à sa connaissance, je détestais cet homme et je refusais de passer ne serait-ce qu'une minute en sa compagnie. J'avais envie de lui expliquer la situation. Je ne voulais pas qu'elle croit que j'étais une femme sans volonté.

— Eh bien.

Ellen reprit son siège avec lassitude.

Ses yeux demeuraient interrogateurs. J'étais censée inviter le major à venir ici à quinze heures et non passer la journée avec lui. Mais elle ignorait pourquoi je l'avais accompagné. J'étais partie avec lui parce que je soupçonnais qu'il avait obtenu des informations et qu'il ne désirait les partager qu'avec Ellen.

— L'affaire dont j'ai à vous entretenir est privée, commença-t-il, et j'estime qu'il vaut mieux que nous en discutions seul à seul.

Ellen leva les yeux de son bureau. Elle avait de grands cernes sous les yeux.

— Je n'ai pu dormir la nuit passée. Mon esprit, vous comprenez. Je pensais à la pierre tombale de Teddy et à ce qu'il aurait aimé y voir gravé. Naturellement, je sais qu'il préférerait être enseveli en Amérique, mais je ne peux supporter l'idée que sa dépouille retourne chez lui sur ce navire. J'ai eu une dispute épouvantable avec ses sœurs. Elles insistent pour qu'il revienne au pays mais je ne peux pas le laisser aller. Est-ce mal de ma part?

— À moins qu'il n'y ait un gain monétaire, tout le monde perd quand il s'agit de la mort, murmura le major.

Puis il réitéra son souhait de parler en privé.

— Non, je veux que Daphné soit présente, répondit Ellen fermement en quittant son bureau pour s'approcher de la fenêtre.

Elle y resta un moment, sa mince silhouette se découpant sur la faible lumière de l'après-midi.

— J'ai reçu deux visiteurs aujourd'hui. Le comptable et le courtier de Teddy. Je savais qu'il était riche mais je n'avais pas idée de la complexité de ses affaires. Là.

Elle indiqua sur le plancher une boîte remplie d'épais dossiers bleus.

— Ce n'est qu'un début. Mr Berting, le comptable de Teddy, a essayé de m'expliquer les choses simplement mais je n'y comprends rien. Je me demande si vous ne pourriez pas m'aider, major Browning ? Si tous les deux, vous ne pourriez pas m'aider ? À l'exception de ma fille, je n'ai aucune famille et personne à qui je peux faire confiance. Harry est là, bien sûr, mais il s'occupe de Thornleigh pour moi ; il n'a pas le sens des affaires ni moi, d'ailleurs.

— Il vaudrait peut-être mieux embaucher un directeur commercial compétent, conseilla le major.

— Teddy adorait ses entreprises. Elles étaient pour lui comme des animaux de compagnie et, en tant que veuve, je sens qu'il est de mon devoir de veiller sur ces animaux, particulièrement quand il y a de nombreux loups dans les environs.

Son regard tomba sur deux personnes qui marchaient dans le jardin. Je tendis le cou pour voir. C'était Dean Fairchild et son cousin Jack.

— Votre époux, commença le major, a été impliqué dans deux transactions majeures au cours de l'année dernière. Ce sont ces affaires qui l'ont amené en Angleterre.

— Oui. C'est exact.

— Et vous l'avez contacté à son arrivée ?

— Oui, c'est aussi vrai. Je l'ai mis en présence de Charlotte. Il était ébahi de voir à quel point l'enfant lui ressemblait et il m'a offert de l'argent. J'ai refusé. Il a voulu se racheter en nous rendant visite régulièrement et en nous invitant à dîner.

— Au cours de ces rencontres, vous a-t-il jamais parlé de son travail ? Des deux transactions ?

Ellen essaya de se rappeler.

— Un peu. Je me souviens des noms... Salinghurst et Gildersberg. Teddy a dit qu'il s'intéressait à ces deux entreprises.

— Il était plus qu'intéressé. Il détient quarante pour cent des actions de Salinghurst et il a acquis récemment cent pour cent du portefeuille de Gildersberg.

— Il possède Gildersberg alors ?

Une légère ride se forma sur le front d'Ellen.

— Qu'est-ce que cela a à voir avec son décès ?

— Lisez les grands titres.

Ellen plissa les yeux en regardant le journal qu'il venait de lui mettre entre les mains. « *Le prix des actions de Gildersberg a chuté ce matin avec la nouvelle du décès de son directeur, Mr Teddy Grimshaw, de Boston au Massachusetts. Il appert que Mr Grimshaw avait des projets ambitieux pour la compagnie allemande d'alimentation...* »

— Salinghurst et Gildersberg sont des compétiteurs, expliqua le major. Je soupçonne votre mari d'avoir acheté Gildersberg et tenté d'acquérir les actions en baisse de Salinghurst afin d'obtenir le contrôle complet du marché.

— Salinghurst a gagné?

— Vous détenez quarante pour cent des actions de cette compagnie à présent. Je crois qu'ils vont tenter de vous les racheter.

— Afin d'avoir le contrôle exclusif du marché? compléta Ellen.

— Je vous suggère fortement de refuser cette offre.

Ellen fit une pause.

— Cette suggestion vient-elle du major Browning ou de Scotland Yard? Je sais que vous travaillez pour eux. Daphné me l'a dit.

Je devins écarlate. Je le lui avais dit en confidence. À mon soulagement, le major ne sembla pas se préoccuper de cela.

— Nous croyons que des manœuvres secrètes et déloyales ont lieu entre les deux compagnies et que le personnage central de ce complot est votre défunt mari. Si vous vous retirez de Salinghurst, nous n'aurons plus aucun moyen de suivre de près cette compagnie.

— Moi?

Ellen paraissait perplexe.

— Mais que puis-je faire? Je ne connais rien à la gestion d'une compagnie.

— Les principaux actionnaires sont autorisés à assister à la réunion de la compagnie une fois par mois. Scotland Yard souhaite que vous alliez à ces réunions et que vous fassiez un compte rendu de ce que vous voyez et entendez. En termes simples, Mrs Grimshaw, nous souhaitons que vous preniez la place de votre époux.

— Teddy a accepté d'espionner pour vous?

Il y eut une pause avant que ne vienne la réponse.

— Il a refusé; il avait certainement ses raisons.

Ellen se laissa tomber sur son fauteuil et le fit pivoter. Puis elle pâlit, et je devinai qu'elle pensait aux menaces que Teddy avait reçues par la poste.

— Je suppose, major Browning, que vous ne pouvez pas me dire précisément ce qu'il y a derrière tout cela, n'est-ce pas?

— Non.

— Ne pouvez-vous pas me donner un quelconque soutien? Avant que Teddy ne meure, nous cherchions à simplifier nos vies, pas à les compliquer davantage.

J'observai le visage du major. Il ne voulait pas donner de renseignements, pas le moindre renseignement. Peut-être pensait-il que de telles informations compromettraient l'affaire. Une affaire de fraude dans une entreprise de la haute société?

— Nous croyons, concéda le major, en jetant un regard furtif dans ma direction, que votre époux a été assassiné.

CHAPITRE NEUF

— Assassiné?

— Bien sûr, nous n'avons pas encore reçu le rapport officiel du décès, mais je parierais mon meilleur équipement de pêche qu'il ne correspondra pas à la réalité.

Ellen pâlit et, la main tremblante, elle essaya de prendre un verre d'eau.

— Je ne me sens pas bien… ainsi Teddy ne serait pas mort d'une crise cardiaque?

— Selon toutes les apparences, oui; cependant, on sait que certains poisons peuvent produire une réaction de ce genre.

— Des poisons?

Le visage d'Ellen devint alors complètement blanc.

— Qui aurait voulu empoisonner Teddy? Ses compétiteurs en affaires se seraient-ils abaissés jusque-là?

— Voilà pourquoi nous voulons que vous soyez nos yeux et nos oreilles chez Salinghurst. La première réunion est prévue pour le vingt-huit. Ils ne s'attendent sûrement pas à vous voir...

— Très bien. J'irai.

Elle se leva et agita la cloche.

— Trouvez Harry, dit-elle à la domestique, dites-lui que je le rencontrerai sur la pelouse.

La domestique s'inclina et quitta la pièce. Ellen prit son châle.

— Ils nous remettront le corps demain. J'avais pensé le faire enterrer dans le cimetière de la paroisse mais nous avons un ancien cimetière ici, sous l'if, près des bois. Un jour, nous nous promenions dans les environs, et Teddy a dit en plaisantant qu'il faudrait ériger une nouvelle pierre tombale bien « droite » pour compenser toutes celles qui sont à moitié effondrées ici et là. N'est-ce pas ironique de voir qu'ils en érigent une actuellement ?

— Oh.

Elle s'arrêta à la porte et nous examina tous les deux.

— Je vous confie les dossiers de Teddy et, puisque Scotland Yard me demande d'espionner, je pense que le moins qu'ils puissent faire est de me prêter un gestionnaire jusqu'à ce que je trouve un remplaçant. Possédez-vous les compétences nécessaires, major Browning, pour vous occuper de ces questions ?

— Je peux occuper ce poste pour l'instant, répondit doucement le major, un léger sourire aux lèvres, mais j'aurai besoin d'une assistante, une secrétaire maîtrisant la sténographie et l'écriture sous la dictée.

— Daphné, prononça Ellen en me touchant à l'épaule. Voudrais-tu aider le major ? Je dois aller... j'ai des choses à faire.

La porte se referma. Nous étions seuls.

— J'éprouve un vif désir de fumer un cigare, avoua le major en étirant ses longues jambes.

— Votre meilleur équipement de pêche, hum ? Savez-vous vraiment ce que vous faites ?

— Pas le moins du monde. Voilà pourquoi j'ai besoin d'un cigare.

Cette rare manifestation d'humilité me le rendit plus sympathique. Normalement, j'aurais eu une réponse sarcastique toute prête, mais percevant, derrière un froncement de sourcils prononcé, le doute qui l'habitait, je posai la main sur son épaule.

— Je vous aiderai.

En entendant mon doux murmure, il couvrit ma main de la sienne et m'attira vers lui. La soudaineté de son geste me prit par surprise et, avant que je m'en rende compte, j'étais dans ses bras.

— Cette étroite collaboration me plaît bien dans l'instant présent.

Il rit.

Mon cœur battait la chamade, ma bouche rebelle cherchait la sienne. Je ne me posais pas la question si ce geste serait considéré comme effronté ou même dévergondé. Je le désirais.

— Oh.

Nanny Brickley entra en coup de vent dans la pièce.

— Je cherchais Ellen.

Je me levai d'un bond en rougissant jusqu'aux oreilles. Avais-je oublié qu'aux yeux du monde il appartenait à une autre femme ?

— Elle est sortie pour discuter avec Harry, dit le major, calme, amusé, charmant comme toujours. Au sujet de l'emplacement de la tombe, sans doute.

— Oui, bien sûr, oui…

Alicia Brickley pouvait à peine jeter un coup d'œil dans ma direction. Et je ne pouvais la regarder non plus.

— Oh, quelle honte !

Je jurai à voix basse quand elle fut partie.

— Honte ?

Il eut un petit rire et il ne semblait pas du tout affecté.

— Honte de quoi ?

— Vous oubliez que vous êtes fiancé. Qu'arrivera-t-il si elle déclenche des commérages ?

— Et alors ?

— Vous souciez-vous des sentiments de votre fiancée ?

— Pas le moins du monde. C'est un arrangement d'affaires.

— Lady Lara voit peut-être les choses autrement. Elle cherche peut-être un mari, elle est dans sa cinquième saison.

— Oh, elle a reçu beaucoup d'offres, répondit le major en sortant les dossiers de la première boîte.

— Et aucune d'elles ne plaît à son père ?

114

— Je dirais plutôt qu'aucune ne lui plaît, à *elle*. Lara a... il fit une pause, réfléchissant... elle a des goûts particuliers.

— Et vous êtes de son goût?

Ma voix trahissait ma colère.

Il haussa les épaules.

— Cela ne veut pas dire que ce soit mon cas. Vous êtes ma petite amie.

Cette affirmation exprimée sur un ton aussi désinvolte me prit au dépourvu. La joie au cœur, je me laissai choir sur le plancher à ses côtés. Ça me semblait tout à fait naturel de le faire.

— Que voulez-vous que je fasse?

— Classez d'abord ceux-ci, dit-il, en me tendant une pile de papiers. Classez-les par date.

En se dirigeant vers le bureau d'Ellen, il commença à lire, les yeux plissés à cause du mauvais éclairage.

— Pourquoi ne pas utiliser le bureau? suggérai-je. Ou la bibliothèque? L'éclairage est bon là-bas.

Ma suggestion lui plut, et vingt minutes plus tard nous nous dirigions vers la bibliothèque; mais en effectuant ce déplacement, nous sommes tombés sur Angela. Son regard hostile trahissait ses pensées tandis qu'elle m'entraînait à l'écart.

Nous étions à l'extérieur de la bibliothèque, et je priais pour que personne n'ait entendu les propos empreints de colère qu'Angela m'avait soufflés. L'éloignant de la porte fermée (car j'imaginais le major s'attardant de l'autre côté, intrigué par «l'affaire urgente» de ma sœur), je m'efforçai de réparer mon erreur.

— Je ne peux tout expliquer mais il est... je suis...

— Il est. Tu es... quoi? Des amants?

— Non!

— Alors pourquoi marchez-vous sur la pointe des pieds comme deux écoliers et vous embrassez-vous derrière les portes?

Nanny Brickley n'avait pas perdu de temps pour cancaner. J'imaginais qu'elle méprisait ma faiblesse, tout comme ma sœur. Mes amies m'avaient soutenue, elles avaient pris parti contre le major, elles m'avaient consolée durant mes moments les plus sombres et, à présent, elle ne pouvait comprendre ma défection.

Moi non plus d'ailleurs.

— Il travaille sur quelque chose d'important, et on m'a demandé de l'aider. Crois-moi, si Ellen ne me l'avait pas demandé personnellement, j'aurais refusé. Je sais que nos rencontres vont donner naissance à des rumeurs.

Angela m'examina sans détour en prenant son attitude de sœur aînée.

— Lady Lara Fane n'est pas une femme avec laquelle on a intérêt à entrer en guerre. Et tu devrais savoir que les cousins américains dînent chez les Rutland ce soir.

— Alors, quel que soit le récit qu'ils voudront croire, ça les regarde. Dans l'état actuel des choses, le major et moi travaillons sur les dossiers financiers d'Ellen. Scotland Yard est impliqué. Je ne peux dire comment;

je suis tenue au secret, mais ne sois pas étonnée si une onde de choc se propage dans un ou deux jours.

Angela détecta mon insinuation.

— C'est un meurtre, n'est-ce pas ?

Je haussai les épaules en reculant jusqu'à l'endroit où nous avions laissé le major. Je lui en avais dit suffisamment pour la tenir occupée et pour qu'elle me laisse tranquille pour le moment. Je savais qu'elle ne courrait pas prévenir nos parents. Depuis Somner House, nous avions développé un lien de confiance particulier.

Cependant, plus tard au cours de la soirée, mon père dit, la pipe entre les dents :

— J'ai entendu dire que Browning est venu ici aujourd'hui.

— Oh ?

Je fis semblant d'être légèrement surprise.

— Et il est venu sans sa fiancée.

— Ooh.

J'abaissai mon regard afin qu'il ne puisse lire la vérité dans mes yeux.

Mon père tira à nouveau sur sa pipe.

— Je croyais que ça t'intéresserait.

— Pourquoi ?

Il grimaça.

— Afin de pouvoir l'éviter.

— Ah.

Je fis semblant de continuer à lire en espérant qu'Angela demeure longtemps au rez-de-chaussée. Si elle avait entendu notre père s'exprimer de cette façon, elle aurait probablement dit quelque chose à ce sujet. Jetant un coup d'œil de l'autre côté de la pièce où ma mère et Jeanne écoutaient un récit à la radio, je soupirai intérieurement de soulagement. Au moins, ils ne savaient rien de ma rencontre avec le major.

Il avait décidé d'apporter les dossiers à l'auberge et il m'avait demandé de reprendre le travail avec lui le lendemain des funérailles. J'avais exprimé certaines réticences à travailler avec lui sans chaperon.

— Alors, nous pourrons travailler dans un endroit public, avait-il dit au moment de partir en me donnant un léger baiser sur la joue. Bonne nuit, ma bien-aimée.

Bonne nuit ma bien-aimée. Je conservai précieusement le souvenir de ces paroles et la façon dont elles furent exprimées. Familière et affectueuse, une intimité verbale que mon père et ma mère partageaient souvent. Pouvais-je espérer qu'elle soit la prémisse de moments encore plus intenses?

Se pourrait-il qu'il songe au mariage? Je ne voulais même pas y penser mais je me retournai dans mon lit durant toute la nuit. Que pouvions-nous espérer dans l'avenir? Combien de temps serait-il obligé de conserver son engagement public envers Lady Lara? Quand pourrions-nous vivre au grand jour notre amour?

Mon père pouvait refuser. Je n'avais jamais songé auparavant à cet aspect très réel et à présent je frissonnais. Sir Gerald était un homme extraordinaire quand il le voulait. Il exerçait aussi une grande autorité et jouait au «personnage important».

Et un homme comme le major Browning avait sa fierté. En supposant qu'il se présente devant mon père et lui demande la permission de me faire la cour, quel résultat pouvais-je espérer ? Je songeai à Élizabeth Bennett et aux sérieuses préoccupations de son père lorsque Mr Darcy s'était présenté chez lui. Elle fut obligée de le défendre. Elle pouvait le faire mais moi je ne pourrais pas. Je n'étais pas au courant de certains détails, et cela m'exaspérait. Je pourrais probablement parler davantage de la sorte d'eau de Cologne qu'il utilisait que de l'endroit où il avait vécu dans sa jeunesse, du genre de famille dans laquelle il avait grandi, des raisons qui l'avaient poussé à travailler pour Scotland Yard ou même de sa situation financière actuelle.

— Excusez-moi, dis-je devant le miroir le lendemain matin. Combien gagnez-vous par année ? Possédez-vous une maison ? Vous attendez-vous à recevoir bientôt un héritage d'un parent ?

La dureté et pourtant l'importance accordée à de telles questions me tourmentèrent pendant que je m'habillais pour les funérailles. Ellen avait décidé que le service aurait lieu à l'extérieur, près de l'if, et non à l'église locale.

C'était une journée ensoleillée et froide. Tandis que nous traversions la pelouse, je remarquai des points noirs qui arrivaient de tous les côtés. Pour un homme qui n'était pas de ce pays, l'assistance était remarquable.

Durant le service, je parcourus la foule des yeux. Il y avait des parents, des associés, de vieux amis de la famille d'Ellen, des voisins, des curieux des environs, et deux personnes arrivées à la dernière minute que l'on n'attendait pas : Rosalie et sa mère.

Je vis Ellen se crisper lorsqu'elles approchèrent sous le grand parapluie noir qui protégeait leurs visages du soleil.

— Regarde la sorcière, murmura mon père.

Le luxueux manteau d'hermine que portait Cynthia Grimshaw ne parvenait pas à dissimuler son embonpoint ni sa petite taille. Sous sa chevelure blonde et crêpelée, le visage de cette femme beaucoup plus âgée qu'Ellen demeurait impassible et dur. Serrant bien fort la main de sa fille dans la sienne, elle s'arrêta tout près de la famille Fairchild.

— ... nous ici présents remettons le corps dans la terre d'où nous venons. Tu es poussière et tu retourneras en poussière.

Le silence accompagna le brillant cercueil à sa dernière demeure. Les rayons de soleil dansèrent sur les poignées en bronze pendant qu'ils le descendaient peu à peu dans la terre fraîche. Ellen et Charlotte s'avancèrent pour déposer leur couronne sur le cercueil ; mais Rosalie fendit la foule et les précéda : elle lança la sienne avec violence.

Des murmures étonnés se firent entendre tout autour. Même le prêtre sembla offusqué et il fronça les sourcils. Il cita d'autres versets de la Bible pour faire oublier l'incident pendant que Rosalie, triomphante, retournait auprès de sa mère.

Je lançai un regard à Ellen. Tremblante de peine et de colère, elle saisit la main de Charlotte et se détourna de la fosse ; ma mère l'entraîna plus loin.

— Oui, va-t-en, dit Rosalie sur un ton pressant, nullement décontenancée. Nous ne voulons pas te voir ici, n'est-ce pas, papa ?

La « croûte »[2] supérieure de la société anglaise fronça les sourcils. Elle avait commis un grave faux pas, sans remords. Légèrement embarrassés par sa sortie, ses cousins américains eurent la présence d'esprit de l'éloigner de la scène. Après avoir déposé leurs fleurs à tour de rôle, les autres participants quittèrent les lieux rapidement.

Après m'être éloignée de quelques mètres du site, je revins sur mes pas pour chercher le châle de ma mère. Elle l'oubliait souvent ici et là et, dans son empressement à soutenir Ellen, elle l'avait laissé glisser sur le sol. Et, de toute façon, j'avais vu Cynthia Grimshaw s'attarder et je voulais observer son expression.

Je remarquai que celle-ci s'était durcie depuis son arrivée. Et puis, sa bouche entrouverte esquissa un très petit sourire tandis qu'elle regardait fixement la tombe couverte de fleurs.

Choquée, je fis un pas vers l'arrière et marchai sur une feuille sèche. J'eus un mouvement de recul en entendant le craquement sonore et je croisai le regard glacial de Cynthia Grimshaw.

— Vous êtes la copine d'Ellen, n'est-ce pas ?

— Oui, dis-je, la tête bien droite.

---

2. N.d.T. : En français dans le texte original.

Elle regarda la tombe en souriant presque.

— Il se croyait invincible...

— Je suis désolée pour la perte que cela représente pour vous, dis-je en levant un sourcil caustique.

Repoussant brusquement la tête vers l'arrière, elle rit.

— Les Anglais; ils ont toujours une façon de dire... la réponse appropriée pour chaque occasion. Eh bien, laissez-moi vous dire une chose. Je verrai à ce que justice soit faite. Faites savoir à cette garce que nous nous reverrons devant le tribunal. Elle n'obtiendra pas un penny de l'héritage de mon mari.

— Il n'est plus votre mari, répondis-je.

Elle s'était déjà éclipsée et n'était plus à portée de voix.

Soulagée, car je n'étais pas d'humeur à entrer en guerre contre une femme que je ne connaissais que de réputation, je ramassai le châle de ma mère.

Le sol l'avait rendu humide, et je demeurai là un moment, observant les fossoyeurs qui complétaient leur tâche.

— Une triste affaire, me dit le plus âgé des deux, un homme aux cheveux gris. J'ai creusé les fosses de ses parents, vous savez. Pauvre Miss Ellen. Une telle tragédie pour quelqu'un de si jeune.

— Connaissez-vous bien la famille, Mr...?

— Haines, c'est mon nom. J'habite dans le coin avec les miens depuis que je suis né.

— Alors vous vous souvenez peut-être de moi? Durant notre jeunesse, Ellen et moi avions l'habitude de nous promener dans les bois.

Appuyé sur sa pelle, l'homme se frotta le menton pensivement.

— J'avais les cheveux coupés court comme un garçon, ajoutai-je.

— Oui.

Haines eut un large sourire.

— Je crois que je m'en souviens. Je venais souvent donner un coup de main au manoir dans ce temps-là. Ma bourgeoise aussi.

Il secoua la tête.

— Ma Mary a le cœur tendre. Elle n'a pas aimé ça quand sir Richard et lady Gertrude ont mis à la porte Miss Ellen durant la guerre, alors que le garçon venait de mourir et tout ça.

Je regardai la tombe et frissonnai.

— Ça n'aurait pas dû se terminer comme ça. Ils auraient dû vivre heureux dorénavant.

— Oh, on voit ça dans les contes de fée, miss !

Haines inspira.

— Le malheur rôde par ici. Depuis la mort de Mr Xavier.

— Il était le chouchou de la famille, murmurai-je.

— Il l'était, confirma Haines. Un beau garçon. Il n'aurait pas renié sa sœur non plus s'il avait été vivant quand elle a eu des ennuis.

— Si seulement, dis-je en souriant. Mais les « si seulement » sont toujours inutiles. Beaucoup de temps s'est écoulé depuis.

Et pourtant, je ne pus m'empêcher de me demander comment les choses auraient tourné si, comme Haines l'avait dit, Xavier n'était pas mort. Fort probablement, il aurait vu à ce que le mariage ait lieu entre sa sœur et Teddy Grimshaw. Charlotte aurait pu connaître son père pendant ces huit années, et Ellen n'aurait pas souffert toute seule pendant tout ce temps.

Oh, c'était trop cruel.

Je m'éloignai de la tombe en promettant à Haines de lui rendre visite chez lui un jour.

Il dit que Mary serait enchantée de recevoir la visite d'une aussi grande dame, une dame dont elle pourrait se souvenir pour l'avoir connue enfant.

Une grande dame! Je ne me percevais pas ainsi; en fait, l'expression m'amusa beaucoup.

Je retournai à la maison en passant par l'entrée de service. Je voulais voir Nelly à la cuisine mais je n'y trouvai que son assistante, Annie, qui remuait un ragoût.

— Oh miss, je serai contente quand ils seront tous partis. Nous sommes débordées ici, et cette lady Pringle, je ne peux jamais la satisfaire! «Le thé est trop froid!», «Les œufs sont trop cuits!»

— Ne t'en fais pas, Annie. Les funérailles ont eu lieu, ils feront leurs bagages et partiront à tour de rôle.

— Oui, et le plus vite sera le mieux.

Ma mère était du même avis. Tout en ajoutant du sucre à la tasse de thé de mon père, elle exprima leur désir de quitter les lieux le lendemain.

— Nous ne voulons pas être un fardeau pour la pauvre Ellen...

— Mais elle vous considère comme sa mère, protestai-je.

— Non, elle est assez grande et elle a une enfant, objecta ma mère. Nous croyons que c'est préférable, n'est-ce pas, Gérald chéri ?

Mon père leva les yeux de son journal.

— Oui, chérie.

— Et Jeanne et Angela ? Est-ce qu'elles partent aussi ?

Remarquant la pointe de tristesse dans ma voix, ma mère me versa une tasse de thé.

— Assieds-toi, chérie. En tant qu'amie intime d'Ellen, tu es la seule qui devrait rester et l'aider à traverser cette période difficile.

Je commençais à me sentir abandonnée.

— Les Fenwick quittent demain, et je crois que les Américains partiront peu de temps après.

— Megan ? dis-je avec espoir.

— Megan restera peut-être quelque temps...

— Non elle ne restera pas.

Emportée par la fièvre des préparatifs du départ, Angela entra dans la pièce d'un pas énergique.

— Il y a une soirée chez les Lavingsham la fin de semaine prochaine. Elle voudra sûrement revenir à Londres.

— Et toi ?

— Je pars pour l'Écosse, annonça Angela.

— Jeanne ?

Je lançai un appel à ma sœur la plus jeune.

— Je resterai un peu.

Elle leva les yeux de son livre.

— Puis-je, papa ?

Mon père accepta en disant :

— Si tu poursuis tes études. Et si Daphné promet de prendre soin de toi.

— Oh, je le ferai, papa, promis-je.

J'étais ravie qu'au moins un membre de ma famille reste avec moi. Non parce que je craignais la solitude, mais comme Ellen devait prendre soin de Charlotte et qu'il fallait que j'affronte le major Browning, j'avais besoin d'un peu de soutien familial.

Au fond, j'avais peut-être peur de me retrouver seule.

La mort était entrée à Thornleigh, et cela m'effrayait.

CHAPITRE DIX

Après les funérailles, le silence régna dans la maison.

J'aperçus Nelly et ses assistantes qui terminaient les préparatifs du thé de l'après-midi. Jamais je n'avais assisté à une rencontre après un décès aussi étrange ; ne sachant pas quoi dire, les gens s'en tenaient aux sujets essentiels tels que les nouvelles et le temps.

— Je ne peux croire qu'il soit parti, me dit Mr Dean Fairchild.

Il remplissait alors son assiette d'un assortiment de délicieux petits chaussons à la viande confectionnés par Nelly.

— Je jure que je regretterai ces délices quand je serai à la maison.

— Quand retournerez-vous à la maison, Mr Fairchild ?

— Pas avant un certain temps. Oncle Ted m'a fait venir ici pour mettre sur pied une nouvelle succursale de notre compagnie de tabac.

— Que va-t-il se passer à présent sur le plan des affaires?

— Je n'en sais rien. Je suppose qu'oncle Ted a laissé des instructions dans son testament.

J'acquiesçai d'un signe de tête tout en plongeant ma fourchette dans un morceau de tarte à l'orange sucrée.

— Ce n'est pas étonnant que votre cousine et sa mère ne soient pas ici... Je me suis disputée avec Cynthia Grimshaw au cimetière.

— Ah.

Il se pencha, intéressé.

— Qu'a-t-elle dit?

— Elle a parlé d'intenter un procès. Pour l'argent.

— C'est une mégère cupide. La réalité c'est qu'elle n'a presque plus d'argent; de mauvais investissements et un style de vie coûteux. Elle se servira de Rosalie, mais c'est pour elle-même qu'elle veut obtenir de l'argent.

— Êtes-vous proche de votre cousine? lui demandai-je.

Je l'entraînai à l'écart afin de le soustraire à l'œil vigilant de sa mère et de sa tante.

— Relativement, dit-il d'une voix rassurante. Rosalie et moi ne sommes jamais d'accord. Elle s'entend mieux avec Jack, son cousin.

Mon regard glissa vers le cousin Jack qui sirotait un thé en compagnie de Sophie et Amy. L'homme à femmes par excellence, il aimait les vêtements, peignait ses cheveux blonds sur un seul côté et portait une minuscule moustache. Son comportement était toujours suggestif et charmant sans être trop scandaleux.

— Travaillez-vous avec Jack ?

— Non !

La réponse surgit rapidement.

— Nous nous entendons bien en société, mais c'est tout. Jack est un — comment dirais-je — homme du moment. Il ne tient pas en place, et c'est pourquoi oncle Ted lui avait demandé de nous représenter, d'inciter les gens à signer de nouveaux contrats commerciaux, ce genre de chose.

— À présent, Daphné, dit Megan Kellaway en s'avançant nonchalamment vers nous, tu ne dois pas monopoliser notre ami américain, Mr Fairchild.

Elle étendit le bras.

— J'aimerais beaucoup en apprendre davantage sur votre pays et... êtes-vous déjà allée à New York ?

Je les laissai passer à côté de moi et se diriger vers les jardins, puis je me trouvai un coin tranquille d'où je pouvais étudier les autres personnes qui avaient assisté aux funérailles. Il y avait des gens que je ne connaissais pas, et je me demandais s'ils appartenaient au monde des affaires. Fort probablement, me dis-je tout en épiant le major Browning qui conversait avec l'un d'eux ; leurs voix étaient basses et sombres.

De l'autre côté de la pièce, Ellen était assise avec ma mère, les traits tirés, le visage sans expression. Elle plissa à peine les yeux quand Charlotte se mit à chanter «Yankee Doodle» sous la direction de ses tantes gâteuses d'Amérique. Les deux dames remarquèrent à quel point l'enfant ressemblait à son père.

— Bonjour, murmura à mon oreille un Jack Grimshaw plein de suffisance.

— Bonjour, dis-je tout en continuant d'observer Charlotte.

— Je viens tout juste de parler avec votre père. C'est un homme fascinant.

— Oui, en effet.

— Il m'a suggéré de visiter le théâtre pendant que je suis ici.

— C'est une bonne idée.

— Et il a dit que vous étiez la meilleure personne pour m'accompagner.

Je levai les yeux, horrifiée. Je ne le croyais pas. Il me taquinait avec une sincérité inquiétante.

— Fixons une date, d'accord?

Il sortit rapidement son petit carnet et maintint son crayon immobile.

— Que pensez-vous du mois prochain ou du mois suivant? Vous serez en ville alors.

— Je ne suis pas sûre d'y être.

Je me hérissais devant son attitude effrontée. Que croyait-il? Que je n'avais rien de mieux à faire que de le distraire?

— Alors, nous nous reverrons sûrement à la première de la nouvelle pièce de votre père.

Il sourit et me quitta pour partir à la recherche de Megan Kellaway.

Angela murmura derrière moi :

— Que penses-tu de lui? Il ferait un amant merveilleux.

— Ange! Si maman t'entendait parler ainsi...

— Maman n'est pas à portée de voix, c'est sûr. Jack Grimshaw cherche de l'argent. Aucun doute, il a entendu parler de la dot de Megan.

— Megan n'est pas stupide, fis-je remarquer, en observant l'air contrarié de Dean Fairchild. Il aura peut-être de la compétition.

— Oh, l'autre. Il dispose de plus d'argent. Savais-tu que papa a invité les deux chez nous à Londres?

Je fis la moue.

— J'espère qu'il n'essaie pas d'organiser le mariage d'une de ses filles avec l'un d'eux.

— Nos parents croient que lorsque nous serons mariées et que nous aurons une vie stable, ils auront accompli tous leurs devoirs envers nous. Le mariage est la seule solution envisageable pour eux.

— Et pour nous?

Un sourire crispé se forma sur mes lèvres lorsque je songeai au major Browning apportant une tasse de thé à lady Lara. J'avais dû supporter ses soins assidus envers elle et ses parents durant les funérailles, et j'avais trouvé toute cette façade dégoûtante.

—Est-il un homme infidèle?

Rien n'échappait à Angela.

— Qu'est-ce qu'il t'a raconté? Il t'a parlé de la maladie de son père et il t'a dit que le plus cher désir de ses parents était d'assister à leur mariage?

Je la regardai fixement, atterrée.

— Si tout cela est pure comédie, continua-t-elle, alors pourquoi sa mère a-t-elle réservé le Savoy pour la réception de mariage?

Je retins mon souffle et sentis le sang se retirer de mon visage.

— Comment as-tu appris cela?

— Je viens d'entendre la comtesse le dire à l'instant.

Je regardai par-dessus son épaule et aperçus le comte et la comtesse assis entre leur fille et le major Browning.

— Était-il là quand tu as entendu ses propos?

— Oui, répondit Angela.

— Et il n'a rien dit?

— Non, il n'a rien dit.

— A-t-il souri? Y avait-il une expression quelconque sur son visage?

— Il a souri une fois, se souvint Angela et il a tapoté la main de Lara.

J'entrai dans une rage folle. La jalousie. Je n'aimais pas cette émotion; elle me faisait souffrir et troublait mon esprit. Mais je refusais de croire que c'était vrai.

— Les gens nous regardent, murmura Angela. Il vaut mieux nous retourner et prendre une autre tasse de thé.

Prendre une autre tasse de thé. Je ne voulais pas d'une tasse de thé. Pourquoi les gens étaient-ils convaincus qu'une tasse de thé pouvait tout arranger?

Pas moi. J'avais besoin de partir comme un ouragan sans demander la permission et d'aller marcher dans les bois. J'espérais qu'à mon retour, Thornleigh serait débarrassé du clan Rutland.

L'air froid me saisit. Je frissonnai. Il y avait quelque chose dans les funérailles qui me glaçait et me donnait un sentiment de vide. Et le décès d'un millionnaire le jour de son mariage allait attirer l'attention. Je me demandais comment les journaux allaient traiter la nouvelle.

En pénétrant plus en profondeur dans les bois, je crus entendre un léger gémissement. Je m'arrêtai et me retournai lentement. Puis je l'entendis à nouveau.

En m'assurant de ne pas piétiner une seule feuille sèche, je m'avançai sur la pointe des pieds en direction du bruit. Ayant aperçu furtivement à travers les arbres un vêtement et des bras nus, je m'interrogeai sur la sagesse de ma curiosité. Des amants dans les bois. Je les enviais presque.

Jusqu'à ce que je découvre leur identité...

Rosalie et Jack Grimshaw.

En m'éloignant, le visage chaud, je quittai rapidement le site. Cousins... et amants. Le jour des funérailles de son père? Scandalisée, j'examinai toutes les possibilités qu'une telle relation pouvait suggérer. Cousins et alliés.

Alliés dans la mort du père de Rosalie?

— Daphné, dit mon père sur son ton le plus austère. Ellen a demandé si tu pouvais rester; nous ne pouvons lui refuser, même si ta mère et moi n'aimons pas te voir près d'elle ces temps-ci.

— Oh ?

Je venais de sortir de la salle de bain et je m'arrêtai. Ellen avait-elle avoué à mes parents qu'il y avait eu des menaces de mort ? En tant que veuve de Teddy, en avait-elle reçues d'autres ?

— Le policier est venu pendant que tu étais dehors, m'informa ma mère. Ellen s'était retirée pour la nuit, si bien que ton père l'a reçu.

J'étais en train de sécher mes cheveux avec une serviette et je me dis que je ferais mieux de m'asseoir.

— Teddy Grimshaw est décédé à la suite d'une défaillance cardiaque provoquée par un empoisonnement à la ciguë, proclama mon père comme s'il jouait dans une pièce de théâtre.

— La ciguë a provoqué la crise cardiaque, expliqua ma mère. Le policier a dit qu'il s'agit d'une forme rare, la ciguë d'eau. Il reviendra demain pour poser d'autres questions à Ellen.

— Ont-ils dit qu'il s'agissait d'un meurtre ?

— Pas encore, répondit mon père. Mais quels que soient les résultats, cette mort est hautement suspecte. Ils vont peut-être s'en prendre à Ellen ensuite. Pour l'argent, il y a des gens qui sont capables de tout.

Je m'arrêtai en songeant aux deux amants enlacés dans les bois.

— Tu ne penses pas qu'un membre de la famille l'ait empoisonné ?

Mon père haussa les épaules.

— Pourquoi pas ? Financièrement, son décès va profiter à tous.

— Le policier a dit qu'il y aurait une enquête. Ton père a transmis toutes ces informations à Ellen, et nous lui avons demandé de venir avec nous à la maison ; mais elle est catégorique : elle veut rester près de Teddy. Donc, tu resteras auprès d'elle et tu essaieras de la convaincre de t'accompagner quand tu reviendras à la maison. Elle aura besoin d'être entourée, particulièrement s'il s'agit d'un meurtre.

Ma mère jeta un coup d'œil à mon père tout en fronçant les sourcils.

Mon père sembla lire dans ses pensées.

— Je n'aime pas ça plus que toi Muriel, mais Daphné est l'amie d'Ellen.

— Mais elle n'a pas de chaperon.

En entendant ces paroles, je parcourus la pièce des yeux à la recherche d'Angela. Comme par hasard, elle avait disparu.

— Et pourquoi aurais-je besoin d'un chaperon ? demandai-je innocemment.

— Le major Browning et toi, dit mon père. Ellen a mentionné qu'il serait dans le voisinage. Comme il est fiancé, je ne veux pas que tu restes seule avec lui, par respect pour toi et pour sa fiancée.

— Il se trouve, intervint ma mère, que la comtesse a fait part de préoccupations semblables quand elle a entendu dire que tu assistais le major dans l'examen des papiers d'Ellen. Elle a demandé, sur un ton plein de sous-entendus, s'il y avait déjà eu quelque chose entre vous.

Je rougis. Je ne pouvais m'empêcher de penser à ce baiser volé dans le bureau d'Ellen. Oh là là! je devais prendre soin de ma réputation davantage.

— Et qu'avez-vous répondu, maman?

— Je connais ma fille. Tu es encore fascinée par cet homme.

— Fascinée! dis-je d'une voix à moitié étranglée. Je ne suis certainement pas...

— Une vive réplique trahit souvent un cœur brûlant.

Mon père eut un large sourire.

— Ah ma fille, il est bel homme. Mais je croyais que tu étais plus forte. Il t'a blessée en se fiançant et, d'après ce que j'ai compris en écoutant Rutland, c'est sérieux.

J'étudiai mes deux parents.

— Vous croyez qu'il ne rompra pas?

Il y eut une longue pause avant que mon père secoue lentement la tête.

— Lady Lara héritera sûrement de la plus grande partie de la fortune de Rutland. De mon côté, je ne suis pas aussi riche. Je ne peux offrir autant que lui.

— Ce ne sont pas tous les hommes, père, qui cherchent de l'argent.

— N'emploie pas un ton hostile avec moi, jeune fille. Je fais preuve de vigilance pour toi, c'est tout. Je ne veux pas que ma petite fille soit blessée.

— Moi non plus, murmura ma mère en scrutant mon visage avec empressement. C'est pourquoi Jeanne va rester.

Elle agita la main.

— Ellen est parfaitement au courant de tout ça. Quand tu travailleras avec le major, Jeanne sera là ; elle lira un livre ou elle fera ses devoirs. On lui a bien expliqué que tu ne devais pas rester seule avec le major. Je ne veux pas que ma fille perde sa réputation.

Je ne veux pas que ma fille perde sa réputation. Vraiment réconfortante cette confiance que m'accordaient mes parents, n'est-ce pas ? Mais ils n'étaient pas au courant de la véritable raison qui motivait les fiançailles publiques du major et de lady Lara ; j'aurais aimé laisser sortir brusquement de ma bouche la vérité. *Il n'est pas réellement engagé. C'est une mascarade !*

Cependant, un doute obsédant s'était ancré en moi après avoir entendu les paroles de mon père et les commentaires d'Angela le jour précédent. Le comte de Rutland n'avait qu'une fille. Il était un homme très riche. Le découragement m'envahit en prenant conscience de ce fait indiscutable. Pourquoi un homme comme le major Browning ne devrait-il pas accepter l'offre du comte, et celle de lady Lara, sans aucun doute ?

J'étais d'humeur sombre en retournant à ma chambre. Mais au lieu de me laisser submerger par le désespoir, je pris mon bloc-notes et me mis à écrire. Depuis mon modeste succès avec l'histoire de *La Veuve*, j'aspirais à écrire un roman.

Tout en tapotant mon menton avec le crayon, j'établis le cadre : Cornouailles. Cornouailles et moi allions bien ensemble, et mon livre devait en faire autant. Et pendant que j'étais ici, j'avais besoin de concentrer mon attention sur autre chose que la peine d'Ellen, ses finances et le major Browning.

Par quoi commencer ? Le personnage principal ou l'intrigue ? Le personnage. Un personnage qui me ressemblerait, qui serait en amour avec Cornouailles. Je posai le crayon sur le carnet et j'esquissai les principaux traits de caractère de cette femme. *Ici je trouverais la liberté que je cherchais depuis longtemps et que je ne connaissais pas encore. Liberté d'écrire, de marcher, de flâner. Liberté de grimper la colline, de manœuvrer un bateau, d'être seule…*

Liberté d'agir à ma guise, un esprit libre et aimant.

Je décidai de l'appeler Janet.

CHAPITRE ONZE

— Janet est-elle riche ou pauvre ?

Tout en regardant Jeanne, assise de l'autre côté de la table où nous prenions le petit déjeuner, je grignotais un toast.

— Classe moyenne.

— Et où se passe l'action ?

— Dans un village de Cornouailles. Je ne sais pas encore lequel. Il faudra que j'aille explorer un peu. Je veux quelque chose près de la mer.

— Ah, les bateaux.

Ellen sourit légèrement tout en aidant Charlotte à briser la coquille de son œuf.

— Tu aimes les bateaux, Daphné, mais tu n'as pas eu la chance de naviguer souvent, n'est-ce pas ?

Son visage était empreint de nostalgie.

— Teddy aimait naviguer. Nous espérions que tu viennes en Italie avec nous, sur le yacht.

— J'aurais aimé ça, répondis-je, mais je voulais changer de sujet. Je suis vraiment déterminée à écrire un roman complet cette année. C'est une folie, une fièvre qui me consume.

— Alors, travaille là-dessus, je t'en prie, lui conseilla Ellen. C'est tranquille depuis que tout le monde est parti. J'espère que ça ne te dérange pas de rester ici ?

Jeanne et moi avons répondu à l'unisson :

— Pas du tout.

Ellen acquiesça d'un signe de la tête.

— Je ne pourrais supporter d'être seule. S'il vous plaît, faites comme chez vous à Thornleigh. Faites ce que vous désirez. Chevaux, voitures, voyages d'un jour… Charlotte et moi, nous vous accompagnerons peut-être dans l'une de ces longues promenades. Harry vous conduira. Je ne sais ce que je ferais sans Harry.

Ce matin-là, j'avais vu Harry travailler dans le jardin.

— Il s'occupe de tout, n'est-ce pas ?

— Il n'est pas du genre à rester assis et à donner des ordres. Il enseigne présentement au jeune Samuel à tailler les haies.

— Tailler les haies ? fis-je en écho. Je ne l'ai jamais fait. Ça semble amusant. Et si on travaillait dans le jardin aujourd'hui, Charlotte ?

— Oh oui ! On peut ?

Charlotte était très enthousiaste. Elle partit en courant pour informer Nanny Brickley de notre projet.

Sachant que c'était une bonne chose pour sa fille que son attention soit détournée du décès de son père, Ellen acquiesça et ainsi, après le petit déjeuner, nous sommes sorties avec des tabliers et des gants.

Harry ne s'attendait pas à être entouré de toutes ces assistantes, mais il trouva rapidement des tâches faciles à accomplir et il nous envoya dans différentes directions.

— C'est un travail à temps plein que de prendre soin de tels jardins, me dit-il.

Il me conduisit alors près du mur où il fallait désherber une parcelle de terre.

— Voici vos cisailles. Commencez ici.

Je l'observai couper quelques herbes en songeant qu'il était bel homme avec ses cheveux châtain clair, sa salopette impeccable et son visage rasé de près. Il n'était pas un domestique et il n'appartenait pas exactement à notre milieu ; il vivait dans son propre monde.

Plus tard, tandis qu'Ellen enlevait la terre sur ses gants, je lui posai des questions au sujet du jardinier.

— Oh, Harry. Non, il ne s'est jamais marié. J'ai entendu dire qu'il était la coqueluche de ces dames en ville. C'était à qui parviendrait à le prendre au piège.

— Je me souviens que c'était la même chose à Londres. Tu m'as écrit une fois, me disant qu'il te faisait rire quand lui et sa petite amie te chantaient une sérénade le soir quand tu étais déprimée.

— Oh oui, fit Ellen en souriant. J'avais oublié cela. Harry a toujours été très présent.

— Fidèle et loyal comme un bon chien. Et Charlotte l'aime aussi.

Assise sur le banc près du jardin, Ellen enleva ses gants.

— J'ai besoin de me reposer un peu. Parfois, quand je regarde Harry et Charlotte ensemble, ça me brise le cœur. Elle n'a jamais pu connaître son père pendant ses jeunes années. Nous avons été trompés.

Elle commença à sangloter.

— Ces lettres, dis-je en posant mon bras autour de ses épaules. Pourquoi se sont-elles toutes perdues? Au moins *une* d'entre elles aurait dû lui parvenir.

— Pas quand il y avait une fille à la maison qui recevait le courrier, dit Ellen avec amertume. J'aimerais chauffer les oreilles de Rosalie pour ça. Elle a réussi à nous séparer, dit-elle d'une voix étranglée, et Charlotte ne connaîtra pas son père. Il est entré dans sa vie — il a pris une place immense; comment pourra-t-elle s'en remettre?

— Elle est jeune, fis-je observer. Je crois que parfois les enfants s'en remettent mieux que nous. Tu dois garder le moral pour Charlotte.

— Je sais, soupira Ellen. Mais c'est si difficile. Je ne sais pas du tout ce que le futur me réserve. Je ne peux faire de projets. J'ai les idées embrouillées. J'ai du mal à dormir aussi. Je demeure éveillée toute la nuit, réfléchissant sans arrêt. N'y a-t-il pas une sortie?

— Une sortie?

J'observai son visage soudainement.

— Non, Ellen, tu ne dois pas penser ainsi. Tu as une fille et une maison, et tu dois en prendre soin. Les deux ont besoin d'attention.

Le visage sombre, elle me regarda.

— Tu as raison. Mais le futur est si incertain... Je ne sais même pas si je serai capable de garder Thornleigh.

— À cause des frais?

Elle acquiesça.

— J'ai toujours eu des problèmes pour la conserver. Grâce à l'argent de Teddy, nous devions la restaurer à la perfection. Mais à présent, je ne peux continuer ce que nous avions entrepris...

— Pourquoi pas? Si Teddy était ici, ne dirait-il pas la même chose? Tu dois mener ce projet à terme, tu ne peux t'arrêter à mi-chemin.

— Mais l'argent...

— L'argent *t'appartient*, Ellen. Ils ne peuvent te l'enlever.

— J'espère que je n'aurai pas à m'inquiéter de cela. Les affaires de Teddy sont si compliquées. Qu'en pense le major? Il doit venir ici cet après-midi, n'est-ce pas?

— Oui, murmurai-je. Je vais lui parler des menaces de mort, Ellen. Je pense que c'est important.

En fronçant les sourcils, elle chercha dans sa mémoire.

— Teddy a brûlé la plupart d'entre elles. Mais il doit en rester une là-haut, quelque part. Je jetterai un coup d'œil.

— Oui, fais-le, lui dis-je sur un ton pressant; tu aurais dû les donner aux policiers.

— Teddy avait dit que c'était une perte de temps. La police ne peut faire grand-chose.

— Peut-être auparavant, mais à présent je pense que tu dois leur dire.

Elle acquiesça d'un signe de tête.

— Je demanderai au major Browning qu'il incite l'inspecteur à nous appeler. Il est censé revenir de toute façon, n'est-ce pas ?

— Ou... oui. Je pense. Après la lecture du testament demain à Londres.

Elle frissonna. La chaleur du jour s'était dissipée. En esquissant un faux sourire au moment où Charlotte, Nanny Brickley et Jeanne approchaient, je me suis demandé si le frisson d'Ellen avait un rapport avec le voyage du lendemain. Elle était censée effectuer une croisière dans le chaud climat de la Méditerranée puis en Amérique, et non voyager dans un train où il fait froid pour se rendre à Londres.

Par conséquent, je ne fus pas surprise lorsqu'elle éclata en larmes et s'enfuit des jardins.

— Pauvre maman.

Charlotte commença à pleurer aussi.

— Je pense encore que nous devrions aller en Amérique et rencontrer grand-maman, mais maman ne veut pas.

— Maman a beaucoup de choses en tête, chérie, lui rappela Nanny Brickley avec son accent traînant.

Charlotte plissa les yeux en me regardant.

— Ça a un rapport avec papa, n'est-ce pas ? Papa est mort et maman est bouleversée. C'est pour ça qu'elle est triste.

— Oui, dis-je d'une voix apaisante, tout en appré- ciant la remarquable compréhension de l'enfant. Ne t'en fais pas. Avec le temps, vous ferez de nouveaux projets, et je suis certaine que tu rencontreras ta grand-maman.

— Elle est très vieille, dit Charlotte en fronçant le nez, et elle vit dans un fauteuil roulant dans une très grande maison. Papa a dit qu'elle se promène partout avec sa canne et qu'elle frappe les domestiques.

— Je suis sûre qu'elle ne *frappe* pas les serviteurs.

Je souris en imaginant une chef de famille aussi tyrannique.

— N'est-ce pas, Nanny?

Ellen s'adressait à Alicia Brickley en l'appelant «Nanny», et je suivais son exemple. Derrière le visage calme et distant, une étincelle de colère brilla. Elle était la pauvre cousine de la famille, choisie par Teddy Grimshaw pour prendre soin de sa fille qu'il venait de retrouver. Je me demandais si elle s'attendait à recevoir un héritage de lui. C'était tout à fait possible, me dis-je.

— Chère Nanny, assoyez-vous. Vous avez pris soin de Charlotte toute la matinée. Je suis sûre que vous avez mal aux pieds.

— Oui, effectivement.

Elle me sourit à son tour en acceptant de s'asseoir à côté de moi.

— Ça doit être bien différent en Amérique, commençai-je. J'ai même du mal à imaginer à quel point. Je suppose que nous paraissons bien bizarres en comparaison.

— Différents, en effet.

— Excusez-moi si je parais impolie, mais vous n'êtes pas très proche de vos cousins, n'est-ce pas ?

— Ha ! lança-t-elle. Ma mère était une Grimshaw mais elle a fait une mésalliance. La famille ne nous a pas acceptés jusqu'à ce que mon père les supplie de le faire sur son lit de mort. Il n'avait plus d'argent, voyez-vous.

— Alors ils vous ont pris sous la contrainte ?

— Quelque chose comme ça. Nous avons survécu. Nous avons offert nos services aux autres.

— Votre mère n'a pas fait le voyage pour assister au mariage ?

— Non. Elle est au service de grand-maman à présent.

En étudiant son visage dans la pâle lumière, je m'apitoyai sur sa situation difficile.

— Avez-vous déjà songé au mariage ?

— Moi ? Il me faudrait une dot pour ça, n'est-ce pas ? Oncle Teddy disait toujours en plaisantant qu'il m'en donnerait une si un brave jeune homme se présentait.

J'étais étonnée qu'elle me confie autant de choses. La mort fait émerger tous les secrets, pensai-je. Il devenait inutile de respecter les convenances.

— Pensez-vous vraiment, dit-elle en jetant un regard furtif, qu'oncle Teddy a été assassiné ?

— Oui, je le crois.

— Mais qui aurait pu faire une chose pareille !?

— Je ne sais pas... l'un de vos cousins aurait peut-être un motif ?

Elle fit une pause et réfléchit avec force.

— Vous voulez dire Rosalie ou Jack ? Les deux dépensent beaucoup. Les deux veulent de l'argent.

— Et ils sont amants aussi.

Elle me regarda fixement, stupéfaite.

— Je les ai vus dans les bois, poursuivis-je, voulant lui faire une confidence à mon tour. Pensez-vous qu'ils vont se marier ?

— Ils sont cousins germains, répondit-elle de façon évasive. Et ils sont tous deux imprévisibles. Je ne sais pas ce qu'ils feront.

— J'aime votre cousin Dean, dis-je.

Je vis son visage s'adoucir lorsqu'elle entendit ce nom. Alors, j'ajoutai :

— Il a dit qu'il resterait peut-être en Angleterre.

— Je sais, répondit-elle.

— Il a l'air sympathique.

— Il l'est.

— Pensez-vous qu'il va faire un mariage d'argent, comme les autres ?

Une expression glaciale revint sur sa figure. Elle haussa les épaules, et je compris que j'avais touché un point sensible. La question de l'argent était importante pour elle. Elle ne voulait pas rester une bonne d'enfants toute sa vie. Elle voulait obtenir son indépendance et sa liberté pour épouser qui elle voulait.

Contrairement à Rosalie et Jack, Alicia, à mon avis, éprouvait une affection sincère pour son cousin Dean, sans aspirer à développer une relation amoureuse avec lui.

Malheureusement, Jeanne et Charlotte revinrent de leur promenade, et il me fut impossible de lui poser d'autres questions. Auparavant, j'avais conclu que je ne l'aimais pas mais, après cette conversation, je la comprenais mieux. Toute notre vie façonne notre identité, et j'étais désolée pour elle qu'elle soit la cousine pauvre dans une famille comme les Grimshaw. Elle voulait s'échapper, et l'argent constituait le moyen de se libérer et de libérer sa mère. Ils ne pouvaient espérer obtenir cet argent que par la mort : celle de Teddy Grimshaw. Était-ce une raison suffisante pour commettre un meurtre ?

CHAPITRE DOUZE

— C'est une idée ridicule.

— Cela a déjà été fait, major.

— Bien sûr. Mais pas par les Nanny Brickley de ce monde.

— Elle est beaucoup trop dépendante.

— La dépendance peut engendrer le désespoir, lui rappelai-je. Elle a laissé entendre qu'elle recevrait une part de l'héritage de son oncle.

— Ils vont tous en recevoir, répondit-il tout bas.

— Et ils ont tous un motif.

Assise dans le fauteuil pivotant, je repliai mes jambes sous moi. Je repensai aux moments qui avaient précédé le mariage. Tous les gens étaient occupés et couraient ici et là. N'importe qui aurait pu glisser le poison dans un verre ou un plat destiné à Teddy Grimshaw.

— L'heure du décès a été déterminée avec une précision diabolique, n'est-ce pas ce que le Dr Peterson a dit?

Le major Browning leva les yeux du bureau sur lequel il travaillait et haussa un sourcil sarcastique.

— Elle parle du poison.

Jeanne essayait de l'aider.

Manifestement frustré par nos débats incessants, le major froissa plusieurs papiers et continua de gribouiller ses notes. Comme on m'avait confié la simple tâche de classer les papiers selon la date, je n'étais pas encline à m'occuper de son rapport. La complexité des opérations financières de Teddy Grimshaw apparaissait clairement dans l'accumulation de tous ces documents administratifs.

Quand il trouvait quelque chose d'important, son menton oscillait et j'interrompais mon travail pour étudier son visage. Il avait des traits marqués dans un visage maigre, une bonne structure osseuse, un front lourd, des yeux inquisiteurs et un nez droit. Sa bouche bien dessinée, qui tenait à présent le bout de son crayon, avait tendance à faire la moue dans certaines occasions.

— Qu'est-ce qui vous fait sourire ?

Le sourcil caustique se dressa à nouveau tandis qu'il jetait un coup d'œil dans ma direction.

— Vous, répliquai-je, et vos idiosyncrasies.

— Mes idiosyncrasies ?

Il déposa son crayon et entrelaça ses doigts tout en attendant une explication.

Je décidai de ne pas lui en donner. Détournant son attention, je lui demandai si Ellen lui avait montré les lettres de menaces de mort.

— Elle en a gardé deux, répondit-il en indiquant un dossier.

Je quittai immédiatement mon fauteuil confortable pour y jeter un coup d'œil.

— C'est le genre de chose qu'on peut lire dans le journal, murmurai-je.

Je touchais alors les lettres à l'encre noire dont les caractères avaient été découpés, et qui adoptaient toutes deux la même forme :

Payez 10 000 livres ou vous, votre femme et votre enfant mourrez.

En bas de chaque lettre, il y avait un morceau de papier dont le texte, tapé à la machine, expliquait de façon détaillée à quel endroit et à quel moment l'argent devait être remis : « À déposer près de la tombe d'Ernest Gildersberg... »

— Gildersberg... le nom de la compagnie en compétition avec Salinghurst ? Comment cet Ernest Gildersberg est-il mort ?

— D'une crise cardiaque, répondit le major. Significatif, n'est-ce pas ? Ces deux hommes éminents sont décédés d'une crise cardiaque dans un intervalle de quelques mois. On dit qu'Ernest Gildersberg est mort après avoir vendu sa compagnie chancelante à Teddy Grimshaw. Grimshaw l'a eue pour une bouchée de pain et il projetait de la remettre sur pied. Avec son décès, la compagnie ne vaut plus rien.

— À moins que les plans pour la ressusciter ne soient mis à exécution ? dis-je en fronçant les sourcils. Le cours des actions remontera alors et Salinghurst retrouvera son ancien compétiteur.

— Exactement.

Le visage du major s'épanouit en un large sourire.

— Vous saisissez très bien l'affaire, Daphné.

Je rougis.

— Je ne passais pas tout mon temps à jouer avec des poupées quand j'étais enfant, vous savez. Je prêtais attention à mon père et à ses intérêts. Il était toujours prêt à expliquer les choses à ses filles, n'est-ce pas, Jeanne ?

— Euh ?

Levant les yeux de son livre, Jeanne bâilla.

— Je meurs de faim ! Peut-on commander le thé maintenant ? Je vais aller voir Nelly.

Elle se glissa hors de la pièce avant que l'un de nous puisse répondre.

— Le chaperon d'autrefois, plaisanta le major.

Son humeur joviale ne parvenait pas à m'apaiser.

— Comment va lady Lara ? Quand la reverrez-vous ?

— Ce soir.

Il sourit.

— Pour dîner ?

— Oui, pour dîner.

Mon cœur se serra. J'avais espéré qu'il reste ici pour le dîner. L'idée de passer une autre soirée seule avec Ellen et Jeanne me paraissait déprimante.

— Mais j'effectuerai le voyage à Londres avec vous demain.

Je me méfiai aussitôt.

— Vous voulez être là pour la lecture du testament, n'est-ce pas? Vous voulez simplement être le premier à connaître tous les détails.

Au lieu de me répondre, il repoussa sa chaise et m'examina comme si j'étais une vilaine écolière.

— Eh bien? dis-je pour l'inciter à parler.

— Vous ne connaissez pas tous les faits.

— Je suis au courant de certains faits, rétorquai-je en croisant les bras. Saviez-vous que Jack et Rosalie sont amants? Je les ai vus dans les bois le jour des funérailles de son père.

Ceci capta l'attention du major. Il ouvrit aussitôt la bouche.

— Quoi?

— Oui, comme vous voyez, je suis utile par certains côtés. *Je* suis prête à partager des informations mais pas vous. Et s'il vous plaît, ne dites pas que c'est votre travail.

— *C'est* effectivement mon travail. Mais parce que vous avez prouvé que vous êtes digne de confiance et parce que vous êtes proche d'Ellen, je vous dirai ceci : *ne la laissez jamais seule.* Je n'offre pas de l'accompagner demain par simple curiosité.

— Non? Alors pourquoi?

— Parce qu'elle est en danger.

— Danger.

Je répétai ce mot en m'assoyant à nouveau pendant que Jeanne entrait dans la pièce, le visage éclairé par un large sourire, un cabaret à thé dans les mains.

— Est-ce que Harry va nous emmener en voiture ?

— Non. Je vais le faire. Nous partirons à sept heures pile pour nous rendre à la gare.

Je me levai tôt et me dirigeai vers la chambre d'Ellen. Sur le pallier, je rencontrai sa domestique qui m'assura que sa maîtresse était « levée et en train de se préparer ».

Il faisait encore noir et le temps était maussade ; je frissonnais dans mon manteau en laine. Choisissant le confort plutôt que la mode, j'avais mis une robe simple, des bas et des chaussures pratiques. La seule concession que j'avais faite concernait mes cheveux : j'avais mis des rouleaux le soir précédent. Je fixai les boucles autour de mon visage et ajoutai un petit peigne incrusté de turquoises et un peu de rouge sur mes joues. Mon visage avait l'horrible habitude de paraître blanc et tiré, parfois, particulièrement le matin.

Ellen avait aussi décidé de mettre des vêtements pratiques mais ceux-ci étaient beaucoup plus raffinés que les miens. Elle portait une robe noire, et un manteau en fourrure noir complétait son ensemble. Ses cheveux étaient simplement ramassés en chignon sur la nuque. Elle ne portait aucun bijou à l'exception de son alliance en or et de sa bague de fiançailles en diamant.

— Je suis terriblement nerveuse, m'avoua-t-elle tandis que nous montions dans l'automobile du major. Je me sentirai tellement mieux quand nous pourrons revenir à Thornleigh.

Le major plaça nos bagages dans la voiture. Je ne savais pas combien de temps nous resterions en ville, possiblement une nuit ou deux. Alicia avait promis de prendre soin de Charlotte et de Jeanne en notre absence.

De la brume glissait au-dessus du domaine de Thornleigh et de la campagne environnante. Splendide et silencieuse, elle s'enroulait à la base des arbres, à l'embouchure de la rivière et autour des solides maisons de campagne que nous apercevions le long de la route.

Je resserrai mon écharpe et laissai l'air frais assaillir mes joues. La gare ressemblait à un cimetière. Je remarquai quelques voyageurs solitaires tout en tamponnant avec un mouchoir mon nez qui coulait. C'était vraiment affreux de devoir voyager aussi tôt, et je songeai avec nostalgie à mon lit douillet.

Le silence régna durant tout le voyage. Ellen regardait fixement par la fenêtre en serrant fortement son sac à main de ses doigts tremblants.

Le major Browning lisait le journal. Je lisais un livre.

En arrivant à Londres, nous avons pris un taxi pour nous rendre à Hanover Square.

Une rangée de journalistes et de photographes nous attendait. Saisissant ma main, Ellen prit une profonde inspiration et sortit de la voiture.

Le major nous suivait de près et il nous aida à traverser la foule qui nous assaillait.

— Ne dites rien.

— C'est difficile, me souffla Ellen quand un reporter lui lança violemment : Mrs Grimshaw ! Mrs Grimshaw ! Avez-vous empoisonné votre mari ?

— Je ne peux supporter ça, murmura Ellen lorsque nous fûmes en sûreté à l'intérieur de l'édifice. Toutes ces allégations et ces présomptions. Ils se trompent... ils se trompent royalement.

Après avoir trouvé un fauteuil, le major Browning insista pour qu'elle se repose un moment.

— Restez avec elle, me dit-il.

Et il partit en courant pour trouver à quel étage de l'édifice nous devions nous rendre.

J'étais debout à côté d'Ellen, et cette position me procurait un excellent poste d'observation ; c'est pourquoi je la vis la première. Rosalie entra en coup de vent ; sa mère se trouvait derrière elle et elle était suivie d'un moustachu que je ne reconnaissais pas.

En passant à côté d'Ellen, l'ex-Mrs Grimshaw siffla un mot vulgaire.

Le visage d'Ellen blêmit. Elle allait laisser passer l'offense mais pas moi.

— Vous êtes une femme minable, mal élevée et pernicieuse, répliquai-je, en me redressant le plus possible.

Je fus encouragée en voyant le major Browning qui revenait vers nous. Son visage sardonique interrogeait l'ex-Mrs Grimshaw ; il était prêt pour la bataille.

Rosalie tira sur la manche de sa mère.

— Venez, mère.

La femme plus âgée se retira avec réticence.

— Quel serpent, sifflai-je après l'avoir entendue bredouiller un deuxième juron.

— Daphné, Daphné, ne me défends pas, me supplia Ellen. C'est mon combat, ce n'est pas le tien.

— Mais je suis ton amie. À quoi servent les amies si ce n'est pour se défendre l'une l'autre ?

Elle sourit.

— C'est gentil de ta part de dire cela, n'est-ce pas, major ?

Le major me regarda d'un air sévère en fronçant les sourcils. J'en déduisis qu'il n'approuvait pas mon combat contre les ennemies de mon amie. S'attendait-il à ce que je demeure neutre alors ?

Je saisis la première occasion pour l'interroger en lui posant la question directement pendant que nous marchions.

— Ce n'est pas que je n'approuve pas... cependant, des bagarres entre femmes donnent rarement de bons résultats.

— Vous parlez d'après votre longue expérience sans doute.

Il haussa les épaules.

— Eh bien, oui. Oui.

Je plissai les yeux.

— Voulez-vous dire avec des sœurs ou des maîtresses ? Ou avec les femmes en général ?

157

— Les femmes en général, répondit-il, déconcerté. Ah, nous sommes arrivés. Niveau quatre. Et le cabinet Henderson est au bout de ce couloir.

Appuyé contre le mur du couloir et en train de fumer, Jack Grimshaw nous salua. Je frissonnai. La vision de cet homme et de Rosalie dans les bois était trop fraîche à ma mémoire.

— J'attendrai à l'extérieur, offrit le major.

Mais Ellen, réconfortée par sa présence, lui demanda de l'accompagner.

Nous sommes donc entrés tous les trois dans le bureau Henderson, le major nous donnant le bras. Tous les regards étaient tournés vers nous, et on nous examinait des pieds à la tête pendant que le major trouvait rapidement un siège pour Ellen.

La plupart des membres de la famille étaient déjà assis. Debout près de la porte, Jack Grimshaw rajustait son veston tout en parlant à voix basse à Dean Fairchild. La tension dans la pièce augmentait à chaque seconde. Combien de temps nous faudrait-il attendre ? Je priai pour que ça ne soit pas trop long car je prévoyais que les couteaux allaient être tirés. J'évitais délibérément le regard de Cynthia Grimshaw et de Rosalie.

Le plus jeune des deux notaires commença la réunion.

— Bonjour mesdames et messieurs. Si vous n'êtes pas déjà assis, faites-le, je vous prie. Mr Morton vous transmettra les dernières volontés de Terrence Bradley Grimshaw...

— Excusez-moi, l'interrompit Cynthia Grimshaw. Est-ce le nouveau testament ou celui qu'il a fait il y a quelques années?

Assis à un bureau derrière son jeune associé, Mr Morton la regarda à travers ses lunettes.

— Ce sont les dernières instructions de Mr Grimshaw.

— Mais je ne crois pas que l'authenticité en ait été certifiée, n'est-ce pas?

— Il a été authentifié, dit Mr Morton, solennel et despotique. Si vous désirez contester le testament, Mrs Grimshaw, vous devrez vous adresser aux tribunaux. Maintenant Frankton, veuillez continuer.

Frankton s'éclaircit la voix et s'adressa à toutes les personnes présentes dans la pièce.

— Mr Morton et moi-même nous efforcerons de répondre à vos questions à la fin de cette lecture. J'apprécierais que vous conserviez vos questions jusque-là.

Dernières volontés du défunt : Terrence Bradley Grimshaw, en date du vingt-sept mai 1927. Par le présent testament, je lègue la plus grande partie de ma fortune, de mes biens, de mon argent et de mes possessions à ma fiancée, Ellen Mary Hamilton. Je spécifie qu'après notre mariage, Ellen poursuivra les rénovations à Thornleigh. Je souhaite aussi que Charlotte, ma fille, grandisse sur ce domaine ; mais si je meurs, je voudrais que ma fille effectue un voyage en Amérique à tous les deux ans pour rendre visite à sa grand-mère (ma mère, Phyllis Enid Grimshaw, résidant à Sevenoaks, Boston).

À mon autre fille, Rosalie Lilybette Grimshaw, je
laisse en héritage la somme de vingt mille livres et…

— C'est sûrement la maison, dit Cynthia Grimshaw
en donnant un petit coup de coude à sa fille. C'est sûrement la maison.

… un certain nombre d'actions (quarante pour cent)
de l'entreprise Gildersberg.

— C'est scandaleux! siffla Cynthia. Et la maison à
Boston? Elle nous appartient! Elle *doit* nous revenir!

— Silence, s'il vous plaît!

L'air sévère, Mr Morton fronça les sourcils en tapotant
sur son bureau.

— Vous pourrez poser toutes les questions que vous
voudrez à la fin, dit Frankton d'une voix apaisante.

Puis il retrouva l'endroit dans le texte, où il s'était
arrêté, et reprit sa lecture.

En ce qui concerne Gildersberg, par le présent tes-
tament, je laisse une autre part (trente pour cent)
de l'entreprise à mon neveu, Mr Dean Fairchild, et
une dernière part (de trente pour cent) à mon neveu,
Mr Jack Grimshaw. La destinée de Gildersberg est
entre vos mains. Mr Dean Fairchild est au courant
de mes projets pour la compagnie, et je souhaite que
ces plans soient mis à exécution. Par conséquent,
j'alloue un fonds en fidéicommis de trente-cinq mille
livres que je remets entre les mains des notaires
Morton et Frankton. Cette somme doit être utilisée
uniquement pour l'entreprise, et toute demande de

retrait sur cet investissement de la part des direc-
teurs de la compagnie sera refusée.

Frankton fit une pause intentionnellement ; s'il devait y avoir interruption, ce serait maintenant et non au milieu d'une phrase.

De l'autre côté de la pièce, Cynthia Grimshaw bouillait littéralement. Tout aussi furibonde, Rosalie lançait un regard furieux à Frankton, attendant la suite.

La maison de Boston devra être vendue.

— Elle est à nous.

Cynthia Grimshaw passa son bras autour de sa fille.

La maison de Boston devra être vendue, et le produit de la vente, moins la somme de quinze mille livres, sera déposée dans un fonds en fidéicommis que j'ai créé pour la restauration de Thornleigh. Je lègue cinq mille livres à ma nièce, Miss Alicia Brickley, et je lègue par testament un autre cinq mille livres à ma fille, Rosalie Lilybette Grimshaw, qui lui sera remis le jour de son mariage.

— Le salaud ! rugit Cynthia Grimshaw. Il a fait ça pour me déshériter.

Après l'explosion de colère de sa mère, Rosalie rosit et cligna des yeux avec incrédulité. À l'évidence, elle s'attendait à recevoir beaucoup plus que ce que son père lui avait légué.

— Ne t'en fais pas, chérie.

Se levant d'un bond, Cynthia Grimshaw saisit la main de sa fille.

— Nous irons devant le tribunal. Tu auras ton argent.

Elles se précipitèrent vers la sortie où se trouvait Jack Grimshaw. En ouvrant la porte, il murmura :

— Rosie, on dirait que tu es pratiquement déshéritée.

Rosalie repoussa ses cheveux sur son épaule.

— Le reste de l'argent *m'appartient*. Je l'obtiendrai d'une façon ou d'une autre.

Jack Grimshaw ferma la porte derrière elles puis il croisa les bras.

— Rien pour moi dans tout ça, tabellion ? Ou est-ce que nous, les garçons, sommes déshérités ?

Mr Morton le regarda en fronçant les sourcils.

— Mr Grimshaw, vous n'avez jamais été exclu du testament. Les actions de la compagnie constituent votre héritage, tout comme celui de votre cousin, Mr Fairchild. Mr Grimshaw voulait que vous travailliez pour gagner votre vie.

— Oh, elle est bonne, celle-là ! ronchonna-t-il, mécontent. On envoie paître Rosie aussi, je comprends. Ah ! Intelligent, le vieux bougre. Il n'a jamais aimé nous voir traîner ici et là, pas vrai, Ellen ?

Ellen se crispa. Le fait qu'il l'appelle Ellen au lieu de « Mrs Grimshaw » était clairement un affront.

— Sans vouloir vous offenser, ajouta-t-il, pour se réconcilier. Je dois sans doute m'adresser à vous à présent pour obtenir un prêt, n'est-ce pas, tante Ellen ?

— Ce n'est pas le moment, Jack.

Dean Fairchild l'éloigna.

— Non, ce n'est pas le moment.

La mère de Dean soutenait son fils.

— Ton père, paix à son âme, aurait honte de toi.

— Eh bien, je m'attendais vraiment à recevoir *quelque chose*. Même une part dans la maison de Boston. Oncle Ted savait que de nous tous, c'est moi qui y ai passé le plus de temps.

— Je suis d'accord avec Jack, dit Amy Pringle. Rosalie aurait dû avoir la maison.

— Cette décision appartenait à oncle Teddy, lui rappela sa cousine Sophie.

— Mais pourquoi a-t-il donné cinq mille livres à Alicia et pas à nous ?

— Parce que nous avons notre propre dot, Amy. La pauvre Alicia n'a rien.

— Ce n'est pas notre problème si son père ne lui a rien laissé. Je comprends pourquoi. Nous aurions dû être davantage aux petits soins avec oncle Ted. À présent, nous sommes déshéritées. Ce n'est pas juste.

— Ce fut une matinée pénible, dit Dean Fairchild, assumant la responsabilité de l'homme de la famille. Je crois que nous devrions nous retirer. Mrs Grimshaw désirera probablement converser avec les notaires en privé.

— Merci, murmura Ellen quand il passa à côté d'elle. Pour votre gentillesse.

Il sourit.

— Permettez-moi de m'excuser pour eux.

— Ne vous en faites pas. Je peux comprendre leurs... objections. Comme pour les menaces, j'espère qu'elles ne les mettront pas à exécution.

— Je ferai de mon mieux pour persuader Rosalie et sa mère d'accepter les choses telles qu'elles sont, promit-il. Aucun mal ne vous sera fait.

— J'aimerais être aussi confiante que vous, murmura Ellen. Un désir de meurtre se lisait dans leurs yeux, vous n'avez pas remarqué ?

CHAPITRE TREIZE

Le Square Hanover apparut devant nous, menaçant comme un champ de mines.

— Suivez-moi.

Répondant à l'ordre brusque du major, nous nous sommes faufilées à travers la foule de reporters et de photographes qui nous assaillaient.

— Ne dites rien.

J'admirais la ténacité d'Ellen. Elle me serrait la main fortement mais elle refusait de répondre à des sarcasmes tels que : «tueuse de mari», «l'avez-vous épousé pour son argent?» et le pire, «putain».

Une fois entrée dans le taxi, elle éclata en larmes. Le major lui donna ce conseil :

— Ignorez tout cela et ne le prenez pas comme une offense personnelle. Ils doivent gagner leur vie. Ça s'appelle du sensationnalisme.

— Je sais, je sais, dit-elle en haletant. Mais c'est difficile. Ils me traitent de meurtrière et c'est faux. Je ne peux même pas pleurer la mort de Teddy parce que — parce que...

Tout en passant mon bras autour de ses épaules, je lançai un appel silencieux au major. Je ne savais pas exactement ce que je voulais, mais il a semblé comprendre.

— Ce ne serait pas une bonne idée de nous rendre à l'hôtel actuellement. Chauffeur, conduisez-nous au... Tower.

Mes sourcils se dressèrent...

— Eh bien, nous devrions passer inaperçus parmi les touristes.

Il avait raison, bien sûr.

Il avait raison la plupart du temps.

Ellen ne se souciait pas de l'endroit où nous allions. Elle dit qu'elle voulait broyer du noir toute seule.

— Pardonnez-moi, Mrs Grimshaw, mais ce ne serait pas prudent.

Ses yeux se remplirent de larmes.

— Quand serai-je enfin en sécurité ? J'ai l'impression d'être un lapin poursuivi par des chasseurs.

— Ne vous inquiétez pas, dit-il en souriant. Nous avons un plan pour attirer le renard dans un piège.

— Attraper le renard ?

— Je dirais plutôt « la renarde ». Comment attrape-t-on une renarde ?

— Pourrions-nous discuter de tout cela autour d'une tasse de thé ? suggéra le major.

Je ressentis une vive sympathie pour lui, pour sa force, sa présence rassurante. Oh, comme j'aurais voulu qu'il soit mon compagnon.

— Je n'ai vraiment pas l'impression d'avoir les compétences nécessaires pour faire ce que vous voulez que je fasse, murmura Ellen en prenant sa deuxième tasse de thé bien chaud.

— Les réunions mensuelles ne sont pas redoutables, l'assura-t-il. Et nous ne vous demandons pas de comprendre ce qui y sera discuté, simplement de prendre des notes et de nous les remettre.

— Vous poursuivez un objectif, n'est-ce pas, Major ? Mais vous ne direz pas lequel.

— Je ne peux le dire parce qu'en ce moment, nous ne le connaissons pas. Les renards ont le tour de disparaître sous terre quand ils sont pourchassés. Soyez patiente, Mrs Grimshaw. Soyez patiente.

— Merci à vous deux pour votre soutien aujourd'hui.

Son regard passa de lui à moi. Je pris note de la lueur interrogative dans ses yeux et je rougis. Le major intensifia ma rougeur en me souriant. C'était le genre de sourire qu'une personne offre à une autre en lui tenant la main. Ellen dissipa le malaise.

— Je crois que nous devrions revenir à la maison à présent. J'ai promis à Charlotte de lui acheter une nouvelle robe et je pense que j'irai faire des courses cet après-midi.

— Sauf votre respect, Mrs Grimshaw, je ne crois pas que ce soit une bonne idée.

— Pourquoi ? Vous croyez que je suis en danger moi aussi, n'est-ce pas ?

— Allons-y mesdames, dit le major sur un ton sérieux et ferme. Et je crois que vous avez tout intérêt, Mrs G, à ce qu'un homme vous protège. J'ai déjà pris la liberté d'en engager un aujourd'hui. C'est un homme digne de confiance et qui est disponible actuellement.

Cette nouvelle donna un choc à Ellen.

— Combien de temps serai-je obligée de conserver à mon service cette personne ?

— C'est difficile à dire, mais vous devez prendre conscience que vous êtes une femme très riche.

Nous sommes montés dans la voiture, et Ellen supplia le major de la conseiller.

— Je garderais cet homme pour le reste de l'année.

Ellen blanchit.

— Et Charlotte ? Ils ne vont pas essayer de lui faire du mal, n'est-ce pas ?

— Dans les familles riches, les enfants deviennent parfois des proies. Lorsque cette affaire sera terminée, je vous recommande de retourner à Thornleigh et d'y rester, sauf pour vous rendre aux...

— Réunions d'affaires mensuelles ?

— Oui.

— Vous me suggérez de laisser mon enfant, major, alors qu'elle pourrait être en danger ?

Le major me regarda.

— Il est toujours sage de s'entourer de personnes de confiance. Actuellement, vous avez Daphné. Avez-vous confiance en elle ?

— Bien sûr ! Je lui confierais ma vie !

Un très léger sourire apparut sur les lèvres du major.

— Bien. Dans ce cas, vous avez votre réponse.

Il se tourna vers moi ; son profond regard était éloquent.

— Et je suis sûr que Daphné restera avec vous aussi longtemps que vous aurez besoin d'elle. Elle adore batifoler dans les grandes et anciennes maisons.

Ouverte à cette idée, je dis à Ellen :

— Je peux rester toute l'année si tu as besoin de moi. Tu sais que j'aime Thornleigh et que j'ai un livre à écrire.

— Mais tes parents…

— Ils ne feront aucune objection. En fait, ils seront contents d'apprendre que mes journées sont bien remplies. Sa nouvelle pièce monopolise beaucoup l'attention de mon père et, comme vous le savez tous les deux, Londres et moi ne sommes pas les meilleures amies du monde.

— Alors c'est réglé, dit le major.

Et je vis qu'il était content de lui.

De retour à l'hôtel, je fis couler un bain chaud pour Ellen puis je descendis au rez-de-chaussée afin de récupérer ses messages. À la réception, la dame âgée secoua la tête.

— Je regrette, madame, mais nous avons fait porter les messages de Mrs Grimshaw à sa chambre.

Je demandai si c'était la façon de faire habituelle.

— Non, mais Mrs Grimshaw a téléphoné ce matin. Elle a demandé que tous ses messages lui soient apportés directement à sa chambre.

— Oh, je vois. Merci.

Fronçant les sourcils, la préposée m'observa d'un air soupçonneux.

— Et vous êtes?

— Miss du Maurier.

— La dame de compagnie de Mrs Grimshaw?

Je ne répondis pas immédiatement. Pour certaines personnes de mon cercle d'amies, recevoir le titre de dame de compagnie aurait été considéré comme une insulte. Je ne m'étais jamais perçue comme une dame de compagnie auparavant et une idée romanesque naquit dans mon esprit. Quelle était la vie d'une dame de compagnie? Mon personnage devrait-il tenir ce rôle au début de mon livre?

Janet, un esprit libre et aimant, se retrouva à la merci des membres de sa famille fortunés...

Installée dans son bain, Ellen me demanda:

— Les as-tu regardés aujourd'hui? Ce sont tous des vautours. L'expression sur son visage était très révélatrice. Elle croyait qu'ils allaient obtenir la maison de Boston.

Rosalie et sa mère.

— Et sûrement beaucoup plus. Elle est furieuse contre lui parce qu'il lui a laissé des actions de l'entreprise. Ça veut dire qu'elle devra travailler ou, du moins, s'intéresser à l'entreprise pour récolter des dividendes au lieu de les recevoir sur un plateau d'argent. Elle contestera le testament, bien sûr.

J'ai dit que j'en étais passablement convaincue moi aussi.

— Jack est furieux. Il croyait qu'il pourrait se la couler douce, se mettre au service de l'héritière.

Assise sur la chaise à côté du bain, je racontai à Ellen ce que j'avais vu.

— Oui, je sais. Jack et Rosalie. Teddy avait découvert leur liaison. Il avait engagé un homme pour les suivre.

Elle fit une pause.

— Et en y repensant, je réalise que Teddy a été très brillant en laissant la compagnie à ces trois-là : Rosalie, Jack et Dean. Dean est un travailleur. Mais il n'acceptera pas qu'ils se traînent les pieds, particulièrement si son avenir est en jeu. Il veillera à ce que ça fonctionne. Ou ils s'impliqueront pour que ça marche, ou ils risqueront de perdre les bénéfices.

Je ne pouvais imaginer Rosalie accomplir quelque tâche que ce soit et j'exprimai clairement ma pensée.

— Non, effectivement, dit Ellen. Elle demandera à Jack de surveiller leurs intérêts. N'oublie pas, elle a toujours les vingt mille livres.

— Une somme qui disparaîtra rapidement si la mère parvient à mettre la main dessus.

— Exactement. Mais ce n'est pas mon problème, n'est-ce pas? Autrefois, il y a longtemps de cela, avant que j'apprenne que Rosalie avait détruit les lettres, je croyais que nous pourrions former une petite famille heureuse, Teddy, moi, Charlotte et Rosalie.

— La situation peut changer, répondis-je, en m'efforçant d'insuffler un peu d'espoir dans cette conversation.

— Si elle devient autonome, oui... mais crois-tu qu'elle pourra échapper à l'emprise de sa mère? Ou même le désirer? Sa mère l'a dominée durant toute sa vie.

Je réfléchis profondément. Enfant unique, élevée par une mère dominatrice. Mais il arrive un moment où une personne quitte le nid familial pour trouver sa propre demeure, sa propre place dans le monde.

— Jack insistera pour que Rosalie l'épouse, prédit Ellen. Mais Rosalie sait où est son intérêt. Elle va épouser un autre homme.

J'acquiesçai d'un signe de la tête et allai lui chercher une serviette.

— Oh, au fait, as-tu reçu tes messages?

— Oui, cria Ellen de la salle de bain. Ils sont sur la table.

J'aperçus sur la table un petit panier contenant une bouteille de champagne, une boîte de chocolats et des fleurs parfumées.

— Qui les a envoyées? demanda Ellen en se séchant les cheveux.

Je lus la carte.

— Frankton et Morton.

Ellen s'arrêta pour admirer les fleurs.

— C'est joli mais un peu déplacé, non?

Je haussai les épaules.

— En tant que notaires de ton mari, ils savaient qu'il y aurait probablement des disputes familiales.

— C'est tout de même bizarre. Veux-tu un verre? Après cette journée, j'ai besoin de boire quelque chose.

Alors nous nous sommes assises dans le petit salon attenant à notre chambre. Au deuxième verre, Ellen tendit le bras pour prendre la boîte de chocolats.

— Comment pouvaient-ils savoir que j'aime le chocolat?

Elle ouvrit la boîte et m'offrit le plateau.

Je prends toujours mon temps pour choisir. Dans ma famille, nous aimons le chocolat. Dès que j'avais aperçu la boîte et le nom de la compagnie suisse, j'avais su lequel je voulais. Pendant que je le cherchais, le plateau me glissa des mains et s'écrasa sur le plancher.

— Oh, je suis désolée, criai-je.

Je me baissai alors rapidement pour ramasser les chocolats sur le plancher. Je retournai le plateau vide et commençai à le remplir mais Ellen me saisit la main.

— Daphné, éloigne-toi!

Je m'exécutai, étonnée par sa véhémence et l'intensité de son expression.

— Regarde la boîte!

Des lettres noires obscurcirent ma vision.

MEURS.

Ces lettres étaient inscrites au dos de la boîte.

En tremblant, Ellen décrocha le combiné.

— À l'aide. À l'aide... vite.

Elle remit en place le combiné et s'approcha lentement de moi.

— J'avais raison. Je savais qu'ils tenteraient *quelque chose*.

— Devrais-je téléphoner au major? Il saurait ce qu'il faut faire.

— Oui, oui, murmura Ellen. J'aurais dû m'en douter au moment où le panier est arrivé. Morton et Frankton n'auraient jamais songé à m'envoyer cela; ce sont des hommes. Non, cet envoi a été fait par une femme. Et le poison m'était destiné.

— S'ils sont empoisonnés, fis-je remarquer.

— Elles doivent avoir planifié ça... elles doivent attendre la nouvelle de ma mort...

Je demeurai à ses côtés pendant que nous attendions.

— Et les autres menaces de mort que tu as reçues? Crois-tu qu'elles proviennent aussi de Rosalie et de sa mère?

Elle se remit à trembler.

— Je ne sais pas. C'est possible.

Elle essuya une larme.

— Teddy a été la première victime. Il est clair que je serai la deuxième.

Elle regardait fixement la porte.

— Charlotte. Je dois retourner à la maison pour Charlotte.

Nous ne nous sentions pas en sécurité à Londres, ni l'une ni l'autre. Lorsque le gérant de l'hôtel arriva, il s'exclama en voyant le dégât sur le plancher.

— Je suis convaincue que c'est du poison.

Ellen tremblait.

— Et je ne peux rester ici une nuit de plus. Je ne peux tout simplement pas.

Un coup bref résonna à la porte et une femme de chambre entra.

— Excusez-moi, madame. Un certain major Browning a téléphoné. Il a dit qu'il s'en venait ici tout de suite.

— Merci, dis-je. Je devrais commencer à préparer les bagages immédiatement.

— Nous pouvons vous installer dans une autre chambre, madame, suggéra le gérant de l'hôtel.

— Non, dit Ellen avec fermeté. Mais vous pouvez réserver des places pour le prochain train quittant Londres.

— Il n'y a aucun train avant demain matin, madame. Puis-je vous suggérer de demeurer dans notre suite de luxe ? Il y en a une au rez-de-chaussée près de l'appartement que j'occupe avec ma femme. Je vous assure que vous y serez en sécurité.

Il se pencha pour examiner les chocolats.

— Du poison, dites-vous ?

— N'y touchez pas, lui conseilla Ellen.

— Ma femme adore ces chocolats, poursuivit-il, tenté.

— Je ne ferais pas ça si j'étais vous.

Le major Browning entra dans la pièce, une femme de chambre inquiète sur les talons.

— Pas avant qu'ils ne soient analysés.

Avant que le gérant de l'hôtel puisse y toucher, le major enfila des gants et déposa les morceaux dans un sac en papier brun. Le visage livide, je le vis désigner d'un geste les fleurs et les ramasser aussi.

— Les fleurs, soupira Ellen, en posant la main sur sa tête. Je les ai respirées tantôt… oh mon Dieu ! Je me sens très mal.

— C'est la peur qui vous fait vous sentir mal, l'assura le major.

— Elle est résolue à quitter la ville aujourd'hui même, lui dis-je.

Je lui fis part aussi de la suggestion du gérant.

Le major consulta sa montre.

— Ce n'est pas l'heure de changer d'hôtel. Changer de chambre, oui. Si cela peut vous aider à vous sentir plus en sécurité, Mrs Grimshaw, je placerai un homme devant votre porte.

— Oui, faites-le, dit Ellen avec insistance, mais je me sentirais davantage en sécurité si vous restiez ici aussi. Je paierai votre chambre. Y a-t-il une chambre libre près de la nôtre, Mr Smythe ?

Mr Smythe accéda rapidement à sa demande.

— Voyons, oui. Nous avons une chambre inoccupée à l'extrémité du couloir. Et puis-je prendre la liberté de vous réserver une table pour ce soir, Mrs Grimshaw ?

— Une table pour trois, s'il vous plaît, Mr Smythe. Une table pour trois.

CHAPITRE QUATORZE

Ellen quitta la table de bonne heure.

— Non, Daphné, reste. Il ne peut rien m'arriver. L'homme du major est devant ma porte, n'oublie pas. Je crois que je vais lui apporter ceci.

Elle ouvrit son mouchoir dans lequel elle plaça les restes de son dîner.

— Je sais ce que c'est que d'avoir faim.

— C'est gentil de sa part, fit remarquer le major après son départ. Que lui est-il arrivé?

— C'est une longue histoire.

Je souris quand il me versa un autre verre de vin.

— Nous avons *toute* la nuit.

Il me rendit mon sourire et commanda une autre bouteille de vin.

— Et un dessert aussi. Je crois que nous devrions commander du pouding.

— Bonne idée, dis-je en frissonnant. Combien de temps faudra-t-il pour obtenir les résultats de l'analyse des fleurs et des chocolats ?

— Un jour ou deux.

— Croyez-vous qu'ils sont empoisonnés ?

— Oui, je le crois. Il y a quelqu'un qui veut la mort d'Ellen.

— La même personne qui a tué son mari ?

— Peut-être.

— Je ne peux croire que quelqu'un soit convaincu qu'elle a tué son mari.

— Et vous, que croyez-vous ?

— Bien sûr je crois la version de mon amie, répliquai-je. Ne feriez-vous pas la même chose ?

— Très juste. Bien sûr vous la croyez. Vous êtes une personne loyale.

— Voulez-vous insinuer que vous ne l'êtes pas ?

Il haussa les épaules.

— Vous devriez poser cette question à mon chien.

Je ris. J'aimais son sens de l'humour. Et c'était bon de l'avoir pour moi toute seule, pour une fois.

— Est-ce que vous vous ennuyez de votre fiancée ?

— Pas le moins du monde.

— Elle est très belle.

— Oui, en effet.

— Quel genre de mariage ferez-vous ?

Il me jeta un regard ennuyé.

— Eh bien, par égard pour ses parents, je suis sûre que vous avez souvent discuté de ce sujet. Je suis simplement curieuse. Quel genre de mariage aimeriez-vous faire ?

— Un mariage très simple. Avec quelques amis intimes et la famille.

— Je pense exactement la même chose. Après avoir participé au mariage d'Ellen, je ne crois pas que je pourrais faire autrement. Mais je ne suis pas lady Lara Fane, n'est-ce pas ?

— Non, répondit-il, à voix basse, vous êtes infiniment mieux.

— Vous êtes un charmeur expérimenté.

Il sourit.

— Vraiment habile, concédai-je. Que pensent vos parents de lady Lara ?

— Ils l'aiment.

— J'imagine qu'ils la connaissent depuis un certain temps.

— Oui. Je suis, en quelque sorte, un « ami de la famille », selon l'expression consacrée.

— Vous employez l'expression de façon très libérale.

— Peut-être.

— Avez-vous déjà pris des libertés, amicalement, avec une femme ?

Aussitôt après avoir prononcé ces paroles, je les regrettai. Mais il était trop tard, et je blâmai le vin.

Il couvrit ma main de la sienne.

— À vous, je dois toujours dire la vérité. J'ai connu plusieurs femmes.

Je sentis mon visage rougir davantage.

— Avez-vous aimé l'une d'elles?

Il demeura silencieux un moment et réfléchit. Son tendre regard chercha le mien au-dessus de la table.

— Ce que j'ai éprouvé la plupart du temps c'est le désir. Vous parlez d'amour…

Sa voix s'estompa, et j'éprouvai de la gêne subitement. Sa seule présence évoquait pour moi quelque chose qui ressemblait à l'amour. Je n'étais pas sûre de l'aimer, mais je savais que j'étais *très attirée* par lui. Je ne pouvais ignorer ce fait plus longtemps.

Le serveur revint bientôt pour débarrasser la table. Il était tard, et nous étions les derniers clients du restaurant. Je compris que le serveur et le gérant voulaient fermer pour la soirée, et je dis au major qu'il était sans doute préférable de retourner dans nos chambres respectives.

— Quel dommage, dit le major en se penchant au-dessus de ma main. Pour moi, il est tôt.

— Pour moi aussi, répondis-je d'une petite voix. Si j'avais le choix…

Il leva un sourcil.

— Si vous aviez le choix?

— Je resterais toute la nuit. Ou, du moins, jusqu'à ce que je me sente fatiguée.

— Que voulez-vous faire? Si j'étais un grand voyou, je vous inviterais à venir dans ma chambre.

Je souris.

— Mais vous êtes un grand voyou, non?

— Peut-être. Et vous êtes à ma merci. Avez-vous peur?

— Certainement.

— L'offre est là...

— Et vous pensez que je vais accepter ?

Il porta ma main à ses lèvres sans se presser.

— S'il vous plaît, vous êtes la bienvenue.

Je n'avais jamais reçu une invitation aussi scandaleuse. Et de la part d'un homme dont la seule présence me faisait perdre l'esprit. Je voulais dire oui, oh, comme j'en avais envie, mais un certain sens moral en moi m'indiquait de refuser.

— Je suis désolée, je ne peux pas. J'aimerais pouvoir dire oui mais si je le faisais, je crois que je...

— Gâcherais tout ?

— Oui, répondis-je, enfin. C'est bizarre. Pouvez-vous lire dans mon esprit ?

Pour toute réponse il se leva et m'aida à faire de même.

— C'est triste, mais c'est le temps de partir. Bien que j'aimerais beaucoup que cette soirée se prolonge, c'est terminé.

— Vous êtes un vrai gentleman, murmurai-je tandis que je quittais le restaurant en m'appuyant fermement à son bras.

— Et avant, vous ne me considériez pas comme un gentleman ?

Ma réponse vint rapidement ; peut-être le vin joua-t-il un rôle.

— Vous êtes l'exemple parfait du gentleman, dis-je tout en faisant une pause. Mais vous êtes aussi un homme mystérieux. Vous travaillez pour Scotland Yard.

Vous ne me direz rien à ce sujet. Mais puis-je vous poser une question?

— Je ne vous en empêche pas, n'est-ce pas?

Il sourit.

Nous étions presque arrivés à la porte de ma chambre.

— Si j'étais votre femme, me parleriez-vous de votre travail?

Debout devant la porte, il soupira.

— C'est difficile à dire. J'ai toujours été seul; j'ai toujours travaillé seul. S'il y avait quelqu'un dans ma vie, une personne très proche, une épouse, comme vous dites, je ne sais pas. J'aimerais rester loyal dans mon travail et j'espérerais que ma femme respecte cela.

Je plissai les yeux.

— Alors comment une mondaine comme lady Lara se comporterait-elle? Un piètre choix comme épouse, je dirais.

— Vraiment piètre. Ce qui explique pourquoi je ne l'épouserai pas. Je ne sais pas pourquoi vous ne me croyez pas.

— Parce que...

Les mots s'échappèrent de ma bouche.

— J'ai connu et observé des femmes comme elle auparavant. Elles sont, ce qu'on appelle des « femmes fatales ».

— Avez-vous écrit sur ce sujet?

— J'espère le faire, dis-je. Je vais en créer une que le monde n'oubliera jamais, vous verrez.

— Je vous crois, murmura-t-il.

Je sentis ma vigilance se relâcher. C'était difficile de résister à cet homme, cet homme que j'aimais. Cependant, je savais que si je franchissais les frontières des convenances, je mettrais en péril notre avenir.

— L'avenir est si incertain.

Je ris sous cape.

— Quel avenir pourrions-*nous* avoir? Vous n'êtes pas *libre* socialement parlant, et je ne suis pas sûre que vous puissiez être un mari fidèle. Mais n'est-ce pas suffisant pour le moment?

— Oui.

Il leva ma main vers sa bouche encore une fois.

— Vous savez à quel point j'aimerais vous tenir dans mes bras et vous embrasser passionnément, mais je vais m'abstenir. Au nom des convenances.

— Merci, dis-je en me précipitant dans la chambre.

Une fois à l'intérieur, je m'appuyai contre la porte; je sentais presque sa chaleur et celle de notre rencontre à travers le bois.

— Ça va?

Ellen était là, en chemise de nuit.

— Je crois. Oh, mon Dieu... dis-je en plaçant une main sur ma tête.

— As-tu trop bu? Étais-tu avec le major?

— Oui... et oui, j'ai probablement trop bu.

Elle eut un petit rire.

— Mais tu es revenue ici.

— Je le regrette presque, lui confiai-je en me laissant choir sur mon lit.

— Tu l'aurais regretté demain matin, dit-elle avec sagesse.

Et je me dis qu'elle avait raison.

Le voyage en train pour revenir à Thornleigh se déroula sans incident.

Après nous avoir accompagnées à la maison et s'être assuré que nous étions en sécurité, le major Browning retourna à Londres pour attendre les résultats des analyses des fleurs et des chocolats. Il promit de discuter avec les notaires et de poser d'autres questions au personnel de l'hôtel afin de savoir qui avait livré le panier et quand.

— Ils ne découvriront rien, soupira Ellen.

Nanny Brickley était abasourdie.

— Qui a pu faire une chose pareille? La même personne qui a tué oncle Teddy?

— Ellen était clairement visée, répondis-je. Et elle l'avait déjà été auparavant.

Ellen me lança un regard désolé. Je compris qu'elle ne voulait pas qu'Alicia en sache trop. Elle se disait peut-être qu'Alicia refuserait d'assumer ses tâches si elle avait peur et si elle était au courant du danger que courait Charlotte. Et Charlotte aimait sa nanny.

— Est-ce que Charlotte est en danger?

Le regard d'Alicia se posa sur l'enfant.

Charlotte continuait de faire son puzzle sans écouter cette conversation.

— Et qui est cet homme qui se promène ici et là?

— Il est… un genre de protecteur, répondit Ellen. Le major Browning a pensé que ce serait une bonne idée.

Nanny Alicia approuva.

— Mais qui voudrait faire du mal à une enfant? Avez-vous reçu des messages auparavant?

Cette fois, Ellen s'exprima librement. Elle décrit toutes les menaces de mort qu'elle avait reçues.

— La police est au courant, bien sûr, mais ils ne peuvent pas faire grand-chose.

— Oncle Teddy aurait dû leur dire plus tôt.

Alicia pâlit.

— S'il l'avait fait, peut-être… peut-être serait-il encore vivant aujourd'hui.

— Selon son médecin, son cœur était faible, et il était donc sensible au poison. La personne qui a versé du poison dans sa tasse était au courant de son état. À mon avis, la seule explication possible est que ses associés d'affaires sont impliqués. Quelqu'un ayant un motif rationnel, que je ne peux comprendre, voulait sa mort.

— Dean pense la même chose, murmura Alicia. Il est venu ici pendant votre absence.

— Il est venu à Thornleigh?

Ellen se leva brusquement de son fauteuil.

— D'autres personnes sont-elles venues?

Si Alicia fut surprise de cet emportement, elle ne laissa rien paraître.

— Non. Il est venu seul, expressément pour me voir.

Elle baissa les yeux et rougit.

— Il est venu me parler de mon héritage. Je ne m'y attendais pas…

— Il a tenu ses promesses, dit Ellen sur un ton rassurant. Il a toujours dit qu'il te laisserait quelque chose.

— Mais je ne veux pas, je veux dire, je ne devrais pas…

— Ne te sens pas coupable.

— Mais les autres…

— Tu veux dire Rosalie, bien sûr. Oui, j'imagine qu'elle a été bouleversée. Mais Teddy avait ses raisons pour lui laisser cet héritage.

— Elle doit être en colère…

— Très en colère, dis-je. C'était la rencontre la plus difficile et désagréable à laquelle j'aie assisté. Il y avait des regards meurtriers partout dans la salle.

— La présence de Daphné devait être réconfortante, dit Alicia compatissante.

Ellen esquissa un léger sourire.

— Et c'était un *grand* réconfort d'avoir aussi le major Browning. Il est très présent et il veille toujours sur nous, n'est-ce pas, Daphné ?

C'était à mon tour de rougir.

Même si Alicia savait que le major était fiancé, elle ne dit rien. Cependant, je sentis qu'elle se posait des questions à mon sujet, ce qui me rendit extrêmement mal à l'aise.

La perception que j'avais de ma personnalité n'incluait certainement pas l'idée d'être une femme fatale. Ni une dévergondée essayant de séduire un homme et de l'éloigner de sa femme.

Lady Lara Fane n'est pas la femme de sa vie, me dis-je.

Mais si elle ne l'était pas, pourquoi la voyais-je arriver par la fenêtre de la grande salle?

Le cœur battant à tout rompre, je demeurai figée. Pourquoi venait-elle ici? Pour rendre visite à Ellen? Pour offrir ses condoléances? Si c'était le cas, pourquoi sa mère ou ses parents ne l'accompagnaient-ils pas? Pourquoi venait-elle seule?

— Excusez-moi, Miss.

Une domestique s'inclina devant moi.

— Une dame demande à vous voir. Je l'ai fait entrer dans le salon de thé.

— Merci Olivia.

Je n'eus même pas le temps de me calmer. Sortant rapidement de sa voiture, lady Lara apparut habillée pour une soirée alors que je venais à peine de quitter ma robe du matin.

— Oh, pardonnez-moi.

Ses lèvres d'un rouge artificiel formèrent un sourire lorsque j'entrai dans le salon de thé.

— Je vois que vous n'étiez pas prête à recevoir des visiteurs.

L'ignorant complètement, je jetai un coup d'œil à Olivia.

— Du thé, s'il vous plaît, Olivia.

Le regard d'Olivia passa de lady Lara à moi ; puis elle acquiesça d'un signe de tête et fit une révérence ; j'imaginais sans peine l'histoire qu'elle allait raconter à Nelly en retournant à la cuisine.

— J'irai droit au but.

Se dressant de toute sa taille, lady Lara m'observa d'un œil critique. Elle était d'une beauté exceptionnelle et elle le savait. Grande, mince, sans un cheveu déplacé et sans une seule imperfection sur le visage, et moi je me sentais extrêmement inélégante en comparaison.

— Qui a-t-il entre vous et Tommy ?

J'eus un mouvement de recul en l'entendant utiliser son surnom.

— Inutile de faire semblant. Je vous ai vus ensemble.

Je la regardai fixement. Me tendait-elle un piège afin que je révèle quelque chose qu'il m'avait confié ? Se doutait-elle que je savais que leurs fiançailles étaient une comédie ?

En prenant un siège, je fis semblant de jouer son jeu.

— Je ne sais pas du tout ce que vous voulez dire... le major et moi sommes des amis.

— Amis, répéta-t-elle en s'assoyant. Il y a plusieurs types d'amitié, n'est-ce pas ?

Je haussai les épaules.

— Il existe divers degrés d'attachement ; certains sont sains, d'autres ne le sont pas vraiment.

Cette fois elle était allée trop loin. Je me levai d'un bond.

— Ce que vous insinuez, lady Lara...

Elle se leva.

— Oui?

— Je ne suis pas...

— Oui?

Je voulais dire «une dévergondée». Ou quelqu'un qui brise les fiançailles et les mariages. Au lieu de cela, je dis :

— Le major et moi avons une relation d'amitié *saine*. Vous n'avez aucune raison d'être jalouse.

— Mais des bruits courent, insista-t-elle tandis qu'Olivia apportait le thé.

Elle attendit qu'Olivia soit sortie.

— Puis-je verser?

Je versai.

— Lait? Sucre? Citron?

— Ni lait ni citron.

Je mis deux morceaux de sucre et du lait puis je lui tendis sa tasse.

Se raidissant, elle déposa la tasse de thé.

— Tommy a raison. Vous avez un tempérament fougueux. Il m'a parlé de votre implication dans le cas Padthaway et de la chance que vous avez eue de vous en sortir l'hiver passé. Courez-vous après les drames ou se présentent-ils tout seuls?

Je m'attendais à une insulte en réponse à celle que je lui avais lancée.

— Je ne sais pas vraiment.

Elle se tourna pour découvrir une faute de goût dans la décoration.

— Tommy et moi prévoyons nous marier au printemps prochain. Il a mis votre nom sur la liste des invités. Viendrez-vous ? Je me le demande.

Cette nouvelle m'atteignit comme un coup de couteau. Des invitations. Invitations ? S'ils envoyaient des invitations, il ne s'agissait pas d'une comédie.

— Ce n'est pas nécessaire de répondre immédiatement.

Lady Lara sourit.

— Je dois vraiment partir. Je voulais simplement avoir une petite conversation avec vous. À présent nous savons exactement où chacune de nous se situe, n'est-ce pas ?

Sans attendre, elle prit son parapluie et sortit en se pavanant.

Je la regardais fixement ; c'était une ennemie redoutable, une femme méprisante.

CHAPITRE QUINZE

— C'est de la ciguë... une espèce rare. Des traces identiques de ce poison ont été découvertes dans le corps de votre mari.

Nous étions dans le salon du petit déjeuner. Ellen se détourna de la fenêtre. Tout le temps que l'inspecteur et l'agent de police lui avaient fait part de leurs découvertes, elle était restée parfaitement immobile. Quand ils eurent terminés, elle baissa les yeux et essuya une larme.

Je lui tendis son mouchoir, et elle s'en servit.

— Ainsi nous sommes aux prises avec le même meurtrier, inspecteur James ?

L'homme de petite taille, dans la cinquantaine, acquiesça. Après que les résultats des analyses furent connus, il était venu du Nord pour assumer la direction des opérations. Je me demandais s'il connaissait le major Browning. Dans le silence, je posai la question mais l'inspecteur James secoua la tête.

— J'ai entendu parler du major, bien sûr, Miss du Maurier. Si je peux me permettre, vous avez eu beaucoup de chance toutes les deux. Si vous aviez consommé les chocolats, ne serait-ce qu'une dose minime, vous vous seriez retrouvées à l'hôpital ou pire encore.

Ellen porta une main lasse à son front et demanda qu'on apporte du thé aux visiteurs.

— Ils ont tué mon mari et, à présent, ils veulent m'assassiner.

Elle frissonna.

— J'ai le terrible sentiment que tout ça n'est pas uniquement une question d'argent.

— Une vengeance ? dis-je en m'adressant à l'inspecteur.

Il roula les épaules.

— Qui peut dire quel motif peut pousser quelqu'un à tuer ? Il peut être aussi simple ou complexe qu'on peut l'imaginer.

— Que comptez-vous faire à présent, inspecteur ?

— Suivre l'affaire de près, Mrs Grimshaw. Je vais interviewer tous les membres de la famille et certains associés de votre défunt mari.

— Allez-vous emporter les dossiers ? demandai-je.

— Pas maintenant.

L'inspecteur James préféra prendre un café au lieu du thé.

— Scotland Yard s'intéresse à ces dossiers. Lorsque le major aura remis son rapport, la police demeurera en possession des dossiers jusqu'à ce que l'affaire soit résolue.

— Et qu'arrivera-t-il si l'affaire ne peut être résolue, cria Ellen. Et ma fille ? Et notre sécurité ?

— Ne vous inquiétez pas, Mrs Grimshaw, vous avez pris les précautions nécessaires et vous êtes entourée d'amis ici. Je vous conseillerais cependant de garder votre fille auprès de vous, même lorsque vous vous rendez à ces réunions mensuelles.

Ellen se redressa sur son siège.

— Pourquoi dites-vous cela ? Pensez-vous qu'ils pourraient s'attaquer à elle maintenant ?

— Nous ne pouvons prévoir les agissements d'un fou, madame.

— Ou d'une *folle*, ajoutai-je.

— Alors.

L'inspecteur feuilleta son carnet.

— D'après mes premières questions, vous attestez que le jour du décès de votre mari, vous ne l'avez pas vu avant la cérémonie de mariage ?

— Oui, c'est exact, murmura Ellen. J'aimerais l'avoir vu... mais selon la tradition, le futur époux ne doit pas voir la mariée avant la cérémonie.

— Et vous, Miss Daphné ? Avez-vous vu Mr Grimshaw le jour du mariage ?

Je fouillai dans ma mémoire, revoyant rapidement chaque événement de cette journée. La plupart me paraissaient flous à cause de la tragédie.

— Je crois l'avoir aperçu dans la matinée... il entrait dans la bibliothèque.

— Quelle heure était-il ?

— Juste avant le déjeuner.

— Était-il seul ?

— Pour autant que je sache, mais comme vous le savez, beaucoup de gens se trouvaient à Thornleigh.

L'inspecteur acquiesça.

— Avez-vous vu Mr Grimshaw parler à Miss Rosalie au cours de cette journée ?

— Non... Je me trouvais dans la chambre de la mariée la plupart du temps, j'accomplissais les tâches que doit remplir une dame d'honneur.

— Merci, Mrs Grimshaw, Miss du Maurier. À présent, si vous n'y voyez pas d'objection, j'aimerais interroger le personnel de la maison encore une fois... Je vais commencer par Nelly, la cuisinière.

Je conduisis à la cuisine l'inspecteur accompagné de l'agent de police.

— Nelly, dis-je, les policiers sont ici. Ils veulent te parler.

Son visage prit une teinte rouge vif.

— De quoi ils veulent me parler ? Y'a pas de poison dans ma nourriture, je dois vous dire — oh inspecteur, dit-elle en le saluant. Que prendrez-vous ? Thé ? Flan ?

— Rien, merci, Nelly...

— Oh, je prendrais bien du flan, dit son assistant tout en souriant. Merci, Mrs Nelly.

— Oh, appelle-moi Nelly, fiston. Ou Nell. C'est comme ça qu'il m'appelait, l'ancien maître. Et y'a jamais eu de problème avec mes plats ici. Demandez à qui vous voudrez. Pas vrai, Miss Daphné ?

— Très vrai, affirmai-je.

— D'après l'autopsie, ce n'est pas uniquement le poison qui a tué Mr Grimshaw. Il avait une maladie du cœur. Un cœur en santé aurait peut-être résisté au poison.

Nelly se hérissa à nouveau en entendant le mot « poison ».

— Ce n'est pas ma cuisine, je vous le dis. Mr Grimshaw n'a pas mangé beaucoup ce jour-là. Il disait qu'il n'avait pas envie de manger. Les nerfs, et tout ça.

— À quel moment a-t-il mangé pour la dernière fois, selon vous ? demanda l'agent de police.

Nelly réfléchit profondément.

— Il a pris son déjeuner habituel, des œufs et un muffin. Il n'a pas déjeuné et n'a voulu prendre que du café. J'ai fait porter à sa chambre du café et des biscuits en après-midi.

— Quelle heure était-il ?

— Environ quatorze heures, si je me souviens bien. Oui, c'est à ce moment que les Américains se sont plaints que le thé était froid. Ils m'ont dit qu'ils le servaient très chaud en Amérique.

— Je suis sûr que ce n'était pas une critique à votre endroit, Nelly, dit l'agent de police pour l'apaiser.

— Eh bien, dit Nelly en roulant les yeux, je n'ai jamais entendu autant de gens se plaindre dans toute ma vie... je suis contente qu'ils soient partis.

— Croyez-vous que l'un d'entre eux aurait eu un motif pour assassiner Mr Grimshaw ?

— Ils en avaient tous. Ils voulaient tous son argent. C'était facile à voir.

Je repensai à l'affirmation de Nelly durant l'après-midi. *Ils voulaient tous son argent.* Je n'avais pas réalisé à quel point les membres de la famille de son mari devaient détester Ellen.

Je laissai mon amie avec Alicia et Charlotte où elle était en sécurité, et je m'éclipsai dans ma chambre. Je griffonnai des noms au dos de mon carnet. Les sœurs de Teddy étaient venues au mariage pour témoigner de leur appui, mais je me demandais si elles approuvaient vraiment ce choix. De toute façon, il était peu probable qu'elles aient assassiné leur propre frère. Je rayai leurs noms.

Quant aux cousins, Jack Grimshaw fut le premier nom que j'inscrivis. En raison de son association avec Rosalie, il se retrouvait en première place sur la liste.

Jack et Rosalie. Je frissonnai en les revoyant ensemble dans les bois. Avaient-ils planifié le meurtre ? Avaient-ils aussi prévu que Rosalie recevrait une part importante de la fortune de son père ?

Ellen et Charlotte. Même si je n'avais absolument aucun doute sur l'innocence de mon amie, il fallait examiner cette possibilité. J'étais convaincue que l'inspecteur James allait l'inclure dans sa liste de suspects.

Alicia Brickley. Son calme et son soi-disant dévouement envers Charlotte dissimulaient-ils quelque chose de sinistre?

Et finalement, l'auteur inconnu de ces lettres. Était-ce une personne qui avait fait faillite à la suite des transactions financières de Teddy Grimshaw?

Cynthia Grimshaw. Serait-elle prête à tout — même à tuer — pour que sa fille hérite? Je me souvins de son visage durant la lecture du testament. Elle était abasourdie. Abasourdie parce que sa tentative de meurtre n'avait pas produit les résultats escomptés?

À présent, j'avais mes principaux suspects et j'inscrivis un gros point d'interrogation sur la page opposée. Et en dessous, je dessinai le signe du dollar.

— Daphné?

Le cœur battant, je fermai mon carnet et le dissimulai sous un livre.

— Je suis contente de ne pas t'avoir réveillée.

Ellen entra dans ma chambre.

— Est-ce que je te dérange? Écrivais-tu des lettres?

— Non, je travaillais sur mon livre, mentis-je en repoussant ma chaise pour mieux camoufler le contenu de mon bureau. Mais je ne suis pas vraiment d'humeur à écrire.

— Excellent. Alors, voudrais-tu te joindre à moi dans la chambre violette ? Je ne peux rester assise à ne rien faire et à pleurer toute la journée ; alors j'ai pensé que ce serait mieux de continuer les rénovations. Tu pourrais m'aider à peindre.

Me sentant coupable d'avoir inscrit son nom dans mon livre, je m'empressai d'acquiescer à sa demande.

— Tu auras besoin d'une vieille blouse ou d'autre chose du genre. En as-tu une ? Pas de problème ; j'en ai beaucoup. Un souvenir de mes années de pauvreté.

Sa plaisanterie avait un goût amer.

— Oh, le travail dur ne me fait pas peur, dit-elle, alors que nous nous rendions à la chambre violette. Mon frère et moi aimions beaucoup travailler dans le jardin et à la cuisine. Nelly devait nous chasser ! Maman, bien sûr, désapprouvait. Elle désapprouvait tout ce que je faisais.

— Tu as commis un péché mortel, lui rappelai-je. Tu es tombée amoureuse d'un Américain et non de Lord Penthrow.

— Oui, soupira-t-elle, et puis j'ai eu une enfant hors des liens du mariage. J'ai provoqué un gros scandale, et mon propre père m'a reniée. Il a refusé de voir Charlotte.

— Ce furent des années horribles pour toi…

Elle fronça le nez.

— Oui et non. Charlotte et moi étions ensemble. Et il y avait Harry. Fidèle Harry.

Fidèle Harry. Au fond, je ne l'avais jamais considéré comme un suspect. Mais s'il était épris d'Ellen, il avait un sérieux motif.

— Harry a-t-il déjà voulu te faire la cour ?

Elle rit.

— Harry est un ami. Il l'a toujours su.

— Mais l'a-t-il fait ? insistai-je.

Elle fronça les sourcils.

— Pourquoi cet interrogatoire ? Tu ne dois pas penser du mal de Harry. Il ne ferait de mal à personne, pas même à un ver de terre. C'est l'homme le plus gentil que je connaisse.

— Et il a pris soin de toi durant ta période de pauvreté… lorsque tes parents…

Je regardai le plancher. Comme mes parents m'avaient toujours soutenue, je n'avais pas la moindre idée de ce qu'elle avait pu éprouver. Mes parents m'auraient-ils appuyée, me demandai-je, si j'avais eu une liaison avec un Américain et que j'avais donné naissance à un enfant hors des liens du mariage ?

— Ne disons pas de mal des morts. Ces années sont passées, et mes parents sont partis eux aussi. Parfois je pense qu'ils auraient voulu se racheter… mais il était trop tard. Les circonstances ne m'ont jamais été favorables.

J'acquiesçai d'un signe de tête et je changeai de sujet en affirmant que j'aimais la chambre violette.

— Je veux que cette chambre d'invités soit la plus belle.

Ellen me fit passer dans un labyrinthe de draps, d'outils et d'ustensiles.

— Pour les lits et les tables de nuit, j'ai choisi lavande d'antan — une teinte qui s'harmonise bien avec le pointillé rose et blanc du mur, le violet profond du tapis et le chintz de l'ameublement. Comme tu vois, la coiffeuse est blanche, et j'ai acheté de la peinture vieil or pour les miroirs. Les couvre-lits sont dans ce paquet, là-bas ; ils sont cramoisis et violets, avec un motif mauve un peu plus pâle. Je les installerai quand nous aurons terminé. Et pour les abat-jour, Daphné, tu vas m'aider à les concevoir et les fabriquer. Ce sera notre petit projet.

Je répondis que je n'avais jamais fabriqué d'abat-jour.

— Oh, vraiment ? C'est très amusant. C'est comme fabriquer son propre chapeau pour assister aux courses de chevaux.

Je dis que je n'avais jamais porté de chapeau pour aller aux courses.

— Le major t'y emmènera peut-être un jour ?

Ses yeux brillaient.

— Qu'est-ce que lady Lara voulait te dire ?

Évitant son franc regard, je saisis l'un des coussins violets.

— Me déconseiller de m'approcher de son homme.

— Mais il n'est pas vraiment son homme, n'est-ce pas ?

Je me questionnai alors très sérieusement. Avais-je confiance en Ellen, oui ou non ?

— Le major prendra une décision et, s'il a un peu de goût, il te choisira.

— Mais pourquoi ne choisirait-il pas plutôt une riche et belle héritière ?

— Parce que, eh bien, parce que tu es différente.

Elle piquait ma curiosité.

— Que veux-tu dire par « différente » ?

— Premièrement, tu es écrivaine et tu as publié.

— Seulement des nouvelles. Ce sont les romans qui comptent.

— Pas pour tout le monde. Tu es intelligente *et* séduisante. C'est un mélange explosif. Lady Lara, sous son apparence calme et détendue, n'est pas aussi brillante.

Tout en l'aidant à appliquer une couche de peinture sur le mur autour du foyer, je souris.

— Tu es une amie fidèle. Je ne suis pas sûre que la famille du major soit convaincue que je constituerais un meilleur choix que lady Lara...

Elle fit une pause.

— T'a-t-il demandé de rencontrer sa famille ?

— Non.

Mon cœur se serra.

— Cependant, il m'a emmenée rencontrer sa marraine. Elle a dit qu'il n'avait jamais emmené une autre fille auparavant.

— C'est important. Que pensent tes parents de lui ?

— Après les événements de Somner House, ils ont compris qu'il y avait une bonne *entente* entre nous. Angela a révélé par inadvertance notre secret un soir et c'est pourquoi, quand nous sommes venus assister à ton mariage, ce fut un choc pour nous tous de le voir en compagnie de lady Lara.

— Il n'avait jamais parlé d'elle ?

— Pas une fois.

Je baissai les yeux. Je *devais* lui dire.

— Il a dit que ses fiançailles étaient une comédie et qu'il s'est prêté à ce jeu par égard pour son père malade.

Ellen mit son pinceau de côté.

— *Quoi ?*

— C'est ce qu'il m'a dit. Elle l'a supplié, et il a cédé. C'est un arrangement qui doit être maintenu un certain temps.

— Combien de *temps* est-il censé durer ? Jusqu'au décès du comte ?

— Je crois que oui.

Je haussai les épaules.

— Cela n'a aucune importance. Je ne suis pas prête à me marier, et nous n'avons jamais discuté de quoi que ce soit en lien avec ce sujet.

— Mais il est évident que vous êtes faits pour être ensemble, insista Ellen. Où que tu ailles, il fait son apparition. C'est tout de même un signe.

Je voulais la croire. Une partie de mon être la croyait mais, dans le jeu de l'amour, il faut faire preuve de prudence. J'avais trop vu de cœurs brisés dans mon entourage pour faire partie du nombre. Ça ne me dérangeait pas d'écrire sur l'amour, mais me *tourmenter* comme mes héroïnes ? Non, pas moi. Je préférais mourir seule comme les sœurs Brontë.

CHAPITRE SEIZE

Je revis le major une semaine plus tard.

Fidèle à son habitude, il n'avait pas envoyé de mot pour prévenir de son arrivée.

Ellen et moi l'avons reçu dans le salon de thé.

— Pardonnez mon absence, dit-il, portant d'abord ma main à ses lèvres et ensuite celle d'Ellen. Je n'ai pu éviter ce contretemps. J'espère que vous avez mis sous bonne garde les dossiers pendant que j'étais au loin?

— Oui, fit Ellen d'un signe de tête. Daphné et Jeanne ont bien veillé sur eux. De toute façon, il n'y a personne à craindre ici. Je fais confiance à tous les domestiques.

Cette affirmation fit sourciller le major.

— L'inspecteur James nous a rendu visite. Son assistant est très sympathique. Il a gagné le cœur de Nelly dans le temps de le dire.

— J'ai ouï dire que ce James était un homme bien. Très méthodique. Précisément ce qu'il nous faut dans cette affaire.

— « Affaire », répéta Ellen, qui pâlit. Si mon mari a été victime d'un crime odieux, je ne vois pas comment on pourrait arrêter le coupable.

— Aucun meurtre n'est parfait, Mrs Grimshaw.

— Meurtre.

Elle baissa la tête et servit le thé avec un sourire triste et songeur.

— Teddy était un homme si débordant de vitalité, si robuste. Brillant et affectueux. Je ne peux tout simplement pas accepter l'idée que quelqu'un l'ait tué sciemment et de sang-froid.

— S'il avait été un homme ordinaire, l'affaire serait vite classée, répondit le major.

Il prit la nouvelle tasse de thé que lui tendait Ellen et, après s'être versé du lait et une petite cuillerée de sucre qu'il remua pensivement, il ajouta :

— Or, son testament et ses affaires sont complexes. D'où l'enquête.

— Et qu'en est-il de ces lettres de menaces et du chocolat ? Celui ou celle qui a commis le crime n'aura pas envie de s'arrêter. Ellen et moi aurions pu mourir.

— Des chocolats empoisonnés.

Installé confortablement sur l'un des canapés, le major m'observait attentivement.

— Je croyais que vous préfériez le salé au sucré.

— Alors, vous ne connaissez pas les femmes, répondit Ellen. Toutes les femmes aiment le chocolat.

— Et les fleurs, ajouta le major.

— En fait, je préférerais un livre ou un collier ancien, dis-je, éprouvant le besoin de défendre les femmes. Vous me faites penser à mon père, major Browning. Vous cantonnez toutes les femmes dans le même sarcophage. Il y a des momies qui en sortent parfois, voyez-vous.

Ellen et le major éclatèrent de rire.

— Vous voyez, dit Ellen, rayonnante, n'est-elle pas merveilleuse ? Si différente de la plupart des autres filles, vous êtes d'accord, Major ? Oh ! Déjà l'heure ? J'ai promis à Charlotte de l'aider à faire son devoir d'anglais. Je peux vous laisser aux bons soins de Daphné ?

Après son départ, le major déposa sa tasse de thé.

— Mon travail ici est terminé. Je suis revenu pour vous voir.

Je ravalai la déception que j'éprouvais en songeant qu'il repartirait si rapidement, encore une fois. Je ne m'attendais pas à cela.

— Je croyais que nous venions tout juste de commencer...

— Je suis venu ici enquêter sur une compagnie et ses transactions.

— Gildersberg ?

— Oui. Scotland Yard m'envoie en Allemagne. Je pars demain.

Ma gorge se serra à nouveau. *Il partait. Il quittait le pays.*

— Quand reviendrez-vous ?

— Je l'ignore... Dean Fairchild et Jack Grimshaw sont déjà arrivés là-bas.

Je m'assis.

— Je vois. Et Ellen ? Elle se sent plus en sécurité quand vous êtes dans les parages.

— L'inspecteur James n'est pas loin… il travaille sur une autre affaire dans la région.

— Mais, dis-je, l'esprit en ébullition, si quelque chose survenait ? Comment pourrions-nous vous joindre ?

— Je serai au *Shœnshreider,* dans Berlin-Ouest.

— Berlin ! m'écriai-je. N'est-ce pas un endroit dangereux ? Mon père dit que les Allemands n'abandonneront jamais tant qu'ils n'auront pas gagné une guerre. Ce sont des bellicistes.

— Il faut être deux pour faire une guerre, ma petite amie.

— Il faut aussi le pouvoir et la cupidité, ajoutai-je, mon cœur battant la chamade.

Je ne voulais pas qu'il parte. Celle qui se sentait le plus en sécurité à l'idée qu'il soit là, c'était *moi.* Celle qui s'inquiétait de le voir quitter le pays, c'était *moi.* Et enfin, celle qui se désespérait à l'idée de ne jamais le revoir, c'était encore *moi.*

— Je suppose que votre fiancée voudra vous dire au revoir avant le départ ? Elle m'a rendue visite il y a quelques jours.

— Ah.

Je vis qu'il ignorait cette information.

— Et quels étaient la nature et l'objet de sa visite ?

— Affirmer farouchement ses droits, répondis-je. Sur vous.

Il inclina la tête vers l'arrière et se mit à rire.

— Il se peut que vous trouviez cela drôle, mais moi, certainement pas.

— Ma chère petite.

Il vint vers moi et me serra dans ses bras.

— *Ma* chère petite amie. Quand allez-vous commencer à croire mes paroles?

Cela fit fondre toute ma détermination. Une chaleur sourde me consumait et, levant lentement les yeux vers les siens, je vis la vérité dans son regard. Il m'aime *vraiment*. Il m'aime. Il m'aime.

Il m'embrassa encore et encore, et je me sentis heureuse comme jamais.

— Daphné?

Sans attendre, Jeanne avait fait irruption dans la pièce. En nous voyant tous les deux en train de nous embrasser, elle eut un mouvement de recul et me fit les gros yeux. Pourquoi était-ce toujours de ma faute? Je réfléchis et reformulai ma phrase : pourquoi était-ce toujours la faute de la femme?

De toute évidence, elle n'approuvait pas.

Le temps était venu de dévoiler une petite partie de la vérité.

— Jeanne, commençai-je, tout en implorant le consentement du major. Je sais que nos parents t'ont demandé de nous chaperonner pour notre réputation mais ce qu'ils ignorent, eux et tout le monde, c'est que le major n'est pas vraiment fiancé avec lady Lara. N'est-ce pas, chéri?

Le mot « chéri » arracha un large sourire au major qui ne dit mot, augmentant encore plus les soupçons de Jeanne. Je le regardai alors d'un air menaçant, et il s'empressa de serrer ma main et inclina la tête.

— Oui, c'est vrai. Je ne peux pas dire pourquoi mais nos fiançailles seront bientôt rompues. Daphné et moi allons beaucoup mieux ensemble, tu ne trouves pas ?

Elle continuait de nous fixer tous les deux comme si nous avions commis un grave péché.

— Lara Fane est une amie, expliqua-t-il. Son père est malade et il souhaite plus que tout au monde que nous nous mariions, elle et moi.

— Je vois, répondit enfin Jeanne. Tout de même, est-ce loyal d'exposer ma sœur au ridicule ?

— Non. Ce n'est pas loyal. Ni équitable. C'est pourquoi nous gardons secrète notre liaison. Je ne t'imposerai plus la tâche fastidieuse d'avoir à nous chaperonner car je quitte le pays. Je suis revenu dire au revoir.

Sa confession fit fondre sa réticence. Il avait une façon délicieuse d'utiliser les mots qui faisait tout le charme de sa personnalité. Je l'enviais presque. Je ne possédais pas un tel charme.

— Qu'en dis-tu, Jeanne ? Tu m'imagines en beau-frère ?

— Je n'en suis pas sûre, répondit-elle, et nous éclatâmes de rire tous les deux.

— Elle est d'une honnêteté brutale, le prévins-je. Angela sera aux anges mais, bien sûr, nous ne pouvons pas encore lui dire.

— Nous devons te demander de ne pas révéler notre secret, Jeanne. Nous pouvons compter sur toi ?

Elle était incapable de lui dire non. Il aurait pu lui demander d'emporter son linge sale, et elle l'aurait fait. Sa main dans la mienne, je me sentais rayonnante. C'était l'amour. L'amour romantique sur lequel j'avais si souvent écrit mais que je n'avais jamais vécu.

— Il faut célébrer cela !

Ellen était apparue dans l'embrasure de la porte, une bouteille de champagne et des verres dans les mains.

— S'il vous plaît, non, faites-moi plaisir. C'est une occasion spéciale, et vous ne devez pas blâmer Daphné, major. Elle n'a jamais soufflé mot là-dessus, je vous l'assure.

Devant son sourire, il accepta de rester encore un moment.

— Mais un moment seulement, me murmura-t-il, d'une voix ferme mais douce.

Une demi-heure devait s'être écoulée lorsqu'Alicia nous découvrit.

Retirant ma main de celle du major, je l'entendis s'excuser de l'interruption et parler d'une chose en lien avec Charlotte qui faisait une sieste. Avec ses yeux bruns de biche qui remarquaient tout, elle nous embrassait du regard, silencieuse et discrète.

Ellen l'invita également.

— Tu devrais te joindre à nous, ma chère.

— Elle fera une parfaite remplaçante.

À ma grande consternation, le major se préparait à partir.

— Le devoir m'appelle. Hélas! J'espère que cela ne vous dérange pas si Daphné m'accompagne à la porte?

Je rougis de voir Ellen répondre à son sourire par un clin d'œil. J'étais certaine qu'Alicia en avait eu connaissance.

Je ne me trompais pas.

Je revins, encore chaude et grisée par notre long baiser d'adieu, et elle fit remarquer qu'il était bien dommage que le major ait terminé son travail à Thornleigh.

— Oh! il va revenir, dit Ellen.

Alicia haussa ses minces sourcils.

— Sa fiancée réside dans les environs, ajouta Ellen, ce qui était à mon avis très brillant de sa part.

CHAPITRE DIX-SEPT

— C'est monstrueux.

Lançant le journal à l'autre bout de la pièce, Ellen s'avança vers la fenêtre de sa chambre et poussa un long soupir.

— Pourquoi faut-il qu'ils parlent de ça maintenant ? N'ont-ils aucune pudeur ?

Conduite à sa chambre à une heure aussi matinale, j'avais oublié d'enfiler mes pantoufles, et c'est pourquoi je me rapprochai rapidement du foyer en ramassant sur mon passage le journal qu'elle venait de jeter.

— Que dois-je regarder ?

— Oh ! tu verras. La page déchirée.

— Oh... *Oh* !

Maintenant tout s'éclairait. Sous la manchette imprimée en caractères gras, l'article allait comme suit :

Après l'annonce stupéfiante du décès du million-naire, Teddy Grimshaw, survenu récemment, voici que de nouvelles allégations de la part de Mrs Cynthia Grimshaw ont mené à une enquête qui est toujours en cours.

« Un homme ne meurt pas ainsi le jour de son mariage. Il a été assassiné, affirme Cynthia. Il a été assassiné par sa nouvelle épouse pour son argent. » Il est aujourd'hui de notoriété publique que Mr Grimshaw est décédé d'une défaillance cardiaque et que des traces de ciguë ont aussi été retrouvées dans son corps. À ce jour, l'inspecteur James n'a fait aucun commentaire si ce n'est pour dire : « Ils enquêtent sur tous les aspects du décès. » Pressé de dire s'il avait dressé une liste de suspects, l'inspecteur a consulté son assistant. « Nous travaillons toujours sur l'affaire », nous a-t-il dit.

Mr Grimshaw était un homme extrêmement riche. Dès que seront rendus publics les surprenants détails de son testament, nous découvrirons peut-être une sombre machination.

« Le testament est un faux », soutient Cynthia Grimshaw, qui dit avoir engagé un avocat pour veiller aux intérêts de sa fille.

On ne connaît pas encore la part de la fortune de son père que Rosalie Grimshaw a reçue en héritage. « La plus grande partie de l'héritage, affirme Cynthia, est allée à la "meurtrière", Mrs Ellen Grimshaw (anciennement Hamilton de Thornleigh). Mon époux m'a quittée pour elle. Ils ont eu une aventure durant la guerre. Elle (Ellen) a détruit notre mariage et fait déshériter notre fille. Je resterai à Londres jusqu'à ce que tout soit rétabli conformément au vrai testament. »

Miss Rosalie Grimshaw n'a émis aucun commentaire.

*On peut seulement se demander comment évo-
luera cette Épineuse[3] affaire…*

— C'est faux.

Ellen arpentait la pièce en haletant.

— C'est *elle* qui a eu une aventure qui a détruit leur mariage. Quand j'ai rencontré Teddy, il était *divorcé*. Ou sur le point de l'être. Comment peut-elle mentir aussi effrontément?

— C'est qu'elle n'a aucune moralité, répondis-je en posant le journal.

— Que dois-je faire? L'apostropher? Arrêtera-t-elle jamais?

Comme je n'avais pas vraiment d'idée, je lui suggérai de discuter avec mon père de la possibilité d'organiser une contre-attaque.

— Il connaît quelques journalistes. Peut-être que l'un d'entre eux pourrait t'interviewer au téléphone.

— C'est une bonne idée, dit Ellen, en s'approchant aussi du feu. Oh! Quelle piètre amie je suis! Tu n'as même pas de pantoufles. Tu dois avoir les pieds gelés.

— Oui. Mais le drame en valait la peine. Tu me promets de mettre cela de côté jusqu'à ce que nous en parlions à mon père?

— Tu as raison, dit-elle en souriant. Et tu dois m'aider à me maîtriser. Je ne veux pas que Charlotte soit mêlée à tout ça. Elle m'a déjà posé des questions à propos du testament.

---

3. N.d.T. En anglais, épineuse se traduit par «thorn», un jeu de mots avec l'origine du personnage d'Ellen, soit Thornleigh.

Je fis une pause.

— Charlotte? Tu lui as dit quelque chose?

— Juste un peu. Que son père lui avait légué son argent et ses maisons.

— Quelles questions a-t-elle posées?

— Elle a demandé si Rosalie avait eu de l'argent et des maisons, elle aussi. J'ai dit qu'elle avait eu de l'argent mais pas de maison. Elle a demandé pourquoi. J'ai dit que je n'étais pas sûre mais que leur père pensait probablement que s'il laissait la maison à Rosalie, celle-ci la vendrait et que la tradition familiale disparaîtrait.

— Cela a dû être délicat. Elle a compris?

— Je crois que oui. Cette conversation était sa première véritable acceptation du décès de son père, du fait qu'il ne reviendra jamais.

La situation d'Ellen n'avait rien d'enviable, et je tentai de m'imaginer à sa place. Une veuve riche. Traquée et prise comme cible par tout le monde. Sa réputation même compromise pour des questions de circonstances et d'argent. Son innocence n'avait aucune importance aux yeux du journaliste; l'important était que l'affaire suscite un grand intérêt et fasse vendre des journaux, et c'est pourquoi la pauvre Ellen allait être l'objet de critiques discriminatoires.

Après le petit déjeuner, nous avons téléphoné à mon père qui confirma cette appréhension.

— Ellen, ma chère, il est préférable de garder la tête au-dessus de la mêlée. Ils vont te pourchasser pour obtenir de toi une déclaration à la suite de ses affirmations, mais ne cède pas à leurs demandes. Tu ferais mieux de parler au journaliste que je connais et de le laisser écrire un article sur toi. Quand viendras-tu en ville?

Ellen évoqua l'assemblée des actionnaires.

—À la fin du mois. Bien. Nous en discuterons à ce moment-là.

Ellen déposa le combiné.

— Il veut te parler, Daphné.

Je pris le combiné.

— Comment se porte ma petite écrivaine. Tu as avancé ton livre?

— Un peu.

Je souris, encouragée par sa foi en mes capacités.

— Je veux faire des recherches sur certaines petites villes portuaires. Je concentre mon attention sur les familles de classe moyenne.

— Tu as une voiture pour t'y rendre? Est-ce que MB est encore dans les environs?

— Non.

Mon cœur se serra à la pensée du major, et je souffrais de ne pouvoir me confier à mon père.

— Il est parti en Allemagne.

— L'Allemagne!

— Cela a un rapport avec l'affaire.

— Eh bien, je suis content qu'il soit parti. Il ne bouleversera plus ma petite fille. Et d'ailleurs, tu as un livre à écrire.

— Oui, j'ai un livre, répétai-je, mais c'est difficile... vous comprenez...

— Et Jeanne ? Elle se conduit bien ?

— Oui, confirmai-je rapidement. Nous partons en exploration demain. J'ai pensé emmener Jeanne. Elle a la permission ?

— Attends. Je vais demander à ta mère.

J'entendis mes parents discuter en arrière-plan.

— Le verdict est oui, relaya mon père. À la condition que tu sois ferme avec elle et que vous n'alliez pas flâner au royaume des fées.

— Je promets de veiller sur elle.

— Qu'est-ce que c'est ? Attends une minute, Daphné... ta mère invite Ellen à rester ici la prochaine fois qu'elle viendra en ville. Elle projette de donner un dîner spécial.

Cela promettait d'être intéressant. Je dis que je transmettrais l'invitation.

— Au revoir papa. Je vous aime.

— Moi aussi je t'aime, ma chérie.

Après avoir raccroché, je fus submergée par une vague de nostalgie. Mes parents me manquaient. Ma chambre me manquait et, surtout, ma machine à écrire me manquait.

L'écriture manuelle prenait beaucoup plus de temps, et j'avais très peu de patience. Je consacrai la matinée au sujet de mon récit et fis des recherches dans la vaste bibliothèque d'Ellen. Je dénichai quelques livres sur les petites villes des environs et les étalai sur le plancher ; puis je les feuilletai sans ordre précis. Dans un des livres intitulé Country Estates, je trouvai une section consacrée à Thornleigh et à la famille Hamilton. On y voyait une photographie de Xavier avant son départ pour la guerre et un instantané d'Ellen à l'extérieur d'un club londonien. Le sous-titre attira mon attention :

Ellen Hamilton et un ami.

Derrière Ellen, se tenait le fidèle Harry, dans un costume beaucoup plus élégant que celui qu'il portait ici. À l'époque où la photo avait été prise, il portait un complet noir à rayures avec un mouchoir plié dans la poche et il arborait une moustache; ses cheveux coupés courts étaient peignés sur le côté. Dans une telle tenue, il ne ressemblait pas beaucoup à l'actuel régisseur et jardinier du domaine de Thornleigh.

Je questionnai Ellen sur la photographie.

— Oh! tu as trouvé ça! Comme c'est drôle... c'était il y a des années.

— Quand tu es revenue de France?

Elle acquiesça d'un signe de tête, et un sentiment de tendresse envahit son visage.

— Cher Harry. Il a beaucoup changé, n'est-ce pas?

— Que faisait-il à cette époque, m'as-tu dit? Il travaillait au club?

— Oui... il s'occupait des rencontres; il mettait les gens en relations.

— Il a l'air à l'aise dans ses vêtements élégants, remarquai-je.

— Harry est tout aussi à l'aise avec ses salopettes et ses gants de jardinier. Il adore les grandes demeures.

Il a toujours voulu travailler dans l'une d'elles... C'est comme ça qu'il est venu avec moi à Thornleigh.

— Après le décès de tes parents?

Elle serra les lèvres.

— Ne parlons plus du passé. Cela m'attriste.

Je coupai court à mes questions. Elle ne voulait pas parler du passé ou de Harry, et je me demandais pourquoi.

Qu'avait-elle — elle ou Harry — à cacher?

J'allai voir Harry à propos de la voiture.

— Il a un bureau à l'extrémité du couloir...

Olivia interrompit son époussetage alors que je me hasardais dans cette partie de la maison.

— Près du petit salon utilisé en matinée.

Près du petit salon. Je savais très bien où se trouvait *ce* salon; comment aurais-je pu l'oublier? C'était dans cette pièce que le major m'avait embrassée pour la première fois. Je rougis à cette pensée. Je rougis en pensant à lui.

Par bonheur, j'aperçus Harry qui travaillait à son bureau.

— Bonjour.

Je saluai et, sans attendre d'être invitée, vins m'asseoir en face de lui.

— Nous n'avons pas eu l'occasion de nous rencontrer vraiment mais j'ai l'impression de vous connaître.

— Oh?

Il se tint sur ses gardes, me sembla-t-il.

— Ellen et moi avons correspondu pendant des années, dis-je.

J'espérais que l'explication que je venais de lancer sur un ton joyeux le mette à l'aise.

Ses yeux noisette cillèrent — il imaginait probablement ce que l'on avait pu se dire durant ces années.

— C'est bien d'avoir un ami qui vous soutienne. L'hiver dernier, je me suis fait un ami de ce genre et je tiens absolument à le garder.

Je croisai les doigts sous la table ; en lui parlant un peu de moi, j'espérais l'inciter à se confier.

— Écrivez-vous à cet ami ?

— Non ! dis-je en riant. Sir Marcus méprise ce genre de chose. Il préfère que nous nous rencontrions à l'occasion de soirées chez des gens. Il croit qu'il faut faire de sa vie une fête car celle-ci est si courte. Êtes-vous allé à la guerre ?

Je baissai les cils en posant cette question impromptue.

— Je ne me souviens pas qu'Ellen m'en ait parlé.

— J'ai servi deux ans comme bombardier, répondit-il. Mon avion a été abattu, et j'ai été le seul survivant.

Il indiqua une cicatrice à la naissance des cheveux sur le côté gauche de sa tête.

— La guérison a été longue.

— Vous avez rencontré Ellen à l'hôpital, n'est-ce pas ?

Mon attitude décontractée l'incitait à poursuivre la conversation.

— Oui... elle est revenue y travailler en attendant l'accouchement.

— Étiez-vous choqué de la voir enceinte si jeune ?

— Pas le moins du monde. C'était la guerre. Beaucoup de choses insensées se produisaient alors.

— Et vous êtes devenus amis. Vous étiez à ses côtés durant l'accouchement.

— Oui.

Il eut un petit rire.

— Les raids duraient toute la nuit. Nous n'avons pu la conduire à l'hôpital; c'est pourquoi elle a donné naissance à Charlotte dans un salon de coiffure pour hommes.

— Incroyable, dis-je en secouant la tête. Elle a une force d'âme étonnante. Je n'aurais pas pu le faire.

— Oui, vous auriez pu. Quand il n'y a pas d'autre choix, on le fait.

J'étais d'accord et je décidai de mettre fin à notre petit tête-à-tête là-dessus. Je ne voulais pas avoir l'air d'une interrogatrice. Il aurait pu se méfier de moi, et je désirais qu'il se sente à l'aise de s'exprimer.

Je mentionnai en passant une petite ville que je voulais visiter, et il offrit ses services comme chauffeur.

— Cela me fait plaisir. J'aime ce pays, et les voitures sont comme des chevaux, elles ont besoin d'exercice. Quand voulez-vous partir?

Nous nous mîmes d'accord pour partir tôt le lendemain afin de bien profiter de cette journée.

Je lui montrai la carte que j'avais dessinée.

— Il y a aussi une vieille église le long de cette route... et un pub du XVIIe siècle. Pourrions-nous déjeuner à cet endroit?

Nos plans arrêtés, Jeanne et moi avons passé une soirée tranquille avec Ellen, Charlotte et Alicia. Depuis la mort de son père, Charlotte ne voulait plus prendre ses repas dans sa chambre et tenait à être près de sa mère. Ellen y avait consenti, et Charlotte prenait place à table avec nous. À vingt et une heures, cependant, elle était fatiguée, et nous avons tous regagné nos lits.

— Je m'ennuie, déclara Jeanne au moment de nous retirer.

— Demain, ce sera amusant, promis-je.

Jeanne n'était pas du genre à s'amuser seule. Ses amies la distrayaient, et elle n'en avait aucune dans ce coin de campagne.

— Tu pourrais te faire de nouvelles amies, ajoutai-je. Nous irons à l'église dimanche. Tu y rencontreras peut-être quelqu'un de ton âge.

Cette idée sembla l'apaiser, et le lendemain elle aborda Harry avec un sourire.

— Je ne veux pas être coincée dans des ruines toute la journée, m'avait-elle prévenue tandis que nous nous habillions.

— Il y a des boutiques en ville, et nous prendrons une glace sur le quai.

Des trois sœurs du Maurier, Jeanne était celle qui adorait les activités féminines comme le magasinage et les conversations téléphoniques. Toujours entourée de gens à Cannon Hall, elle n'avait pas l'habitude du silence.

Elle bavarda le plus clair du temps, posant à Harry toutes sortes de questions naïves comme : « Pourquoi n'êtes-vous pas marié ? », « Avez-vous déjà été marié ? », « Vous n'avez jamais trouvé une fille à votre goût ? », « Aimeriez-vous vous marier ? ».

Ces tentatives faisaient rire Harry qui était d'un bon naturel. C'était un homme séduisant, dans la quarantaine. Il répondit qu'il avait développé quelques relations, mais aucune n'avait conduit à un mariage.

— Ah, dit Jeanne sur un ton taquin, il connaît une fille du coin. Sûrement.

Haussant les épaules, Harry tourna dans une rue pour un premier arrêt.

— Oui, il y a quelqu'un. Thornleigh. C'est elle ma maîtresse.

Thornleigh est ma maîtresse.

Je trouvais l'expression étrange. Ellen parlait de Harry comme d'un ami. Mais Harry n'avait-il jamais nourri l'idée de devenir son époux et donc le maître de Thornleigh ? Se pouvait-il également que Harry ait assassiné Teddy Grimshaw ?

CHAPITRE DIX-HUIT

L'idée que l'assassin lui-même pouvait nous conduire, Jeanne et moi, était déstabilisante, c'est le moins qu'on puisse dire.

Charmant et expansif, Harry se comportait en parfait gentleman. Il était bien informé et éduqué, et pendant que nous déjeunions tranquillement au bord de la mer, je le questionnai sur sa famille.

— Oh! à vrai dire, il ne reste que moi. Pendant long-temps, la famille c'était maman et moi. Nous vivions dans un petit village du Dorset. Maman était ensei-gnante. Nous prenions nos vacances en Cornouailles, en général.

— Cela explique votre passion pour la campagne.

Je souriais tout en sirotant mon verre de cidre.

— Où alliez-vous en vacances? demanda Jeanne.

— Pas dans une grande demeure, Miss Jeanne. Nous allions à Penzance. Maman avait un ami qui tenait une auberge. Des années plus tard, j'ai découvert que maman était sa maîtresse. Il avait une femme et quatre filles.

— Oh!

Nous nous regardâmes Jeanne et moi, bouleversées.

— Est-il votre père?

— C'est ce que je soupçonne, d'autant qu'il m'a laissé une petite somme en héritage. Je n'ai jamais été vraiment reconnu, voyez-vous, et c'est pourquoi je ne me sentais pas chez moi à Penzance après que maman eut perdu la raison. Elle vit dans un foyer aujourd'hui. Quand je lui rends visite, elle ne me reconnaît pas.

— C'est triste. Et vos demi-sœurs?

— Elles ne s'intéressaient pas à leur jeune demi-frère, sans doute parce que leur mère les avait montées contre moi.

— C'est triste.

Il haussa les épaules.

— C'est la vie. La vie est ce qu'on fait d'elle.

— Daphné, dit Jeanne en me tirant la manche. Cela ne t'ennuie pas que j'aille marcher sur la jetée? Je n'irai pas loin.

En plissant les yeux, j'inspectai le terrain. Comme il me semblait suffisamment sécuritaire, je consentis, puis je me tournai vers Harry.

— Ainsi vous êtes allé à Londres pour tenter votre chance, comme on dit?

— Oui. Je suis devenu homme à tout faire. Je savais m'y prendre avec les gens, et c'est ainsi que je suis devenu présentateur dans les clubs. C'était bien payé.

— Quand vous avez rencontré Ellen, voyiez-vous en elle une éventuelle cliente ?

Il s'interrompit, et ses yeux s'adoucirent au souvenir de cette rencontre.

— Pas au début. Je ne savais même pas qui elle était. Mais c'est vite devenu évident. Les gens parlent. Et elle a parlé. Sa famille avait rompu les liens avec elle. C'était mon travail d'organiser une réconciliation.

— Et vous vous êtes fait passer pour son mari ?

— Au début. Son père était mourant et sa mère, très malade. Avant de mourir, il voulait être sûr qu'elle aurait une vie stable désormais. Je suis allé en Cornouailles avec elle et le bébé. Ce fut une réunion familiale très heureuse. Le père est décédé, et la mère nous a demandé de rester.

— Cela a dû vous réjouir. Vous avez été un père pour Charlotte.

— Elle m'appelle oncle Harry. Ellen n'a jamais voulu qu'elle me confonde avec son vrai père.

— Cela a dû être un soulagement quand ce simulacre a pris fin. La mère d'Ellen n'a jamais soupçonné quoi que ce soit ?

— Non. Elle a survécu quelques mois puis elle est décédée. Nous avons vécu tranquillement à la maison de sorte que peu de gens étaient au courant de ce pseudo-mariage. Après la mort de sa mère, nous avons fait courir le bruit que j'étais un parent éloigné. Personne n'a mis cela en doute jusqu'à ce jour.

J'avalai ma salive. Pas étonnant que la pauvre Ellen craignît que les journalistes ne découvrent son secret. Qu'arriverait-il s'ils venaient à s'intéresser à Harry ?

— Jamais vous ne voudriez trahir Ellen, n'est-ce pas ?

Il me lança un regard désolé.

— Elle est une sœur pour moi. La sœur que je n'ai jamais eue.

— Et elle éprouve beaucoup d'affection pour vous.

— Les circonstances ont créé un lien fort entre nous. La guerre et la naissance. Le sauvetage de Thornleigh.

— Elle vous doit beaucoup, répondis-je, me remémorant ses lettres. Elle vous appelait son « sauveur », et si vous n'aviez pas été là, elle aurait pu être déshéritée.

— En dépit des menaces de son père, cela ne se serait pas produit. Thornleigh est un bien inaliénable. Elle est la dernière dans la lignée des Hamilton. Et après elle, la maison ira à Charlotte.

— Charlotte est une petite fille très riche en ce moment. Je me fais du souci pour elle...

— Elle a des protecteurs, répondit Harry sur un ton farouche. Si jamais quelqu'un voulait lui faire du mal...

Sa voix était devenue assassine.

— Que pensiez-vous de Mr Grimshaw, murmurai-je. Que pensiez-vous *vraiment* de lui ?

— Que c'était un salaud, dit-il en riant. Au début. Comment avait-il pu abandonner la pauvre Ellen ? Puis j'en suis venu à comprendre les raisons. Les lettres disparues. La méprise.

— Vous n'avez pas dû apprécier de le voir revenir ?

— Oui et non. D'une certaine façon, cela permettait à Ellen et Charlotte d'avoir une vie stable. Il avait besoin d'elles, et elles avaient besoin de lui.

— Et il apportait de l'argent à Thornleigh, fis-je remarquer. Un avantage considérable.

Il me regarda fixement et rit à nouveau. Je me dis qu'il se sentait à l'aise avec moi ; il appréciait le fait que je prenne le temps de lui parler et que je ne le cantonne pas à un rôle subalterne. À la vérité, il était beaucoup plus que le régisseur du domaine d'Ellen.

— Vous feriez tout pour Ellen, n'est-ce pas ?

Ce fut ma dernière question avant de clore cette petite conversation.

— Tout, confirma-t-il. Tout.

Mevagissey, sur la côte est, est une charmante petite ville. À notre arrivée, je tins la promesse que j'avais faite à Jeanne et je passai une heure environ à courir les boutiques de souvenirs et les galeries d'art. Jeanne dénicha un tableau à son goût, mais mon marchandage s'avéra infructueux, et nous quittâmes la boutique, dépitées.

À l'instar de Fowey, où nous avions une maison, Mevagissey attirait de nombreux touristes. Petit et encore intact, ce traditionnel village de pêcheurs était l'endroit idéal où entreprendre mes recherches. Avec l'aide de Harry, je trouvai sur le quai ouest l'entreprise en construction navale que je voulais étudier.

— Nous sommes une entreprise familiale.

L'épouse du propriétaire avait accepté de me parler.

— Prichards est dans notre famille depuis cinq générations.

Après m'avoir fait visiter l'atelier, elle nous invita, Jeanne et moi, à prendre le thé chez elle.

— Nous vivons à l'étage au-dessus du bureau. C'est peu de chose mais nous y sommes chez nous.

L'appartement nous étonna. Petit, oui, mais bien aménagé et rempli de meubles de bon goût dans un décor charmant aux teintes bourgogne et crème.

— De quoi parle votre histoire, Daphné?

En regardant les vieilles photos de famille, je répondis que je n'étais pas encore fixée.

— Les personnages me guideront. Je veux qu'ils soient forts, ancrés dans la réalité.

— Alors, vous aimerez l'histoire de ma grand-mère, Adélaïde. J'espère que vous avez apporté une plume et un carnet?

De retour à Thornleigh, je me précipitai dans ma chambre pour écrire. Une idée me trottait dans la tête, et j'étais impatiente de la coucher sur papier. Je ne faisais pas toujours confiance à ma mémoire.

— Viendras-tu dîner en fin de compte?

Jeanne. Toujours l'estomac dans les talons.

— Oui. J'ai presque terminé. Tout un chapitre. C'est incroyable.

Mon enthousiasme ne réussit pas à faire naître un sourire sur les lèvres de Jeanne. Quand elle avait faim, elle avait faim et rien d'autre ne comptait.

— D'accord, concédai-je. Je mets tout cela de côté et je continuerai plus tard.

Le visage de Jeanne s'épanouit en un large sourire.

— Je me demande ce que nous aurons ce soir pour dîner ? Nelly cuisine merveilleusement bien.

— Oui, en effet.

Nelly, pensai-je. Il faut que je parle à Nelly.

Après le repas, une occasion se présenta. Ellen voulait une tarte aux mûres pour le thé de l'après-midi, le lendemain.

— Nelly, j'ai visité Mevagissey aujourd'hui, là où ta grand-mère a vécu. C'est ravissant, et Mrs Morgan, la dame de la pâtisserie, te fait dire bonjour. Elle se rappelle de toi petite fille.

— Vraiment! répondit Nelly. Est-elle en forme ?

— Elle est en forme et elle travaille. Ses petits pâtés en croûte sont célèbres.

Nelly fit les yeux ronds.

— Et elle ne veut toujours pas donner sa recette ?

— Non. Et je l'ai *bien* demandée.

Je marquai un temps d'arrêt et offris de l'aider à ranger la délicate porcelaine de Chine.

— Tandis que j'étais dans la boutique, il m'est venu une idée. Je me suis souvenue que Mr Grimshaw parlait souvent des petits pâtés. Il les adorait. Es-tu sûre qu'il n'a rien mangé? Quelqu'un aurait-il pu lui apporter un pâté du village?

— C'est possible… mais j'en doute. Il y a eu tellement de va-et-vient ce jour-là. Qui sait où la folie décide de frapper?

Je voyais bien que Nelly n'acceptait pas l'idée que quelqu'un ait pu apporter des petits pâtés en croûte dans *sa* maison et les offrir aux invités.

— Ce gentil agent de police est revenu aujourd'hui… il a pris de vos nouvelles, dit Nelly avec un clin d'œil. Un gars sympathique. Il a pris une tasse de thé.

— Oh? fis-je en haussant les sourcils. Ellen ne m'a pas parlé de cette visite. Que voulaient-ils?

— C'est drôle. L'agent m'a demandé la même chose que vous et il a parlé à tous les domestiques encore une fois. Il n'est rien sorti de tout ça, que je sache.

— Il faut que cela vienne de l'un des invités, dis-je à voix haute, plongée dans mes réflexions. Ils auront apporté l'aliment mortel. Je dis aliment et non pas boisson. Il ne serait pas logique que quelqu'un lui ait apporté une boisson à moins qu'il ne s'agisse d'un whisky centenaire…

Je m'arrêtai au milieu de ma phrase. Pourquoi n'y avais-je pas pensé plus tôt?

— Nelly… vous souvenez-vous si on a trouvé des verres vides que Mr Grimshaw aurait pu utiliser ce jour-là?

Elle soupira.

— Comme si je pouvais me souvenir ! J'en avais plein les bras... il y avait une centaine d'activités en même temps. Des plats qui arrivaient, qui repartaient de la cuisine. Vous feriez mieux de demander à Olivia.

— Merci. Je le ferai.

Nelly me regarda en fronçant les sourcils.

— Mais où tout cela mènera-t-il en fin de compte ? Vous feriez mieux de laisser les histoires policières à la police.

— Oui. Je sais. Vous avez raison. Bonsoir, Nelly.

Bien sûr, je fis exactement le contraire. Whisky. Mr Grimshaw adorait le whisky et il a pu se permettre un petit verre pour célébrer ce jour-là. Personne n'allait s'en formaliser. Il arrive souvent que nos domestiques à Cannon Hall doivent enlever et remplacer les verres de porto de mon père tous les jours. C'est tout à fait normal.

Suffisamment normal pour passer inaperçu ?

— Voici notre défense.

Ellen posa le journal devant moi, bousculant presque ma tasse de thé. Je poussai à l'écart la tasse et la soucoupe, et entrepris de lire tout haut ce qui suit :

AMOUR TRAGIQUE, par Jeffrey Leighton

Le mois dernier, nous avons tous été choqués en apprenant que Mr Teddy Grimshaw, millionnaire américain, était décédé subitement le jour même de son mariage.

Depuis ce tragique événement, Cynthia, l'ex-épouse de Mr Grimshaw, a formulé des demandes surprenantes et controversées, en plus d'engager des procédures pour contester le testament de son mari.

Cynthia soutient que la nouvelle épouse de son ex-mari, Ellen Hamilton (la principale bénéficiaire du testament), est responsable de sa mort.

« La mort de Mr Grimshaw est survenue de façon inopinée, et nous examinons toutes les pistes », dit la police, qui refuse de confirmer que Mrs Ellen Grimshaw figure parmi les suspects.

« Ses réclamations sont outrancières », réplique Ellen, qui a accepté de nous accorder une entrevue exclusive à sa maison de Thornleigh en Cornouailles.

« Elle a reçu une somme importante lors du règlement de son divorce, mais au lieu de l'investir judicieusement, elle a dépensé la plus grande partie de cet argent et elle cherche maintenant à en obtenir davantage en manipulant sa fille comme un pion. »

J'ai alors fait allusion au dernier testament de Mr Grimshaw.

« Oui, je connais les détails du testament et les raisons qui ont motivé la décision de mon mari. Il est faux de dire que Rosalie Grimshaw n'a rien reçu. Elle a reçu vingt mille livres et quarante pour cent des actions d'une compagnie. Mon époux tenait à ce qu'elle travaille pour cette compagnie.

— Croyez-vous que cet arrangement soit équitable ? Cynthia prétend que le testament est un faux, ai-je demandé.

— Elle prétend beaucoup de choses qui sont mensongères. Par exemple, son mariage a échoué en raison de son adultère et non pas pour une présumée aventure entre mon mari et moi. J'ai rencontré Mr Grimshaw en France durant la guerre. Il avait *été blessé et il venait de divorcer. Nous sommes tombés amoureux et avons décidé de nous marier après la guerre. Toutefois, les circonstances nous ont été défavorables et, par une cruelle ironie du sort, mes lettres ne lui sont jamais parvenues.*

— Qu'est-il arrivé à ces lettres selon vous ?

— Elles ont été détruites.

— Vous croyez que sa famille est intervenue pour saboter votre relation ?

— Oui, je le crois, mais c'est du passé maintenant. Nous nous étions retrouvés.

— Et vous avez eu une fille de lui ? Qu'il n'a reconnue que récemment ?

— Oui... les choses étaient difficiles après la guerre. Comme je n'avais pas de nouvelles de lui, j'ai cru qu'il nous avait abandonnées.

— Et il a cru la même chose de l'autre côté de l'océan ?

— Oui... je suis désolée. J'aimerais arrêter maintenant. »

Mr Teddy Grimshaw a épousé Ellen Hamilton sur le domaine familial de Thornleigh, le 6 juin. Ils ont une fille prénommée Charlotte. Ellen soutient qu'elle n'a rien à se reprocher relativement à la mort de son mari.

— C'est bien, dis-je à la fin.

— J'ai l'impression de pouvoir à nouveau me présenter en public. Ta mère a téléphoné aujourd'hui. Elle reçoit à dîner, mais elle ne veut pas que je me sente obligée d'y aller si je ne suis pas prête.

— Tu devrais y aller. Si tu participes à la vie mondaine, tu feras taire les cancans aussi.

— Oui, je sais, dit Ellen en baissant la tête. Je suis en train de jouer *son* jeu.

— Elle ne sera pas acceptée dans le milieu si tu es en ville, lui rappelai-je. Elle n'est pas des nôtres et n'a que peu de relations. Attends. J'ai une idée. Sir Marcus, mon ami, est de retour. Et si je lui demandais de donner une soirée ? Il a des relations.

— Sir Marcus.

Le sourcil d'Ellen s'agita.

— Celui que ta mère souhaite te voir épouser ?

— Oui, grommelai-je. Ma mère n'en a que pour le titre. Imagine. *Lady* Daphné. Cela ne me va pas.

— Je crois le contraire. Mieux encore, *Lady Daphné Browning*.

Je devais reconnaître que ces mots chantaient à mes oreilles et j'avais le cœur lourd à l'idée qu'il soit en Allemagne. Était-il en sécurité ? Qu'espérait-il accomplir ?

— Viens, dit Ellen en me serrant la main. Tu as besoin de quelque chose qui te redonne courage et moi aussi. Charlotte est en sécurité avec Jeanne et Nanny Brickley. Allons faire une bonne randonnée dans les bois comme autrefois.

Une bonne marche était exactement ce dont j'avais besoin, et nous avons salué Harry de la main en partant. La délicate lumière du jour s'assombrit au moment où nous avons atteint la forêt. Il n'y avait pas encore menace de pluie. J'estimais que nous disposions d'une heure environ.

— La vie est étrange, non? murmura Ellen. Les choses auraient pu tourner différemment. J'étais une jeune femme, et tu étais une jeune fille. Quelles aspirations nous avions! Que s'est-il passé?

— La guerre.

— Ah, oui, la guerre.

Elle se mordit la lèvre.

— Tu crois qu'il y en aura une autre?

Je frissonnai. Je refusais de penser à cela. Je ne voulais pas reconnaître que l'amour de ma vie travaillait dans cette dangereuse Allemagne. Je frissonnai à nouveau. Si quelque chose lui arrivait, j'ignorais ce que je ferais. Je ne pourrais vivre sans lui. Je réprimai un sanglot à la simple idée qu'il meure.

— Tiens. Prends mon manteau. Tu as froid.

Sans attendre, Ellen passa son fin cachemire ivoire autour de mes épaules.

— Merci, répondis-je.

Et nous reprîmes notre marche dans les bois en évoquant nos souvenirs. Alors que nous nous rapprochions de l'arbre où, encore enfants, nous avions gravé nos initiales, je crus entendre un bruit. Une branche que l'on casse.

Je regardai tout autour. Il n'y avait rien.

— C'est sans doute juste un animal...

Puis il y eut un coup de feu.

Je tressaillis en ressentant une douleur à l'épaule et je tombai à genoux. Le sang filtrait à travers le cachemire.

Je fermai les yeux et grimaçai de douleur. J'avais mal au cœur et je me sentais défaillir.

Et puis ce fut l'obscurité.

CHAPITRE DIX-NEUF

— Elle a de la chance. La balle a raté la clavicule et est sortie de l'autre côté.

— Oh! Regardez. Elle se réveille.

— Oui. J'ai laissé quelque chose pour la douleur, Mrs du Maurier. Un peu de laudanum l'aidera aussi à dormir.

— Est-il trop tôt pour la déplacer? Nous aimerions l'emmener à la maison, à Cannon Hall, dit mon père.

— Un trajet effectué lentement et en douceur ne lui fera pas de mal.

J'ouvris les yeux. Des visages familiers se penchaient sur moi, tendres et inquiets.

— Maison, murmurai-je, je ne veux pas rentrer à la maison.

— Juste pour quelque temps, dit ma mère, sur un ton qui se voulait apaisant et en caressant ma main. Ne t'inquiète pas. Ellen vient, elle aussi.

— Ellen, commençai-je.

Mais, saisie par la douleur, je retombai sur mes oreillers. Il y avait dans ma tête un bruit de tonnerre, et ma gorge était sèche. J'eus d'abord l'impression d'avoir été heurtée à l'épaule par une voiture. J'examinai mes membres sous les draps. Ils semblaient tous intacts et en bon état.

— Depuis combien de temps... ?

Je grimaçai de douleur et palpai l'écharpe qui retenait mon bras.

— Tu es au lit ?

Le sourire jovial de mon père ne réussit guère à m'apaiser.

— Deux jours. Tu as dormi comme une bûche. C'est bon pour la guérison.

— C'est un sujet sérieux.

Ma mère lui décocha un regard furieux.

— C'est on ne peut plus sérieux, répliqua mon père. Où est ce type censé la protéger ?

— On l'a engagé pour protéger Charlotte.

Ellen venait d'entrer dans la pièce, et elle donnait l'impression de ne pas avoir dormi depuis plusieurs jours.

— J'aurais dû écouter le major. J'aurais dû engager un homme de plus pour...

— Allons, allons.

Ma mère l'étreignit.

— Daphné va bien.

— Mais vous ne comprenez pas ? Daphné portait *mon* manteau. La balle m'était destinée.

Mon père, qui expliquait au médecin son besoin de gouttes pour les yeux, s'interrompit en entendant cette information.

— Qu'est-ce que c'est que cette histoire de manteau?

— C'était juste avant l'attentat. Daphné avait froid, et je lui ai donné mon manteau. C'est un manteau que je porte souvent.

Ma mère fixa mon père et fronça les sourcils avant de prendre ma main.

— Vous devez venir à Cannon Hall toutes les deux, décréta mon père. Je vais demander à un homme de s'occuper de cela. Où est le type que vous avez engagé pour Charlotte? J'aimerais lui parler. Et Harry, également. Sa présence ne sera pas inutile.

J'entendis frapper à la porte.

— Elle va bien?

C'était Alicia Brickley, accompagnée de Charlotte. Entrant en trombe dans la chambre, Jeanne passa à côté d'elles avec un plateau.

— Du thé et des sandwichs au concombre, annonça-t-elle. Nelly est inquiète. Elle a parlé seule toute la matinée.

J'étais touchée par leur sollicitude, mais je ne pouvais m'empêcher de regretter l'absence du major. J'aurais aimé qu'il fût, sinon à Thornleigh, du moins dans le pays. Un tantinet dépitée, je pris une gorgée de thé et mangeai les sandwichs. J'avais très envie de sympathie et pas n'importe laquelle. J'avais envie de *sa* sympathie. D'autre chose que les soins que me prodiguaient mes parents.

— Nous devrions informer le major.

Ellen paraissait comprendre.

— Il pourrait y avoir un autre grave attentat.

En disant cela, son regard se posa sur Charlotte. S'ils étaient prêts à s'en prendre à Ellen, pourraient-ils s'en prendre à une enfant ?

Cela laissait une question en suspens.

Qui ?

Les grilles de Thornleigh se refermèrent, et je me sentis submergée par la tristesse. Combien de temps s'écoulerait-il avant notre retour ? J'avoue qu'il y avait une histoire d'amour entre ce vieux manoir plein de dignité et moi ; je ne voulais plus le quitter.

Ellen paraissait mélancolique, elle aussi, lorsqu'elle se retourna pour regarder la maison.

— Maman.

Charlotte tira légèrement la main de sa mère.

— Pouvons-nous aller en vacances à la mer, maintenant ? Je veux voir grand-maman.

Levant vers moi des yeux effarés, Ellen s'efforça de faire bonne contenance.

— Nous irons peut-être, ma chérie. L'hiver s'en vient.

Ses paroles se fondirent dans le vrombissement cadencé de la Bentley. Sur le siège avant, Harry régla la vitesse. Il connaissait très bien ses voitures et il appréciait certainement de pouvoir conduire la flotte de véhicules dont Ellen avait hérité.

Nous parlâmes peu durant le trajet. Je refusais systématiquement de me laisser aller au bavardage ; je méprisais ce genre d'échange absurde et incohérent, et Alicia Brickley préférait le silence. Ellen demeura seule avec ses pensées, essayant d'amuser l'enfant avec un livre.

Mes parents et Jeanne arrivèrent avant nous. À ma grande déception, Angela n'était pas à la maison. Elle était allée à Fowey, dans notre maison au bord de l'eau, pour écrire.

L'envie me brûlait les joues. J'avais projeté de passer toutes ces journées à Thornleigh à composer mon roman et effectuer des recherches dans la région. Et voilà qu'un scélérat sans visage avait détruit ces projets et nous ramenait à Londres.

— Tu peux rester aussi longtemps que tu le souhaites, chère Ellen, dit ma mère au moment où nous entrions dans Cannon Hall.

Je saluai avec un sourire crispé le morne manoir de mon enfance. La lumière n'y était pas bonne et le cadre trop familier ne m'inspirait pas.

— J'aurais envie moi aussi de vacances à la mer, chuchotai-je à l'oreille de Charlotte tandis que nous montions l'escalier.

Alicia se retourna en entendant cette remarque. Il y avait sur son visage une étrange expression que je ne pouvais déchiffrer.

— Cette chambre est parfaite, déclara Ellen à l'intérieur de la pièce. Et Alicia, tu as la chambre voisine. Tu peux aider Charlotte à défaire ses bagages ?

Alicia acquiesça d'un signe de tête et reprit ses fonctions avec une silencieuse soumission. Depuis la mort de l'oncle Teddy, elle semblait encore plus dévouée envers Charlotte et se souciait peu de sa propre indépendance. Je me demandais combien de temps elle comptait jouer le rôle de bonne d'enfants auprès de Charlotte. Cinq mille livres, c'était une petite fortune ; elle aurait très bien pu elle aussi se payer des vacances à la mer.

Je me retirai dans ma chambre et, suivant les directives de mère, je bus une boisson revitalisante et soporifique, puis je me pelotonnai dans mon lit. Mon épaule gauche élançait. Afin de concentrer mon attention sur autre chose que la douleur, je fermai les yeux et imaginai le roman que j'aimerais écrire.

Quelques heures plus tard, je rejoignis mon père dans son bureau.

— Tu as l'air pâle, dit-il, en levant les yeux de son secrétaire. Viens voir la nouvelle pièce sur laquelle je travaille.

Je portais encore mon peignoir et mes pantoufles, et je me glissai avec plaisir dans le grand fauteuil près du feu et bâillai.

— Je suis sûr que mon public lui ne bâillera pas, plaisanta mon père avant de commencer à lire une partie de la pièce : « *The Gaunt Stranger*, d'Edgar Wallace. »

— Edgar Wallace, dis-je en plissant les yeux. Ce nom me dit quelque chose…

— Tu devrais t'en souvenir. Il est venu dîner ici l'an dernier.

— Le romancier.

Je baissai la tête.

— Je me souviens. Il a bien de la chance. Publié et avec beaucoup de succès. Sa vie est si intéressante... reporter durant la guerre des Bœrs, correspondant pour le *Daily Mail*; comment pourrai-je jamais me hisser à son niveau?

Mon père vint me retrouver près du foyer et il posa ses lunettes sur le bout de son nez.

— Termine le livre, Daphné. Je connais quelqu'un qui s'en occupera si tu le fais.

— Vraiment? Qui?

— Termine le livre et ensuite nous verrons. Pas de promesse.

Enthousiaste et inspirée, je serais montée à toute vitesse pour écrire dans ma chambre, mais je m'obligeai à écouter mon père parler de sa pièce.

— Voici un résumé de l'histoire : le tueur est connu sous un surnom, « le sosie ». C'est un maître du déguisement qui déjoue constamment la police. Alan Wembury, jeune inspecteur principal de police, prend la direction de la division de police de Deptford et espère épouser Mary Lenley, laquelle vient tout juste d'être engagée comme secrétaire de Meister (Maurice Meister, un avocat mêlé à une affaire avec le sosie). Le bruit court que ce dernier, d'abord retracé en Australie et tenu pour mort, est revenu à Londres. Meister sera sa prochaine victime, car on a retrouvé dans la Tamise le corps de sa sœur qu'il avait confiée aux bons soins de Meister. Bientôt, un étranger au visage émacié traque l'avocat effrayé qui recherche aussitôt la protection de la police. Wembury a un travail difficile à exécuter, compliqué par le fait que le frère de Mary, ruiné par son association avec des criminels, a été mis en prison pour vol — et Meister en sait plus qu'il ne veut l'admettre. En outre, il y a l'impopulaire inspecteur Bliss, venu d'Amérique, qui travaille sur l'affaire avec ses propres méthodes. Qui *est* le sosie?

— C'est intriguant, dis-je à la fin, un peu déconcertée par le sujet.

Était-ce un étranger au visage émacié qui traquait Ellen et toute personne qui lui tenait compagnie?

— Qui est le sosie?

En souriant, mon père mit le texte de côté.

— Ah, il te faudra voir la pièce pour le découvrir. Pourquoi ne pas y emmener ce brave Jack?

— Il est parti en Allemagne.

— Oh! oui. Pour veiller sur son héritage, sans doute.

— Père… que savez-vous de la compagnie Salinghurst?

— Cette compagnie appartenait à un curieux bonhomme, Salinghurst, et à ses fils. Il a eu besoin de liquidités et il a presque tout vendu à Grimshaw et Rutland.

— Rutland, dis-je en plissant les yeux. Le *comte* de Rutland?

— Lui-même.

— Mais Ellen n'a pas dit qu'il était à la réunion des actionnaires. Elle a dit que l'autre partenaire était un certain Mr Prichard.

— Ah, le vieux Mr Prichard. Un Juif usurier. Il a probablement avancé les fonds, et Rutland a fourni son titre. Il n'y a là rien d'extraordinaire.

— Mais pourquoi les gens de Scotland Yard ont-ils demandé à Ellen d'assister à ces réunions ? Ils doivent soupçonner quelqu'un. Voilà pourquoi ils ont envoyé le major en Allemagne.

— Grands dieux ! Ces jours-ci, tout le monde quitte l'Angleterre pour aller en Allemagne. Je suppose qu'ils sont sur la piste de J.G. Jack Grimshaw. C'est un type louche.

Je le dévisageai, interloquée.

— Si vous le trouvez louche, pourquoi voulez-vous que je sorte avec lui ?

— Parce que c'est un charmant caméléon. Il ferait un bon acteur.

Je commençais à me sentir mal.

— Oh ! non… vous ne lui avez pas demandé de passer une audition, n'est-ce pas ?

Mon père sourit.

— Il peut prendre divers accents, aussi. J'ai simplement laissé entendre que cela pouvait être un métier pour lui.

— Et comment a-t-il réagi ? Je ne crois pas qu'il soit du genre à aimer le travail.

— Ah, mais jouer est un travail *amusant*. C'est toute la différence.

Manifestement, les deux hommes avaient eu de nombreux échanges. Je demandai à mon père où se tenaient leurs conversations.

— Au club, à quel autre endroit?

— A-t-il dit quelque chose au sujet du testament de son oncle?

— Il l'a mentionné une ou deux fois. Je lui ai conseillé de protéger ses intérêts. Il a admis qu'il n'avait pas la bosse des affaires mais que son cousin, lui, l'avait.

— Et Rosalie Grimshaw? Il y a fait allusion?

— Non. Pas un mot.

Je baissai les yeux.

— Ils sont amants, vous savez.

À ma déception, mon père ne parut pas du tout bouleversé, et je me souvins que, jeune fille, je m'étais entichée de mon cousin Geoffrey.

— Geoffrey est en ville, à propos. Il a téléphoné à quelques reprises, dit mon père, devinant mes pensées.

— Oh!

Mon visage prit une teinte plus sombre. Deux ans plus tôt, je n'aurais peut-être pas été capable de regarder Geoffrey en face. À l'époque, je croyais être éperdument amoureuse de lui.

— Ça te dérange de le voir? s'informa mon père.

Je haussai les épaules.

— Mère n'aura pas besoin de rayer son nom de la liste des invités, si c'est ce que vous voulez dire.

— Tu as déjà dit que tu ne le reverrais jamais.

— C'était il y a bien longtemps. J'étais une enfant alors.

— Et à présent, tu es une jeune femme amoureuse d'un autre homme.

Je sentis mon visage devenir écarlate.

— J'ai examiné la situation de Browning. Ce serait un bon parti.

— S'il n'y avait pas lady Lara Fane. Je pense qu'elle est bien résolue à se l'approprier.

Souriant, mon père chercha sur son bureau quelque chose à mordiller.

— Tu n'as jamais reculé devant un défi, Daphné, ma fille. Qu'est-ce qui t'arrête aujourd'hui?

— Je l'ignore.

Je poussai un grand soupir de lassitude. La chaleur du foyer, le sentiment d'être en sécurité à la maison et le fait d'avoir côtoyé la mort suscitaient en moi un débordement d'émotions contradictoires. Il me manquait. J'aurais aimé qu'il fût là.

— J'ai télégraphié au major, murmura mon père. Je l'ai sondé sur ses intentions.

— Oh! non, vous n'avez pas fait cela! Que c'est embarrassant... Je vais *mourir* de honte.

— Non, tu ne vas pas mourir.

Il tira une languette de papier de sa poche et lut les mots que j'avais le plus besoin d'entendre.

— «*Intentions honorables. Stop. Rentre à la maison. Stop.*»

Éprouvant une joie indicible, j'oubliai ma douleur à l'épaule pendant au moins une minute ou deux. Je voulais juste serrer sur moi son télégramme.

— *Gérald*. C'est toi qui es en bas?

La voix de ma mère se glissa à l'intérieur de notre sanctuaire.

— Oui, ma chère. Nous éteignons maintenant.

— Je ne me sens pas du tout fatiguée, avouai-je.

— Moi non plus, dit mon père avec un clin d'œil avant de m'aider à m'extirper du fauteuil. Mais nous aurons des problèmes tous les deux si nous ne montons pas.

— Puis-je lire le reste de cette pièce, *Le Sosie*?

— Bien sûr que tu peux mais ce n'est pas le titre. C'est...

Mon père s'arrêta dans l'embrasure de la porte et sourit, les yeux brillants, car une idée venait de germer dans son esprit.

— Bien trouvé! *Le Sosie*. Oui, c'est beaucoup mieux. Plus court, plus accrocheur. Tu as du talent, ma fille. Ne laisse personne prétendre le contraire.

— Merci papa.

Je m'approchai pour l'embrasser sur la joue. Plus tard cette nuit-là, je rêvai d'un livre sur la couverture duquel figuraient mon nom et un titre, un titre indéfini, pour l'instant.

Comme je fus la dernière à me mettre au lit, je fus aussi la dernière à me réveiller.

— Daphné, tu as raté le petit déjeuner. Je vais envoyer quelqu'un à la cuisine. De toute façon, je veux une autre tasse de thé. Grands dieux ! Tu seras renversée en lisant le journal ce matin.

En bâillant, j'examinai les visages sérieux devant moi.

— Ellen n'est pas au courant, commença mon père.

— Elle a fait monter le petit déjeuner ce matin, m'informa maman.

— J'ai frappé à sa porte, enchaîna Jeanne. Charlotte a répondu, elle a dit que sa mère dormait encore.

— C'est très délicat…

— Et *inattendu*…

— Qu'est-ce que c'est ? Qu'est-il arrivé ?

Ils baissèrent les yeux en même temps tous les trois.

— C'est Cynthia Grimshaw, dit ma mère rapidement.

— Elle est morte.

CHAPITRE VINGT

— Au moins, Ellen n'aura plus à se soucier du procès désormais.

Mon père ajouta du sucre à son thé et sourit.

— Ton humour, Gérald, est de mauvais goût, dit ma mère. On dit qu'elle a été découverte au pied de l'escalier, morte.

— Le cou cassé, ajouta mon père.

Je tendis le bras pour saisir le journal. J'avais peine à y croire. L'ennemie d'Ellen, morte. Quand? Comment?

— Cela s'est passé hier après-midi, on ne sait pas à quel moment exactement. Elle est morte rapidement. Un accident, semble-t-il.

Le journal donnait peu de détails. À première vue, il semblait que Mrs Grimshaw ait mal évalué la hauteur ou la largeur d'une marche et fait une chute mortelle.

Je lus dans le journal : «Une domestique de l'hôtel l'a découverte quelques minutes plus tard. La police examine diverses possibilités…»

Possibilités. Qu'est-ce qui avait bien pu inciter Mrs Grimshaw à quitter son luxueux hôtel au milieu de l'après-midi ?

— Comment était-elle vêtue ? me demandai-je à haute voix.

— Daphné.

Le froncement de sourcils sévère de ma mère m'arrêta.

— Je n'aime pas que tu t'immisces dans cette affaire ou que tu y sois mêlée de près ou de loin.

— Ellen est mon amie, fis-je en haussant les épaules. Je suis curieuse, c'est tout naturel.

— Deux morts.

Elle frissonna.

— Si rapprochées...

— « Une malédiction sur la maison », dramatisa mon père, ce qui horrifia ma mère.

Ma mère était scandalisée. Je me dis que c'était une bonne chose qu'elle ait ignoré mon implication dans l'affaire Padthaway ou le danger que j'avais couru l'hiver précédent à Somner House. Dans les deux cas, je n'avais pu m'empêcher de mener ma propre enquête. Je l'avais fait pour l'inspiration et mes futurs personnages. Les gens et leurs motivations m'intéressaient.

— On ne l'appréciait guère, poursuivit ma mère. C'est ce que m'a dit Mrs Pinkerton la semaine passée. La cupidité propre aux Américains lui a fait commettre toutes sortes d'erreurs. Tu sais qu'elle s'est vraiment *rendue* à Langton House ? On lui a refusé l'entrée, naturellement. Comme si la duchesse allait lui répondre !

— On ne sait jamais, ajouta mon père, quelque peu amusé par cet incident. Elle avait de son côté tous les journalistes qui faisaient la queue pour publier ses doléances.

— Doléances.

La bouche de ma mère se tordit de dégoût.

— Il est évident que c'est d'abord la jalousie qui l'a amenée ici.

— Elle se faisait du souci à propos de l'argent. L'argent de sa *fille*, prétendument.

— Je me demande si sa fille portera encore l'affaire devant le tribunal, se dit ma mère.

Au même moment, Alicia Brickley descendait rapidement l'escalier et entrait dans la pièce.

Mon père nous lança un regard furtif et cacha le journal derrière lui.

— Bonjour. Est-ce que Mrs Grimshaw est levée?

— Oui. Elle m'envoie chercher du thé.

— Oh! bien. Très bien.

— Est-elle souffrante? s'enquit ma mère.

— Elle a mal dormi, répondit obligeamment Alicia. Mais elle a dit qu'elle descendrait après son thé matinal.

— Je vois. Eh bien, dites-lui que j'aimerais la voir dans mon bureau quand elle sera prête.

L'inquiétude fit frémir les traits fins d'Alicia.

— Est-ce que tout va bien, Mr du Maurier?

— Tout va parfaitement bien, dit-il, rassurant. Assurez-vous de monter quelques-uns de ces petits biscuits au citron.

— Et les scones sont délicieux, dit Jeanne avec un grand sourire. C'est la recette de confiture de Cook lui-même.

— Merci.

Alicia choisit un plat.

— Je reviendrai pour le thé.

— Nous avons des domestiques pour ça, vous savez, lui lança mon père.

— Je sais.

Elle sourit en s'arrêtant dans l'escalier.

— J'y suis tellement habituée maintenant que c'est devenu une seconde nature. Vraiment, cela ne m'ennuie pas.

— J'échapperais le plateau si je devais le porter à l'étage, déclara Jeanne.

— En allant lentement et en faisant attention, tu ne l'échapperais pas, répliquai-je.

— Tu aurais peut-être dû lui dire, Gérald. Elle est toujours de leur famille. Elle a le droit de savoir. Ce serait affreux si elle devait le découvrir d'une autre façon...

— Ils n'ont ni journal ni téléphone dans leurs chambres, chère. Ils vont d'abord l'apprendre de ma bouche.

— Je suis désolée pour la fille, confessa ma mère. Toute seule dans un pays étranger, ses deux parents étant décédés. Vers qui peut-elle se tourner ?

— Vers son cousin, dis-je, sans prononcer le mot « amoureux », même s'il me brûlait les lèvres. Jack Grimshaw.

— Mais il est en Allemagne, non? Et qu'en est-il de l'autre gentil garçon... Fairchild ou quelque chose comme ça? Megan est très intéressée par lui. Il lui aurait rendu visite, semble-t-il. Tu le savais, Daphné?

Non. Je l'ignorais.

— J'aime bien Mr Fairchild. Mais je vois mal les parents de Megan approuvant cette relation.

— Ils veulent la voir viser un peu plus haut, convint ma mère. Et la situation financière de Mr Fairchild est instable. Il doit absolument devenir un homme d'affaires.

— Terrible destinée, répondit mon père du tac au tac. Et que crois-tu que je fasse, très chère?

— Oh! Gérald, mais tu es un gentleman...

— *Et* un homme d'affaires.

— ... mais tu n'es pas forcé de travailler. Tu le fais parce que tu aimes cela.

— J'aime gagner de l'argent.

Cette affirmation insolente déclencha chez ma mère un mouvement de recul horrifié. À sa grande consternation, mon père refusa de se racheter.

— Il est vrai que nous avons tous besoin d'argent. Et tous, nous aimons l'argent. Je ne comprends pas pourquoi il est pas de bon ton de l'affirmer.

— «Il est pas», dit ma mère avec un nouveau mouvement de recul. Tu devrais revoir ta grammaire, Gérald.

— Fadaises, ma chère. C'est *dans* mon personnage.

M'attardant à l'extérieur du bureau, j'imaginai un étranger au visage émacié, encapuchonné, entrant à l'hôtel Claridge. *L'étranger monte à l'étage et attire par la ruse sa proie hors de ses appartements. Au sommet de l'escalier, il y a une lutte. Mrs Grimshaw fait une chute mortelle...*

Pourquoi ? La grande question. Et qui ?

Un accident ? Autant que je me souvienne, il aurait fallu être terriblement maladroit ou intoxiqué pour chuter mortellement dans l'escalier recouvert de moquette du Claridge.

Ellen plissa les yeux par deux fois.

— Morte ? Elle est morte ?

— Oui, confirma mon père. Sur le plancher du Claridge.

Visiblement commotionnée, Ellen tendit le bras pour prendre le journal. Elle parcourut tout l'article en tremblant.

— Elle est tombée ou on l'a poussée ?

— C'est sans doute la question que se posera la police. Ellen, ma chère, je te conseille fortement de ne rien dire aux journalistes pour le moment. Ils vont essayer de te piéger.

— Vous me suggérez de demeurer à l'intérieur pendant quelques jours ?

— Je crois que c'est plus sage, dis-je, tressaillant sous l'effet d'une vive douleur à l'épaule.

— Il est préférable qu'ils assiègent notre demeure plutôt que la tienne, ajouta mon père.

— Mais je n'ai rien à voir avec sa mort, oncle Gérald...
je détestais cette femme, c'est vrai, mais je ne suis certainement pas allée au Claridge pour monter subrepticement l'escalier et la précipiter dans la mort.

En entendant Ellen, je ressentis subitement l'impé-
rieux besoin d'aller prendre le thé à l'hôtel Claridge.
Pour donner à cette sortie une apparence plus normale,
je téléphonai à Megan et lui demandai de m'accompagner. Je dis à ma mère :

— Megan veut me voir. Je crois qu'elle a des nouvelles.

— Oh! des *nouvelles*?

Ma mère adorait les nouvelles.

— Quelle sorte de nouvelles? Elle te l'a dit?

— Non, fis-je en souriant. Mais je soupçonne que
cela a quelque chose à voir avec un certain gentleman.

— Comme c'est intéressant...

— C'est un secret. Je vous en prie, ne dites rien à sa
mère.

— Naturellement, jamais je ne songerais à trahir une
confidence si tu choisis de me faire confiance.

Son regard devint mélancolique.

— Daphné, parfois j'aimerais que tu me fasses
confiance. Une mère souhaite toujours ce qu'il y a de
mieux pour sa fille, n'est-ce pas?

Je lui répondis que je ne comprenais pas pourquoi elle
s'exprimait ainsi en ce moment.

— Oh! soupira-t-elle. Tu fais davantage confiance à
ton père qu'à moi. Il dit que le major Browning doit
venir te voir à la maison.

— Je suis sûre qu'il a aussi d'autres occupations, ajoutai-je, tandis que mon visage tournait au rouge vif.

— Mais cet homme est fiancé, Daphné. La situation devient embarrassante. Hier, lady Holbrook a demandé de tes nouvelles. Elle dit avoir appris que tu avais dîné *seule* avec le major… est-ce vrai?

Mon visage s'empourpra encore plus.

— Oui, c'est vrai… il faut vraiment que j'aille à la salle de bain tout de suite…

— *Assieds-toi*, Daphné. Je souhaite te dire un mot.

Oh là là. Je savais ce que «un mot» voulait dire. Une interminable conférence.

— Lady Holbrook est une amie de la comtesse de Rutland. Des informations à l'effet que tu fréquenterais le fiancé de sa fille sont aussi parvenues aux oreilles de la comtesse.

— Je ne vois pas la raison de toute cette agitation…

— Toute cette agitation! À leurs yeux, tu fais figure de saboteuse, tu contribues à la rupture des fiançailles.

— Balivernes.

Je m'arrêtai net et sourit.

— Les fiançailles sont rompues?

— Le major l'a fait avant son départ pour l'Allemagne. Il a indiqué que c'était pour *toi*.

Le temps était venu de rétablir les faits. J'étais innocente. Je n'avais rien fait de mal. Je racontai ma version des faits à ma mère, et son visage se radoucit.

— Ça, par exemple! Je vais bientôt avoir une fille *fiancée*! Comme c'est excitant. Et nous devons mettre les gens au courant de ces fausses fiançailles. Je ne veux pas que ta réputation soit entachée...

— Désolée, maman. Je ne peux pas.

— Tu ne peux pas? Qu'est-ce que tu veux dire, tu ne peux pas? Nous devons le faire. Sinon, tu discréditeras notre nom.

— Mère, soupirai-je, nous ne vivons plus à l'âge des ténèbres. En outre, des fiançailles rompues, cela arrive régulièrement.

— Pas à mon époque.

— Je suis sûre que ce n'est pas aussi terrible que vous l'imaginez. Vous savez, les choses ont changé depuis la guerre.

— Tu te trompes, Daphné. Des personnes comme la comtesse n'oublient jamais. Notre réputation restera entachée. Nous serons rejetés, dit-elle, la voix étranglée, nous ne serons plus... et la famille du major? Je suis certaine que sa mère éprouve les mêmes sentiments que moi.

Ses mots m'atteignirent durement, et une inquiétude s'installa au creux de mon estomac. Que pensait sa mère? Je dus reconnaître qu'elle pouvait s'opposer, même si cela me faisait de la peine. Avant la liaison compliquée de son fils avec lady Lara, elle aurait pu m'accueillir avec joie dans la famille. Notre nom n'était pas aussi illustre que celui des Rutland, certes, mais il était respectable, et nous occupions une place intéressante dans la société. Cependant, je réalisais qu'il suffisait que la comtesse fasse circuler quelques propos malveillants pour que notre réputation soit compromise dans certains cercles et, donc, que ma mère soit blessée.

Je ne me souciais guère de ce genre de choses mais comme cela affectait ma mère, cela m'affectait aussi, que ça me plaise ou non.

Je sortis discrètement de la maison après le déjeuner et pris un taxi pour me rendre au Claridge. Megan m'attendait dans le foyer de l'hôtel.

— Pourquoi *ici*? murmura-t-elle. Cette femme est morte ici-même. Elle était la tantine de Dean à une certaine époque. C'est bizarre, non?

— Tu as de ses nouvelles?

— Oui, il revient à la maison. Il se fait du souci pour Rosalie. Sa mère a trop longtemps dominé sa vie, et il croit qu'elle sera déboussolée. Sans compter qu'elle est dans un pays étranger. Elle n'a personne, à l'exception de Dean et Jack.

— Jack, murmurai-je. Que penses-tu de lui?

— Louche et charmant; un mélange toxique. Nous prenons une table?

— Oui, allons-y.

J'avais oublié ce raffinement qui consiste à prendre le thé de l'après-midi dans un hôtel de luxe. C'est l'une des choses qui rachète Londres, me dis-je, en admirant les parquets bien cirés et le luxueux intérieur. L'hôtel était très fréquenté à cette époque de l'année, et je n'étais pas sûre que nous puissions dénicher une place dans le salon de thé.

— Ah, Miss Kellaway, oui, je peux vous trouver une place. Une table au milieu vous conviendra ?

— On me connaît.

Le chuchotement triomphant de Megan se mua en un sourire tandis que nous nous emparions de la dernière table au grand dam des gens qui faisaient la queue.

— C'est un avantage, le nom de mon père.

— C'est plus que cela. Tu es une mondaine célèbre. On te voit tout le temps dans les journaux.

— Eh bien, dit-elle avec un grand sourire en enlevant ses gants. Je serai beaucoup moins souvent dans les journaux maintenant que je suis fiancée. Oui, c'est vrai !

Elle exhiba rapidement sa bague.

— Nous sommes fiancés ! Nous allons l'annoncer quand Dean rentrera d'Allemagne.

Je la fixai, interloquée.

— Tes parents l'ont accepté, comme cela, simplement ?

— Ma mère n'a pas trop apprécié mais mon père s'est montré assez impressionné par les valeurs de Dean. « Il a le sens des affaires, ma fille », m'a-t-il dit. « Je suis certain qu'il prendra soin de toi. » Et de plus, il possède quelques biens, une maison en copropriété à Boston, si bien que nous irons là-bas après le mariage.

— Ce sera quand ?

— Oh! Allez savoir, d'ici un an environ. Dean veut être sûr que tout se passe bien dans sa compagnie avant de la confier à un directeur. Il ne peut pas se fier à Jack.

— Non, approuvai-je, ni à Rosalie. Les as-tu côtoyés de temps à autre?

— Un peu. Dans des fêtes, ce genre de choses.

L'air mystérieux, elle abaissa son regard.

— Je crois que Jack et Rosalie sont amoureux, ou étaient amoureux. La dernière fois que je les ai vus ensemble, ils ont eu une grosse dispute. Je pense qu'il insistait pour qu'elle l'épouse mais celle-ci n'était pas intéressée. Jack veut probablement obtenir son argent.

— Sans aucun doute.

— Et toi, ma chère?

Ses yeux brillèrent en regardant ma main.

— Pas de bague encore mais je parie que ce ne sera plus bien long.

Je rougis.

— Qu'as-tu entendu dire?

— J'ai *vu* plus que j'ai entendu.

Elle fit claquer sa langue.

— Vilaine, vilaine petite fille. *Voler* le fiancé d'une autre…

— Ça ne s'est pas passé du tout comme ça, l'assurai-je. Et ma mère est en furie à cause de cela. Elle croit que les Rutland vont nous compliquer l'existence.

— C'est possible, confirma Megan. Quoi qu'il en soit, je peux te dire que lady Lara voulait à tout prix ton major Browning. Je ne peux pas la blâmer. Il est d'une beauté *diabolique*, soupira-t-elle, mais pas autant que mon Mr Fairchild. Mrs Fairchild! Ha! Cela sonne très bien. Il n'a pas de titre mais il a un grand cœur, et plus je le connais, plus je l'aime. Est-ce ainsi entre toi et le major?

Je ne lui répondis pas immédiatement. Les sentiments que j'éprouvais pour le major étaient très personnels. Je ne pouvais expliquer cela avec des mots. D'une certaine façon, mon amour pour lui allait au-delà des mots. Et pourtant c'est à peine si je le connaissais.

— Je suppose que tu dois passer plus de temps auprès de lui, reprit Megan obligeamment. Le hasard nous a réunis si souvent, Dean et moi, que j'ai l'impression de le connaître depuis toujours. Même ma mère s'est prise de sympathie pour lui maintenant. Il lui apporte des fleurs chaque fois qu'il passe nous voir. Il est si bien élevé, et *j'adore* son accent. Nasillard et traînant.

— Sa mère est-elle au courant de vos fiançailles?

— Oui. Il lui a téléphoné avant son départ pour l'Allemagne. Elle est aux anges.

Je baissai la tête.

— Il me reste encore à rencontrer les parents du major.

— Je suis sûre qu'ils vont t'aimer.

— Ce n'est pas aussi simple. Je pars avec un désavantage, car je dois rivaliser avec l'illustre lady Lara. Ses parents doivent penser qu'il est fou.

— Avec les Rutland, il ne faut pas toujours se fier aux apparences. N'aie pas peur d'eux. Mon père dit que le comte est mêlé à une vilaine affaire. Je ne sais pas exactement ce que cela signifie mais...

Megan continua de parler mais je ne faisais déjà plus attention à ses propos. *Le comte de Rutland mêlé à une vilaine affaire.*

Voulait-elle parler des actions dans Salinghurst?

Et était-ce une raison suffisante pour vouloir la mort de Teddy Grimshaw?

CHAPITRE VINGT ET UN

— Par où allons-nous commencer ?

— L'escalier. Montons l'escalier. Tu sais de quelle chambre il s'agit ?

Megan me lança un bref signe de tête affirmatif.

— Quatre, vingt-sept. Le maître d'hôtel. On ne donne pas habituellement les numéros mais je le connais. La police n'a pas fini d'examiner la chambre.

— Bien entendu.

Nous nous arrêtâmes devant la chambre d'hôtel affichant le numéro quatre cent vingt sept. L'intérieur était sans doute somptueux mais je ne pus m'empêcher de me demander : Quels indices restent-t-ils à l'intérieur ? Et la domestique de Mrs Grimshaw ? Et sa fille ? Aux dernières nouvelles, Rosalie louait son propre appartement dans la partie est de la cité.

— La domestique de Mrs Grimshaw est probablement avec Rosalie, dis-je à Megan, tout en me plaçant un peu à gauche de la chambre. Elle a probablement été attirée par la ruse hors de sa chambre et jusqu'en haut de l'escalier où elle aura rencontré son assaillant.

— Ou, suggéra Megan, ils ont eu une dispute à l'intérieur de la chambre d'hôtel qui se sera prolongée à l'extérieur, jusque dans l'escalier, où elle a fait une chute mortelle.

— Elle a été *poussée*, je crois. Ou peut-être faisons-nous fausse route toutes les deux ; peut-être avait-elle bu un peu trop de champagne et a-t-elle trébuché ?

— Ce sont des choses qui arrivent, approuva Megan. Mais pour qu'elle se casse le cou, il a fallu qu'elle tombe avec une certaine force. Cela ne concorde pas avec la thèse de l'accident, non ?

— Non, fis-je. Je me demande si la police est parvenue à la même conclusion.

— Bonjour ? fit une voix timide. Puis-je vous aider ?

Une domestique dans un uniforme blanc impeccable, qui tenait une pile de serviettes propres, fit une révérence. Une légère suspicion perçait dans son regard, et je me demandais si elle avait reçu l'ordre de surveiller la chambre de Mrs Grimshaw à l'extérieur. Je décidai de courir un risque.

— Bonjour ! Je cherche Miss Rosalie. Elle est là ?

— Non, mademoiselle.

Elle fronça les sourcils, curieuse de savoir qui j'étais.

— Quelle tragédie, continuai-je en babillant joyeusement pour lui faire baisser sa garde. Même si on n'appréciait guère tante Cynthia, n'est-ce pas ?

Les yeux de la domestique s'illuminèrent.

— Vous êtes de la famille, n'est-ce pas?

— Oui, je suis... de la famille.

Je fis une pause et secouai la tête.

— Qui l'a découverte?

— Une des domestiques.

Elle jeta un coup d'œil vers l'escalier et frissonna.

— C'est la première cliente à mourir ici...

— Les accidents peuvent toujours se produire... Étiez-vous de service quand elle est tombée? Avez-vous vu quelqu'un ou entendu quelque chose?

Elle regardait autour d'elle, redoutant sans doute la désapprobation d'un supérieur et s'interrogeant sur la pertinence de donner une réponse à ma question.

— Je ne sais rien du tout, mademoiselle.

— Mais est-ce que tante a reçu des visiteurs ce jour-là? Savez-vous si quelqu'un est venu à l'hôtel?

Elle fit non d'un signe de tête.

— Madame a lancé une tasse à l'une des domestiques. C'est tout ce que je sais.

— Une tasse? Elle aura eu un accès de colère... Savez-vous à quelle domestique elle a lancé cette tasse? J'aimerais lui parler.

— Non, mademoiselle, j'ignore laquelle. Je l'ai entendu dire simplement par Emmy, une employée.

— Emmy, répéta Megan. Où pouvons-nous trouver Emmy?

— Elle ne travaille pas aujourd'hui, mademoiselle.

— Je dois vraiment lui parler, dis-je. J'aimerais m'excuser pour ma tante et peut-être apprendre quelque chose sur ses derniers moments. C'est important pour moi.

— Eh bien, dit-elle après une pause, je ferais mieux de retourner travailler. Vous pouvez trouver Emmy près du port, c'est là où elle vit. L'immeuble Marchman.

— Je pense que ce n'est pas le meilleur endroit en ville où se trouver...

Je n'avais pas besoin de regarder le visage angoissé de Megan. Elle avait prononcé d'une voix tremblante les mêmes mots que j'avais sur les lèvres.

— Peut-être avons-nous pris la mauvaise direction ?

Nous étions arrivées au bout d'une ruelle. De vieux immeubles délabrés se dressaient au-dessus de nous, et d'une des fenêtres parvenait un bruit qui donnait froid dans le dos. Tendue, je saisis la main de Megan. Au-dessus de nous, de jeunes hommes poussaient des cris, des sifflements ininterrompus et, pire encore, débouchaient en masse dans la rue et nous lorgnaient avec des regards lubriques.

— Vous foutez quoi ici, poulettes de luxe ? On en voit pas beaucoup des comme vous dans le coin.

— Ah, c'est beau !

L'un d'eux avait touché la dentelle du châle de Megan. Celle-ci eut un mouvement de recul et se retrouva dans les bras d'un autre type.

— Ma jolie ! Tu es à moi maintenant !

Megan poussa un cri et pressa son sac à main sur sa poitrine.

— Laissez-moi!

— Laissez-la, dis-je en m'interposant, tout en dissimulant ma terreur. Je suis venue pour voir Emmy. Où est l'immeuble Marchman?

Les gars échangèrent des regards. J'espérai, *je priai*, pour que l'un d'eux reconnaisse le nom.

— Emmy? C'est ma sœur, répondit franchement un des garçons. Qu'est-ce que vous lui voulez?

Il n'allait pas être facile de le persuader.

— C'est une affaire personnelle. S'il vous plaît, je donnerai cinq pence à quiconque voudra bien nous conduire vers elle.

À voir la mine qu'ils faisaient, je remis en question ma proposition.

— Oh! mon Dieu!

Ces mots jaillirent de la bouche de Megan une seconde plus tard quand éclatèrent plusieurs bagarres.

— Courons, murmurai-je à Megan.

Nous profitâmes de cette diversion pour filer. Le frère d'Emmy se lança à nos trousses et nous rattrapa en haletant.

— Je vais pas vous faire de mal!

Il s'arrêta pour reprendre son souffle.

— Désolé pour mes amis.

C'était un gars indiscipliné, sans aucun doute, mais j'admirais sa force morale.

— Suivez-moi, et je vous conduirai jusqu'à Emmy. Elle est allée au marché mais elle devrait être à la maison maintenant.

Nous n'étions pas bien loin de notre destination. Nous marchâmes vers le sud et, trois pâtés de maison plus loin, nous découvrîmes l'immeuble Marchman dans une rue achalandée et remplie de marchands bruyants. Je rabattis mon chapeau sur mes yeux et serrai la main de Megan. Terrorisée par l'incident, elle voulait prendre le premier taxi pour filer loin d'ici.

En haut d'un escalier crasseux, nous suivîmes le frère d'Emmy à l'intérieur d'un grand appartement rempli d'enfants qui hurlaient. Il y avait là deux familles, et tout ce monde nous dévisageait avec une totale incrédulité tandis que nous pénétrions dans la cuisine.

Emmy, qui nous faisait dos, sursauta quand son frère lui donna une tape aux fesses.

— Des amies viennent te voir.

— Des amies?

Son front se rida, et elle nous regarda bouche bée.

— Nous venons du Claridge, Emmy, dis-je. J'ai appris qu'on vous avait lancé une tasse et j'en suis désolée. Je suis de la famille et je vous présente mes excuses.

Les yeux ronds, elle examinait nos vêtements.

— J'ai besoin de savoir si vous avez vu ou entendu quelque chose dans ou près de la chambre ce jour-là. Que s'est-il passé, Emmy?

Elle poussa un soupir et roula des yeux.

— J'ai déjà eu plus que ma part de ces belles dames. Celle-là, quand même, celle-là était vraiment méchante. Dès que je l'ai vue se pointer, je m'suis dit : «Celle-là, c'est un problème.» Et c'était vraiment un problème. Rien n'était jamais bien. Elle se plaignait de tout. Et colérique! Elle était toujours en train de lancer des choses ici et là. Et tout le temps que je l'écoutais, elle s'plaignait à propos d'argent.

— Argent.

Je fis une pause et jetai un coup d'œil à Megan.

— Croyez-vous que quelqu'un essayait de la faire chanter?

— J'sais pas, miss. Peut-être. Elle était engagée dans un procès où elle pensait empocher beaucoup d'argent.

— Elle a eu des visiteurs ce jour-là?

Emmy fit un intense effort de réflexion.

— J'ai vu personne mais une des domestiques a entendu des voix dans la chambre de Madame. C'était une voix de femme, mais pas celle de sa fille.

— Est-ce que c'était la voix d'une personne jeune ou vieille?

Emmy haussa les épaules.

— Je peux pas dire. On pouvait juste savoir qu'y avait quelqu'un qui lui parlait.

— Les voix étaient-elles passionnées ou fortes?

— Non, miss. Mais après, Madame a sonné pour le thé. Alors je lui ai apporté le thé. Et elle a dit qu'il était pas assez chaud. Elle m'a lancé la tasse. J'ai quitté la pièce et, la première chose que j'apprends, Madame est étendue, morte au pied de l'escalier.

— Cela a dû être horrible pour vous, Emmy.

— J'ai dit tout ça aux policiers, dit-elle l'air renfrogné. Ils vous ont questionnées, vous aussi?

— Pas encore, répondis-je honnêtement.

— Je crois pas qu'elle a été assassinée, dit Emmy en nous reconduisant en bas pour prendre un taxi. Je pense juste qu'elle a trébuché et est tombée. Y'a là un bout de la moquette qui se relève. Je m'y suis déjà accrochée avant ça. Je l'ai dit à la police.

— Merci, Emmy. Vous nous avez été très utile.

Avant que nous ne montions dans le taxi, elle fit un signe de la main.

— Quel est votre nom, miss?

J'hésitai. Je ne voulais pas lui donner mon vrai nom au cas où elle le transmettrait à la police.

— Rebecca Simmons, dis-je sous le coup de l'inspiration.

Ce nom me plut. Je le pris en note. Il semblait parfait pour un personnage.

Je rentrai à la maison et trouvai ma mère plongée dans une profonde affliction.

— Deux annulations. *Deux*. Et pour des motifs très peu convaincants. Ils doivent être amis avec les Rutland. C'est une rebuffade, une franche rebuffade.

— Les Rutland ne sont pas les gens les plus importants d'Angleterre, maman, dit Angela d'une voix apaisante.

De nous trois, c'était elle, la plus âgée, qui éprouvait le plus de compassion devant une telle catastrophe sociale.

— Ils ont de l'influence. Je ne croyais pas que lady Holbrook céderait à leurs pressions.

— Je n'aime pas lady Holbrook, dis-je, repensant à cette femme au long nez pointu.

— Daphné.

Angela fronça les sourcils.

— Cela ne nous aide pas du tout.

— J'ai un dîner pour seize personnes, se lamenta ma mère, et maintenant je me retrouve avec sept places vides. *Sept.* Qui puis-je trouver à pied levé ? Tout le monde est occupé ou a déjà accepté d'autres invitations.

Angela et Jeanne réfléchissaient ferme.

— Que diriez-vous des Darlington ?

— Ou les Cartwright ?

Secouant la tête, ma mère s'objecta.

— Les Darlington ne fréquentent pas les Harrod ni les Cartwright, dit-elle en frémissant, et ce ne sont pas vraiment des gens que l'on invite à un petit dîner.

Je m'assis sur le canapé, horripilée par ce genre d'histoires. J'aimais les dîners où s'engageaient des conversations intéressantes entre gens intéressants, mais je n'avais nulle envie de participer à un dîner conçu pour *impressionner*. Un repas où l'on parle uniquement des possessions matérielles, des relations et des gens qui fréquentent ces mêmes relations, et ainsi de suite.

— Daphné peut inviter Megan et son fiancé, proposa doucement Angela.

— Il ira bien avec Ellen, glissa Jeanne. Et de tous les Grimshaw, c'est le plus gentil.

— Il faut inviter Alicia, également, dis-je, si vous invitez Mr Fairchild. Ce n'est que juste car elle est sa cousine.

— Mais c'est une *nurse*, dit ma mère qui n'était pas convaincue. Même si elle a les moyens de ne pas l'être, elle a choisi cette profession.

— C'est surtout à cause du lien qu'elle a établi avec l'enfant, maman, fit remarquer Angela. Et les choses peuvent changer d'ici l'an prochain. Qui sait, peut-être que Nanny Brickley fera un grand mariage, et alors vous regretterez de l'avoir tenue à l'écart.

— C'est vrai, acquiesça ma mère. Mais cela ne comble que trois ou quatre places, tout au plus. Qui d'autre pourrions-nous trouver ?

J'en avais assez entendu et je quittai la pièce pour faire un appel téléphonique. Deux jours, trois heures, vingt-six minutes et *toujours* pas de nouvelles de lui. Il devait sûrement être revenu à son hôtel.

— Hôtel George. Puis-je vous aider ?

— Oui, bonjour, dis-je en m'éclaircissant la voix. J'aimerais qu'on me mette en communication avec la chambre du major Browning, s'il vous plaît.

— Vous connaissez le numéro ?

— Non. Non, je l'ignore.

— Un moment, je vous prie.

J'attendis là, dans le vestibule où je m'exprimais à voix basse le plus possible. Je ne voulais pas qu'on me surprenne ou entende notre conversation. Cet appel était peut-être dicté par le désespoir mais je devais savoir. J'avais besoin de savoir qu'il était en sécurité.

— Oui madame, nous avons un major Browning au deux cent quarante et un. Je vous mets en communication.

— Merci.

J'eus un peu chaud soudainement. Appuyée dans un angle de la pièce, je tortillais nerveusement le fil du téléphone. *Je t'en prie, décroche. Je t'en prie, décroche.*

— Browning à l'appareil.

Sa voix! J'entendais sa voix. Fermant les yeux, je murmurai :

— Tommy, c'est moi.

— Daphné?

— Oui...

— Comment va ma petite amie?

Il semblait égal à lui-même. Légèrement amusé, fatigué.

— Je vais bien. Je m'inquiétais. Je n'avais pas de vos nouvelles.

— Miss Impatience. J'allais vous appeler cet après-midi. Vous êtes libre ce soir pour dîner?

Je me mordis la lèvre.

— J'aimerais bien. Ma mère donne un dîner, et elle est déjà à court d'invités. Si je me faisais excuser...

— Il lui en manque combien?

— Six pour le moment. Je vais demander à Megan et Dean Fairchild. Ils ont probablement déjà d'autres projets mais je vais essayer. Tout le monde est occupé, on dirait. Oh! Tommy, je suis désolée, je ne peux pas quitter ce...

— Ne vous en faites pas. Je veux vous voir. Je viendrai dîner, si votre mère y consent, ajouta-t-il avec un petit rire sardonique.

— Oh! Parfait!

J'étreignis le téléphone en jubilant.

— Vous ne connaîtriez pas quelqu'un d'autre? Nous avons eu des annulations de dernière minute de lady Holbrook et d'amis fidèles à votre lady Lara. Apparemment, je suis la fille qui réussit à briser les fiançailles.

Il y eut un silence dans l'appareil, puis je crus l'entendre pousser un juron entre ses dents.

— Il vous en faut combien?

— Deux autres, si possible.

— Je m'en occupe, ma chérie.

Nous raccrochâmes; je déposai le combiné et soupirai en m'appuyant contre le mur. Il était rentré et voulait me voir. J'étais un peu dépitée de rater un dîner intime en sa compagnie mais, comme toujours, il s'était montré charmant. Si je me mettais à sa place, la dernière chose que j'aurais souhaitée en rentrant à la maison après une épuisante mission en Allemagne, aurait été d'assister à un dîner avec une future belle-famille.

J'allai tout raconter à ma mère.

J'avalai ma salive, incapable de contenir mon excitation.

— Le major Browning va venir et il emmène deux personnes avec lui. Ainsi, vous devriez avoir vos seize invités.

Je me tournai et montai rapidement à l'étage, pressée de trouver quelque chose à me mettre.

— Oh! Excellent travail, Daphné. Tu seras une excellente hôtesse, un de ces jours, lança ma mère d'une voix forte.

Je souris.

C'était la première fois de ma vie que je me sentais vraiment utile comme le serait une lady.

CHAPITRE VINGT-DEUX

Je restai debout devant ma penderie. Je n'avais *rien* à porter.

Ellen me découvrit dans cet état.

— Qu'est-ce que tu fais ?

— Je ne trouve rien. J'avais pensé à la robe de velours mais elle est un tantinet trop serrée.

En souriant, Ellen entra pour inspecter ma garde-robe.

— Tu ne serais pas en train de te comparer à cette lady Lara par hasard ?

— Oui, marmonnai-je, malheureuse. Elle est si élégante. Je ne le suis pas. J'ignore qui je suis et quel style est le mien. Gauche, je suppose.

— Le seul moment où je te vois gauche c'est quand tu regardes le major Browning, dit-elle pour me taquiner.

Elle paraissait plus en forme qu'elle ne l'avait été pendant des jours.

— Et si tu passais en revue ma garde-robe ? Heureusement que ma domestique a préparé mes bagages sinon je n'aurais rien à porter moi non plus. Allez! Viens. Nous avons beaucoup à faire.

En nous rendant à la chambre d'invité, nous sommes passées devant Charlotte et Alicia, occupées à leur leçon.

— J'espère que vous vous joindrez à nous ce soir, dis-je à Alicia. Ma mère compte sur vous.

— Oui.

Elle sourit en tournant tranquillement la page du livre que Charlotte lisait tout haut.

— Mais je crains de n'avoir rien de convenable à porter.

Comme elle était plus grande et plus mince que moi, je lui offris ma robe de velours.

— Elle est vert émeraude et la longueur importe peu. Je vous l'apporterai pour que vous l'essayiez.

Ses yeux bruns de biche s'écarquillèrent.

— Personne n'a fait preuve d'une telle gentillesse à mon égard auparavant. Merci, Daphné.

— Elle est si étrange, je n'arrive pas à la comprendre, murmura Ellen en refermant la porte. Teddy lui a laissé une petite fortune mais elle semble vouloir rester à mon service. Pourquoi? Ne désire-t-elle pas un mari et des enfants bien à elle?

— Tu lui as demandé?

— On ne demande rien à Alicia Brickley. Teddy avait coutume de l'appeler Alicia Prickly[4]. Et je sais que certains de ses cousins l'appellent ainsi. Elle est susceptible pour tout ce qui touche à sa vie privée.

---

4. N.d.T. : Alicia Prickly : Alicia la susceptible.

— Je crois qu'elle aime bien le cousin Dean mais il est fiancé à présent.

— Oh! comme c'est triste. Il est le meilleur de toute la bande. Et le croiras-tu, Jack sera présent ce soir. Je ne suis pas sûre de lui faire confiance.

— Père l'a invité à prendre un verre plus tôt. Peut-être devrions-nous écouter aux portes?

Nous éclatâmes de rire toutes les deux, et Charlotte entra en trombe dans la pièce.

— Qu'est-ce qu'il y a, maman? Qu'y a-t-il de si drôle?

— Oh! rien, ma petite fleur. Tante Daphné et moi étions en train de rire de cette plume ridicule.

Je pris le peigne décoré d'une plume en diamants et le glissai dans mes cheveux.

— C'est joli. Tu vas le porter pour le dîner?

— Non.

Je détournai le regard, horrifiée.

— Ils glissent toujours de ma chevelure.

— Cette robe est parfaite.

Ellen sortit une robe en cachemire abricot décorée de dentelle et l'étendit sur le lit.

— J'ai aussi des dormeuses en diamant et un bracelet assorti. Vite. Essaie la robe et ensuite, nous nous occuperons de cette crinière.

— C'est une tignasse, me lamentai-je, en enfilant la robe, ravie de voir qu'elle m'allait.

Je m'approchai du miroir; j'aimais la façon dont le tissu accentuait mes petites courbes et mettait en valeur ma poitrine. Je n'ai jamais eu une *forte* poitrine comme lady Lara et j'étais bien obligée de l'accepter. Mais, me dis-je, elle ne pourrait certainement pas courir aussi bien que moi.

— S'ils te font, ces souliers crème iront parfaitement avec la robe.

Hélas! Ce n'était pas la bonne pointure.

— Peu importe, les noirs feront l'affaire. Je porterai aussi un bandeau noir et argent.

Telles deux écolières, nous jouions à nous habiller, et Charlotte et Alicia se mirent de la partie. Comme prévu, Alicia était sensationnelle dans ma robe vert émeraude. Nous la persuadâmes d'oublier ses lunettes.

— Il se peut que le major amène un ami, lui dis-je pour la taquiner, mais elle se détourna, démoralisée.

Ellen aborda la question.

— Tu as appris que Dean est fiancé?

— Oui, répondit-elle, les yeux baissés.

— Viens maintenant, dit Ellen sur un ton encourageant. La mer est remplie de poissons.

— Je n'étais pas intéressée à lui de *cette* façon.

La réplique avait été prononcée sur un ton tranchant, et Ellen et moi échangeâmes un regard.

— Je te l'avais dit, souffla-t-elle un peu plus tard, c'est Alicia la susceptible.

J'abandonnai le miroir et descendis précipitamment au rez-de-chaussée en prenant bien soin d'éviter les domestiques. Je ne tenais pas à ce que l'un d'eux informe ma mère que Miss Daphné était descendue tôt.

Apercevant un chapeau et un manteau dans le vestibule, j'en déduisis que Mr Grimshaw était arrivé. J'entendais son accent grave et nasillard provenant du bureau de mon père.

— ... elle est en hausse et lancée à fond de train. Avec de la chance, nous contrôlerons à nouveau le marché.

— Avec les importations allemandes à bas prix. Salinghurst n'aura aucune chance.

— C'est ce à quoi pensait oncle Ted quand il a investi dans Salinghurst. Mettre un pied dans la porte. Ils ne peuvent plus bouger sans son approbation.

— C'était un homme brillant, dit mon père. Je n'ai pas le cerveau pour ce genre de choses.

— Vous pourriez investir avec nous, Sir Gérald. Mon cousin va me réprimander pour vous avoir fait une proposition à l'occasion d'un dîner, mais je suis ce que l'on appelle le mouton noir de la famille.

— Donc vous disiez...

— Je puis vous promettre de bons rendements. Disons un investissement initial de cinq mille livres?

Je faillis m'étouffer. Cinq mille livres!

— Daphné du Maurier! Éloigne-toi de cette porte tout de suite!

Surprise par nulle autre que ma mère qui descendait l'escalier, je m'éloignai à pas de loup comme une vilaine petite fille, en espérant que mon père ou Jack Grimshaw n'aient pas entendu. Ce serait très gênant dans le cas contraire. Je me méfiais de Jack Grimshaw et je ne voulais surtout pas lui donner l'occasion de me dominer.

La porte s'ouvrit, et Jack parut dans l'embrasure, un petit sourire narquois aux lèvres et les mains dans les poches.

— Miss Daphné. Quel plaisir.

Ainsi donc il savait que j'avais écouté.

— Comment s'est passé votre voyage en Allemagne, Mr Grimshaw?

— Oh! non. Une petite escapade et nous voilà revenus aux *formalités*, n'est-ce pas? Je crois me rappeler que vous aviez promis de m'accompagner au théâtre. Cela vous intéresse-t-il encore? Pouvons-nous nous entendre pour y aller demain soir?

J'avalai ma salive tout en observant la domestique qui allait répondre à la porte. Le cœur battant, je sentis sa présence avant qu'il n'entre. Le major Browning.

— Daphné? demanda Jack Grimshaw.

Fidèle à son habitude, mon visage me trahissait.

— Oh! fis-je en souriant.

J'étais impatiente de voir le visiteur tandis que la porte s'ouvrait.

Les yeux sombres du major cherchèrent les miens. Négligeant de répondre à Mr Grimshaw, j'allai droit vers mon ami en souhaitant qu'il me prenne dans ses bras.

Comme les regards étaient tournés vers nous, il porta plutôt ma main à ses lèvres.

— Comment va cette épaule?

J'aurais pu fondre sous son regard plein de tendresse.

— Je-je ne peux la sentir en ce moment, bégayai-je. Aujourd'hui, c'est ma première journée sans écharpe.

— Vous êtes magnifique.

Il se recula pour mieux me voir puis il se retourna pour saluer mes parents et Mr Grimshaw.

Couvrant mon faux pas, le major engagea la conversation sur l'Allemagne. Je suivis ma mère à la salle de réception sans cesser de tendre l'oreille. Des échanges, des plaisanteries, des observations neutres ; Jack Grimshaw et mon major se parlaient avec une certaine circonspection.

En peu de temps, les autres invités de mes parents arrivèrent, et nous nous dirigeâmes vers l'arène où devait se dérouler le dîner. Je mourais d'envie d'avoir un entretien privé avec le major, mais ma mère l'avait stratégiquement placé à l'autre extrémité de la table avec deux de ses collègues de Scotland Yard qui venaient tout juste d'arriver.

— J'ai ouï dire que les escaliers sont glissants au Claridge, ne put s'empêcher de lancer mon père. Vous penchez pour quoi ? Accident ou meurtre ?

— Nous ne savons pas encore, répondit l'inspecteur Pailing. Mais nous avons lancé un appel au public pour obtenir de l'information. La dame décédée a reçu un visiteur dans ses appartements juste avant sa mort. Nous souhaiterions parler à ce visiteur.

— Oh ?

Ma mère échangea avec Ellen un regard consterné.

— Savez-vous quelque chose au sujet de ce visiteur ?

— Nous savons seulement qu'il s'agit d'une femme, Mrs du Maurier.

— Une femme? Comment le savez-vous?

— Une domestique a entendu des voix dans la chambre.

— C'était peut-être son imagination? Un hôtel achalandé...

— Non, Mrs du Maurier. La domestique n'a aucun doute là-dessus, mais elle a peur.

— Peur? Pourquoi, je vous prie?

— Parce que deux jeunes femmes sont venues la voir sous de fausses identités. Elles lui ont posé des questions sur le meurtre.

Ma mère déposa sa cuillère, et je me renfonçai dans mon siège. Je crus percevoir une désapprobation dans les yeux trop perspicaces du major, à l'autre extrémité de la table.

— L'inspecteur Pailing croit que ces jeunes femmes ont peut-être assassiné la dame et cherché à faire taire la domestique, ajouta le major Browning tout en me regardant droit dans les yeux.

Je m'enfonçai davantage dans mon siège, blâmant le vin pour mon visage qui rosissait un peu trop.

— Quelqu'un sait-il à quoi ressemblent les deux jeunes femmes? demanda Ellen.

— Nous avons une description précise, et elles ont entre vingt et trente ans. Puis-je vous demander où vous étiez, Mrs Grimshaw, entre quinze heures et seize heures le vingt-deux de ce mois?

Le front d'Ellen se rida mais ses yeux ne cillèrent pas.

— J'étais ici avec Charlotte.

— Vous n'avez quitté la maison à aucun moment ?

— Non, inspecteur. Nous venions d'arriver en ville. J'étais encore en train de défaire ma valise.

— Il n'y a pas de meurtrières ici, inspecteur, plaisanta mon père. N'est-il pas plus probable que cette idiote ait simplement trébuché ? Si elle était en colère et avait raté une marche ?

— Elle était très en colère, dit l'inspecteur. Mais je crois que nous ne saurons jamais pourquoi.

Épongeant sa figure avec sa serviette de table, l'inspecteur inclina la tête.

— Pardonnez-moi, Mrs du Maurier. Nous effectuons une visite de courtoisie, nous ne sommes pas au travail.

À partir de là, la conversation prit un tour normal, aidée en cela par le plat principal et l'excellent vin choisi par mon père.

— Que pensez-vous qu'il soit arrivé ? demandai-je à Jack Grimshaw assis de l'autre côté de la table.

Durant les deux premiers services, il avait été entièrement absorbé dans une conversation avec la jolie fille de Mr et Mrs Harrod. Il avait certainement entendu dire qu'elle possédait une dot généreuse.

— À tante Cynthia ?

Il leva son verre comme pour lui rendre hommage.

— Je crois qu'elle a eu un malheureux accident.

— Rosalie pense la même chose ?

Il fit une pause et réfléchit pendant que ses lèvres épaisses faisaient la moue.

— Je ne peux parler pour ma cousine. Elle est encore sous le choc.

— Nous sommes passées la voir aujourd'hui, dit Megan, se joignant à notre tête-à-tête. C'est vrai qu'elle est à bout de nerfs.

Elle baissa la voix et chuchota de façon à ce qu'Ellen ne puisse entendre :

— Elle dit que quelqu'un a éliminé sa mère à cause du procès, mais je ne crois pas que ce soit vrai. D'après ce que dit Dean, ils n'avaient aucune chance de l'emporter, de toute façon. Ouf! Les propos de cet inspecteur étaient effrayants! Je ne l'ai pas dit à Dean. Il l'ignore.

— Hum.

Je hochai la tête de manière à détourner l'attention de Jack Grimshaw qui s'intéressait à nos chuchotements.

— Rosalie va-t-elle rentrer en Amérique maintenant?

— Pas avant la fin de l'audience, répondit Jack, qui salua Ellen avec un air plein de suffisance.

Avant qu'Ellen ne comprenne toute la portée de son commentaire, j'amenai la conversation en terrain sûr, laissant Jack Grimshaw aux bons soins d'Angela, de Jeanne et de la jolie petite Harrod.

— Nous n'avons pas encore eu une vraie conversation, non?

Après le dîner, Jack s'approcha de moi en allumant une cigarette.

— Vous soutenez les assassins.

Cherchant des yeux le major, je le trouvai coincé entre mon père et Mr Harrod. Il n'était qu'à quelques mètres de moi et, pourtant, j'avais l'impression à ce moment précis qu'il était à des kilomètres.

— Je ne suis pas sûre de comprendre ce que vous voulez dire, Mr Grimshaw. Est-ce une plaisanterie pour initiés, à mes dépens?

— Oh! Ce n'est pas une plaisanterie. Il y a deux cadavres... et un assassin, voilà ce que je dis.

Son regard balaya la pièce avant de se poser sur Ellen.

— À qui, croyez-vous, que ces deux décès profitent? À votre amie Ellen Hamilton. Oh! je me suis renseigné sur les Hamilton. Illustre famille mais sans argent à dépenser pour leur précieux Thornleigh.

— Voulez-vous insinuer qu'Ellen a tué afin d'assurer le financement de Thornleigh?

J'eus l'impression que ma voix était cassante, et Jack ricana afin qu'elle ne se distingue pas trop des autres voix, sans doute.

— Je n'insinue pas. Je sais qu'il y a quelque chose qui cloche et qu'un jeu se joue ici.

— Et votre séjour en Allemagne? dis-je pour changer de sujet.

— Fructueux... même avec ces chiens de meute tout autour.

Je suivis son regard qui se posa sur le major Browning.

— La police est là pour protéger les gens et prévenir le crime, n'est-ce pas?

— Votre police est trop fouineuse. Ils devraient se préoccuper d'arrêter les assassins.

— La fraude et le détournement de fonds sont aussi des crimes.

Je le lui rappelai, en souriant gaiement à quiconque regardait dans notre direction.

— Ils peuvent inciter une personne... au meurtre.

Ses yeux s'animèrent.

— Vous êtes une intrépide, n'est-ce pas ? Vous savez ce qui arrive parfois aux intrépides ?

— Pas la moindre idée, rétorquai-je avec un sourire.

— Ils paient le prix de leur ingérence... et la prochaine fois, il se peut que ce soit autre chose qu'une blessure à l'épaule.

CHAPITRE VINGT-TROIS

— Il a *vraiment* dit cela ?

— Oui. Oui, il l'a dit. Ce n'est pas possible ! Il a tenté de me tuer. Ou plutôt, il a essayé de tuer Ellen et il a failli me tuer…

— Du calme… du calme.

Me tirant par la main, le major Browning m'entraîna dans le couloir.

— Qu'avez-vous dit pour le provoquer ?

— Moi ? dis-je, le souffle coupé. C'est moi l'innocente ici et *lui*, le meurtrier. Il est tellement suffisant et il a l'air d'un assassin…

— Le fait de ressembler à un assassin ne signifie pas qu'il en soit un, murmura-t-il tout en m'enlaçant de ses bras protecteurs. Daphné, Daphné, vous devez cesser de lire des romans. La vraie vie n'est pas si dramatique.

— Elle l'est.

Je me permettais de ne pas partager son opinion.

— Vous vous souvenez de Padthaway et de Somner House?

Il fit une pause.

— Hum, vous marquez un point. Le danger semble vous suivre à la trace, ou est-ce vous qui suivez le danger? Je vous ai déjà prévenue de ne pas vous mêler des affaires de la police. C'est leur travail. Laissez-les enquêter.

Je soupirai.

— J'aurais sans doute fait comme vous me le demandez *avant* que quelqu'un ne tente de m'abattre. Une balle, vous savez, cela donne un nouvel aspect à toute l'affaire. Et s'il m'avait atteinte à la tête? Je serais morte et ne vous aurais jamais revu.

Des larmes jaillirent de mes yeux, et j'enfouis mon visage dans son manteau.

— Je suis désolée... je ruinerai probablement cette... et vous paraissez si bien.

Il se mit à rire dans mes cheveux.

— Petite fille chérie... ma chère petite qui fait la maligne *en prenant des risques*; c'est vous qui êtes allée voir la domestique, n'est-ce pas?

J'acquiesçai d'un signe de tête. Je n'aurais pu lui mentir et, si je l'avais fait, je suis sûre qu'il s'en serait aperçu.

— La police diffuse un signalement, vous savez.

— Oh! mon Dieu.

Je secouai la tête.

— J'aurais dû porter un déguisement! La prochaine fois...

— Non. Il n'y aura pas de prochaine fois. Je veux que vous me donniez votre parole, Daphné.

Il semblait si autoritaire.

— Avez-vous idée de ce que ce fut pour moi d'être dans un pays étranger et de vous savoir blessée ?

— Mais il a tenté de m'abattre ! Jack Grimshaw. Qu'allez-vous faire pour cela ?

— Que suggérez-vous ? L'apostropher ? Il niera avoir dit cela, tout simplement. Non, non. Nous le surveillons. Il commettra une erreur tôt ou tard.

— Il a peut-être tué Cynthia afin d'exercer un plus grand contrôle sur Rosalie ?

— Nous ferions bien de retourner avant que l'on ne s'inquiète de notre absence.

Il posa un doigt sur mes lèvres.

— Mais pas avant...

Sa bouche saisit la mienne, et le rythme de son cœur fit disparaître toutes mes objections. Tandis que j'étais collée tout contre lui, là dans le couloir, j'aperçus trop tard une ombre qui approchait.

C'était mon père.

— Daphné. Major. Dans mon bureau tout de suite.

Devant l'attitude sévère de sir Gérald, lequel était généralement d'humeur joyeuse, le major demeura sur ses gardes et retint ma main dans la sienne.

— Je désire vous demander la main de votre fille, sir, commença-t-il, une fois la porte du bureau refermée.

— Oui, oui.

Retraitant vers son bureau, mon père embrassa du regard le couple que nous formions.

— Asseyez-vous tous les deux. J'ai quelques questions à poser et je veux avoir des réponses franches. Quelles relations, monsieur, entretenez-vous avec les Rutland?

— Des relations d'affaires, sir.

— Quel genre d'affaires?

— Je ne peux en parler, sir.

— Cela a à voir avec Rutland, n'est-ce pas? Ce vieux chien rusé, je ne m'y suis jamais fié. On vous a demandé de surveiller la famille?

— Depuis que sa santé s'est détériorée, le comte a fait l'erreur de laisser sa fortune en de mauvaises mains. Je ne puis en dire plus.

— Très bien. Et vos fiançailles avec lady Lara, cela faisait partie de vos affaires avec eux.

— Oui, sir.

— Et elle a accepté cette situation de bon gré?

— Cela allait dans les deux sens. Elle voulait des fiançailles pour d'autres raisons.

— Quelles raisons?

— Faire plaisir à son père.

— Et se faire plaisir aussi, peut-être? Quelles sont vos relations avec la famille?

— Ce sont des amis de mes parents. Lady Lara et moi, avons grandi ensemble, faute d'un meilleur terme. Je la considère comme une sœur.

— Mais il se peut qu'elle ne vous considère pas comme un frère, observa mon père. Elle a une très belle dot, en plus. Je ne peux rivaliser avec cela.

— Je ne vous le demande pas, sir.

— Ainsi donc, vous choisissez Daphné plutôt que lady Lara.

— Il n'y a jamais eu de choix à faire, sir.

— Qu'est-ce qui vous plaît chez ma fille ? Vous l'aimez ?

Se tournant vers moi, le major referma à nouveau sa main sur la mienne ; j'avais remarqué qu'il affectionnait ce charmant petit geste protecteur à mon endroit. Réchauffée par son amour, son soutien et l'humilité avec laquelle il se prêtait à l'interrogatoire de mon père, j'attendis sa demande en mariage.

— Daphné, dit-il — et la sincérité était perceptible dans le ton de sa voix qui venait de s'adoucir —, depuis que je vous ai rencontrée, je ne peux imaginer la vie sans vous. Impétueuse, intelligente et parfois follement inquisitrice, vous êtes la tempête sur mon océan, belle, sauvage et enivrante. Chaque journée devient une aventure en votre compagnie et, si vous voulez bien de moi, j'aimerais faire ce voyage à vos côtés en tant qu'époux.

L'envie de dire oui me brûlait les lèvres ; je voulais exploser de joie et fondre en larmes tant ces mots me rendaient heureuse ; ces paroles resteraient gravées pour toujours au fond de mon cœur. C'était une magnifique demande en mariage qui atteignit la perfection lorsque le major posa un genou par terre et chercha mon regard, dans l'attente et le désir d'obtenir mon consentement.

Je le regardai droit dans les yeux et, tout en laissant mon silence exprimer une légère incertitude, je caressai sa main avant de sauter dans ses bras.

— Je suppose que cela signifie oui, alors.

Mon père eut un petit rire et, tout en secouant la tête et en cherchant un cigare, il ajouta un conseil qui ressemblait à une mise en garde.

— Nous ferions bien d'annoncer les fiançailles dans les journaux pour mettre fin aux cancans. Ta mère en sera enchantée. Pourquoi ne vas-tu pas lui annoncer la nouvelle, Daphné? Je te promets de ne pas accaparer ton major.

Mon major.

Ces mots sonnaient comme une musique.

— Lady Daphné Browning, murmurai-je, m'apprêtant à faire part de mes fiançailles à l'univers.

Comme prévu, je chuchotai la nouvelle à ma mère qui se chargea de l'annoncer. Vif soulagement, pensai-je, plutôt qu'allégresse naturelle.

— C'est fantastique, lança Megan en m'étreignant très fort. Nos fiançailles la même année! Quand aura lieu le mariage?

— Pas avant quelque temps, répondit ma mère, tandis que mes sœurs venaient me féliciter.

Examinant ma main, Angela m'adressa un sourire narquois.

— Pas de bague? Doit-il reprendre celle qu'il a donnée à lady Lara?

— Ne te tracasse pas, glissa Jeanne, elle est simplement jalouse. De nous trois, tu seras la première à te marier. Où est-il? Je l'aime comme un frère.

Les Harrod exprimèrent ensuite leurs félicitations, puis vint le tour de Jack Grimshaw.

— Quel dommage.

Il retint ma main, alors que ses yeux sombres et intenses brillaient.

— Je dois en déduire que nous n'aurons pas ce rendez-vous désormais?

— Je n'ai jamais consenti à un rendez-vous avec vous, Mr Grimshaw, répondis-je. Et, par ailleurs, n'êtes-vous pas fiancé avec votre cousine? Je vous ai vus ensemble dans les bois.

La vérité était sortie toute seule, et je savais pourquoi. Forte de l'appui du major, je me sentais invincible, disposée à affronter le monde.

— Vous devez toujours faire attention dans les bois, dit-il en retour. On ne sait jamais qui y rôde.

Je fis une pause et lui demandai sans détour ce qu'il m'avait répugné de lui demander jusque-là.

— Avez-vous tenté de tuer Ellen pour l'amour de Rosalie?

Il eut un petit rire et but le reste de son verre de vin.

— Vous avez trop d'imagination, ma chère. Dites-moi, pourriez-vous me dépeindre comme un scélérat dans un de vos livres? J'ai idée que je ferais un assez bon scélérat.

— Non, un excellent scélérat, assurai-je, sachant que je n'obtiendrais rien de lui à moins qu'il ne le veuille bien.

Après cette rencontre, je me précipitai à l'étage pour voir Ellen. Se plaignant d'une migraine, elle s'était retirée dans sa chambre, et je la trouvai en train de lire un livre à Charlotte.

— Elle devrait dormir depuis longtemps... le bruit des gens en bas l'a réveillée. Elle voulait se joindre à nous.

— Je sais ce que c'est, grommelai-je, par solidarité avec Charlotte. J'avais l'habitude de m'asseoir dans les marches et d'assister de loin aux réceptions de mes parents. J'aimais observer les grandes dames et les hommes élégants.

— Est-ce qu'oncle Jack est ici? Oncle Dean? Je peux les voir, maman?

— Non, ma chérie. C'est l'heure de dormir maintenant. Nous les verrons un autre jour.

Ellen se pencha pour donner un baiser sur le front de Charlotte qui sourit.

— Maman, dit-elle, alors que nous étions à la porte, est-ce que je vais pouvoir rencontrer ma sœur, maintenant que cette femme est morte?

— « La vérité sort de la bouche des enfants », dis-je en suivant Ellen dans sa chambre.

J'avais projeté de fêter l'annonce de mes fiançailles et de raconter ma rencontre avec Jack Grimshaw, mais après ces paroles de Charlotte, je ne pouvais plus.

— Il est naturel qu'elle veuille voir sa sœur… Je ne suis pas sûre que cela ait une bonne influence sur elle, néanmoins. Et cela dépend aussi de Miss Rosalie ; veut-elle vraiment voir Charlotte ? Nous avons toujours aussi ce procès en instance. Oh ! Daphné, je dois avouer que cela me procure un immense soulagement de la savoir morte. Son départ de ce monde a rendu ma vie plus légère.

— Que vas-tu faire ?

— Retourner à Thornleigh. C'est comme si un gros et lourd nuage qui se trouvait au-dessus de nos têtes avait disparu. Je vais même renvoyer Farnton. Nous n'avons plus besoin de lui désormais.

— Je ne suis pas sûre que ce soit une bonne idée, Ellen…

— Oh ! Trêve de balivernes. Il y avait un danger quand cette femme était en vie. Elle aurait fait n'importe quoi pour nous nuire. Je ne crois pas que Rosalie va suivre ses traces.

— Et si ces menaces provenaient de quelqu'un d'autre ? Un des partenaires commerciaux mécontents de Teddy ?

— Nous n'avons rien reçu ces derniers temps. De toute façon, je vends les actions de Salinghurst. Je n'en veux plus.

— En as-tu informé Scotland Yard ?

— Oui. Dean m'a déjà approchée pour les reprendre. Je sais que Teddy voudrait qu'elles restent dans la famille ; alors je vais les lui vendre.

— Tu vends aussi à Jack Grimshaw, lui rappelai-je. Je crois que c'est lui le coupable, Ellen. Je crois qu'il a tué ton mari.

Elle se cala plus profondément dans les oreillers sur son lit et laissa échapper un faible gémissement.

— Sais-tu ce que les journaux disent de moi, maintenant? Que je suis une meurtrière. Oh! Daphné, j'ai peur. Je n'étais en aucune façon près de cet hôtel, mais j'ai menti à la police. Je n'étais pas ici non plus. J'avais emmené Charlotte au parc cet après-midi-là. La police sait que j'ai menti, mais ils ne sont pas encore revenus me voir. Je crains qu'ils ne le fassent et m'accusent de cela.

Je fis une pause et lui tapotai le dos. Au fil des ans, nous avions bâti notre amitié en échangeant des lettres. Ces lettres venues du fond du cœur nous permettaient d'exposer nos craintes et de révéler nos secrets intimes, de nous consoler de nos deuils, de célébrer nos réussites… mais quelque chose m'avait-il échappé? Je ne l'avais jamais crue capable de mentir.

Connaissais-je vraiment bien Ellen? N'était-elle pas devenue à mes yeux un personnage et non une personne réelle?

Je m'efforçai de digérer cette vérité. J'avais attendu avec impatience l'arrivée de ces lettres. J'avais savouré chaque mot. C'était comme vivre la vie d'une autre personne avec les émotions et les détails, dans toute leur complexité.

Mais la déception rôdait. Je sentais sa peur à présent.

CHAPITRE VINGT-QUATRE

— Je suis heureuse pour toi, Daph, dit Angela, tôt le lendemain matin, en se glissant furtivement dans ma chambre sans y être invitée.

En bâillant, j'entrouvris un œil.

— Ça va. Je ne m'attendais pas à ce que tu sortes les trompettes. Retourne au lit, Ange.

— Non.

Elle demeura debout, à côté du lit.

— Je suis désolée. J'aurais dû témoigner une grande joie, comme l'aurait fait une sœur digne de ce nom. C'était injuste de ma part.

Peut-être était-elle jalouse ? Je m'efforçai d'ouvrir les yeux mais j'étais trop fatiguée, et ils refusaient d'obéir.

— C'est sans importance, l'assurai-je. Je ne t'en veux pas.

— Mais j'ai le sentiment d'avoir échoué. Je suis ta sœur. Nous avons partagé beaucoup de choses ensemble.

J'ignore ce qui m'a prise... peut-être étais-je jalouse parce que j'ai laissé passer une occasion.

Luttant pour garder les yeux ouverts, je m'adossai et vis une larme couler sur sa joue.

— Tu n'as pas laissé passer une occasion.

— Oui, dit-elle d'une voix étranglée, je-je l'ai...

— Tu disais que tu ne voulais pas te marier.

— Je sais, et maintenant il est marié, et il sera père bientôt. Oh! Daphné, je l'ai éconduit et envoyé paître. Pourquoi ai-je fait cela? Pour la stupide raison qu'il n'était pas assez bien aux yeux de mes parents et que je pouvais trouver mieux? Ha! Je finirai vieille fille, et on me laissera de côté.

— Tu es encore jeune, soupirai-je. Tu te souviens de Dorothy? Elle s'est mariée à trente-six ans. Et pense à Ellen. Elle a aimé, perdu l'être cher et aimé à nouveau.

— Et perdu à nouveau.

Angela baissait la tête, démoralisée.

— Je ne ferai pas un merveilleux mariage. Je l'ai toujours su et j'ai éconduit un homme bien. Tu as de la chance, Daphné. Tu as fait une belle prise, un homme beau et charmant, et je sais que tu seras heureuse.

Je fis un effort pour me réveiller et scrutai son visage à la recherche d'indices.

— C'est mon éventuel départ qui te préoccupe?

— Oui et non, soupira-t-elle. Je n'avais jamais prévu, je suppose, que ma sœur cadette se mettrait en ménage avant moi... qu'elle aurait sa place dans la société, ce genre de chose.

— Je ne me marie pas demain matin, dis-je en souriant. Mère insiste pour que les fiançailles durent deux ans. Moi je dis un.

Une lueur reparut dans les yeux bleus d'Angela.

— Je n'attendrais pas aussi longtemps pour un homme. Puisqu'on en parle, l'annonce de tes fiançailles va sûrement causer des remous.

— La seule personne que je souhaite ébranler c'est lady Lara, confessai-je, me remémorant le regard dur et résolu dans son visage trop parfait. Elle sera toujours pour moi une source d'irritation, je le crains.

— Alors vas-y doucement, ma sœur. Tu es trop naïve dans ce domaine.

L'étais-je? Mâchouillant ma lèvre, je quittai mon lit pour m'approcher du miroir. Le visage qui s'y reflétait paraissait effectivement jeune et innocent : une peau de porcelaine, des traits bien dessinés, un petit nez retroussé et une bouche trop gourmande. De légères ombres flottaient sur les yeux un peu enfoncés, des yeux secrets, et je n'étais pas sûre de connaître ce qui se cachait dans ces mystérieuses profondeurs.

Je décidai d'écrire quelques pages avant le petit déjeuner. Le concept à la base de mon roman m'enthousiasmait. Depuis l'affaire Padthaway, je voulais écrire une saga familiale, mais je n'avais jamais réussi à camper les personnages et le décor. À présent, j'avais les deux : Cornouailles et Janet. Je décidai que ma Janet serait une femme de la classe moyenne, issue d'une famille de travailleurs.

Relisant ce que j'avais écrit à Thornleigh précédemment, je réprimai un grognement. Ces quelques chapitres me donnaient un aperçu de l'univers de Janet mais je dus reconnaître que le point de départ était ailleurs.

J'abandonnai ces chapitres en plaçant les feuillets dans mon carnet pour consultations futures puis je jetai un regard sur une page vierge et commençai à écrire :

Janet Coombe était juchée sur la colline surplombant Plyn, d'où elle contemplait le port. Bien que le soleil fût déjà haut dans le ciel, la petite ville était encore enveloppée par le brouillard matinal. Il s'accrochait à Plyn comme une mince couverture pâle, conférant à l'endroit une légère touche d'irréalité comme si tout le décor avait été enchanté par le contact de doigts fantomatiques...

— Daphné, le major Browning est là.

Oh là, là ! Je n'avais même pas encore brossé mes cheveux. Je me précipitai dans la salle de bain pour découvrir que mon apparence était pire que ce que j'avais d'abord cru. Je démêlai ma tignasse avec un peigne et défis les nœuds afin de moins ressembler à un nid d'oiseau, ramenai mes cheveux derrière les oreilles et me lavai la figure.

Toujours en robe de chambre, je fouillai dans ma penderie à la recherche d'une jolie robe de jour. Zut ! Impossible d'en trouver une. Ma mère m'avait prévenue : j'allais devoir accorder plus d'attention à ma garde-robe.

J'allai dans la chambre d'Angela et lui empruntai une robe couleur crème avec des volants rouges. Sur place, je vérifiai mon image dans le miroir, contente du résultat.

Mon cœur commença à s'emballer dès que j'entendis sa voix. Son timbre grave donnait à penser qu'il plaisantait avec les dames et ne s'ennuyait pas. Pendant un moment, je restai immobile derrière la porte. J'étais paralysée, sans comprendre pourquoi, et j'avais peur. Je ne voulais plus entrer dans la pièce ; je savais qu'ils me regarderaient tous et je n'en avais pas du tout envie.

Bien entendu, il fallait y aller. Il était mon fiancé. Je pris une profonde inspiration et ouvris la porte.

— Daphné chérie.

Il avait bondi sur ses pieds, pris ma main et m'entraînait dans la pièce.

Sa belle assurance me poussait à l'aimer encore davantage. Il savait que mon estime de soi connaissait des ratés à l'occasion. Et il venait à ma rescousse, tel un authentique chevalier moderne dans son armure rutilante.

— Tu es si belle dans ma robe, dit Angela en souriant.

Elle voulait vraiment se faire pardonner sa froide réaction de la veille.

— Garde-la. Elle te va mieux qu'à moi.

— J'ai exactement le chapeau qui va avec la robe.

Ellen rayonnait, heureuse de rentrer chez elle, à Thornleigh.

— Charlotte, cours à l'étage et dis à Nanny de ne pas ranger le chapeau rouge. Daphné doit le mettre pour sa sortie.

— Ma sortie?

— J'ai obtenu la permission de vous emmener en promenade dans le parc, dit le major d'une voix traînante. Pardonnez-moi cette intrusion matinale, mesdames.

— Oh! vous pouvez passer quand vous voulez, l'assura ma mère.

Elle lui adressa un sourire avenant et lui prodigua une étreinte maternelle.

— Vous êtes de la famille maintenant.

— Merci.

Une fois à l'extérieur, j'éclatai de rire.

— Je ne l'ai jamais vue aussi heureuse. Je ne comprendrai jamais pourquoi les mères se tracassent autant pour marier leurs filles.

— Vous comprendrez peut-être quand vous aurez une fille.

Je m'arrêtai. Je n'avais pas imaginé avoir des enfants jusque-là, bien que ce soit une étape naturelle de la vie.

— Vous voulez bien des enfants, non?

Mon hésitation l'amusait.

— Ou souhaitez-vous poursuivre votre carrière de romancière?

Nous étions arrivés à Hyde Park et je souriais, ravie de cette journée ensoleillée.

— Les deux. Certains considèrent leurs livres comme leurs bébés, vous savez.

— Une sorte de bébé moins bruyant.

Il m'offrit son bras tandis que j'ajustais mon chapeau et choisit un sentier. Il était si grand et si beau que je me sentais fière de l'accompagner, et plus fière encore d'être son amoureuse.

La journée était splendide, les rayons du soleil nous enveloppaient comme une chaude couverture de laine. Plusieurs en profitaient pour se prélasser, marcher, courir, rester assis ou lire sous les arbres, jouer avec les enfants sur la pelouse et près des étangs ou encore, se pavaner dans l'allée comme nous, les nouveaux fiancés.

— Mrs Edgecombe.

Le major porta la main à son chapeau pour saluer en croisant une lady grassouillette à la mine sévère.

— C'est une amie des Rutland, murmura-t-il.

— Cela explique sa sévérité. J'espère que vous avez prévenu votre famille ?

— Je l'ai fait avant de quitter l'Allemagne.

— Oh ! non ! Ils doivent penser…

— Que vous êtes extraordinaire. Ma future épouse *est* extraordinaire, et ils vont en juger par eux-mêmes dans un moment.

Je retins mon souffle.

— Qu'avez-vous dit ?

— Ne vous rongez pas les ongles nerveusement.

Il attrapa ma main et la plaça sous son bras.

— Nous marchons vers eux.

— Espèce de chenapan, dis-je tout bas.

J'espérais avoir l'air présentable pour cette première rencontre avec ses parents.

De loin, ils nous saluèrent de la main. J'avalai ma salive et souris, acceptant l'étreinte de sa mère.

— Eh bien, Tommy, elle est adorable. Plus jeune que ce à quoi je m'attendais.

— Je parais plus jeune que je ne le suis, répondis-je après avoir échangé une poignée de main avec son père.

— Tommy nous a tout dit à votre sujet.

Sa mère m'entraîna à l'écart pour contempler les fleurs près du lac.

— Et Susanna n'a eu que de bons mots pour vous.

— C'est très aimable à vous, répondis-je. Je crains que cette rupture avec les Rutland ne nous ait attiré des remarques déplaisantes...

— Allons, allons ! Vous n'allez pas croire que nous aurions préféré le voir épouser lady Lara. Nous voulons le bonheur de notre garçon. Voilà longtemps qu'il nous parle de vous et cela m'intriguait.

— Oh, vraiment ?

— Oui... il nous a envoyé une carte postale de Cornouailles. Il effectuait, disait-il, un voyage de pêche et il avait trouvé « un poisson rare dont le regard révélait une vieille âme ». Plus tard, il a parlé d'une fille ayant un penchant pour l'écriture et l'art de s'attirer des ennuis. « Elle a besoin qu'on prenne soin d'elle », disait-il, et alors j'ai su que vous étiez une personne exceptionnelle. Il n'a jamais parlé ainsi des autres filles et encore moins de lady Lara. Leur idylle a été quelque chose de très *public*.

— Saviez-vous que c'était une comédie ?

Un sourire serein effleura ses lèvres.

— Je l'avais deviné. Les mères possèdent ce genre d'intuition.

Nous fîmes quelques pas en leur compagnie. Comme ils étaient rarement en ville, ils m'invitèrent à passer une fin de semaine chez eux.

— Alors, ce n'était pas si terrible, non ?

Le major s'adressait à moi sur un ton taquin, tout en me conduisant dans une jolie section du parc quelque peu sauvage.

— L'humble fleur au bord de la route a un charme bien à elle.

— En effet, approuvai-je, avec un grand sourire, et suis-je vraiment comme une tempête ?

— Vous avez certainement des yeux orageux quand vous êtes en colère.

— Et follement inquisitrice ?

— Je crois que vous avez appris la prudence après votre blessure à l'épaule.

— J'ai appris.

Passant mes mains autour de son cou, je lui pinçai l'oreille.

— Où est votre sollicitude bienveillante ?

— Elle est ici.

Il ramena ma main sur son cœur.

— Une bague ! m'exclamai-je le souffle coupé en ouvrant la boîte hâtivement. Oh ! Elle est ravissante...

— C'est un bijou de famille. C'est à cause de cette bague que nous avons rencontré mes parents aujourd'hui. Ils ont offert de l'apporter. Elle vous va ?

Je l'examinai à la lumière du soleil. En vieil or, elle avait la forme d'une spirale dans laquelle étaient incrustés des rubis et des diamants.

— Elle a appartenu à ma trisaïeule. J'ai pensé que vous préféreriez un bijou ancien, ai-je bien deviné?

— Vous me connaissez bien. Je l'adore. Elle est parfaite.

Examinant ma main, il fronça les sourcils.

— Même si elle est un peu grande? Nous la ferons redimensionner.

Nous rentrâmes bras dessus bras dessous, et j'étais fière de montrer ma bague aux passants. Je lui parlai de mes intentions à l'égard d'Ellen.

— Retourner à Thornleigh? Vous êtes folle?

— Ellen a vendu ses actions. Rien ne la retient à Londres et elle tient à poursuivre les travaux de rénovation. Elle m'a demandé de l'accompagner et de rester un mois ou deux.

Ses sourcils se touchaient presque tandis que je lui expliquais que je devais y aller.

— J'ai commencé mon roman. J'ai le sentiment de tenir quelque chose cette fois mais je dois effectuer d'autres recherches. J'ai décidé de camper l'action dans un village de pêcheurs plutôt que dans un grand domaine. Qu'en pensez-vous?

Il éclata de rire et plaça ma main sous son bras.

— Vous êtes impossible. J'avais envisagé de sortir tous les soirs avec vous. Jouir un peu de la ville et ainsi de suite.

— Vous savez que je préfère la campagne. Vous pourriez venir ? Ellen n'y verrait pas d'inconvénient...

— Avant que vous échafaudiez toutes sortes de plans, ma chérie, rappelez-vous que j'ai du travail et que je dois le faire ici.

Il héla un taxi puis nous montâmes dans la voiture ; nous étions assis tout près l'un de l'autre. Je posai ma tête sur sa poitrine en le remerciant pour la merveilleuse journée et pour la bague.

— Chérie, allez en Cornouailles puisque vous y tenez. Vous devez y aller si c'est un endroit propice pour votre travail d'écriture.

— Il y a moins de distractions là-bas, dis-je en souriant. C'est cette tranquillité que j'aime. J'espère que nous y vivrons un jour.

Il semblait amusé.

— Qu'avez-vous en tête ? Un grand domaine ou un modeste village de pêche ?

— L'un ou l'autre, répondis-je en riant. Pourvu que nous puissions contempler le port. Vous imaginez ? Regarder tous les jours l'étendue d'eau vive, les jetées, les bateaux amarrés, les toitures grises et les cottages serrés les uns contre les autres...

— D'accord, mademoiselle l'Écrivaine. C'est entendu.

CHAPITRE VINGT-CINQ

J'avais promis au major de ne pas m'attirer d'ennuis. Il me fallait donc mettre à la poubelle ma liste de suspects dans cette affaire de meurtre ainsi que les notes les concernant.

Plus facile à dire qu'à faire. Bien que la police ait classé la mort de Teddy Grimshaw sous la rubrique « inconnue », un doute subsistait toujours.

— Je ne veux plus jamais revenir à Londres, dit Ellen en frissonnant. Avec ces journalistes impitoyables qui s'agglutinent devant la porte tous les jours. J'espère qu'ils ne nous suivront pas à Thornleigh.

Je l'espérais aussi. Rien ne sabote autant une période tranquille propice à l'écriture que de bruyants reporters cockneys.

— J'ai très hâte de montrer à oncle Harry mon oiseau, dit Charlotte au moment où nous arrivions devant le portail.

J'offris d'aller ouvrir les grilles. Le trajet depuis Londres avait été trop rapide à mon goût. J'aurais bien aimé que l'on s'arrête pour déjeuner mais Ellen tenait à revenir directement. Elle manquait d'assurance comme chauffeur.

Dans ces conditions, le trajet en voiture, très agréable habituellement lorsque nous pouvions contempler le paysage défilant sous nos yeux, vira au cauchemar. L'oiseau de Charlotte poussa des cris rauques durant tout le voyage, frustré de se retrouver confiné derrière les barreaux d'une cage dorée installée sur les genoux de l'enfant.

Je poussai les grilles en grinçant des dents et laissai passer la voiture.

— Je vais faire le reste de la route à pied, signifiai-je à Ellen d'un geste de la main.

Nous avions quitté Londres par beau temps. Mais ici, une légère averse tombait d'un ciel dont le gris devenait de plus en plus profond. Encore d'autres averses en perspectives. J'aurais aimé retrouver le chaud soleil en compagnie de mon major.

En parcourant la longue allée sinueuse bordée de vieux arbres menaçants, avec leurs branches fantomatiques, je remis en doute la sagesse de ma décision. Cependant le doute ne subsista qu'un moment car, à travers les feuilles qui bruissaient, Thornleigh se dressait, imposante, centenaire et magnifique.

En approchant, je compris la passion d'Ellen pour cette demeure. Ce lieu rempli de souvenirs, c'était son chez-soi.

— Je vais installer ici notre portrait de famille.

Elle indiqua du doigt le vestibule pendant que Harry transportait le colis. Arrêté au passage par Charlotte et son oiseau, il déposa le portrait.

— Il s'appelle Harry, lui aussi, l'informa Charlotte avec le sérieux d'une mère de famille.

— Eh bien, bonjour Harry. Heureux de te rencontrer.

— Tout va bien ? demanda Ellen. As-tu contacté les constructeurs en mon absence ?

— Oui. Ils ont dit qu'ils commenceraient les travaux après avoir reçu un premier paiement. J'ai la facture dans mon bureau.

Ellen acquiesça d'un signe de tête.

— Bien. À plus tard alors. Oh ! Harry. Demande à Nelly d'installer un couvert de plus pour le dîner. À partir de maintenant, Nanny prendra ses repas avec nous. Après tout, elle est de la famille.

Ellen me dit plus tard :

— Je sais que certaines personnes de mon entourage désapprouveraient une telle décision en apprenant que je dîne à la même table que la nurse et le régisseur du domaine, mais nous avons tous subi une perte. Alicia a perdu son père et Teddy l'a prise en charge. Elle est vraiment résolue à rester gouvernante. Je l'ai prévenue qu'en s'enfermant ainsi à la campagne, elle aurait moins de chances de rencontrer des hommes.

— Et sa mère ? Ne veut-elle pas retourner chez elle un jour ?

— Elle ne s'entend pas bien avec sa mère. C'est exactement comme moi. Tu te rappelles comme mes parents ont été durs à mon égard?

Je me souvenais de ce qu'avait dit Alicia à propos de ses parents.

Je passai cet après-midi pluvieux dans la bibliothèque. Convaincue de commencer mon roman au bon endroit, j'écrivis le brouillon du premier chapitre.

À la relecture, je fus satisfaite de mon travail. Comme l'heure de me laver et de me changer en prévision du dîner approchait, je regrettai de ne pas être à Londres. Un dîner avec Ellen, Harry, Alicia et Charlotte arrivait loin derrière une sortie, le soir, en compagnie de mon fiancé.

Mais je souriais chaque fois que je regardais ma bague. J'avais insisté pour l'apporter. Il serait toujours temps plus tard de la redimensionner.

— Ne la perds pas, me prévint Ellen pendant le dîner. Tu le regretterais amèrement.

— Les Pendarron ont téléphoné pendant votre absence, dit Harry après un petit tête-à-tête avec Alicia. Ils organisent leur bal masqué annuel. Tous les gens qui comptent y sont invités.

Dans un état d'excitation fébrile, je laissai tomber ma fourchette. Le bal des Pendarron était célèbre. Ma mère avait toujours rêvé d'y assister mais son nom n'avait jamais figuré sur la liste des invités.

— La maison Thornleigh est invitée, continua Harry.

— Ils nous font l'honneur de nous inviter personnellement?

Ellen haleta.

— Vous êtes de la famille, lui rappela Harry, avec un sourire.

— Une cousine d'une cousine d'une cousine. Ils ne nous invitaient pas depuis quelques années parce que mes parents n'y allaient jamais. Je les ai toujours suppliés de m'y emmener mais j'étais ou bien trop jeune, ou c'était durant la guerre, ou mal vue.

— Madame la comtesse a transmis ses sympathies, murmura Harry. Elle a demandé des nouvelles de Charlotte, également.

— Oh! Maman, puis-je y aller? Puis-je?

— Tu es trop jeune ma chérie.

— Mais je ne suis pas trop jeune. Vraiment, non.

— Pour assister à un événement de ce genre, il faut avoir un certain âge.

— Je resterai à la maison avec elle, dit Alicia.

Elle regarda au loin les yeux mi-clos, et l'idée d'assister à un bal ne semblait pas du tout l'enthousiasmer. Mais quelle fille ne rêvait pas d'y aller? Peut-être avait-elle eu une mauvaise expérience et redoutait-elle d'y participer?

Après le dîner, nous nous retirâmes dans un salon pour prendre le thé. Harry fut invité à se joindre à nous mais il déclina l'invitation et retourna à son bureau.

— Les ouvriers reviennent cette semaine. Si tu restes loin de l'aile ouest, Daphné, ils ne devraient pas te déranger.

— Quand j'écris, je n'entends plus les bruits du monde extérieur. L'autre jour, Jeanne m'a appelée et, je le jure, je ne l'ai entendue que lorsqu'elle s'est placée exactement devant moi.

— Est-ce que vos écrits progressent?

C'est Alicia qui avait posé cette question en quittant des yeux le livre qu'elle lisait à Charlotte. Surprise par cette rare manifestation d'intérêt, je racontai brièvement l'histoire.

— Je ne peux pas en parler beaucoup, sinon je n'écrirai pas.

— Comme cela doit être libérateur, dit-elle, de créer un univers et des personnages, et de les faire agir exactement selon son bon plaisir.

— Voilà pourquoi j'aime cela. Le pouvoir de la création.

— Daphné va devenir célèbre, dit Ellen en souriant. Tu ferais bien de rechercher sa compagnie tandis qu'elle est encore inconnue.

— Je n'ai jamais cherché à bien paraître aux yeux des autres, répondit Alicia.

Sa voix était douce comme de la soie mais empreinte tout de même d'acrimonie.

— Tu devrais entendre ce que la pauvre Alicia a dû supporter à Boston, dit Ellen en secouant la tête. C'est une société impitoyable.

— Certaines familles seulement, fit remarquer Alicia.

— Ils n'ont jamais accepté votre père, n'est-ce pas?

Cette idée m'était revenue en mémoire.

— Non.

Elle mit le livre de côté tandis que Charlotte s'amusait près du feu.

— Vous l'aimiez? Vous étiez proche de lui?

— Oui.

Comprenant sa situation difficile, j'inclinai la tête.

— Et vos cousins et cousines? Avez-vous passé beaucoup de temps auprès d'eux durant votre jeunesse?

— On nous invitait à la réunion de famille à Noël, et je les accompagnais en vacances chaque fois qu'ils se sentaient obligés de m'inviter. Ce qui arrivait une fois aux deux ans.

J'avais de la peine pour elle.

— Votre cousine Sophie est gentille....

Un léger sourire effleura ses lèvres.

— Vous oubliez les autres. J'admire la façon avec laquelle vous, les Anglais, respectez les convenances même lorsque vous aimeriez vraiment dire que mes autres cousins sont ignobles.

Elle soupira.

— Vous avez raison. Il y a quelques années, Amy était plus gentille mais elle est devenue jolie et a commencé à attirer les regards, et cela lui a monté à la tête. Rosalie, eh bien, vous connaissez son histoire. Elle était la protégée de sa maman.

— Alicia lui a écrit une courte lettre de condoléances, murmura Ellen. Les funérailles ont eu lieu jeudi.

— J'aurais dû assister aux funérailles, j'imagine, dit Alicia en plissant le nez. Mais Dean a transmis ma lettre et les fleurs. Je n'ai jamais vraiment fait partie de la famille.

— Et depuis que vous avez hérité, on vous hait, ajouta Ellen. Durant des funérailles, les émotions se déchaînent. Je lui ai conseillé de ne pas y aller.

— Je préfère rester ici, dit Alicia. C'est mon chez-moi maintenant.

Ellen tourna vers elle un visage attendri.

— Tu es de la famille, maintenant... tu y es toujours la bienvenue. Charlotte t'aime.

— Merci.

Alicia se retourna pour dissimuler les larmes dans ses yeux.

— C'est très aimable à vous. Et puis je me plais ici. J'aime l'Angleterre.

Au moment de me mettre au lit, je révisai mes premières impressions sur Alicia Brickley. Je m'étais trompée en analysant sa personnalité. J'avais cru qu'elle était d'humeur maussade et qu'elle avait une attitude sournoise alors qu'elle était réservée et sincère. Elle était sincère avec les personnes en qui elle avait confiance. Elle avait eu confiance en Teddy Grimshaw. Elle avait confiance en Ellen.

C'était une personne intéressante.

Et très dévouée envers sa famille d'adoption.

Mais pareil dévouement pouvait-il devenir dangereux?

— La muse m'a abandonnée.

Conversant au téléphone avec Tommy, je paraissais un peu aigrie.

— Cela fait drôle de t'appeler Tommy... Pour moi, tu es toujours le major.

— Tu ne te mêles d'aucune enquête en cours, n'est-ce pas ?

— Non...

— Mais quelque chose te tracasse ?

— Oui. C'est à propos d'Ellen. Je me fais du souci pour elle. Elle a menti à la police, tu sais. Le jour où Cynthia a été tuée, elle se reposait ici mais elle a omis de déclarer qu'elle avait emmené Charlotte au parc. C'est peu de chose mais je vois que cela la préoccupe. La police ne peut pas l'inculper, n'est-ce pas ?

— La fille lance toutes sortes d'affirmations. Elle dit que sa mère a été assassinée.

— Assassinée par Ellen ?

— Oui. Avec l'aide d'un tueur à gages.

J'avalai ma salive.

— Toujours rien sur l'autre femme qui était dans la chambre d'hôtel ?

— L'enquête n'aboutit pas. À moins que deux charmantes jeunes femmes avouent avoir participé à une folle équipée.

Je me sentis subitement très mal à l'aise et m'avançai en chancelant dans le vestibule, les yeux fixés sur le grand escalier.

— Il y a certaines choses dont il vaut mieux ne pas parler. Je comprends maintenant pourquoi Ellen n'a pas voulu mentionner sa visite au parc ce jour-là.

— L'enfant était avec elle, murmura le major. À la limite, elle peut témoigner en sa faveur.

Je poussai un soupir de soulagement.

— Voilà une bonne nouvelle.

— Mais quant à toi, jeune lady...

— Je suis incorrigible. Je ne peux m'en empêcher. Tout ce que je vois, je veux le rendre par des mots. Oh! Tu sais quoi? Nous sommes invités au bal des Pendarron. C'est le trente. Dis-moi que tu peux te libérer. Viens passer la fin de semaine.

— J'essaierai. Je ne peux rien promettre.

— Comment avance ton travail? Je sais que tu ne peux pas m'en parler, mais est-ce que tout va bien pour toi? Ellen a-t-elle fait une erreur en vendant ses actions?

— Non, elle a posé un geste très brillant, et j'imagine que Teddy Grimshaw aurait fait la même chose.

— Que veux-tu dire?

— Acheter des parts de cette compagnie afin de contrôler ses opérations, lesquelles permettent à sa compagnie rivale d'augmenter ses profits. Je parie sur Dean Fairchild. Gildersberg est condamnée au succès.

— Est-ce une pratique déloyale?

— Absolument. Voilà pourquoi nous sommes sur cette affaire.

— Cela va-t-il mettre les garçons dans le pétrin?

— Comme les actions ont changé de mains, elles sont passées de Teddy à sa veuve et maintenant à ses neveux, cela va être difficile à prouver. Si Teddy était en vie, il se retrouverait sûrement dans l'eau bouillante.

J'écarquillai les yeux et baissai la voix jusqu'à chuchoter.

— Crois-tu qu'il s'est suicidé?

— C'est possible. Mourir le jour de son mariage, cela sort de l'ordinaire.

— Et il serait mort pour protéger Ellen... et son argent... As-tu confié tes soupçons à la police?

— Oui, mais ils ne rendront pas visite à Ellen tant qu'ils n'auront pas de preuves. Inutile de lui causer davantage de chagrin. Teddy Grimshaw est mort. Il ne sortira pas de sa tombe... mais c'était peut-être son intention initiale.

— Tu veux dire, simuler sa mort?

— Oui, tu dois convenir que c'est une bonne intrigue.

Cette nouvelle me stupéfiait. Bien sûr, ce n'était qu'une supposition. À moins que Teddy Grimshaw ne sorte de sa tombe, quelle preuve y avait-il?

Je raccrochai le combiné et sortis pour faire une longue promenade. Ma tête était douloureuse, encombrée par toutes les images du mariage, les invités, les émotions, la terrifiante découverte du nouveau marié mort... avait-il eu l'intention de vivre? Avait-il pris un peu trop de potion et, plutôt que de simuler sa mort, s'était-il donné la mort accidentellement?

Habitée par une tristesse incommensurable, je me dirigeai vers sa sépulture sous l'arbre. L'endroit semblait si paisible, et je me demandais quel corps gisait sous terre. Teddy Grimshaw était immensément riche. Il aurait pu payer des gens pour réaliser cette mort simulée.

Je comptai les mois depuis le jour de son décès.

Laissant courir mes doigts sur la pierre tombale, je murmurai :

— Que t'est-il arrivé ? Qu'est-il arrivé ?

— Ça va pas, Miss ?

La voix me fit sursauter.

Le vieux Haines, le fossoyeur, était là. Il avait surgi de derrière l'arbre.

— Je vais bien. Je n'ai pas l'habitude de parler seule.

Qu'est-ce qui l'amenait près de cette tombe ?

— Est-ce que vous vous demandez aussi ce qui est arrivé ?

Il montait la garde près de la tombe comme un soldat.

— Un accident, Miss, voilà ce qui est arrivé.

— Un accident, répétai-je en regardant la tombe. Étrange pour un homme qui se marie ce jour-là... Vous ne croyez pas qu'il a été assassiné ?

Il plissa les yeux, et j'eus le sentiment qu'il savait quelque chose dont il ne voulait pas me parler.

— Ma Marie dit qu'il nous arrive tous des accidents... c'est dans la Bible. Même les riches meurent. L'argent ne peut acheter la vie.

— Et comment se porte votre Marie ? Nelly dit qu'elle ne se sentait pas très bien ces derniers temps.

Une ombre passa sur son visage.

— Elle a attrapé la grippe l'hiver dernier. Elle passe beaucoup de temps à l'intérieur à présent.

— Oh! C'est triste. C'est une si belle saison. Et si je passais la voir plus tard et lui apportais un peu du dehors?

Haines était surpris.

— C'est bigrement gentil de votre part, Miss.

Après m'avoir indiqué la direction de son cottage, il me dit au revoir et quitta les lieux en sifflotant. Il vivait sur le domaine et aidait à l'occasion aux travaux de la terre.

Un fait restait clair. Les fossoyeurs ne retournent pas sur le site d'une sépulture à moins d'avoir une raison.

Mais quelle raison?

CHAPITRE VINGT-SIX

Je remplis ma promesse sans attendre.

Je cueillis des fleurs dans les jardins de Thornleigh et pris grand plaisir à les placer dans un panier et à créer un arrangement floral : des nivéoles d'un blanc immaculé, des callas des marais et les traditionnelles anémones de Cornouailles. Je partis en début d'après-midi.

La maison était très silencieuse au moment où, presque à la manière d'un fantôme, je descendis au rez-de-chaussée. Je passai par l'entrée de service après avoir traversé la cuisine de Nelly (qui insista pour que j'apporte à Mary un tonique et la moitié d'un gâteau aux dattes qu'elle venait de faire cuire) ; puis je suivis la rangée d'arbres jusqu'au chemin de terre.

Dix minutes plus tard, j'avançais d'un pas tranquille vers un ensemble de cottages paysans qui enjolivait la partie est du domaine. Je m'arrêtai pour apprécier la scène qui s'offrait à mes yeux. Telle une épaisse moquette, de l'herbe verte et luxuriante recouvrait le sol où broutaient des vaches bien en chair, où vagabondaient des poulets en liberté et où jouaient des enfants, sous les regards curieux d'un mouton à flanc de coteau.

J'entrai dans ce tableau vivant et localisai le cottage de Mary sans aucune difficulté. Le premier à droite, avait dit Haines.

Soulagée de ne voir aucun signe de la présence de ce dernier, je frappai à la porte, et une voix m'invita à entrer.

— Oh! Miss Daphné. Il a dit que vous viendriez, et vous voilà.

Confinée dans une chaise roulante, Mary Haines était une femme trapue aux cheveux roux grisonnants et au visage plein d'entrain. Seule une quinte de toux suivie d'une respiration sifflante trahit sa mauvaise santé tandis qu'elle parlait sans arrêt des affaires du village et de l'usage de ses jambes qui lui faisait cruellement défaut.

Elle dévora le gâteau tout en donnant sa propre interprétation des événements tragiques survenus récemment.

— Cette pauvre fille. Comme si elle avait pas assez souffert, voilà qu'il meurt le jour de leur mariage! Les gens disent que c'est pas bon signe.

— Ils ne croient sûrement pas que Miss Ellen est coupable, n'est-ce pas?

— Non! Pas d'avoir tué son mari, même si c'est ce que dit l'autre, pas vrai? Oh! j'ai lu les journaux. Je me tiens au courant de tout ça. Il paraît que la fille va continuer le procès. Elle veut plus d'argent. Elle suit les traces de sa mère. Je suppose qu'on peut rien y faire, pas vrai ?

— Que voulez-vous dire, Mrs Haines ?

Elle essuya les miettes de gâteau sur son menton et m'adressa un sourire de sa bouche édentée.

— La mort. La mort à Thornleigh. C'est la deuxième mort étrange. Jamais deux sans trois.

Ses mots me donnèrent froid dans le dos, et j'avalai avec peine ma gorgée de thé.

— Parlez-vous de Mr Xavier ? Mais il est mort à la guerre...

— Non, pas lui. Lady Gertrude. La mère d'Ellen. Personne en a parlé à l'époque, mais j'ai toujours trouvé ça bizarre, qu'elle meure aussi vite. C'était pas une gentille femme ; c'est elle, plus que Mr Hamilton, qui avait menacé de renier la pauvre Miss Ellen. Imaginez une telle sévérité, avec la guerre et la perte de Mr Xavier et tout le reste.

— Est-ce pour cette raison que j'ai trouvé votre mari sur la tombe de Teddy Grimshaw, Mrs Haines ?

Elle acquiesça d'un signe de tête.

— Mon Jem est un bon bougre. Il est toujours resté fidèle aux Hamilton.

— Mais c'est la deuxième fosse qu'il creuse pour une mort bizarre. La mère d'Ellen est morte d'une surdose, n'est-ce pas ? Auto-administrée ?

— Hum. Elle était vraiment pas du genre à vouloir se tuer. Si elle avait pu, elle aurait empoisonné à jamais la vie de Miss Ellen. C'était le genre de personne qui meurt jamais. Ces gens-là restent vieux, malades et grincheux. Elle aurait rendu la vie de Miss Ellen misérable.

— Mais on n'a rien dit à l'époque ? Si quelqu'un avait eu des soupçons, il l'aurait dit à la police.

— Oh, c'était la guerre, la folie. Tout le monde était déboussolé. C'est probablement pour ça qu'ils n'ont rien compris.

Je la regardai fixement et commençai à me sentir très mal à l'aise.

— Compris quoi, Mrs Haines ?

Ses yeux se dilatèrent et me regardèrent comme si j'étais cinglée.

— Le meurtre, Miss Daphné.

— Le meurtre de lady Gertrude.

— Bonjour, mère. Pourriez-vous je vous prie me poster ma correspondance intime ? Vous la trouverez dans le troisième tiroir dont la clé se trouve dans la poche de mon manteau gris dans la penderie.

— Des lettres ? répéta ma mère, d'une voix qui paraissait lointaine au téléphone. Pourquoi les veux-tu ?

— Pour l'inspiration, mentis-je. J'en ai besoin pour mon livre.

Un pieux mensonge, pensai-je pour me justifier. J'avais eu l'intention de les prendre tandis que nous étions à Londres, mais les journées avaient passé trop vite. Relire d'anciennes lettres. C'était une activité que je pratiquais de temps à autre et que j'adorais, car elle me permettait de mieux comprendre une certaine période de ma vie et de celle de mes correspondants.

J'éprouvais un vif désir de retrouver les lettres écrites à l'époque où la mère d'Ellen était décédée. Rétrospectivement, tout paraissait flou ; il y avait eu tant de tragédies.

La voix rocailleuse de Mary Haines résonnait encore dans mes oreilles. *Lady Gertrude. Personne en a parlé à l'époque mais j'ai toujours trouvé ça bizarre, qu'elle meure aussi vite. C'était le genre de personne qui meurt jamais...*

Meurtre, avait dit Mary Haines. Elle n'avait mentionné aucun suspect mais elle avait fait une allusion voilée. Qui avait intérêt à ce que disparaisse cette vieille dame irascible ? Ellen. Et personne d'autre.

Je refusais de le croire. Ellen condamnait la façon dont ses parents l'avaient traitée mais elle n'était pas du genre à assassiner quelqu'un. Elle avait plutôt accepté que sa mère lui rende la vie misérable ; elle était devenue sa domestique et avait toujours éprouvé de la gratitude parce que celle-ci avait bien voulu la reprendre et lui fournir, ainsi qu'à Charlotte, un lieu où vivre.

— Regarde, Daphné. Andrew a acheté la flèche d'une vieille église. Nous allons la poser sur la nouvelle toiture.

Les yeux brillants, Ellen enchaîna en disant que c'était une magnifique occasion, cette flèche ayant survécu aux bombardements durant la guerre.

— Elle sera extraordinaire sur la tour, tu ne crois pas ? Et elle sera visible à des kilomètres à la ronde.

Gagnée par son enthousiasme, j'acceptai d'aller voir l'objet.

Il était plus gros que ce à quoi je m'attendais. Haute de sept mètres et demi, la pièce ornementale en pierres était une imitation des grandes flèches en maçonnerie médiévale qui étaient revenues à la mode avec la renaissance du Gothique. J'étendis le bras pour toucher une section de l'ouvrage en pierre, admirative devant cette œuvre d'art complexe.

— Merci, Andrew.

Ellen adressa un signe de tête affirmatif au maçon qui recouvrit l'objet.

— Il faudra quelques hommes pour la hisser. Ce travail n'est pas sans risque mais Andrew m'assure que c'est réalisable.

— C'est un entrepreneur intelligent.

Nous étions sur la pelouse devant la maison. Impatients de commencer le travail, Andrew et ses hommes affluèrent sur les lieux comme des fourmis.

— Deux ans de restauration, me dit Ellen en allant prendre le petit déjeuner. Ensuite, Thornleigh sera le plus magnifique manoir dans cette partie de l'Angleterre. Cela a toujours été le rêve des Hamilton, d'aussi loin que je me souvienne.

J'estimais que c'était bien pour elle de se concentrer sur cette tâche après la mort de son époux.

— Daphné, dit-elle, après une pause, crois-tu que je fais erreur en reprenant les travaux ? Je n'ai pas le choix, vraiment. Andrew avait rédigé un rapport pour Teddy. Si les réparations appropriées ne sont pas effectuées sur la toiture et dans certaines parties de la maison, le manoir va tomber en ruine. Je ne dois pas laisser faire ça... pas si je peux l'empêcher.

Une fois entrée dans la maison, Ellen s'écroula dans un fauteuil du petit salon et enfouit son visage dans ses mains.

— Je sais ce qu'ils écriront sur moi bientôt. Que je ne pleure pas sa mort... mais je le fais, à ma façon. C'était notre rêve de restaurer Thornleigh.

Un petit sourire adoucit ses lèvres.

— Je me rappelle la première fois que Teddy a vu la maison. Il ne s'attendait absolument pas à ce que j'appartienne à une famille plus prestigieuse que la sienne. Je ne lui avais pas dit, tu comprends. Cela aurait servi à quoi ? Nous nous sommes rencontrés durant la guerre. C'était sans importance qui nous étions à cette époque. Un prince aurait pu marier une pauvresse, et personne n'aurait vu ça d'un mauvais œil.

— Quand a-t-il découvert Thornleigh ?

— À son retour à Londres. Tu te rappelles ? Je t'en ai parlé dans une lettre. « Je vais t'emmener à ma maison de campagne, lui avais-je dit. Là où j'ai passé mon enfance. »

— Il ne t'avait jamais posé de questions sur ta famille avant cela ?

— Oh oui ! et j'avais répondu de la façon habituelle : des parents malades confinés à la maison. Mon frère Xavier, à la guerre comme nous. Et si je lui avais parlé de la ville, il l'avait oublié car, en route, il a cru que je l'emmenais à Penzance.

— Penzance ?

— C'est un Américain, dit-elle avec un sourire. *Les pirates de Penzance* ? C'est très connu. Mais les Américains ne connaissent pas Fowey, Truro et Newquay.

— Il a eu un choc quand il a vu Thornleigh ?

Une lueur malicieuse s'alluma dans ses yeux.

— Sa réaction fut très amusante. Oh ! tu aurais dû voir ! Je lui avais laissé croire, d'une certaine façon, que nous vivions dans une petite communauté, ce qui est le cas, mais il s'attendait à trouver un tout petit cottage.

— A-t-il deviné quand tu es entrée dans le domaine ?

— Non. Même à ce moment, il a cru que je vivais *sur* le domaine dans une humble habitation.

— Pendant combien de temps l'as-tu fait attendre ?

— Jusqu'à ce qu'il ait arrêté la voiture, et alors je lui ai tendu la clé. « Tiens, chéri, ai-je dit. C'est notre maison. J'espère qu'elle te plaît. » Il était éberlué, c'est le moins qu'on puisse dire. Peu de gens pouvaient se vanter de faire taire Teddy Grimshaw mais, ce jour-là, je l'ai fait.

— Il a dû se demander pourquoi tu n'avais rien dit ?

— Oui et je lui ai expliqué. J'étais enceinte, mes parents m'avaient presque reniée et toutes les lettres que je lui avais envoyées s'étaient perdues. Je pensais qu'il m'avait abandonnée. Pourquoi aurais-je dit que j'appartenais à une famille noble possédant un grand manoir anglais ? Tout cela n'avait plus d'importance. Même si, plus tard, je me suis réjouie lorsqu'il a parlé de ma famille et de mon héritage aux membres de sa famille. Ceux-ci croyaient qu'il s'apprêtait à épouser une jeune femme sans le sou et désireuse de mettre le grappin dessus !

Je revoyais encore les Américains arrivant à Thornleigh qui admiraient la demeure. Qui ne l'aurait pas fait ? Elle était splendide.

— Alors, tu comprends, même s'il avait passé toute sa vie à faire de l'argent, il ne voulait plus qu'une chose, restaurer Thornleigh. Il aimait l'histoire de ce lieu. Il était résolu à y laisser sa marque, mais quelqu'un lui a cruellement volé ce rêve. Une personne qui a tiré profit de sa mort.

— Certains disent que *tu* as tiré profit de sa mort.

— Thornleigh avait besoin de réparations, mais le domaine à lui seul vaut une fortune. Naturellement, mon dernier recours aurait été de vendre mais j'ai réussi à joindre les deux bouts. À mon retour, j'ai travaillé à la sueur de mes deux mains à cultiver et vendre des légumes, chose que ma mère exécrait. Qu'importe que nous nous salissions les mains ? Mais pour elle c'était grave. Elle *haïssait* cela. Une fois, elle est sortie en chemise de nuit et m'a ordonné d'arrêter. *«Cesse de fréquenter des gens de cette classe ! Je te l'interdis. »* Elle ne comprenait pas. Après la mort de papa, il ne restait plus d'argent. Nous attendions tous que Xavier revienne en héros pour nous sauver.

— Si ta mère avait vécu, aurait-elle accepté Teddy Grimshaw?

— Allez savoir, dit-elle en roulant des yeux, mais elle aurait apprécié ses millions. Son père était duc; elle connaissait l'importance de l'argent pour des familles telles que la nôtre.

La sentant disposée à parler, je ne pus m'empêcher de lui demander :

— Ellen, que s'est-il passé la nuit où ta mère est décédée? Je sais que tu m'as écrit à ce sujet, sur cette horrible nuit, en me disant à quel point tu étais effrayée...

— Effrayée?

Elle parut surprise.

— Je crois que j'étais plutôt en état de *choc*. Ma mère était toujours très méticuleuse pour ce qui est de ses médicaments. Le docteur lui prescrivait du laudanum pour l'aider à dormir. Elle a toujours tenu à faire elle-même le mélange.

— Qui l'a découverte?

— Édith, sa domestique.

— Et vous avez appelé le médecin?

— Oui... mais il est arrivé tard. À cette époque, les médecins se faisaient rares. Il a jeté un coup d'œil à ma mère, inspecté la bouteille et conclu qu'elle avait absorbé une dose fatale.

— Quelle était son humeur le jour précédent?

— La même. Bougonne. Elle criait après Charlotte parce qu'elle faisait trop de bruit. Elle lançait des ordres à la pauvre Édith; rien d'inhabituel.

— Pourquoi n'as-tu pas insisté pour qu'il y ait une enquête?

Elle croisa mon regard ingénu et haussa les épaules.

— À vrai dire, sa mort représentait un véritable soulagement pour moi. J'ai peut-être l'air sans cœur mais cette femme était désagréable. Elle ne se souciait que d'une personne, Xavier, et à la mort de ce dernier, le monde s'est arrêté pour elle. Peut-être a-t-elle décidé ce soir-là de mettre fin à ses jours et d'aller le rejoindre. Je l'ignore. Elle n'a pas laissé de lettre.

Je hochai la tête et laissai entendre que nous ferions bien de prendre le petit déjeuner avant qu'il ne soit trop tard.

— Sais-tu, dis-je en y allant, que certaines personnes pensent encore que ta mère a été assassinée. Que ce fut une mort bizarre?

Ses yeux interceptèrent mon regard.

— À qui as-tu parlé?

Je ne voulais pas trahir Mary Haines; alors j'inventai une histoire à propos d'une conversation entre des domestiques qui me serait venue aux oreilles.

— Les domestiques, dit Ellen, avec un geste de rejet, ils sont toujours pleins d'imagination. Le jour où Teddy est mort, ils ont été les premiers à crier au meurtre! Meurtre. Je ne crois plus qu'il ait été assassiné à présent. C'est curieux. J'ai un fort sentiment à ce sujet.

J'attendais qu'elle me fournisse une explication mais la conversation bifurqua, car Alicia et Charlotte étaient dans la salle du petit déjeuner.

Je beurrai mon toast et le mangeai en souriant ; cependant, le visage noueux de Mary Haines revint me hanter. *C'est la mort. La mort à Thornleigh.*

Et jamais deux sans trois...

CHAPITRE VINGT-SEPT

— Il y a une famille qui possède un chantier naval à Polruan. J'ai lu quelque chose sur eux dans le courrier du soir.

— Excellent. Je vais aller faire un tour. Il se peut que je rende visite à Angela également… Elle est à notre maison de Fowey. Enfin, si j'ai le temps. Je me laisserai peut-être distraire.

— Sans aucun doute.

La voix de Tommy était remplie d'un humour tendre.

À l'appel du major, j'avais quitté le bureau que j'avais choisi dans la bibliothèque et j'étais descendue en un temps record. Ayant décidé de prendre l'appel dans le bureau plutôt que dans le hall principal, j'arrivai un peu essoufflée, bien sûr.

— Combien de pages as-tu écrites cette semaine ?

J'avalai ma salive.

— Pas beaucoup, mais j'ai terminé un chapitre et esquissé quelques personnages. *J'ai été trop occupée à jouer à l'inspecteur.* Qu'est-ce qui se passe à Londres ? Et le travail ? Pourras-tu venir au bal ?

Il poussa un long soupir.

— Londres est *moyenne* ; le travail encore plus *moyen* et, oui, j'arriverai à me libérer pour le bal. Les Pendarron sont en ville, à propos. Je les ai vus à différents endroits.

— Ainsi donc le travail et les surprises-parties t'ont tenu occupé ? récapitulai-je.

Je n'avais pas les mots pour dire à quel point son absence me pesait et comme j'aurais aimé être là.

— Et quoi de neuf à part ça ?

— En fait, j'ai une nouvelle qui va t'intéresser. Jack et Rosalie ont fui ensemble. En tout cas c'est ce qu'on présume.

— Fui ? répétai-je, sidérée. Je croyais qu'elle s'était débarrassée de lui ?

— Ça je l'ignore, mais ce jeune Grimshaw est sur la sellette. Il a vendu des informations à Salinghurst par l'entremise de Rutland. Il semble qu'il travaillait pour l'autre camp depuis un certain temps.

J'accusai le choc.

— Contre son propre cousin et au détriment de ses propres actions ?

— Les actions ne l'intéressent pas. Il cherche la facilité : pas le travail. J'ai parlé à Fairchild. Il tenait la bride à Grimshaw mais pas assez, semble-t-il.

— Que va faire Dean ?

— Oh! il lui a déjà remis la monnaie de sa pièce. Ils ont eu une grosse engueulade. Jack a quitté la ville avec un œil poché.

— Et Rosalie est partie avec lui? Pourquoi?

Je brûlais d'impatience d'apprendre la nouvelle à Ellen. Elle était habituellement dans le petit salon durant la matinée; je m'empressai de m'y rendre mais je dus m'arrêter brusquement en entendant des éclats de voix provenant de la pièce.

— … que veux-tu que je te dise?

La voix d'Ellen.

— J'avais… j'ai peut-être été stupide.

Harry. *Harry?*

— Mon époux est décédé il y a un an à peine. Je ne peux vraiment pas penser à me remarier.

— M'avez-vous jamais aimé, Ellen? Je dois le savoir… m'avez-vous aimé?

— T'aimer? Harry, tu *sais* que je t'aime. Mais pas de la façon que tu voudrais. Je t'aime comme un frère. Tu as été un frère pour moi à tout point de vue, et je t'en suis reconnaissante…

— Reconnaissante? Je ne veux pas de *votre gratitude*.

Puis il y eut des bruits de pas, et je me glissai dans la pièce la plus proche avant que Harry ne s'éloigne d'un pas lent, la mine sombre.

Je retrouvai Ellen, assise à son bureau, le visage enfoui dans les mains.

— Oh! Daphné... c'est toi. Dieu merci, c'est toi. Tu ne devineras jamais ce qui vient de se passer...

Je m'approchai d'elle.

— J'ai entendu une partie de votre conversation. Harry est en amour avec toi. Est-ce si extraordinaire? Vous partagez tout depuis des années.

— Je sais, dit-elle en larmes. Il était là, à la naissance de Charlotte... il était là, au décès de mes parents... il était encore là quand j'ai retrouvé Teddy. Il m'a toujours aidée et que lui ai-je donné en retour? Jamais je n'aurais cru que notre amitié puisse se gâcher de cette façon... Je croyais, je croyais qu'il me considérait aussi comme une sœur. Il n'a pas de famille. Il a souvent dit à la blague que nous formions une famille et, maintenant que j'y pense, il ne la considérait pas d'un point de vue fraternel. Il a attendu toutes ces années. Pourquoi n'a-t-il pas parlé franchement quand Teddy est revenu dans ma vie?

Je m'assis. J'avais perçu l'angoisse dans la voix de Harry et observé son air triste et désespéré, ce qui éveilla une idée en moi.

— Parce qu'il savait que ta flamme pour Teddy brillait durant toutes ces années. S'il t'avait parlé, tu l'aurais ignoré. Il a visiblement mis de côté ses sentiments mais, à la mort de Teddy, te voyant seule et vulnérable, il a pensé naturellement...

— Qu'il pourrait simplement se substituer à Teddy, compléta Ellen, abattue.

Je percevais dans son visage qu'un conflit l'habitait. L'idée de perdre Harry l'inquiétait.

— Que va-t-il faire ?

— J'essaierai d'aller lui parler plus tard. Il adore Thornleigh. Je ne puis imaginer qu'il renonce à cet endroit pour une dispute entre nous.

— À propos de dispute, j'ai des nouvelles pour toi.

Elle resta bouche bée lorsque je lui fis part des découvertes du major.

— Cela ne m'étonne pas. Jack est un caméléon. C'est une bonne chose pour Dean. Il en sera débarrassé.

— Il a fui dans le déshonneur... et emmené Rosalie avec lui.

— De son plein gré ou pas ?

— Personne ne le sait mais les deux manquent à l'appel. À moins qu'elle ne soit ailleurs ? Mais tout le monde à Londres croit qu'elle est avec Jack.

— Où ont-ils pu aller ? En France ? Ils n'ont pour seul argent que...

Elle s'interrompit, soudainement effrayée.

— Ils ne viendraient pas ici, n'est-ce pas ?

— Demander la charité ?

— Pas la charité, mais proférer des menaces. Tu ne comprends pas ? Depuis la mort de cette femme, je n'ai plus reçu de lettres. C'est elle qui devait les envoyer, comme elle a probablement envoyé les chocolats et tenté de m'abattre, et sa fille a l'intention de faire de même.

— Mais comment pourraient-ils te faire du tort ? Tu es protégée ici.

— Oh !

Elle devint très pâle.

— Peuvent-ils les suivre à la trace ? Je me sentirais tellement mieux en les sachant dans un autre pays. Je ne peux l'expliquer. J'ai comme une mauvaise impression, un pressentiment.

Je posai la main sur son épaule. Dans sa situation, je ressentirais sans doute la même chose. Quand notre sécurité est menacée, le désespoir et la peur perturbent notre esprit. Il n'y a pas d'antidote à cela. Je ne voulais pas en parler, bien sûr ; je pouvais seulement lui suggérer d'embaucher à nouveau l'homme que le major lui avait recommandé.

— Oui, je vais le faire. Tu avais raison. C'était idiot de ma part de le renvoyer. Je ne sais pas où j'avais la tête...

Je repensais aussi aux différentes lettres que j'avais vues et aux chocolats empoisonnés. Cynthia Grimshaw étant morte, nous ne saurions jamais la vérité à moins que Rosalie ne soit au courant. Mais même si celle-ci savait ce qu'avait fait sa mère, elle ne l'avouerait pas.

Sauf s'il existait un moyen quelconque de lui extirper la vérité. De retour à la bibliothèque, j'ouvris une nouvelle page de mon carnet et écrivis son prénom, *Rosalie*. Le *R* avait une jolie inclinaison. J'aimais les prénoms commençant par *R*.

Puis j'écrivis *R* suivi d'une question.

R. Quel est ton secret ?

— Miss du Maurier? Puis-je vous dire un mot?

— Oui, inspecteur. Ravie de vous voir. Et l'agent de police Heath? Ça me fait plaisir de vous voir vous aussi.

Le jeune agent sourit en me serrant la main.

— C'est toujours un plaisir de visiter Thornleigh où résident de si charmantes invitées.

L'inspecteur James fronça les sourcils en entendant ce commentaire et il toisa son subalterne comme s'il avait commis un péché capital.

— Miss du Maurier, pouvons-nous faire une promenade? Heath, pourquoi n'iriez-vous pas prévenir le personnel d'ouvrir l'œil. Commencez par la cuisinière.

Le sourire du sergent s'agrandit encore plus.

— Excellent, sir. Nous ferons ainsi, sir.

— C'est un bon garçon, dit l'inspecteur en le regardant s'éloigner. Il insistait pour que nous revenions ici; alors, quand j'ai reçu l'appel de lady Ellen, tard hier après-midi, je me suis dit que nous prendrions congé du bureau pour la journée.

Tandis que nous déambulions nonchalamment à travers les ravissants jardins, je fis remarquer que la journée était superbe.

— Superbe, en effet. Mais qu'est-ce qui se dissimule sous les apparences, Miss Daphné?

Il fit une pause et regarda l'immense manoir, examinant chaque détail de ses yeux vifs.

— Comment va votre épaule? Elle guérit bien?

— Je ne ressens presque plus rien. Quelques légers élancements ici et là.

Il sortit son bloc-notes et le feuilleta.

— En revoyant ses notes, on peut découvrir des choses très intéressantes, ne trouvez-vous pas?

Je l'observais avec beaucoup d'intérêt.

— Qu'est-ce que vous cherchez?

— Une contradiction. Peut-être petite, peut-être grande. Quelque chose cloche dans toute cette affaire. Ou, devrais-je dire, *ces affaires*? Car j'ai deux cadavres. Sont-ils reliés? Ah.

Il s'arrêta, plissant les yeux dans la lumière éblouissante de la matinée pour déchiffrer son gribouillage.

— Voilà, c'est ici. Lady Ellen. Elle a omis de mentionner les autres menaces de mort jusqu'à tout récemment. Pourquoi pensez-vous qu'elle ait fait cela alors que sa fille était en danger?

— Parce que son fiancé Teddy Grimshaw le lui a demandé. C'est après sa mort qu'elle a parlé des menaces.

— Mais il y a quelque chose dans ce silence. Cela me semble révélateur. Je n'arrive pas vraiment à mettre le doigt dessus. Pourriez-vous me donner un coup de main, Miss Daphné?

— Moi?

Un petit rire s'échappa de mes lèvres.

— Je ne suis pas inspecteur!

— Mais vous êtes perspicace et vous êtes une amie de lady Ellen. Vous êtes sur place. Vous avez vu et entendu des choses. Vous détenez, je crois, la clé de cette énigme.

— Moi? répétai-je à nouveau.

Il me scruta de son regard franc.

— Qui a commis ces meurtres à votre avis?

Je restai interloquée en entendant cette question directe lancée avec force.

— Je-je, heu, je l'ignore.

— Vous avez bien une idée? Quelle est-elle?

— Ils ne sont pas reliés. Il y a deux assassins.

— Qu'est-ce qui vous fait croire cela?

— Une simple déduction basée sur la personnalité et la motivation, sir.

— Une femme a tué Cynthia, semble-t-il, et cette même femme pourrait avoir tué son époux le jour de ses noces: votre amie, Ellen Hamilton.

— Non.

Je levai la main pour l'arrêter.

— Non, ce n'est pas possible.

— Mais tout est possible, Miss du Maurier, particulièrement quand un domaine aussi grand que celui-ci se trouve au centre de l'affaire.

Thornleigh. Je jetai un regard sur la maison, consciente de mon profond attachement pour elle.

— Je crois qu'il est injuste, inspecteur, de mettre ces morts sur le dos d'une maison. Ellen n'a pas fait cela; je parierais ma vie là-dessus.

— Que s'est-il passé alors, selon vous?

— Je crois que Teddy Grimshaw a emporté son secret dans la tombe. Je crois qu'il avait un secret. Et ce secret explique pourquoi il n'a pas prévenu la police à propos des menaces de mort. Il ne voulait pas d'une enquête qui pouvait s'intéresser à lui et à ses transactions financières.

— Vous êtes en train de parler de transactions financières *peu scrupuleuses*.

— Ce n'est qu'une supposition. Et cette supposition s'appuie sur le fait suivant : après avoir retrouvé Ellen et Charlotte, logiquement il n'aurait pas mis leur vie en danger sauf s'il risquait de tout perdre.

— Alors vous croyez qu'il s'est suicidé ?

— Oui. Oui, je le crois.

— Avez-vous fait part de cette théorie à sa veuve ?

— Non, bien sûr. Cela ne ferait que la bouleverser.

— Alors laissez-moi vous exposer ma théorie maintenant. Au moment où Ellen a appris que Teddy Grimshaw était en ville, elle a conçu un plan pour le surprendre. Saviez-vous que, cette année-là, elle avait approché deux courtiers en immobilier ? Eh oui, c'est la vérité. Elle n'avait pas l'argent nécessaire pour garder Thornleigh et, en vertu de la loi sur la propriété, elle ne pouvait vendre un seul hectare ou un seul tableau. Ou bien elle gardait tout, ou bien elle vendait tout.

Je le regardais fixement sans croire un mot de ce qu'il disait. Ellen m'en aurait parlé si la situation avait été à ce point mauvaise. À coup sûr.

— Si c'est vrai, vous l'accusez carrément de s'être mariée pour obtenir de l'argent.

— L'argent fournit un mobile au mariage comme à l'assassinat. C'est simple. Elle l'a épousé pour l'argent et puis elle l'a tué le jour du mariage. Elle connaissait ses problèmes cardiaques. Elle a glissé la ciguë dans son vin, et il a succombé la même nuit à un infarctus, laissant derrière lui une veuve très riche.

— Il vous manque un indice important, inspecteur. Cela aurait pu se passer ainsi, n'eût été une certaine émotion.

— Quelle émotion ?

Je fis une pause.

— L'amour. Ellen a toujours aimé Teddy, et c'est pourquoi elle ne s'est jamais mariée. Il est vrai que, lorsqu'elle a lu l'entrefilet indiquant qu'il était à Londres, elle s'est lancée à sa recherche, évidemment. Il fallait qu'il sache qu'il avait une autre fille, une fille dont il ignorait tout parce que les lettres d'Ellen ne lui étaient jamais parvenues.

— C'est clair alors. Elle l'a épousé pour prendre sa *revanche*. Voler son argent et le tuer.

— Mais alors pourquoi avoir fait des projets ? Pourquoi avoir acheté trois billets sur un navire de croisière en partance pour l'Amérique si elle avait projeté de le tuer ?

— De tels projets constituent simplement un moyen de dissuasion, un alibi. Elle a manœuvré de façon brillante. Elle a rempli la maison d'invités pour le mariage. Personne ne soupçonnant la future mariée...

— Ellen n'était pas seule durant ces vingt-quatre heures.

En disant cela, je me rappelai son visage livide quand elle avait avoué avoir omis de dire qu'elle se trouvait au parc au moment où Cynthia Grimshaw avait été tuée.

Sans cesser de feuilleter son bloc-notes, l'inspecteur dut reconnaître le fait.

— Vous devez convenir que quelqu'un essaie de tuer Ellen. Je portais son manteau. Cette même personne a essayé de l'empoisonner. Elle est bien vulnérable pour une meurtrière.

— Quelqu'un sait peut-être qu'elle est coupable et essaie de la faire chanter?

Je souris. Nous étions en désaccord, moi d'un côté de la barrière et lui de l'autre.

— Ou alors quelqu'un veut peut-être que la police la croit coupable afin de détourner son attention du vrai meurtrier?

— Hum.

Apercevant son agent de police qui approchait, il me tendit la main.

— Vous avez des idées intéressantes, Miss Daphné.

— Merci, inspecteur, dis-je en acceptant sa poignée de main. J'ai aussi apprécié notre échange.

CHAPITRE VINGT-HUIT

— Il y a du courrier pour vous, miss. Sur le plateau dans le vestibule.

— Merci, Olivia. Nelly est à la maison ?

— Oui, miss. Mais elle doit partir dans une demi-heure.

— Je ferais bien d'aller la trouver alors.

Glissant les lettres dans la poche de ma jupe, je me précipitai en bas vers la cuisine où achevait de cuire un succulent dîner.

— Oh ! Nelly, comme ça sent bon !

— C'est un agneau de la saison, dit-elle fièrement en enlevant son tablier.

— Mais c'est la *façon* dont vous l'avez fait cuire.

— Lentement, affirma-t-elle, et je fais un joli bouquet de romarin du jardin, de menthe et de basilic pour le parfum. J'ai aussi badigeonné la viande d'un peu de miel et de sel, et ajouté de l'ail à la sauce.

— Mais pas de ciguë, plaisantai-je, en humant les délicieux arômes.

— Hum ! Vous saurez qu'y sort pas de poisons de ma cuisine. C'est ce que je répète toujours à ce jeune et gentil agent de police. Il était ici aujourd'hui. Venu exprès pour moi.

— Oh ?

Je me penchai au-dessus du plan de travail, intéressée.

— Que vous a-t-il demandé ?

— Toujours à propos de cette journée. Il a dit que quelque chose le tracassait. La même chose que vous m'avez demandée, ce verre qui manquait ? J'ai réfléchi à ce que vous aviez dit la dernière fois, et c'est un peu flou, car c'était une journée pas croyable, la plus folle de ma vie, mais je me souviens que la domestique, Olivia, a failli renverser un plateau. Je lui ai dit et redit de faire attention, surtout avec les verres de cristal.

— Les verres de cristal.

Je tapotai ma lèvre, absorbée dans une profonde réflexion.

— Donc on *a bien* rapporté un verre vide de la chambre de Mr Grimshaw, n'est-ce pas ?

— Oui, confirma Nelly. Olivia l'a admis. Elle me l'avait pas dit au début car elle pensait que cela lui attirerait des ennuis. Quel enfantillage ! L'homme était pas encore mort, et je lui aurais passé un savon si elle avait pas sorti la vaisselle sale des chambres.

Je rassemblai toute ces informations et abandonnai Nelly à son travail. De retour sur la scène du crime, dans la chambre de Teddy, je me représentai les éléments présents ce jour-là. Teddy en habit de marié, sans son veston, se versant un verre avant la cérémonie. Comme on n'avait trouvé aucun poison dans les carafons, il fallait que la ciguë ait été mise dans le verre entre le moment où Teddy avait versé le vin et celui où il l'avait bu.

Puisque personne ne disait être monté à la chambre de Mr Grimshaw cet après-midi-là, à l'exception d'Olivia, la domestique, venue plus tard chercher tous les plats, comment le poison s'était-il retrouvé dans le verre de Teddy Grimshaw ?

Quelqu'un était venu.

Quelqu'un était venu et avait menti à ce propos.

La question demeurait :

Qui ?

J'emportai les lettres dans ma chambre.

La plus grande des enveloppes, oblitérée à Londres, contenait toute ma correspondance avec Ellen, soigneusement empilée et nouée avec des rubans rouges. Je mis cette enveloppe de côté et ouvris l'autre sans plus attendre.

Elle venait de Megan Kellaway.

Chère Daphné,
Comme tu me manques ! Me voilà devenue une
femme incroyablement occupée depuis les fian-
çailles. Entre ma mère, d'un côté, qui me pousse à
constituer mon trousseau, et Dean de l'autre, qui

*insiste pour aller à toutes les réceptions où l'on nous
invite, c'est tout juste s'il me reste du temps pour
écrire.*

*Qu'est-ce que tu fais là-bas à la campagne? J'ai
rencontré par hasard le major à quelques reprises,
et il m'a dit que tu travaillais à ton livre. Ma pauvre
amie, écrire des livres c'est bon pour les vieilles
dames. Les jeunes femmes comme nous doivent rester près de leurs hommes.*

*À ce propos, je me dois de te dire que le major
a été vu avec lady Lara Fane. Je les ai vus de mes
propres yeux ce matin à l'exposition égyptienne au
musée. J'ai failli m'approcher et le secouer un peu de
ta part, mais Dean m'a retenue. Mon cher Dean, il
est si digne! Je l'aime beaucoup…*

La lettre tomba de mes mains et flotta jusqu'au plancher. Je refusais d'en lire davantage. Une fureur noire
me consumait. Je posai la main sur mon visage; il était
brûlant. Comment osait-il? Comment pouvait-il m'hu-
milier de cette façon?

Je tournais la bague à mon doigt. Elle était toujours
trop grande.

Je me levai d'un coup et arpentai la pièce sur toute sa
longueur. Si j'avais eu une voiture, j'aurais sauté dedans
et roulé tout droit jusqu'à Londres. Mais je n'en avais
pas. Et m'y rendre par un autre moyen prendrait beaucoup trop de temps.

Lady Lara devait rire sous cape. *Le pauvre major n'a
pas d'escorte. Sa fiancée se vante d'être une romancière! Une
romancière, rien de moins. Qu'a-t-elle publié? Je vous jure
qu'elle ne finira même pas le livre…*

Maintenant j'étais blême. Mon cœur cognait si fort qu'il faisait mal. Pourquoi avait-il omis de mentionner cette rencontre ? Pourquoi avait-il omis son nom dans notre conversation ?

Malgré la tentation, je refusais de passer un coup de fil. L'orgueil me l'interdisait. Ma mère disait toujours que j'avais trop d'orgueil. *L'orgueil précède la chute.*

Je griffonnai ces mots sur le papier en grosses lettres noires et les regardai fixement. Ceux-ci semblaient me regarder à leur tour, narquois, et devenir de plus en plus gros jusqu'à obscurcir toute la page.

Sans que je ne le veuille, de grosses larmes jaillirent sur la page.

— Oh ! misère, marmonnai-je. Misère.

Je broyai la page souillée et la jetai dans la corbeille à papier en m'efforçant de réfléchir. Réfléchir, réfléchir. Penser au *livre*, pas à *lui. Lui et elle.*

Apercevant la boule de papier dangereusement perchée sur le rebord de la corbeille, je la saisis et contemplai le gâchis que j'avais créé. La feuille de papier me rappelait les menaces de mort que Teddy et Ellen avaient reçues.

Les messages.

Il y a là un indice, pensai-je, tâchant de me rappeler les mots de chacune de ces courtes missives. L'une d'elles disait : *Payez 10 000 livres ou vous, votre femme et l'enfant mourrez*, et donnait instruction de placer l'argent sur la tombe de Ernest Gildersberg. L'autre mot, accompagnant la boîte de chocolats disait, *MEURS.*

— Ellen, tu te rappelles les mots employés dans les autres lettres que tu as détruites?

Étendue au soleil près de l'étang, Ellen abaissa ses lunettes de soleil et fronça le nez.

— Tu aurais dû les conserver.

— Je sais, mais elles étaient grossières.

— Qu'est-ce qu'elles disaient? Pourquoi étaient-elles plus bouleversantes que les autres?

Ellen haussa les épaules.

— Je ne sais pas… elles s'adressaient davantage à moi et à Charlotte. Du genre : «Que la pute meure!» et ainsi de suite.

— Est-ce que la police croit qu'elles ont la même origine?

— Oui. Les deux ont le même thème : Mourir. *Mourir. Mourir. Mourir.* Quelqu'un voulait tous nous voir morts.

Assise sur la pelouse, je commençai à arracher quelques brins d'herbe. J'aurais aimé voir toutes les lettres ensemble. La police détenait les autres, et je craignais de paraître trop curieuse si je demandais à les voir.

Tout de même, l'inspecteur James était venu me parler, non?

Je décidai de passer un coup de fil… à l'inspecteur James.

— Miss Daphné? Est-ce que tout va bien là-bas? demanda l'inspecteur.

— Oui, pour le moment, mais j'ai pensé à une chose qui pourrait être importante.

Après lui avoir fait un résumé de mes réflexions, j'ajoutai :

— Dans les lettres qu'Ellen a détruites, il y a des émotions. Le genre de lettres qui auraient pu être envoyées par une femme.

— Vous voulez parler de Cynthia Grimshaw ?

— Oui. Les autres lettres semblent s'adresser davantage à Teddy Grimshaw ; elles ont peut-être été envoyées par un de ses associés floué dans une affaire. Une de ces lettres ne dit-elle pas que l'argent doit être déposé sur la tombe d'Ernest Gildersberg ?

— Nous avons envisagé cette possibilité. Rien n'indique que la famille d'Ernest Gildersberg ait pu les écrire. Il a laissé une veuve et deux filles, ainsi qu'un ou deux cousins sans relation avec l'affaire.

— Alors qui a écrit ces lettres, selon vous, et pourquoi ?

Il laissa échapper un petit gloussement et soupira.

— Nous enquêtons encore sur cet indice.

La communication fut rompue.

Outrée par sa désinvolture, je réprimai une soudaine envie d'aller à la pêche, d'attraper un gros poisson et de le jeter directement sur le bureau de l'inspecteur.

Je commandai plutôt une tasse de thé.

Le thé a toujours eu sur moi un effet calmant. Encore bouleversée par les nouvelles en lien avec le major Browning, avec qui j'aurais normalement partagé mes trouvailles, j'écrivis un bref résumé :

Décès 1   Teddy Grimshaw, mort d'un infarctus /
          empoisonné à la ciguë
Décès 2   Cynthia Grimshaw, morte d'une fracture
          cervicale / chute dans l'escalier de l'hôtel
Décès 3   ?

Je fis une pause. Devais-je écrire lady Gertrude, la mère d'Ellen, comme décès numéro trois ? Je laissai un espace vide car je sentais instinctivement qu'il y aurait un autre décès et j'enchaînai avec les suspects :

Suspect 1   Rosalie Grimshaw / Jack Grimshaw (ont
            touché de l'argent à la suite de ce décès)
Suspect 2   Financiers ennemis et inconnus (n'ont
            rien reçu à la suite de ce décès ?)
Suspect 3   Ellen Hamilton / Alicia Brickley (ont
            touché de l'argent à la suite de ce décès)

Relisant attentivement cette page, je touchai du doigt la ligne où était inscrit «suspect 2». J'avais écrit : n'ont rien reçu à la suite de ce décès, mais peut-être était-ce faux. Peut-être que, d'une certaine façon, le décès de Teddy Grimshaw avait profité à ce tueur, financièrement parlant.

Je me remémorai l'enquête initiale, mon travail avec le major sur la pile de documents, et remplaçai le terme inconnu par un nom.

Salinghurst.

Actionnaire principal ?

Rutland, le comte de Rutland.

Le père de lady Lara.

— Comment va la pièce de théâtre?

— Excellent. J'ai des billets pour toi, Ellen et Alicia, pour assister à la première, oh, et ton major y sera, naturellement. J'ai dit que tu y serais. Tu ne dirais pas non à ton vieux père.

Je grognai intérieurement. Je ne voulais pas avoir l'air buté et suggérer qu'il se fasse accompagner par lady Lara plutôt que par sa *fiancée,* laquelle était bien loin au fond de sa campagne.

— Où l'avez-vous vu?

— Au club. Nous avons pris un verre ensemble.

— Il y est souvent, n'est-ce pas?

— Et partout ailleurs. Je n'avais pas idée à quel point il a des relations. Bravo, Daphné.

Sauf que les fiançailles sont rompues.

— Megan m'a écrit. Elle dit qu'elle est tombée elle aussi sur lui à quelques reprises; il était *avec* lady Lara Fane.

— Oh! N'attache pas trop d'importance à ce genre de choses. Ce sont des amis d'enfance.

— D'autres peuvent y attacher de l'importance.

— Tu es la seule qui compte; alors donne à ton ami le bénéfice du doute, d'accord? Ne donne pas libre cours à ton imagination débordante pour le dépeindre en caméléon.

Je souris.

— J'ai utilisé ce mot à quelques reprises, moi aussi, ces derniers temps. Cela vient de ta pièce. Quel est le titre? Toujours *Le Sosie*?

— Oui, et j'ai les meilleurs acteurs. Je te verrai là-bas. Encore deux soirs.

Je raccrochai le combiné.

La dernière chose que je souhaitais faire — aller à Londres. Je voulais me terrer ici au fond de la campagne. Écrire mon livre. Écrire *un* livre jusqu'à la fin, le publier et le lancer au visage de lady Lara.

À ma grande consternation, l'idée de cette sortie plut à Ellen.

— C'est seulement pour un soir. C'est gentil de la part de ton père de nous inviter, et Jeanne s'offre gentiment pour garder Charlotte.

— Maman, pourquoi je ne peux pas assister à la pièce de théâtre?

— Tu es trop jeune, ma chérie.

— Pourquoi Nanny doit-elle y aller? Elle peut rester avec moi.

— Non, les nounous ont parfois besoin d'un soir de congé. Tu ne dois pas l'accaparer, ou alors elle ne voudra plus vivre avec nous.

— Oh! elle ne me cause pas d'ennuis, assura Alicia. Je préférerais rester avec elle de toute façon. Je n'ai jamais eu beaucoup d'intérêt pour le théâtre ou l'opéra.

Je lui en demandai la raison.

— J'y suis allée une ou deux fois seulement, dit-elle. Et chaque fois j'ai servi de remplaçante. Personne ne voulait vraiment de ma compagnie.

— Vous parlez de vos cousines?

— Oui... Rosalie et Amy, surtout.

— Vous accompagniez vos parents ?

— Ma mère.

Elle cracha le mot avec dédain.

— Mon père préférait rester à la maison. Il travaillait de longues journées et voyageait souvent au loin ; alors, quand il était à la maison, il aimait mieux ne pas sortir.

— Votre mère maintenant s'occupe de votre grand-mère ? Avez-vous eu des nouvelles d'elle ?

— Non. Elle n'a pas approuvé que je vienne à Londres travailler pour oncle Teddy. « Travailler », disait-elle. « Et causer le déshonneur de notre famille encore une fois ? » Vous comprenez, dans notre famille, nous n'étions pas seulement pauvres, il fallait aussi l'être en silence.

Fascinée par cet aperçu sur l'impitoyable société bostonienne, je lui posai d'autres questions durant le trajet en direction de Londres. Ellen n'avait pas osé demander à Harry de nous conduire après leur dispute et elle occupait le siège du conducteur tandis que nous les filles, nous nous détendions à l'arrière.

— Je n'y retournerai jamais, plus jamais.

Elle caressait la chevelure de Charlotte, frisant ses boucles de ses longs doigts fins.

— Ici, je suis moi-même. Avant, j'étais simplement un ajout dont personne ne voulait.

Ellen fronça les sourcils et secoua la tête.

— Oh ! ma chère, je suis sûre que c'est faux. Toute ta famille n'est pas aussi méchante.

Une certaine froideur passa dans le regard d'Alicia.

— Oui, ils le sont tous. Ils ont des cœurs de glace.

— Eh bien, dit Ellen en souriant, nous allons tenter de trouver ici un charmant jeune homme que tu pourras épouser tout en triomphant d'eux. Tu t'imagines porter un *titre*? Leur *lancer* à la figure.

Un très léger sourire effleura les lèvres d'Alicia Brickley et, pour une fois, elle se permit de caresser un tel rêve.

CHAPITRE VINGT-NEUF

À notre arrivée à Londres, nous avions convaincu Alicia
d'assister à la représentation théâtrale.

— Cela ne me dérange vraiment pas de rester,
persistait-elle à dire tandis que nous commencions à
mettre en valeur nos attraits.

Toujours en deuil, Ellen choisit prudemment de se
vêtir de noir. J'allais oser porter une robe taille basse
d'un bleu profond, océanique, que j'agrémenterais avec
des colliers de perles de différentes longueurs. La charmante tenue de soirée rose saumon de ma mère s'har-
monisait bien avec celle d'Angela, une robe modeste de
couleur crème avec dentelles.

Jeanne et Charlotte, qui s'amusaient follement en
nous regardant faire ces préparatifs sophistiqués, esti-
maient qu'Alicia devait emprunter encore une fois ma
robe de velours vert, car elle lui allait à ravir.

— Gardez-la, dis-je, au moment où nous nous entas-
sions dans les voitures.

Elle écarquilla les yeux.

— Vous êtes sûre?

— Tout à fait.

Je jetai un coup d'œil à son visage sans lunettes et avec les lèvres rougies par le tube d'Angela.

— Merci, dit-elle en souriant. C'est très aimable à vous.

Je haussai un sourcil, me demandant ce qu'elle comptait faire de ses cinq mille livres. À la voir si timide et si réservée, je me dis qu'elle laisserait probablement cette somme à la banque afin qu'elle produise des intérêts. Si elle ne se mariait pas, suivant les prédictions d'Ellen, elle vieillirait et prendrait des vacances à la mer de temps à autre.

Parlant de mariage, j'avançai brusquement ma main pour examiner ma bague de fiançailles. Toujours trop grande, je l'avais glissée sur mon gant de satin. J'étais certaine que lady Lara serait là ce soir et je comptais bien la brandir directement sous son petit nez.

Comme convenu, mon père nous rencontra dans son bureau. Il enleva promptement sa cigarette et vint à notre rencontre.

— Ah, mesdames, vous êtes ravissantes... suffisamment pour nous voler la vedette, hein?

— Nous nous comporterons comme des fleurs fanées, dans l'ombre, papa, jura Angela tandis que ma mère rectifiait la cravate de mon père.

— Merci de m'avoir invitée, Sir Gérald.

Alicia s'inclina, et mon père sortit son monocle de théâtre.

— Qui est cette... hein? Un autre nymphéa. Daphné, c'est ton amie? Angela, c'est ton amie?

— C'est Nanny Brickley.

Ellen épargna à Alicia un plus grand embarras.

— Non! Ma parole, est-ce vrai? Se peut-il?

Il ajusta son monocle et joua de la prunelle comme un vieux coquin.

— Vous n'avez jamais pensé à faire du théâtre, ma petite? Vous avez la beauté qu'il faut.

Je ne crois pas qu'Alicia ait jamais reçu un plus beau compliment. Ayant grandi dans l'ombre de ses riches et jolies cousines, méprisée et à peine tolérée, elle n'avait jamais rêvé de faire pareille impression de l'autre côté de l'océan.

— Gérald, intervint ma mère, ne la tourmente pas. Est-ce que tout est prêt?

Jetant un coup d'œil furtif derrière le rideau, mon père observa la foule qui se pressait.

— Daphné, j'aperçois ton major. Viens voir.

J'obéis. Une mer de visages, souriant, riant, saluant, parlant. Tous les gens vêtus de leurs plus beaux atours. Et leur bavardage qui s'amplifiait au moment où de nouveaux venus pénétraient dans le hall. Je retins mon souffle. Le major Browning était à la tête du groupe, grand et d'une élégance décontractée dans son complet noir. Les dames admiraient son charme et les hommes,

sa conversation. Il en imposait aux deux sexes et il était
à l'aise dans n'importe quelle foule.

— Pourquoi n'irais-tu pas l'accueillir?

Mon père me poussa dans le creux des reins.

— Va lui faire une surprise.

— Je n'ai pas envie d'être importune, répondis-je. Je
suppose que vous l'avez invité dans notre loge?

— Oui, bien sûr.

— Et il a accepté?

— Non, il avait déjà des billets.

L'emploi du pluriel me fit hausser un sourcil.

— Des billets pour combien de personnes?

— Je ne m'en souviens pas. Allez. Va le voir. Ne reste
pas cachée ici.

Tandis que les autres se frayaient un chemin vers
leurs sièges, je me glissai furtivement dans l'allée. La
cohue refroidit mon humeur. Soudainement claustro-
phobe et nerveuse, j'attendis dans l'ombre d'une plante,
persuadée que personne ne m'y remarquerait.

— Daphné, n'est-ce pas? La fille de Gérald?

Je me tournai du côté d'où provenait cette voix mélo-
dieuse et aperçus un jeune homme de mon âge dont les
cheveux de jais étaient peignés sur le côté, et qui était
exceptionnellement beau. Il souriait.

— Vous fuyez la cohue ou les gens?

— Les deux, dis-je.

— Vous avez peur?

Ses yeux dansaient, amusés.

— Je suppose que si. Vous êtes acteur, n'est-ce pas?

— Un acteur de tragédie shakespearienne, pour le moment, dit-il en guise de présentation.

Il souriait de toutes ses dents d'un blanc éclatant.

— Travaillez-vous avec mon père?

— Je l'espère. J'ai envie d'essayer de nouveaux rôles, et il est un excellent metteur en scène.

Je connaissais ce genre de personnes. De jeunes acteurs impatients et ambitieux.

— Souhaitez-vous aller en Amérique?

— Non, j'espère rester ici. Faire mon propre théâtre, comme votre père.

La foule avait fondu comme neige au soleil, et on ne voyait plus qu'un traînard ou deux cherchant leurs sièges.

— Je dois y aller. Ce fut agréable de vous rencontrer, Mr...?

— Olivier. Laurence Olivier.

Je me dirigeai vers ma loge en me disant que je devais parler de lui à papa. Il avait une attitude cavalière qui me rappelait le major Browning. Je me demandais où il était assis et qui il avait emmené au théâtre de mon père.

— Là-bas.

Ellen me prêta sa lorgnette.

— Je l'ai trouvé. Il est là, à gauche.

Mon cœur se mit à palpiter. Était-il avec *elle*? Je jetai un coup d'œil dans la lorgnette et souris de soulagement en constatant qu'il était assis avec deux amis du même sexe. Mais, trois rangées derrière lui, je découvris aussi lady Lara Fane. Elle était accompagnée par un autre homme, mais je surpris chez elle un petit regard fugace en direction du major au moment où celui-ci réagissait à la pièce.

Comme prévu, *Le Sosie* eut un énorme succès. L'énigme tenait le spectateur en haleine et, à mesure que se déroulaient sous mes yeux les différentes scènes, je ne pouvais m'empêcher de penser à l'affaire qui m'occupait. Maître du déguisement, le traître se faisait passer pour un autre afin d'approcher sa proie. Sa proie? Son propre associé, un intime. Pourquoi? Pour la vengeance, la vengeance parce que cet associé avait tué sa sœur.

— À l'origine, la pièce s'intitulait *L'étranger au visage émacié.*

Mon père rayonnait après avoir reçu cet accueil chaleureux de la part du public.

— Daphné a suggéré *Le Sosie.*

— Elle a une facilité avec les mots.

Mon cœur s'arrêta.

Penché dans l'embrasure de la porte, le major Browning était venu nous rejoindre sans autre cérémonie. Je rougis. Je me sentais idiote. Pourquoi ne l'avais-je pas appelé pour l'informer que j'étais en ville? J'avais fait preuve d'immaturité et de déloyauté.

Mon embarras se refléta sur le visage de ma mère.

— Tommy, quelle joie de vous voir. Gérald ne vous a pas invité à notre loge?

Dieu merci, elle n'avait pas dit : *Daphné ne vous a pas invité à notre loge?*

— Oui, il l'a fait, mais j'étais déjà engagé.

Il plongea son regard dans mes yeux, et mon visage devint écarlate.

— Daphné, tu veux prendre un peu d'air frais?

— Ou-oui.

Je me levai d'un bond.

Il ne me dit rien avant que nous ne soyons arrivés à l'extérieur. À l'extrémité du corridor principal, nous nous retrouvâmes dans la foule, et le major s'arrêta un moment pour serrer la main d'un vieil ami. Tandis que je restais plantée là stupidement, réprimant l'envie de me ronger les ongles, lady Lara me frôla en passant.

— Oh! désolée, je ne vous avais pas vue…

Je suis persuadée du contraire.

— Oh! Bonjour, fis-je avec un sourire forcé. Vous avez aimé la pièce?

Elle était resplendissante. Dans sa tenue mauve pâle très féminine qui mettait en valeur son visage, elle me surclassait par la taille et la grâce, avec ses lèvres rouges et sa chevelure impeccable.

— Oui… je ne vous ai pas vue avec Tommy.

Elle me jaugeait, curieuse de connaître la raison pour laquelle nous n'étions pas assis ensemble. Un curieux espoir luisait dans ces aristocratiques yeux aux longs cils.

— Vous êtes venue seule? demandai-je.

Je n'avais rien trouvé de mieux en guise d'insulte.

— Oh! non.

Elle éclata de rire.

Tommy m'a donné les billets. Nous nous sommes liés à son trio.

Elle fit une moue en prononçant le mot «liés».

Avant d'avoir pu m'enquérir du nom des personnes désignées par ce «nous», le major vint interrompre notre dangereux tête-à-tête. Il orienta la conversation sur la pièce de théâtre et dit être très fier de son futur beau-père.

Malgré ses félicitations polies, la rage bouillait dans les yeux de lady Lara.

— C'est à cause d'elle si je ne vous ai pas appelé, dis-je au major au moment où nous mettions les pieds dans la rue. J'ai des amies, vous savez, des amies qui se soucient de moi. Et quand elles voient mon fiancé passer du temps avec son ex-fiancée, cela suscite des commentaires…

— Lara.

Il se mit à rire.

— Elle est comme une sœur pour moi… Comment puis-je vous en convaincre?

— Elle est trop belle pour être la «sœur» de qui que ce soit.

— Croyez-vous que je voudrais vraiment épouser une personne comme elle? Elle me ferait la vie misérable. Je la connais depuis toujours et, bien qu'elle soit belle, oui, elle n'en est pas moins égoïste et superficielle.

Je baissai les paupières.

— J'aurais dû vous téléphoner. Nous sommes ici pour la soirée seulement.

— Alors nous devons en profiter au maximum. Avez-vous dîné?

— Ma mère organise un dîner de fête à la maison. Pouvez-vous venir? Amenez vos amis, dis-je en souriant. Je suis sûre que nous dénicherons un petit coin intime...

Partageant un taxi avec le major et ses deux amis, Ellen et moi rentrâmes à la maison vers vingt et une heures trente. En prévision de notre arrivée et de la réception qui devait suivre, la maison laissait rayonner par chacune de ses fenêtres une lueur d'un jaune profond. J'adorais les vieilles demeures illuminées le soir.

Ayant un peu abusé du délicieux punch au champagne servi à la première de mon père, je me glissai doucement hors de la voiture avec une légère sensation de vertige. Heureusement, le major m'empêcha de plonger le pied, de façon spectaculaire, dans une rigole.

— Et voici votre châle.

Tout en le drapant autour de mes épaules, il m'embrassa.

— Nous entrons? Je meurs de faim.

J'étais affamée moi aussi. Je réalisai que je n'avais rien mangé depuis le déjeuner.

Étant parmi les premières personnes arrivées à la maison et, en digne fille et hôtesse de la maison, je donnai aux cuisines l'ordre de commencer à servir. Escortant chacun dans la pièce désignée pour la réception, je remontai le gramophone et écoutai la première balade à l'accordéon choisie par ma mère. Ajustant le volume, j'observai avec un sourire les invités se détendre au son de la musique. Nous aurions pu tout aussi bien être dans un café français.

Voyant à ce que chacun ait un verre à la main, je tendis le mien au major pour aller à la recherche d'Ellen. Elle m'avait aidée à installer les invités dont le nombre augmentait constamment, puis elle était partie jeter un coup d'œil à Charlotte en disant qu'elle reviendrait bientôt. Depuis la mort de son époux, c'était le premier soir où elle s'amusait et allait au spectacle. Ici à Londres, dégagée de la responsabilité de Thornleigh, de ses rénovations et de la récente querelle avec Harry, elle trouvait à ce voyage encore plus de charme.

Je me précipitai dans l'escalier et entendis un claquement de porte.

Ellen surgit en courant, avec une Jeanne encore endormie qui se traînait à ses côtés.

— Daphné, vite! Appelle la police!

Je m'immobilisai devant son visage saisi de panique.

— Qu'y a-t-il? Que s'est-il passé?

— C'est Charlotte. Elle a disparu.

CHAPITRE TRENTE

— Disparu ?

— Je ne sais rien du tout, dit Jeanne.

Elle se réfugia en pleurant dans les bras de ma mère.

— La dernière fois que je l'ai vue, elle dormait. Je suis retournée au lit. Où peut-elle être allée ?

D'un seul coup, la brillante soirée de mon père vira au cauchemar.

— Je crois que ce serait une bonne idée que tout le monde s'en aille.

Mon père approuva d'un signe de tête le major Browning et il entreprit de conduire tous les invités vers la sortie.

— Maintenant, Ellen. N'avez-vous pas déjà dit que Charlotte est somnambule ? Daphné avait aussi cette habitude. Une nuit, elle est allée marcher à l'extérieur. Comme vous pouvez l'imaginer, Muriel était affolée mais nous l'avons retrouvée. Je vais envoyer Tim et William la chercher à l'extérieur. Vous pouvez être sûre qu'ils vont chercher dans tous les coins et recoins. Elle ne peut pas être allée bien loin.

En attendant les policiers, on questionna Jeanne à nouveau.

— Je ne sais pas le moment exact, papa, gémit-elle. Je jure que je n'ai rien entendu, pas même un soupir. Nous avons dîné, je lui ai lu une histoire ou deux et puis elle s'est endormie. Je suis restée avec elle un moment et ensuite je suis allée dans mon lit. Je me suis réveillée une fois pour aller la voir et puis je suis retournée au lit.

Après avoir amené Jeanne, en l'amadouant, à préciser les faits, ma mère parvint à établir que Charlotte avait disparu entre vingt et une heures et vingt-deux heures.

— C'est ma faute, dit Alicia en secouant la tête. Je n'aurais pas dû la laisser. Elle était sous *ma* garde.

— Non, c'est la mienne, cria Ellen. Je suis sa mère. C'est *ma* responsabilité d'assurer sa sécurité, et maintenant elle a disparu… kidnappée, assassinée ou pire.

— Allons, allons, chère Ellen, ne sautez pas trop vite aux conclusions.

Mon père l'étreignit avec force.

— Nous faisons tout ce que nous pouvons pour la retrouver.

— Mais vous ne comprenez donc pas? Ce n'est pas *n'importe quelle* enfant. Il s'agit de Charlotte Grimshaw, une grande héritière célèbre.

— Son dernier épisode de somnambulisme remonte à quand?

— Il y a deux mois?

Ellen discuta avec Alicia.

— Il y a six semaines, dit Alicia. La nuit où elle a fait un cauchemar. Elle a quitté sa chambre pour venir dans la mienne.

— Nous avons prévenu tous les domestiques de la maison, dit ma mère. Quelqu'un doit l'avoir vue.

En attendant les policiers, mon père commença les interrogatoires.

— Non, sir, nous n'avons rien vu. Rien depuis qu'elle est allée au lit.

— Qui a traversé le vestibule entre vingt et une heures et vingt-deux heures ?

Sept visages le regardèrent fixement.

— Nous tous, sir, dit le majordome. À l'exception de Mrs Ireson.

La cuisinière. Oui, effectivement elle quittait rarement la cuisine.

— Et quelqu'un parmi vous a-t-il vu Miss Jeanne aller dans la chambre de Charlotte, comme elle nous l'a dit ?

— Non, sir. Nous étions presque tous en bas, voyez-vous, pour aider durant la réception.

Mon père avait la mine sombre. C'est cette même expression que nous remarquâmes sur le visage de l'inspecteur de police quand enfin ce dernier arriva vers vingt-trois heures.

— Désolé, nous avions un meurtre sur les bras. C'est ce qui nous a retenus. Si vous dites, Mrs Grimshaw, que votre fille est somnambule, alors nous ne pouvons pas faire grand-chose. Sir Gérald a déjà envoyé ses hommes à sa recherche. Je suis désolé. Nous manquons de personnel, et les meurtres ont la préséance sur les personnes disparues. Elle va reparaître.

— Vous *espérez* qu'elle reparaisse, hurla Ellen. Vous ne comprenez pas. Je ne pense pas qu'elle ait eu une crise somnambulique. Quelqu'un l'a enlevée. Ils ont dit qu'ils frapperaient et ils l'ont fait ! Oh ! je n'aurais jamais dû la laisser, pas même un moment !

Le major baissa le regard vers moi en me serrant la main.

— Je vais me joindre aux recherches.

À mon regard suppliant, il répondit en souriant :

— Non, tu ne peux pas venir.

Je protestai et demandai à mon père si je pouvais l'accompagner. Ayant obtenu la permission, je lui donnai la main.

— Je viens, dit Alicia en se levant d'un bond.

— Moi aussi, dit Ellen, qui décocha un regard furieux à l'inspecteur. Il semble que, dans cette ville, on ne puisse compter sur la police.

— Ce sont peut-être les gens qui posent problème, pas la police, madame.

Ellen s'arrêta à la porte et se retourna.

— Qu'est-ce que vous insinuez, sir ?

— Simplement que le malheur a frappé deux personnes dans votre entourage immédiat. Votre époux... et maintenant votre fille...

— Oseriez-vous prétendre que j'ai quelque chose à voir avec tout cela ?

— Vous dites «cela» madame. Que voulez-vous dire par «cela»?

Bouillant de colère, Ellen secoua la tête.

— Je n'ai pas de temps à perdre. Bonne journée, inspecteur.

— Bonsoir, madame.

— Cette créature est d'une effronterie incroyable, maugréa Ellen.

À ce moment, nous hélions un taxi dans la rue. Ellen avait la gorge serrée.

— Ils croient encore que je suis coupable, n'est-ce pas? Le poison de cette femme a été efficace. Tout le monde pense que j'ai assassiné mon époux.

— Non, tout le monde ne croit pas cela.

Je lui parlais sur un ton apaisant, tout en sachant qu'elle disait vrai.

— Je sais que vous n'avez rien fait pour nuire à oncle Teddy, dit Alicia d'une voix ferme et tranquille.

Cette dernière ne cessait de surveiller minutieusement pour repérer Charlotte.

— Merci, dit Ellen en lui serrant la main. Vous avez été si bonne pour moi.

— C'est une affaire non résolue, expliqua le major. Naturellement, la police sent une tension quand elle ne trouve pas de réponse. Ne prenez pas trop à cœur leurs hypothèses, Ellen.

— Et vous, major? Croyez-vous que je sois une meurtrière? Que j'ai assassiné mon époux le jour de notre mariage, par malveillance?

— Malveillance ? Je croyais que vous alliez dire pour son argent ?

— Oh ! oui, bien sûr. Pardonnez-moi. Où avais-je la tête...

Dans l'ombre épaisse du taxi, j'examinai le délicat profil d'Ellen. Ses nerfs à vif avaient subi l'attaque d'un inspecteur de police qui aurait dû faire preuve de plus de discernement. Mais pourquoi avait-elle réagi aussi étrangement ?

J'étais mal à l'aise en reconnaissant que mon innocente amie avait eu une réaction aussi étrange.

Innocente ? J'estime qu'elle est indubitablement coupable. Elle n'était pas obligée de voir son fiancé le jour de sa mort. Il lui fallait simplement s'assurer qu'il ingère le poison. Qui, mieux qu'elle, connaissait le mauvais état de son cœur et savait que l'ingestion d'une toute petite dose suffirait à provoquer un arrêt cardiaque prétendument naturel ?

J'arrachai la page dactylographiée et la relus. « Comment allons-nous t'appeler ? Inspecteur Pessimiste ? »

Je jetai la page dans la corbeille à papier avant de me replonger dans l'univers de Janet. Mais le tranquille village côtier de Polruan semblait aussi éloigné de moi que la lune elle-même. Incapable de me concentrer durant cette attente infernale, j'allai rejoindre le groupe en bas.

— Cela fait trop longtemps, disait Ellen. *Quelqu'un* l'a enlevée. J'espère simplement qu'ils veulent de l'argent.

— Il se peut que Charlotte réapparaisse, comme Oliver[5], dit Angela. Elle est intelligente et aventureuse. Elle pourrait aussi bien franchir cette porte à tout moment.

Alicia appréhendait le pire. Elle s'efforçait de lire un livre, mais son visage trahissait sa peur. Submergée par un sentiment de culpabilité, elle devait avoir l'esprit extrêmement tourmenté. Elle ne voulait pas aller au théâtre. Elle serait volontiers restée à la maison en compagnie de Charlotte. Si elle l'avait fait, Charlotte serait peut-être ici.

Pauvre Jeanne. J'étais désolée pour elle aussi. Elle n'avait pas cessé de pleurer et de s'excuser auprès de tout un chacun. Finalement, Angela l'avait emmenée à l'extérieur.

En leur absence, le majordome apporta un mot à mon père. Je surpris leur échange à mon retour de la salle de bain.

— … vous êtes sûr ? Quel âge ?

— Environ dix ans, sir. Il était trop rapide pour nous. Je suis désolé, sir.

— C'est bien, Stamford.

Mon père soupira en prenant la petite lettre soignée.

— Ce sont sûrement de mauvaises nouvelles mais c'est mieux que pas de nouvelles du tout, hein ?

— Je suis d'accord avec toi, papa.

J'allais vers lui et agrippai avec angoisse sa manche de chemise. Les recherches entreprises la veille n'avaient

---

5. N.d.T. : *Oliver Twist* de Charles Dickens.

rien donné, et le major avait promis de les poursuivre aujourd'hui. Il disait connaître une personne qui fréquentait les quartiers interlopes de Londres.

— Qu'est-ce qu'ils disent?

La mine sombre, mon père apporta la lettre à Ellen.

— Puis-je la lire?

— Oui, murmura Ellen, l'air fantomatique.

— «Mrs. Grimshaw, j'ai votre enfant. Si vous voulez la retrouver vivante, il vous en coûtera dix mille livres. Plus longtemps vous attendrez, plus élevé sera le prix. Envoyez l'argent à la boîte postale 5-4-2 au nom de Hillier. Quand j'aurai reçu confirmation de son arrivée, je relâcherai votre fille près du guichet à la gare Victoria.»

— Il n'y a pas de nom? Pas de signature?

— Non et c'est écrit à l'encre noire, en majuscules, sans doute par une autre main que celle du ravisseur, encore que je ne sois pas un policier.

— Nous ferions mieux de les appeler, murmura ma mère.

— J'aimerais beaucoup mieux l'inspecteur James, dit Ellen. Ne pouvons-nous pas lui demander de venir?

— Ce n'est pas sa juridiction.

Se laissant tomber dans un fauteuil, Ellen porta une main lasse à son front.

— Je vais devoir m'occuper de l'argent...

— La police va sans doute vous conseiller de n'en rien faire, dit mon père.

— Comment ne pas tout essayer pour une enfant? rétorqua ma mère.

— Mais quelle assurance a-t-elle, même en accédant à leur demande ?

Gémissant doucement, Ellen répondit à travers ses larmes :

— Aucune.

Conformément à la prédiction de mon père, les policiers suggérèrent de ne pas négocier.

— Je suis désolée. Je ne peux pas, c'est tout. L'argent est prêt, et je sais que Teddy aurait fait de même. Major Browning ?

Ellen traversa la pièce et lui tendit le paquet.

— Pourriez-vous remettre ceci pour moi ?

Depuis l'autre extrémité de la pièce, j'observai la mâchoire du major. Je savais qu'il n'approuvait pas la décision d'Ellen, mais il accepta le paquet, la bouche serrée.

— Cela ne garantit en rien le retour de votre fille, prévint-il.

Mon père, quant à lui et faisant écho aux sentiments du major, s'offrait pour accompagner ce dernier dans sa mission.

Je regardai partir les deux hommes, mon père et mon futur époux. Ces hommes étaient forts, beaux et charismatiques, et je les aimais plus que tout au monde. Et si quelque chose arrivait à l'un d'eux ?

Je n'osais y penser.

CHAPITRE TRENTE ET UN

— Nous avons regardé partout, Mrs Grimshaw. Nous n'avons trouvé aucune enfant correspondant à son signalement.

Le regard vitreux, Ellen hocha la tête. Nous nous étions tous joints aux recherches à la gare Victoria ; à présent, la cité était plongée dans l'obscurité, et le temps était venu d'admettre la défaite. Ma mère prit Ellen dans ses bras et l'emmena jusqu'à une voiture qui les attendait ; elle avait l'intention de lui faire prendre un calmant et de la mettre au lit.

La mention du sédatif fit monter une sensation de malaise le long de mon échine. Lady Gertrude, la mère d'Ellen, était décédée pour avoir fait un mauvais usage des calmants. Depuis la disparition de Charlotte, je ne faisais plus confiance à personne. Et une fois encore, les mots effrayants de Mrs Haines retentirent dans ma tête : *Avec la mort, c'est jamais deux sans trois.*

Qui serait le troisième ?

« Thornleigh, me dis-je. Thornleigh possède la réponse à cette énigme… »

Il fallait y retourner.

Dans la voiture, en revenant à la maison, je déconseillai à Ellen de prendre un sédatif et j'allai dans le bureau de mon père chercher du cognac. Je pris le carafon, versai un verre et humai la boisson. Son odeur âcre assaillit mes narines. Elle semblait normale. Sécuritaire.

Je restai là à examiner le liquide doré et pensai à Teddy Grimshaw. Il ne s'était douté de rien et avait bu à petites gorgées sa potion fatale juste avant de trépasser. Allais-je connaître un destin similaire ?

Les propos de l'inspecteur au sujet d'Ellen semblaient vrais. Elle était au centre de tout cela. Quelqu'un avait tenté de la tuer à deux reprises et ceux qui l'entouraient étaient en danger. Ayant déjà couru des risques deux fois, j'hésitai à boire le cognac.

— Daphné, qu'est-ce que tu fais dans l'obscurité ?

Mon père se gratta le ventre en bâillant.

— Tu avais envie de prendre un verre, n'est-ce pas ? Eh bien, verse-m'en un aussi.

— Je vais en verser trois, dis-je. Je dois en porter un à Ellen. Je préfère qu'elle prenne cela plutôt qu'un calmant. N'oubliez pas que sa mère est décédée après en avoir pris.

— Ah, l'abominable lady Gertrude.

— Quels souvenirs gardez-vous d'elle ?

— Pas grand-chose, admit mon père. Je ne l'ai vue qu'une fois ou deux. Qu'est-ce que tu fabriques avec ces verres ?

— Je les inspecte. Et s'ils étaient empoisonnés ?

— Balivernes, ma fille ! Toute cette histoire joue des tours à ton esprit.

— Mais vous devez reconnaître que nous sommes exposés au danger.

— Pauvre Ellen. Quelqu'un lui en veut, et ce n'est pas Cynthia Grimshaw.

— Ils en veulent à la veuve de Teddy Grimshaw.

— Donne-moi un verre. Je vais le tester.

Mon père n'était pas un homme patient. Je fermai bien fort les yeux et je l'entendis aspirer bruyamment une première gorgée.

— C'est sans danger, dit-il avec un petit rire. Tu peux dire à Ellen que je suis désormais son échanson.

Il rit à nouveau. J'allai porter à Ellen cette boisson à prendre avant de se coucher puis je revins auprès de lui.

— Comment va-t-elle ?

— Pas bien. Elle n'arrête pas de se faire des reproches. Que feriez-vous si je disparaissais ?

— Mon Dieu ! je l'ignore. Je deviendrais fou, je suppose.

— Accepteriez-vous de payer la rançon ?

Il poussa un long soupir puis il leva son verre vers moi.

— Quels parents ne répondraient pas « oui » à une telle question.

— Mais je ne le demande pas à n'importe quel parent. Je vous le demande.

Il s'accorda un délai puis il me regarda dans les yeux.

— Dans ce cas-ci, j'aurais attendu.

— Pourquoi ?

— À cause du billet et de la façon dont il est écrit. «Plus vous attendrez et plus le prix sera élevé.» Il n'a pas du tout l'intention de la relâcher. Du moins, pas tout de suite.

— Il veut plus d'argent ?

— À l'évidence, oui. C'est un jeu, et nous n'avons pas les compétences nécessaires pour y jouer.

— Si elle n'avait pas payé, y aurait-il eu une autre demande ?

— Oui, et cet autre billet aurait pu nous fournir un nouvel indice.

— Cela vaut-il que l'on risque la vie d'une enfant ? De jouer ce genre de jeu ?

— Eh bien, je n'envie pas la police qui doit composer avec ce type de créatures.

Je ne l'enviais pas moi non plus, et je ressentis tout à coup de la sympathie pour tous les policiers du monde.

Je montai à l'étage et frappai doucement à la porte d'Ellen. Il n'y eut pas de réponse, ce qui me fit poursuivre mon chemin avec l'intention de me mettre au lit. Je bâillais et grommelais. Je devais vérifier que tout allait bien pour elle. J'espérais qu'elle se soit endormie rapidement car le sommeil lui permettrait d'échapper, un certain temps, à ce cauchemar.

Je tournai la poignée et regardai à l'intérieur de sa chambre. L'endroit était sombre et tranquille. J'avançai sur la pointe des pieds jusqu'au lit et ma gorge se serra.

Le lit était vide.

— Il n'y a qu'un endroit où elle a pu aller, dis-je à mes parents après les avoir tirés du sommeil avec des gestes frénétiques.

— Elle pourrait être n'importe où dans les rues.

Mon père s'arracha du lit et enfila sa robe de chambre et ses pantoufles.

— J'en ferais autant, soupira ma mère. Je ne pourrais pas dormir, moi non plus. Je continuerais de chercher toute la nuit. Pourquoi n'y avons-nous pas pensé ?

Je suivis mon père au rez-de-chaussée.

Un silence de mort nous y accueillit.

— Je suppose que personne n'a rien entendu ?

— Ne réveillons pas les domestiques, dit mon père en bâillant.

— Où allons-nous commencer nos recherches ?

— Tu crois qu'elle est allée à ce bureau de poste plutôt que de chercher dans les rues, comme dit ta mère ?

— Oui. Pouvons-nous prendre la voiture ?

Je le persuadai de sortir. Nous partîmes tous les deux en chemises de nuit.

— Nous perdons notre temps, dit mon père.

Il roulait dans des rues sombres où on n'observait pour toute activité que le balancement monotone des lanternes.

— Elle pourrait être n'importe où.

— Allons d'abord au bureau de poste. Si elle n'y est pas, elle sera à la gare Victoria.

— Je ne suis même pas sûr du chemin qui mène à ce bureau de poste, car c'est le major qui conduisait hier. Mais je sais comment me rendre à la gare Victoria.

— Alors essayons par là. Il faut essayer, papa. On ne peut pas la laisser seule.

Le visage de mon père devint grave.

— Il se peut que ce soit justement ce qu'espère l'auteur de la lettre. Il utilise peut-être l'enfant comme appât.

— Mais ne veut-il pas de l'argent?

— Pas si c'est personnel. Ce type, ce Jack Grimshaw. C'est l'amant de Rosalie, n'est-ce pas? Les deux travaillent probablement ensemble.

Une réalité ignoble me noua l'estomac. Qui, plus qu'eux, avait besoin d'argent? Qui d'autre pouvait nourrir une telle rancune à l'endroit de Charlotte et Ellen?

Après le décès de sa mère, Rosalie Grimshaw semblait constituer le suspect numéro un. Était-ce le genre de personne à kidnapper sa propre sœur?

Si Jack Grimshaw s'occupait des détails de l'opération, peut-être. Mon père et moi discutâmes de cette possibilité au plus profond de la nuit.

Je n'avais jamais vu Londres aux petites heures du matin et j'étais sensible à ses immeubles fantomatiques, la lueur de ses lampadaires et ses rues désertes, sachant que les activités reprendraient bientôt.

— Grimshaw a compromis ses chances de ce côté-ci de l'océan, reconnut mon père. C'est un être retors. Je suis content de ne pas avoir investi avec lui.

— Il aurait volé l'argent et filé. L'argent facile, c'est tout ce qu'il cherche.

— Et s'il est à court, le rapt constitue pour lui une façon facile de gagner de l'argent.

Nous entrâmes sur le parvis de la gare Victoria, et mon malaise s'intensifia. Il n'y avait personne en vue, et l'endroit semblait propice à tous les dangers. Coupant le moteur, nous nous arrêtâmes en douceur.

— J'aurais dû apporter mon pistolet, plaisanta mon père en descendant de la voiture.

— Vous auriez dû.

Je retins mon souffle et je marchai à ses côtés, m'attendant à tomber sur un criminel à tout moment. Pire encore, à tomber sur Jack Grimshaw, tapi derrière une colonne, armé et retenant Ellen pour obtenir une rançon.

J'espérais qu'elle se soit cachée. Un sentiment sinistre me consumait tandis que nous approchions du guichet désert.

— Il n'y a personne ici. Rentrons à la maison, Daphné.

Je hochai la tête et me retournai à nouveau.

— Il faut pourtant qu'elle soit ici, continuant d'espérer revoir Charlotte.

Je regardai une nouvelle fois. Je crus entendre un petit cri plaintif au fond du hall.

— Peut-être devrions-nous aller plus au fond?

Ma voix semblait petite et intrépide. J'aurais aimé que mon père ait apporté un pistolet. Que le major soit ici avec nous. J'aurais sans doute droit à une réprimande plus tard durant la matinée mais qu'importe.

Étreignant le bras de mon père, nous avançâmes dans le hall. Plus nous avancions et plus je sentais mon père devenir tendu. Nous avancions de plus en plus lentement. Je n'avais jamais vu mon père aussi effrayé, et mon cœur battait la chamade. La pâleur envahissait mon visage. Allions-nous tomber dans un guet-apens? Allions-nous connaître la mort?

Un autre gémissement.

Faible, celui d'une femme.

Je m'arrêtai.

— Ellen?

Le gémissement cessa.

— Ellen?

Puis une voix sortie de l'obscurité.

— Daphné?

Je fermai les yeux en souriant.

Nous la trouvâmes accroupie dans un coin en train de pleurer.

— Excusez-moi, sir. Ceci vient d'arriver pour vous.

Il était midi. Assise à la table du petit déjeuner et sirotant un café, je jetai un coup d'œil à la domestique. Je m'attendais à ce qu'elle annonce l'arrivée du major Browning. Mais non, elle remit simplement le courrier à mon père.

Ouvrant une enveloppe avec son couteau à beurre, mon père blêmit.

— Scandaleux !

Son emportement fit vaciller la tasse de thé de ma mère. Je me précipitai pour la stabiliser et scrutai le visage de mon père.

— C'est à propos de Charlotte, n'est-ce pas ?

Mon père eut un signe de tête affirmatif, l'air grave.

— Il veut plus d'argent.

— Oh ! non.

Mettant son thé de côté, ma mère regarda par-dessus son épaule.

— Que dit-il cette fois-ci, Gérald ? Pourquoi t'a-t-il adressé ce billet ?

— Parce qu'Ellen vit sous mon toit. Il veut toute l'attention. C'est un sadique.

— Puis-je voir le billet ?

Il était similaire à la première demande, avec les mêmes lettres noires écrites à la main, bien dessinées.

— Je crois que tu as raison, papa. Ces deux lettres sont différentes des autres lettres de menaces. Le ravisseur n'est pas la personne qui a tenté de tuer Ellen.

— Si ce n'est pas lui, qui est-ce alors ? s'écria ma mère.

— Je vais appeler les policiers.

Alors qu'il se dirigeait vers la porte, mon père s'immobilisa.

— Ne transmets pas la nouvelle à Ellen pour le moment, tu veux?

Après son départ, ma mère et moi nous retrouvâmes face à face.

— Toute cette affaire est si affreuse, et cet inspecteur qui n'est pas très utile. Oser insinuer qu'Ellen est une meurtrière!

— Peut-être envisage-t-il toutes les possibilités.

— Dommage qu'ils n'aient jamais capturé l'assassin de Teddy Grimshaw. Tout cela ne serait peut-être jamais arrivé.

— Cela serait quand même arrivé.

Secouant la tête, ma mère me lança un regard désapprobateur.

— Tu romances un peu trop les choses, Daphné. Nous ne vivons pas dans un roman.

Croisant les bras, j'imaginai à cet instant un roman beaucoup plus maîtrisé que la réalité.

Quoi qu'il en soit, on ne pouvait exprimer une opinion contraire à celle de lady Muriel du Maurier.

CHAPITRE TRENTE-DEUX

— Je ne suis toujours pas sûre que ce soit le meilleur moyen...

— Ici, vous avez le moyen de répondre, répliqua l'inspecteur James. N'oubliez pas que vous avez essayé l'autre façon et qu'elle a échoué. Faites-moi confiance. J'ai de l'expérience en ce domaine.

— Et s'il se met en colère et fait du mal à Charlotte ?

— Il ne lui fera pas de mal. Elle vaut trop cher. Si elle n'était pas une riche héritière, alors peut-être que je vous conseillerais différemment. Mais ce n'est pas le cas et c'est cette valeur qui la garde en vie.

— Merci, inspecteur. Votre assurance me redonne confiance.

Raccrochant le téléphone, Ellen chercha ma main de ses mains tremblantes et me demanda si j'avais tout entendu.

— Oui. Je suis d'accord avec lui.

Elle nous fixa durement, moi et le major Browning, et hocha la tête.

— Alors, soit! Demandez-lui de venir à Thornleigh prendre l'argent. Il devra emmener Charlotte dans le cimetière où repose son père, et c'est là qu'aura lieu l'échange.

— Le cimetière?

Haussant les sourcils, mon père marmonna entre ses dents :

— Pas une bonne idée. Trop isolé.

— C'est un endroit qui va lui plaire, le contredit le major. Il nous faut l'entraîner par la ruse dans un face-à-face. Cette personne n'aime pas les face-à-face. Voilà pourquoi elle a communiqué par l'entremise d'une boîte postale.

À ces mots, je commençai à me ronger les ongles.

— Daphné!

J'aurais dû m'attendre à ce que mère me prenne sur le fait.

— Laissez-la mâchouiller.

Devant l'opinion affectueuse du major sur ma mauvaise habitude, elle n'insista pas et me laissa faire. J'arrivais à mieux réfléchir en me rongeant les ongles. J'évoquais de cette façon mes personnages, analysant leurs personnalités et leurs motivations.

J'étais heureuse de revenir à Thornleigh. Le voyage gardait nos esprits occupés. Ellen et moi regardions par la fenêtre tandis qu'Alicia Brickley conversait avec le major Browning sur le siège avant.

Je saisis quelques bribes de leur conversation.

— Mon oncle était un homme brillant mais, un peu avant sa mort, quelque chose le préoccupait. Je l'ai aperçu un jour à son bureau en train de se frotter le menton. Il faisait cela seulement quand il ne pouvait résoudre une énigme.

— Il devait se faire du souci au sujet des menaces contre Ellen et Charlotte.

— Non... en fait je ne pense pas. C'était un homme riche. Il avait déjà eu à composer avec des menaces auparavant. Quelque chose d'autre le préoccupait.

— En relation avec ses affaires ?

— Oui.

— Quelque chose qu'il ne pouvait résoudre ? Une énigme ?

Elle fit un signe de tête affirmatif, et j'admirai sa nuque. Elle se tenait bien, Alicia Brickley. Grande, gracieuse, réservée. La parfaite secrétaire. La parfaite nounou.

Les gens trop parfaits m'inquiétaient.

Je gardai pour moi mes soupçons, car ils étaient vagues en ce qui concernait les agissements d'Alicia, et tournai mon attention vers le paysage que j'aimais tant. Des rosiers sauvages grimpaient sur les murs des cottages qui défilaient sous mes yeux. Je rêvais de vivre en cet endroit. Ici, au cœur des Cornouailles.

Un rose cendré teinta mes joues. Maintenant que j'étais *fiancée*, je pouvais commencer à chercher une maison. Quelque part au plus profond de cette campagne.

Je redoutais d'avoir à passer mes premières années de mariage à Londres.

À vrai dire, je rêvais de vivre dans un lieu aussi grand et ancien que Thornleigh. J'enviais Ellen. Elle était née dans cette demeure et elle avait le privilège d'appartenir à l'une des grandes familles d'Angleterre.

Hélas ! J'étais une du Maurier. Mon père était bien nanti, et nous possédions Cannon Hall ainsi que la résidence Ferryside à Fowey. Mais Cannon Hall et Ferryside n'étaient pas Thornleigh.

Ce n'était pas la splendeur de la demeure qui m'impressionnait, me dis-je, après que la voiture eut franchi les grilles, tandis que nous parcourions l'allée ; je sentis monter dans mes bras un fourmillement d'excitation. C'était plutôt lié à son histoire. Les générations qui y avaient vécu et rendu le dernier soupir. Le rôle joué par le grand manoir Thornleigh dans l'histoire de notre nation.

En entrant, je ressentis un sentiment de paix. Le fait de tenir la main du major accroissait cette sensation. C'était comme si j'étais rentrée chez moi.

— Vous m'excuserez, dit Ellen.

Auparavant, elle avait donné de brèves instructions au personnel concernant notre installation.

— Je vais dans ma chambre.

Alicia ramassa le sac à main qu'Ellen avait laissé choir et la suivit promptement.

— Il ne reste plus que vous et moi.

Le murmure séducteur du major caressait mon oreille.

— *Sans* chaperon.

— Voilà sans doute pourquoi Ellen nous a logés dans des sections différentes de la maison. Vous êtes dans la chambre de son époux. C'est un grand hommage.

— Je ne suis pas sûr que l'idée de dormir dans la chambre où l'homme a vécu ses derniers moments me plaise.

Je reculai et éclatai de rire devant cette soudaine réticence, une attitude tout à fait inhabituelle chez lui.

— Oh! Allons. À *vous,* il n'arrivera rien.

Mais j'avais à peine prononcé ces mots que l'idée me frit frissonner. Pourrais-je dormir dans la chambre d'une personne décédée?

— Je vous verrai donc au déjeuner.

Ses lèvres effleurèrent mon front.

— Peut-être pourrons-nous ensuite faire une petite promenade dans le parc?

Je répondis que cela me plairait et me dirigeai vers l'escalier. Olivia, la bonne, transporta mon sac. Puisqu'Ellen n'avait pas encore informé le personnel de la disparition de sa fille, tous présumaient que Miss Charlotte était restée à Londres. Mais alors, pourquoi Alicia était-elle revenue?

Habituellement timide, Olivia s'enquit à propos de Charlotte.

— Oh! Je crois que votre maîtresse a l'intention de vous en parler un peu plus tard.

Olivia acquiesça en silence, l'air perplexe.

— Je sais que vous êtes tous inquiets, non sans raison. Alors je vous prie de prévenir les autres. Je crois que Miss Ellen va faire l'annonce avant le déjeuner.

— Oh! Bonté divine. C'est vraiment grave, alors?

— C'est vraiment grave.

Je répétai ces mots en m'attardant à la porte de la chambre tandis qu'Olivia déposait mon sac sur le lit.

— Dois-je défaire vos bagages pour vous, Miss Daphné?

— Oui, faites-le, dis-je, désireuse de la retenir un peu plus longtemps.

Elle ne put s'empêcher d'ajouter :

— Est-il arrivé quelque chose à Miss Charlotte? Est-elle malade?

— Elle a… euh; elle n'a pu éviter d'être retardée.

Incertaine quant au sens de mon expression, Olivia continua de suspendre mes vêtements.

— Olivia, pourquoi ne pas avoir dit que vous aviez rapporté un verre de la chambre de Mr Grimshaw?

La bonne se crispa et devint rouge.

— Vous aviez peur que quelqu'un puisse penser que vous l'aviez fait?

— Mais je ne l'ai pas fait, Miss! J'ai simplement repris le verre. J'ignorais ce qu'il y avait dedans.

— Je vous crois, Olivia, mais voudriez-vous prendre le temps de revoir les choses de façon plus détaillée avec moi? Je crois qu'un indice essentiel a peut-être échappé à la police.

— Un indice, Miss?

— Oui, un indice sur lequel travaille l'agent Heath. Voilà pourquoi il revient sans cesse à la maison, autant que pour déguster les gâteaux de Nelly.

Une peur nouvelle se lisait dans ses yeux.

— Quand vous êtes allée ramasser la vaisselle, vous avez entendu Mr Grimshaw. Il n'était pas seul, n'est-ce pas?

Mon regard était fixé sur elle. Je la regardais droit dans les yeux, et elle commença à faiblir.

— Non, il n'était pas seul. Il était avec sa fille, Miss Rosalie.

— Pourquoi ne pas l'avoir dit à la police?

— Parce que Mr Grimshaw me l'a demandé. «Olivia, a-t-il dit, je veux que ce que vous avez vu ici reste un secret entre vous et moi. Vous comprenez?» «Oui, Monsieur», j'ai dit, avant de repartir avec le verre.

— Mais après l'assassinat de Mr Grimshaw, ne pensiez-vous pas que c'était important?

— Je croyais qu'elle dirait à la police ce qui s'était passé. Cette Miss Rosalie. Elle ne l'a pas fait?

— Non. Elle a déclaré ne pas avoir vu son père avant la cérémonie.

— Oh! Eh bien alors, elle a menti.

— Oui, elle a menti. Qu'avez-vous entendu, Olivia?

Sa gorge se serra.

— Je ne veux pas avoir d'embêtements. Je ne veux pas perdre mon emploi.

— Vous ne perdrez pas votre emploi, je vous l'assure. Je n'en ferai part ni à Miss Ellen, ni à la police. Cela restera entre vous et moi, exactement comme l'avait dit Mr Grimshaw.

Elle fronça le nez et fouilla dans sa mémoire.

— Je faisais ma tournée habituelle. La maison était pleine de bruits et de gens. En approchant de la chambre de Mr Grimshaw, j'ai entendu quelque chose. Au début, j'ai cru qu'il parlait tout seul et j'allais frapper à la porte quand Miss Rosalie a parlé.

— Qu'avez-vous entendu exactement?

Elle soupira et fit un effort pour se souvenir.

— Cela a commencé avec Mr Grimshaw qui lui a demandé si c'était sa mère qui l'envoyait. Il n'a pas cessé de soulever la question tandis qu'elle posait sans cesse des questions à propos du testament. Mr Grimshaw a dit qu'il avait fait un nouveau testament et qu'il y avait de gros changements. Miss Rosalie a voulu savoir quels étaient ces changements. Mr Grimshaw a dit que ce n'était ni l'endroit ni l'heure d'en parler, là, juste avant son mariage.

— Comment a-t-elle réagi?

— Elle l'a harcelé, a refusé de partir sans savoir; alors il le lui a dit.

— Qu'a-t-il dit?

— Il a dit que la plus grande partie de l'argent irait à Ellen et Charlotte, et qu'il lui laisserait une part d'héritage. «Il y a un peu d'argent, a-t-il dit, mais il ne va pas durer à moins que tu ne travailles. Je t'ai associée, toi et tes cousins, dans une entreprise. Le travail est le meilleur antidote à une vie de paresse et de désœuvrement.»

— Miss Rosalie a dû recevoir un choc.

Olivia fit les yeux ronds.

— Oh! oui. Elle fulminait contre lui. Elle disait que c'était injuste et que c'était *son* argent. «Si tu veux de l'argent, a dit son père, tu vas devoir le gagner. Le travail te fera du bien, Rosalie. Tu apprendras à le respecter à sa juste valeur, chose que ta mère ne t'a jamais enseignée.»

— Que s'est-il passé ensuite?

— Elle l'a traité d'avare et elle a dit qu'elle détestait Miss Ellen et Charlotte. «Tu as toujours voulu avoir une sœur, lui a répondu Mr Grimshaw. Tu as le choix. Si tu veux avoir une relation avec Charlotte et ta belle-mère, cesse de faire ce que dit ta mère et prends tes propres décisions. Ta mère se sert de toi comme d'un outil, c'est tout. Elle est sans cœur et sans pitié.» «Non, c'est faux, a crié Miss Rosalie, elle me protège.» «Te protège? a dit Mr. Grimshaw en riant. Elle ne pense qu'à l'argent. Elle a toujours été ainsi. Si elle se souciait de toi...»

— Alors, que s'est-il passé?

— Miss Rosalie a couru hors de la chambre sans même me voir. Je suis entrée pour ramasser la coupe et Mr Grimshaw m'a fait promettre de ne pas répéter ce que je venais de voir.

— Oh! Olivia, dis-je en m'asseyant. C'est très important. Tu aurais dû le dire à la police.

— Cela aurait donné l'impression qu'elle l'a empoisonné, n'est-ce pas?

— Peut-être, mais je ne crois pas qu'elle l'ait fait... Cette dispute était imprévue et s'est produite à brûle-pourpoint. L'empoisonnement, lui, ne s'est pas fait sur un coup de tête. Il a été soigneusement préparé.

Je levai le visage vers Olivia, effrayée.

— Tu as ma parole. Je tiendrai promesse. Mr Grimshaw devait avoir ses raisons pour ne pas vouloir que cette dispute soit rendue publique, et il en sera ainsi. Nous devons au mort cette faveur.

CHAPITRE TRENTE-TROIS

Très soulagée, Olivia acheva de ranger mes effets dans le placard.

Tout en l'écoutant chantonner une vieille comptine, je m'allongeai sur le lit et revis en esprit la scène qu'elle venait de me décrire.

— Vous n'en direz rien, miss, n'est-ce pas ? Miss Ellen va me tordre le cou si elle l'apprend.

— Vous congédier, rectifiai-je, avant de le lui promettre solennellement.

Au moment où ces mots s'échappaient de mes lèvres, j'aurais souhaité pouvoir divulguer ces informations. On avait accolé à la pauvre Ellen l'étiquette de meurtrière. Si l'on finissait par apprendre la vérité, à savoir que Miss Rosalie avait vu son père tout juste avant sa mort, celle-ci serait arrêtée pour meurtre.

Le public et la police voulaient une solution rapide. La vérité n'était pas toujours importante à leurs yeux.

Elle l'était pour moi.

Choisissant une nouvelle robe d'été pour le déjeuner, je passai un peu de temps devant ma coiffeuse. Je bouclai mes cheveux, appliquai de la couleur sur mes lèvres et coupai mes ongles rongés. Satisfaite du résultat, je quittai ma chambre.

Je rencontrai Ellen dans la grande salle. Elle y avait convoqué tout le personnel. En général, une convocation était utilisée pour annoncer une bonne ou une mauvaise nouvelle. J'observai les visages inquiets et la façon dont le choc se répercutait sur eux à l'annonce de la disparition de Miss Charlotte.

— J'apprécierais que vous gardiez pour vous cette nouvelle aussi longtemps que possible, dit Ellen, le visage tiré et amaigri par le stress. Les policiers font tout ce qu'ils peuvent pour la retrouver. Vous les verrez ici par mesure de sécurité car, à vrai dire, nous sommes la cible d'une attaque. Ils s'en sont pris à mon mari, ils s'en sont pris à moi et maintenant ils ont enlevé notre fille. Je vous demande d'être sur vos gardes et de me faire part de tout incident sortant de l'ordinaire. Merci d'avoir pris le temps de m'écouter.

Ainsi remercié, le personnel commença à quitter la salle, et je surpris le regard furtif, terrorisé, d'Olivia. Elle leva les yeux vers moi, et je lus dans son regard une question. Miss Rosalie. Se pouvait-il que Miss Rosalie ait kidnappé Charlotte ?

Je répugnais à admettre cette possibilité.

Ellen aussi.

— Tu as bien fait, lui dis-je tandis que nous parcourions le corridor.

— Je déteste cela. Habituellement c'est Harry qui s'adresse au personnel, mais il est parti rendre visite à sa mère à Brighton. Je l'ai envoyé chercher.

Réprimant un sanglot, ses yeux s'emplirent de larmes.

— Ils doivent l'avoir enlevée... Rosalie et Jack. Qui d'autre? Ils ont disparu. Ils veulent de l'argent et vite. Ils ne vont pas attendre l'issue d'un procès qui leur sera sans doute défavorable. Alors tu vois, ils devaient poser un geste... et ils l'ont fait.

J'hésitai un instant avant de parler.

— Ellen, crois-tu vraiment que Rosalie a assassiné Teddy?

— Non, dit-elle, les yeux étincelants, mais elle et sa mère préparaient un mauvais coup. Certaines de ces lettres, les lettres personnelles contre Charlotte et moi, ont été rédigées par une femme. Elle obtenait beaucoup par le chantage, de toute évidence. C'était son affaire et, en fin de compte, cette affaire s'est retournée contre elle.

Honorant la promesse faite à Olivia, je gardai le secret sur ses révélations. Ellen savait, tout comme moi, que Rosalie n'avait pas tué son père. Elle n'avait pas eu le temps de planifier ce geste. J'allais quand même ouvrir la bouche mais je la refermai promptement.

— Ah, vous voilà.

Déjà à table, le major Browning se leva avec empressement lorsque nous, les dames, sommes entrées dans la salle à dîner. Alicia, qui était déjà là, se leva elle aussi.

— Dieu merci, c'est terminé.

Ellen soupira et s'effondra sur une chaise.

— Chère Nelly au grand cœur. Elle a préparé ma soupe préférée.

— Pois et jambon, remarqua le major. C'est remarquable.

— C'est davantage un déjeuner pour dames, dit Ellen en s'excusant. Mais nous avons un rosbif pour dîner. Charlotte adore le rôti de bœuf. Oh mon Dieu! Pardonnez-moi.

Ellen versa quelques larmes dans sa serviette de table et fit un effort pour reprendre contenance.

— Ce sont les nerfs, je suppose. Je ne sais pas comment je vais pouvoir attendre jusqu'à demain. C'est comme si c'était une éternité, chaque minute qui s'écoule lentement, encore et encore.

— Tâchez de vous reposer, suggéra le major. Vous allez devoir être forte. Charlotte a besoin que vous soyez forte.

— Et si nous faisions fausse route? Je suis déchirée, Tommy. Puis-je vous appeler Tommy? L'inspecteur James placera ses hommes dans les bois mais, comme promis, je dois être seule pour l'échange. Mais que remet-on en premier? L'argent ou Charlotte? Sera-t-elle là? Vont-ils la relâcher?

— Faites comme si vous échangiez un livre plutôt qu'un précieux enfant. Vous procéderez à l'échange en même temps. N'oubliez pas, nous serons tout près, avec vous.

— Je viens aussi, dis-je.

— Non, tu n'en feras rien. Tu as eu de la chance la dernière fois. On ne tente pas deux fois le destin.

Observant son visage déterminé, je capitulai cette fois devant l'homme que j'aimais. Je devais reconnaître mes limites. Je n'avais pas la formation nécessaire pour participer aux échanges avec des scélérats inconnus.

Après le déjeuner, comme promis, le major et moi avons flâné dans les jardins de Thornleigh. Tout comme moi, il appréciait les longues promenades, et nous nous sommes arrêtés à plusieurs reprises pour admirer des fleurs, une vieille grille rouillée, un lierre envahissant un mur, ou la progression des travaux de rénovation du manoir. Levant la tête pour contempler la nouvelle flèche qui ornait la tour, je parlai de mon histoire d'amour avec les grandes demeures.

— Mais, dis-je en souriant, cela n'est rien à côté de ce que je ressens pour toi.

— Quel compliment. On me compare à un tas de pierres. Car ce n'est que ça en fin de compte, Daphné. Des pierres inanimées. Sans vie. Sans cœur.

Nous étions assis à la gauche du manoir sur un banc de pierre, et mes doigts, enlacés à ceux du major, en égratignaient la surface. La pierre était froide au toucher, tout particulièrement en regard de la tiédeur de sa main. Une chaleur soudaine fourmilla en moi. Je pensai aux amoureux que j'avais vus dans les bois, Jack et Rosalie. Oserais-je m'imaginer dans une pareille étreinte ?

— À quoi penses-tu ?

— J'ai des pensées libertines.

Je cessai de lui sourire.

— J'espère que nos fiançailles ne seront pas trop longues.

— Je l'espère moi aussi, murmura-t-il en embrassant mes cheveux. Seule, tu crées trop de problèmes.

— C'est plus fort que moi. Tout est de la faute de mon imagination, sauf que dans ce cas-ci, je n'ai pas imaginé Jack et Rosalie ensemble dans les bois. Je pensais justement à cela, et j'osais nous imaginer, toi et moi, là-bas.

Il se mit à rire et passa son bras autour de mes épaules.

— Pourquoi n'irions-nous pas maintenant?

— Je préférerais un espace ouvert, un lit de fleurs sauvages près de l'océan.

— Ma vilaine fille.

Je perçus la tendresse dans sa voix, et ma gorge se serra.

— J'ai été vilaine. J'ai découvert quelque chose un peu plus tôt. Quelque chose que j'ai gardé pour moi.

Son visage amusé devint sérieux.

— Qu'as-tu découvert cette fois?

— C'est peu de chose, mais cela pourrait être important. C'est Olivia, la bonne. Elle a vu Rosalie dans la chambre de son père avant la cérémonie. Mr Grimshaw lui a fait promettre de ne rien dire, car il venait de se disputer avec sa fille à propos de son testament et de l'argent.

Il s'écarta, et chaque fibre de son corps se raidit.

— Ne vois-tu pas ce que cela signifie pour Ellen?

— Elle serait innocentée, dis-je en hochant la tête. Mais pense à cela un moment. D'après ce que dit Olivia, durant cette dispute le ton a monté. Si elle avait l'intention de tuer son père, elle ne se serait pas donné la peine de se disputer avec lui, non ?

— Peut-être son intention était-elle de discuter avec lui. Et n'obtenant aucun résultat, elle aura décidé de le tuer.

— Avec un revolver ou un couteau sous l'effet d'une violente colère, oui. Pas avec du poison. Et pendant que Rosalie était dans la chambre de son père, Olivia est venue chercher le verre vide. Il faut donc qu'il l'ait bu juste avant l'arrivée de sa fille.

— Ou en sa présence. Je suis surpris que tu ne te sois pas précipitée pour annoncer la nouvelle à Ellen.

— J'ai eu envie de le faire, confessai-je, et je me sens très mal de ne pas l'avoir fait, mais Olivia est terrifiée à l'idée de perdre son emploi, et nous savons, toi et moi, que Rosalie n'a pas tué son père. Si l'information sort au grand jour, l'inspecteur James cherchera à l'arrêter. Une affaire résolue, c'est une bonne chose pour lui.

— Tu sous-estimes cet homme. Comme inspecteur, il est d'abord et avant tout partisan de la vérité.

— L'agent Heath n'a pas cessé de relancer Nelly. Ce n'est qu'une question de temps avant qu'il ne trouve. Si Olivia a oublié de parler du verre, elle a oublié d'autres choses. Questionnée par les policiers, elle avouera de son plein gré. Qu'y a-t-il, Tommy ?

Il leva une main, plongé dans ses pensées.

— C'est à propos du meurtre ? Ou de l'enlèvement ?

— C'est à propos de Teddy Grimshaw, dit-il enfin. En demandant à la bonne de ne pas souffler mot de la scène, il faisait plus que protéger sa fille. Il se protégeait lui-même. Il a orchestré toute l'affaire.

— Depuis son tombeau ? Que diable veux-tu dire ?

— Je suis sur cette affaire depuis un certain temps. Tout est lié à la haute finance et à des transactions illégales. Teddy Grimshaw est coupable.

— Coupable ?

— C'était un grand maître et il connaissait les règles du jeu. Il a récolté des millions en le jouant, mais il a commis quelques erreurs en voulant étendre son empire jusqu'ici.

Interloquée, je le regardai fixement.

— Tes fiançailles avec lady Lara faisaient encore plus ton affaire qu'à elle. Cela te rapprochait de Rutland, n'est-ce pas ?

— Oui, et durant ce temps j'ai pu me faufiler dans le bureau de Rutland. J'y ai trouvé la preuve que Jack Grimshaw vendait de l'information à la partie adverse.

— Tu en as informé Dean Fairchild qui a renvoyé Jack Grimshaw, mais quel est le rapport avec Teddy Grimshaw ? En quoi est-il coupable ? Il est mort.

— Fortuitement. S'il avait vécu, il aurait subi les conséquences de ses pratiques commerciales et perdu la plus grande partie sinon toute sa fortune. Le gouvernement voulait son argent. Grimshaw savait que la seule façon de protéger son capital était de mourir et de le léguer à sa veuve. Il a planifié son décès ce jour-là. Il a voulu qu'il ait l'apparence d'un meurtre. L'enquête aurait priorité sur ses démêlés avec le gouvernement, et sa fortune serait sauvée.

— Voilà pourquoi il n'a pas alerté la police dès la réception des premières menaces de mort. C'est lui-même qui les avait envoyées.

— Oui. Il voulait que la police soit là, prête à protéger Ellen.

— Parce qu'il y avait d'autres agresseurs, Salinghurst et Rutland.

Je commençais à me sentir très mal.

— Je me demande si lady Lara est au courant des entourloupes de son père malade ?

— Elle sait peu de choses. Tu as été bouleversée en entendant dire qu'on nous avait vus ensemble à Londres. Mon travail exigeait que je reste auprès d'elle afin d'obtenir toute l'information qu'elle possédait sur son père et sur ses actions dans la compagnie Salinghurst. Il avait beaucoup investi, tu sais, et il n'était pas disposé à perdre sa fortune aux mains d'un « pirate américain ».

— Pauvre Teddy, soupirai-je. Il était coincé de toutes parts. Il croyait qu'en mourant, il protégerait sa fortune et sa famille. Ce jour-là dans les bois… et les chocolats empoisonnés. Cela venait de Salinghurst ?

— Avant qu'elle ne vende les actions à Dean Fairchild, Ellen était en danger. Car, une fois celle-ci éliminée, les actions seraient revenues à la compagnie qui en aurait pris le contrôle. La vente de ces actions a sauvé sa vie.

— Mais notre gouvernement a-t-il voulu se servir d'elle comme appât? Surveiller leurs réunions et, par conséquent, mettre Charlotte et Ellen en danger?

Il haussa les épaules.

— Tels étaient nos ordres. Parfois on n'est pas d'accord mais on doit obéir. Pourquoi penses-tu que je suis venu à Thornleigh tout de suite après les funérailles?

— Pour nous protéger, répondis-je. Et essayer de confisquer l'argent.

— Non, corrigea-t-il en promenant un doigt sur ma figure. Je suis venu pour toi.

CHAPITRE TRENTE-QUATRE

Mon bien-aimé et moi revenions main dans la main à Thornleigh, et je ne craignais plus ce qui arriverait ou ce qui pourrait arriver. Assurée d'être aimée et d'aimer en retour, je baignais dans une paix sereine.

Vaguement étourdie, je regagnai ma chambre. Le voyage m'avait fatiguée, et Tommy avait suggéré que je me repose. Je souriais, pelotonnée dans mon lit avec ma pile de précieuses lettres. Sur le dessus, il y avait les lettres du major, nouées avec un ruban blanc ; tout était là, préservé pour toujours.

Comme je ne parvenais pas à dormir, je classai les lettres en cherchant celles que j'avais l'intention de lire. Le voilà... le compte rendu du décès de la mère d'Ellen :

> *Très chère Daphné,*
> *J'ai une mauvaise nouvelle à t'apprendre. Je peux à peine y croire. Ma mère est décédée. Cela est arrivé très vite... pendant la nuit. J'avoue que je suis un peu en état de choc. Tu connaissais la nature de notre*

relation ; alors pardonne cette apparente absence de
chagrin de ma part. Plus tôt dans la journée, elle
était au jardin et criait après Charlotte qui avait osé
cueillir des roses. La pauvre fillette voulait simple-
ment les cueillir pour sa « grand-maman » malade,
mais ma mère est ainsi. Elle ne permet à personne
de lui témoigner de la gentillesse.

Appuyant le bord du papier sous mon menton, je fis une pause. Lady Gertrude. Le nom convenait bien à cette femme irascible.

Elle avait pris son dîner dans sa chambre comme
d'habitude et, comme toujours, je suis allée la voir
une dernière fois avant de me coucher. Elle geignait
et se plaignait de manquer de sommeil, et d'une
affreuse migraine. Comme elle était déjà au lit, elle
m'a demandé de lui passer son laudanum. Mesurant
soigneusement la dose dans sa cuillère, elle m'a fait
au revoir de la main, et je l'ai embrassée sur la joue.
« Bonne nuit maman », ai-je dit, sans me douter que
ce seraient les derniers mots que je lui adresserais.
Oh ! Daphné, j'ai honte de le dire mais, en fait,
sa mort représente un soulagement pour moi. J'étais
lasse de l'entendre tous les jours menacer de me dés-
hériter. Et radoter sans cesse à propos de Xavier, son
cher fils. Xav me manque. Il aurait été un grand
maître à Thornleigh. J'ignore comment je m'en
sortirai comme maîtresse de Thornleigh. Serai-je à
la hauteur du titre ?

La lettre se terminait ainsi, et j'aurais bien aimé savoir quelle avait été ma réponse. J'espérais lui avoir transmis quelques mots de réconfort. Quant à lady Gertrude, j'aimais mieux la voir reposer dans le sol de Thornleigh plutôt que de tourmenter ma pauvre amie. Je poursuivis ma lecture :

> *Les funérailles ont eu lieu aujourd'hui. Certaines personnes me regardaient d'un drôle d'air! Ces gens croient que je l'ai tuée mais je suis innocente, Daphné. Elle a ingéré une surdose. Toute à sa colère, elle aura sans doute mal mesuré? Je suis incapable de pleurer son départ, est-ce horrible de ma part? Xavier a toujours été son préféré. Xavier par-ci, Xavier par-là. Si j'avais eu un fils, elle aurait sans doute été plus heureuse. Un fils pour Thornleigh! Un fils qui aurait reçu le nom de Xavier. Pauvre Charlotte. Elle me posait sans cesse des questions sur ses grands-parents. Elle pensait que des grands-parents ne pouvaient être que gentils. Je ne lui ai pas encore dit qu'elle a une autre grand-mère de l'autre côté de l'océan, en Amérique. Maintenant que maman est morte, il n'y a plus de raison de continuer à faire semblant. Je suis veuve, j'ai fait courir cette rumeur, et oui, je suis une veuve au fond car je l'aime encore, Daphné. J'aime encore Teddy. Le reverrai-je jamais? Pourquoi n'a-t-il pas répondu à mes lettres?*

En tournant la feuille, je songeai à ces jours de guerre et à quel point Ellen revenait de loin. Je sautai deux lettres et en commençai une autre :

> *Désolée, j'ai été trop occupée pour écrire! Mes mains ont une apparence atroce. Noueuses. Mais j'aime travailler la terre. Notre potager est une grande réussite*

et il nous permet de survivre. Malheureusement, la maison reste toujours fermée. Nous n'en occupons qu'une petite partie mais j'espère un jour ouvrir à nouveau toutes ces pièces fantomatiques. Je suis allée voir les avocats en immobilier. Ils ne me permettent pas de vendre la moindre parcelle de terre ou les meubles de la maison, mais ils m'ont alloué une somme pour la maintenance. Cela couvre nos besoins et ceux des quelques personnes engagées que nous avons ici, et nous vivons relativement heureuses... mais je rêve toujours de Teddy.

P.S. : ... Charlotte a eu cinq ans aujourd'hui. Elle a posé des questions à propos de son père. Nous avons dit ensemble une petite prière, dans l'espoir de le revoir. Cela ne lui ressemble pas, Daphné, de ne pas répondre aux lettres. Qui sait si, durant tout ce temps, je n'ai pas eu une mauvaise adresse?

Non, tu avais la bonne adresse. À la lecture de ces lettres, je ressentis une immense tristesse pour Ellen. Avoir aimé, avoir perdu son bien-aimé et l'avoir aimé à nouveau, mais si brièvement. Je cherchai la lettre où sa joie extrême éclatait littéralement sur la page et la trouvai au bas de la pile.

Daphné, tu ne devineras jamais. Teddy est ici! Je l'ai vu. Il y avait un entrefilet sur lui dans le journal. Il effectue un voyage d'affaires, mais il dit qu'en réalité il est venu pour me chercher. Il est au courant pour Charlotte. Daphné, il affirme n'avoir jamais reçu mes lettres. Quand je me suis enfuie de Boston, il était sur le navire suivant. Mais ce navire a eu un retard de deux ans à cause de la guerre. Il a dû attendre et ensuite il est venu à Londres, mais la cité était dans une telle pagaille — tout le monde cherchait des parents — qu'il n'a pu me trouver. Il est allé à Thornleigh et il a été très mal reçu par mon père. Curieusement, ils ne m'ont jamais parlé de cette visite. Je suppose que c'est à l'époque où j'avais été déshéritée et vivais dans un petit logement à Londres. De voir s'amener un amant américain n'était pas pour les impressionner. Je me demande : auraient-ils réagi différemment s'il avait mentionné qu'il était millionnaire ? En tout cas, nous voilà réunis, et il dit qu'il m'aime, qu'il m'a toujours aimée ! Nous ignorons ce qui a pu arriver aux lettres mais j'ai ma petite idée là-dessus. Rosalie. Elle ne voulait pas que son père se remarie, mais cela n'a plus d'importance. Nous allons rattraper le temps perdu. Teddy va rester ! Il est impatient de renouer avec moi et de connaître Charlotte. Comme la vie est merveilleuse.

À l'endos de la lettre, elle avait ajouté un post-scriptum :

D, impossible de terminer la lettre car je dois partir pour Paris ! Teddy nous emmène, et Harry dit qu'il la postera pour moi. T'en dirai plus bientôt, x E.

Je glissai la lettre dans son enveloppe et m'effondrai sur mon oreiller en soupirant. Paris. Je voulais aller à Paris. Certains disent qu'on peut y vivre une vie entière en l'espace de quelques mois, et cela avait certainement été vrai pour Ellen. Je commençais à m'endormir en rêvant de voyage avec mon fiancé et je tournai l'enveloppe avant de la déposer sur la pile.

La peur me glaça le cœur quand je vis l'adresse.

MISS D. DU MAURIER
CANNON HALL, CANNON PLACE
HAMPSTEAD
LONDRES NW3

Les mêmes majuscules noires bien dessinées que j'avais déjà observées ailleurs.
Sur la demande de rançon.

CHAPITRE TRENTE-CINQ

Je quittai ma chambre et me dirigeai vers l'escalier.

Un silence morbide m'accueillit. Dans les grandes demeures, un silence de mausolée règne toujours au milieu de l'après-midi. Depuis ma découverte, la tranquillité me paraissait dangereuse. Le cœur battant et serrant toujours fermement l'enveloppe dans ma main, je me précipitai vers la chambre du major Browning.

Je frappai.

Pas de réponse.

Je frappai à nouveau.

Toujours pas de réponse.

À bout de souffle, je demeurai là un instant. Où était-il? Après notre promenade, il avait laissé entendre qu'il apprécierait un peu de solitude.

Je pressai l'oreille contre la porte, espérant entendre un ronflement ou un autre bruit. Mais il n'y avait rien, rien que ce silence mortel.

Ellen. J'allais vérifier dans sa chambre et dans le petit salon.

Elle n'était pas dans sa chambre non plus. Remarquant que le lit était défait, je me dis qu'elle s'était allongée pour une sieste et que la nervosité l'avait obligée à se lever à nouveau. Je traversai doucement la chambre de Charlotte et découvris Alicia assise dans la berceuse.

— Avez-vous vu Ellen? Savez-vous où elle est?

Alicia secoua la tête.

— Non. Il y a un problème? A-t-on des nouvelles? Des nouvelles au sujet de Charlotte?

— Peut-être... où puis-je la trouver?

— Elle est venue ici pour prendre une photographie. Je croyais qu'elle était retournée dans sa chambre.

— Non, elle n'est pas là. J'irai voir dans le petit salon.

Elle s'était levée.

— Puis-je vous accompagner? Il *y a* un problème, n'est-ce pas?

— Oui, murmurai-je. C'est important que nous trouvions Ellen immédiatement.

L'écho de nos pas résonna dans toute la place. Je frissonnai en entendant le son. Il était sinistre et menaçant, et j'essayai de calmer le grondement de mon cœur. J'étais impatiente de parler à Ellen. Je sentais que le mal résidait à Thornleigh, il était là dans la maison, et je devais me dépêcher...

— La porte est ouverte, fit remarquer Alicia tandis que nous tournions le coin.

Le long couloir s'allongeait devant nous. De la lumière provenait du petit salon, et sa faible lueur se reflétait sur le plancher en bois. Une ombre se profila. Alicia et moi nous sommes arrêtées et sommes restées à l'extérieur tandis qu'Ellen et Harry discutaient.

— ... donner l'argent et il laissera partir Charlotte. J'ai sa parole.

— Harry, je dois en parler à la police...

— Non, pas de police. Il a été très clair là-dessus, répondit Harry.

En soupirant, Ellen traversa la pièce et se rapprocha de son bureau. Je jetai un coup d'œil du côté d'Alicia, lui signifiant que nous devions nous rapprocher de la porte.

— Pourquoi étais-tu dans le train, Harry? Je croyais que tu étais allé voir ta mère?

— Oui... mais j'ai changé d'avis, heureusement pour vous. Un instant plus tard et je les aurais manqués.

En prenant une profonde inspiration, Ellen s'assit.

— Je savais que c'étaient eux, Jack et Rosalie. Je le savais. Est-ce que Charlotte est en sécurité? Comment allait-elle? Est-ce qu'elle t'a vu?

— Oui... elle m'a vu. Elle est saine et sauve, et elle sera dans vos bras à la fin de la journée, c'est-à-dire si vous suivez les consignes.

— Oh, comme j'aimerais que Teddy soit ici!

Des larmes ruisselèrent sur son visage. Ellen sortit une clé de sa poche.

— Vous n'êtes pas seule... je suis là.

Levant son visage inondé de larmes vers Harry, Ellen se broya les mains.

— Puis-je aller avec toi ? Je veux m'assurer qu'ils vont d'abord la relâcher.

— Non. Laissez-moi régler cela avec eux. Restez ici.

Je me glissai dans la première pièce avant qu'il ne sorte en plaçant un doigt sur mes lèvres. Légèrement surprise, Alicia me suivit. Nous attendîmes que le bruit des pas s'estompe à l'extrémité du couloir.

— Je vais tout expliquer dans un instant, murmurai-je. Venez avec moi.

En entrant dans le petit salon, nous avons aperçu Ellen qui chargeait un pistolet posé sur son bureau. En observant ses lèvres serrées, je compris qu'elle avait l'intention de suivre Harry.

— N'y va pas. Laisse-moi trouver le major.

Elle nous regarda toutes les deux et sourit.

— Que voulez-vous que je fasse ? Que je reste assise ici et que j'attende pendant que ma fille est là-bas ?

Je fermai la porte.

— Écoute-moi un instant. Charlotte est en sécurité. Elle est en sécurité parce que c'est Harry qui la retient captive.

— Quoi ? Non, Harry est parti la chercher…

— Regarde ça.

Je mis brusquement la lettre sous ses yeux en prenant une profonde inspiration.

— Tu n'as probablement jamais remarqué l'écriture de Harry. Voici une lettre que tu m'as écrite alors que tu avais demandé à Harry de la poster pour toi. Est-ce que l'écriture te paraît familière?

Flageolant sur ses jambes, Ellen secoua la tête.

— C'est impossible... pourquoi Harry ferait-il une chose pareille? Il aime Charlotte...

— Et il t'aime et, par-dessus tout, il aime Thornleigh.

— Harry, répéta Alicia tout bas. Harry a enlevé Charlotte?

— Pour la ramener à Ellen. Pour donner l'impression d'être un héros, mais son projet va mal tourner.

— Non, c'est le contraire. Harry revenait à la maison. Il *les* a vus. Ils l'avaient enlevée.

— C'est ce qu'il veut te laisser croire. Tu oublies qu'il fait cela pour toi et pour Thornleigh. Il veut t'épouser, Ellen. Je le sais... parce que je l'ai entendu par hasard un jour.

J'eus la gorge serrée.

— Je suis désolée, je n'aurais pas dû surprendre votre conversation.

— Je n'arrive toujours pas à y croire, murmura Alicia. Vous dites que Harry l'a enlevée? Il la retient depuis tout ce temps?

— Oui, il a réussi d'une façon ou d'une autre à la faire sortir de la maison de mes parents. Il savait que nous allions là-bas et il savait que nous irions assister à la pièce de théâtre. Le moment idéal pour effectuer un enlèvement. La fête... plusieurs invités... c'était facile pour lui de se glisser à l'intérieur et de repérer Charlotte. Et Charlotte a confiance en lui aussi. Il a pu lui dire qu'il l'emmenait dans le parc pour voir les lumières de la nuit, et elle l'aura cru…

Ellen se leva d'un bond.

— Je dois les suivre. S'il a fait ça, comme tu dis, on ne sait pas ce qu'il peut faire.

Elle examina à nouveau l'écriture sur l'enveloppe, et une pâleur mortelle envahit ses joues.

— J'appellerai la police, offrit Alicia, en posant une main sur l'épaule d'Ellen pour la réconforter.

— Pas la police, dit Ellen en frissonnant. Pas avant que Charlotte soit revenue. Après, ça m'importe peu.

— Alicia ira chercher le major. Il saura ce qu'il faut faire.

Hésitante, Alicia s'arrêta à la porte.

— Mais êtes-vous en sécurité ici?

— Nous fermerons la porte à clé. Frappez deux fois et nous vous ouvrirons. Dépêchez-vous!

— J'espère qu'ils arriveront avant que Harry n'arrive, dit Ellen après qu'elle fut partie. Sinon, je serai obligée d'entrer dans son jeu, n'est-ce pas? Je devrai faire semblant d'ignorer ce qu'il manigance. Je ne crois pas que je pourrai le faire, Daphné. Je n'ai jamais été habile pour faire semblant.

— Oui, tu peux. Tu es plus forte que tu ne le penses.

Le silence nous enveloppa. D'angoissantes minutes s'égrenèrent comme si elles duraient des heures. Nous n'osions pas bouger ou faire un seul son.

Ellen jouait avec le pistolet sur ses genoux.

— Je ne suis pas une bonne tireuse. Et toi?

Je saisis l'arme et m'efforçai de me souvenir du maniement. Je n'avais pas été à la chasse depuis un certain temps.

— Teddy me l'a donnée le soir de nos fiançailles. Un cadeau étrange pour accompagner une bague, mais aujourd'hui je comprends. Nous étions en danger depuis le début...

Installée à son bureau, elle se redressa soudainement sur son siège.

— Quelqu'un approche...

Nous attendions toutes les deux en retenant notre souffle.

Le bruit des pas se répercuta le long du couloir. Puis ils devinrent plus rapides et plus courts. Le cœur battant, je me plaçai derrière le fauteuil.

La porte s'ouvrit brusquement.

— Maman!

Serrant Charlotte dans ses bras, Ellen sanglota, la joie se mêlant au soulagement.

— Je vous avais dit que je la ramènerais saine et sauve à la maison.

Harry souriait dans l'embrasure de la porte puis il entra, et son expression se durcit quand il me vit.

Ce n'était pas la réunion qu'il avait planifiée. Il avait imaginé Ellen seule qui lui témoignait de la reconnaissance. Comme ma présence l'empêchait de jouer les héros romantiques, je conservai ma position derrière le fauteuil, l'arme à la main.

— Maman, je suis si fatiguée, je veux juste dormir.

Ellen et moi nous sommes regardées. Ainsi il l'avait droguée pour détourner son attention.

— D'accord, ma chérie. As-tu mal ?

Laissant sa mère l'examiner sous toutes les coutures, Charlotte bâilla.

— Non, ils ne m'ont pas fait de mal.

Elle bâilla à nouveau.

— Je vais la conduire.

— Non, merci Harry. Je vais l'emmener. Nous parlerons plus tard, d'accord ?

Prenant son enfant dans ses bras, Ellen se dirigea vers la porte. Je perçus l'affolement dans son regard. Elle voulait éloigner Charlotte le plus possible de cet homme, et je devais le retenir dans la pièce. Tout en sentant le poids du pistolet dans ma main, je demandai, bien sûr, ce qui s'était passé.

— Ils ont l'argent. Ils quittent l'Angleterre.

— Vous voulez dire que vous avez l'argent.

Je levai le pistolet et le pointai dans sa direction.

— Non, dis-je, tandis qu'il approchait ses mains de ses poches. Je sais que vous l'avez fait, Harry. C'est votre écriture qui vous a trahi. Vous avez posté une lettre pour Ellen, il y a des années. *Cette* lettre.

Devant cet élément de preuve, il roula les épaules.

— Ça ne prouve rien.

— Pour Ellen, c'est une preuve. Elle vous a toujours fait confiance et elle vous a considéré comme un ami. Elle a amplement payé de retour la gentillesse que vous lui avez témoignée les premières années, mais ce n'était pas suffisant, n'est-ce pas? Vous vouliez plus. Vous êtes devenu fou d'avidité.

Un petit sourire narquois s'installa aux coins de sa bouche.

— Votre imagination, Miss du Maurier, a manifestement obstrué votre jugement.

— Ellen me croit.

— J'en doute beaucoup. Qu'avez-vous fait ici pendant tout ce temps? Conçu toutes ces absurdités? Quand suis-je devenu un scélérat dans votre livre?

— Le jour où nous sommes allés à Mevagissey. Vous avez dit que vous feriez n'importe quoi pour Ellen.

Appuyé paresseusement près de la porte, il croisa les bras, souriant toujours.

— Je ne vois pas la signification de tout cela.

— Vous vouliez Ellen et vous vouliez Thornleigh. Quand donc votre histoire d'amour avec la maison a-t-elle commencé? Quand est-elle devenue votre maîtresse? Je crois que c'est lorsque vous avez assassiné lady Gertrude. L'élimination de la vieille dame vous ouvrait bien des portes, n'est-ce pas? Vous pouviez alors exercer un certain pouvoir sur Ellen et posséder Thornleigh.

— Je vois pourquoi vous écrivez des romans. Votre tête est pleine d'absurdités.

— Une absurdité. Mais comme j'ai tout compris, j'ai pu déranger vos plans. Vous avez bien failli réussir. Certes, vous avez dû récompenser Jack Grimshaw, et cela vous a coûté une jolie somme. Ou, plus important, cela a coûté une bonne somme à Thornleigh. Vous aviez l'intention

427

de rendre l'argent. Dans votre esprit, il ne s'agissait pas d'une rançon mais d'un prêt. Dites-moi, est-ce que ce sont les véritables demandes de rançons écrites qui vous ont donné l'idée d'enlever Charlotte?

— Je ne sais pas de quoi vous parlez.

— Oh, je crois que vous le savez très bien. D'après les premières constatations des policiers, il y avait deux rédacteurs différents — deux styles d'écriture. Nous pouvons facilement écarter le premier qui correspond aux emportements de Cynthia Grimshaw. Le deuxième, encore inconnu pour l'instant, vous a donné l'idée de devenir le troisième rédacteur afin de pouvoir reprendre le contrôle d'Ellen, de Charlotte et de Thornleigh.

Un petit rire s'échappa de ses lèvres.

— Il y a quelque chose qui cloche dans votre cerveau, Miss du Maurier. Vous n'avez aucune preuve, aucun témoin, vous n'avez que votre stupide petite lettre. Qu'est-ce que ça prouve? Les policiers ne voudront pas perdre leur temps à l'examiner.

— Mais oui, nous l'examinerons, Mr Mainton.

Cette voix calme était celle de l'inspecteur James.

Un sentiment de soulagement m'envahit mais je gardai mon doigt posé sur la gâchette. Si Harry voulait prendre son arme, je serais obligée de tirer.

Tirant une paire de menottes de sa poche, l'inspecteur James dit :

— Nous pouvons agir calmement ou par la force. Je suggère fortement la première possibilité, Mr Mainton.

— Mr Mainton?

Le regard de Harry rencontra le mien. Une froideur arrogante l'habitait, et il haussa les épaules en remettant son pistolet à l'inspecteur James.

— Je n'ai rien à cacher.

Ses commentaires blasés et ses protestations quant à son innocence se répercutèrent tout le long du couloir. Suivant à distance respectueuse, je cherchais avidement tout signe de la présence du major. Où était-il?

Près de la porte de l'entrée principale, l'inspecteur James fit une pause.

— Miss du Maurier. Pouvez-vous m'aider? Les clés sont dans ma poche, à droite.

Je m'approchai en toute hâte. Il ne voulait pas abaisser son arme une seule seconde, et je compris pourquoi lorsque Harry se rua vers la porte.

Un coup de feu fut tiré. Je chancelai et m'effondrai sur le plancher, la main prise dans la poche du manteau de l'inspecteur James. Je me libérai puis je courus avec l'inspecteur.

— Retournez à la maison, dit-il en haletant.

— Je suis en meilleure forme. Je vais courir après lui.

— Non, laissez-le aller.

L'inspecteur s'arrêta près d'une haie et il extirpa un mouchoir de sa poche.

— Nous l'attraperons plus tard. Il ne peut aller loin.

Je ne voulais pas remettre en question son intelligence, mais je me dis que Harry pouvait aller très loin. Il connaissait chaque kilomètre carré de cette région. Il pouvait se cacher n'importe où.

— Est-ce vrai, inspecteur ? Est-ce que la preuve est insuffisante pour l'incriminer ?

— Nous devons faire une analyse minutieuse de l'écriture. Je pense qu'il sait qu'il existe ici de nombreux exemplaires de cette écriture correspondant à la demande de rançon.

— Il s'enfuit, c'est qu'il a quelque chose à se reprocher, n'est-ce pas ?

— Oui et non. Parfois quelqu'un s'enfuit pour d'autres raisons.

— Telles que ?

— Pour protéger quelqu'un.

— Ou un secret ?

— Ou un secret.

— Il a tué lady Gertrude. Il a tué Teddy Grimshaw aussi. C'est lui qui a le motif le plus important. Il veut Ellen et Thornleigh. Il devait faire disparaître sa mère pour qu'elle puisse hériter. Il devait éliminer Teddy afin qu'elle soit libre à nouveau. Je l'ai entendu par hasard déclarer son amour pour elle, vous savez. Elle l'a repoussé.

Il fit une pause, et ses sourcils se dressèrent brusquement sous l'effet de la surprise.

— Quand cela a-t-il eu lieu ?

— Il y a quelques semaines. Son refus l'a peut-être incité à organiser l'enlèvement.

— Pour gagner le cœur de la veuve.

— Vous devez l'avouer : c'est un plan brillant. Jamais je n'aurais cru qu'il puisse faire une chose pareille. Il a sauvé Ellen. Il l'a soutenue.

— Oui, mais si ce soutien incluait la mort de lady Gertrude, il était perverti. Ce n'était qu'une question de temps pour que sa laideur se manifeste à nouveau.

Debout aux pieds des marches, à l'extérieur de Thornleigh, je regardais fixement vers les bois.

— Il n'est pas loin d'ici et il est en colère.

— Ne vous en faites pas, Miss du Maurier. Nous sommes là.

— J'aimerais être aussi confiante que vous, inspecteur.

CHAPITRE TRENTE-SIX

De retour à la maison, je demandai où se trouvait Alicia.

— Elle est à l'étage avec Miss Charlotte, miss, murmura une domestique.

Celle-ci était encore abasourdie par le drame qui s'était déroulé au cours des deux dernières heures.

— Avez-vous vu le major ?

— Non, miss.

En montant l'escalier, je fléchis ma main droite pour l'assouplir. La fouille que j'avais dû effectuer dans la poche de manteau de l'inspecteur avait provoqué une tension des muscles de ma main.

Je frappai à la porte de la chambre de Charlotte.

Des voix basses m'accueillirent. Après s'être assurée de mon identité, Ellen m'ouvrit. Elle paraissait tendue et effrayée, et je la mis au courant des derniers événements.

— Harry, répéta-t-elle en reprenant son siège. Quel monstre s'est emparé de lui ? Il a toujours été si bon pour nous.

— L'avidité. Je crois qu'il a assassiné ta mère aussi.

— Oui, murmura-t-elle. Je sais. Je n'ai jamais voulu l'admettre. Nous avons eu une conversation le jour où elle est décédée... Je me souviens, j'étais debout près du rosier. Maman avait été particulièrement méchante. Il m'a surprise alors que je pleurais, et je me souviens avoir dit : «Je souhaite qu'elle meure.» Plus tard, quand ils l'ont mise en terre, je me suis demandé si l'expression de mon désir avait entraîné sa réalisation. L'enquête n'a rien révélé et donc, nous n'avons jamais reparlé de ma mère, mais au fond de mon cœur j'ai toujours soupçonné Harry d'avoir échangé ses comprimés. Et elle, sans le savoir, a avalé le médicament qui lui a été fatal.

À l'extrémité de la pièce, Alicia écoutait calmement. Elle secoua la tête.

— Son décès a facilité votre vie, n'est-ce pas?

Ellen acquiesça sans hésitation.

— On ne peut accepter que des gestes répréhensibles soient posés, mais on peut comprendre, dis-je. Alicia, êtes-vous allée voir si le major était dans sa chambre?

— Oui, mais il n'était pas là.

Ellen frissonna.

— Où est-il et où est l'agent Heath? Je ne me sens pas assez en sécurité pour quitter cette pièce.

— Reste ici. Je vais descendre. Nelly sait peut-être où ils sont.

La présence du pistolet le long de ma jambe me donnait le courage d'effectuer des recherches dans la maison. L'inspecteur James avait promis de demeurer dans les environs et de téléphoner pour faire venir d'autres agents. Compte tenu de la taille de Thornleigh et de la connaissance intime que Harry avait des lieux, il était possible qu'il revienne. Pour trouver de l'argent peut-être, des papiers ou d'autres effets personnels. Son désir d'échapper aux policiers rendait mes déplacements dangereux. Harry ne m'aimait pas. Il n'aimait pas que je sois proche d'Ellen. Et il n'aimait certainement pas que je dévoile sa véritable personnalité.

Si je n'avais pas découvert la vérité, il serait peut-être parvenu à persuader Ellen, à lui faire la cour et la décider à l'épouser. Elle n'aurait jamais su que c'était lui qui avait enlevé sa fille.

À mon grand soulagement, je parvins à me rendre à la cuisine sans problème.

— Ça par exemple!

Nelly leva les yeux.

— Quel minable. J'ai toujours pensé qu'il avait la grosse tête et qu'il était trop proche de Miss Ellen. Ce n'était pas correct. Harry avait des visées sur elle, je dirais, depuis un certain temps. Il a tué Mr Grimshaw. C'est pour ça qu'il s'est enfui. Il sait que nous sommes sur sa piste.

J'esquissai un petit sourire.

— Nelly, vous comprenez bien ce qui se passe. Mais aussi longtemps que Harry sera libre, nous serons en état de siège, à défaut d'un meilleur terme.

— En état de siège.

Elle saisit un hachoir.

— Que puis-je faire pour vous aider?

En abaissant son arme, je réprimai un sourire.

— Il est dangereux, et il vaut mieux laisser la police s'en occuper. Au fait, avez-vous vu le major?

— Il est parti avec l'agent Heath. Un tuyau quelconque, j'imagine. Comment va Miss Ellen? Est-elle effrayée? Je vais monter et m'asseoir devant sa porte.

— C'est très gentil, mais je pense que c'est préférable que vous restiez ici et agissiez comme d'habitude. Si Harry revient et qu'il croit que tout le monde accomplit ses tâches habituelles, nous aurons plus de chances de le capturer. L'inspecteur James attendra dans le bureau de Harry. Nous pensons qu'il ira dans cette pièce.

— Quel démon! Enlever Miss Charlotte comme ça. Pourtant, quand on les voyait ensemble, on était sûr qu'il l'aimait!

— Il aime Thornleigh encore plus.

— Ce n'est pas normal d'aimer une maison.

Oui, mais je pouvais comprendre une telle obsession. Il était peut-être plus facile d'aimer une maison qu'une personne. Une maison pouvait se détériorer mais elle demeurait d'une loyauté à toute épreuve.

Ne sachant pas quoi faire, je demandai qu'on prépare le thé de l'après-midi et l'apportai à l'inspecteur.

— Voulez-vous prendre une tasse avec moi? proposa-t-il. L'écriture sur l'enveloppe correspond à celle de ce grand livre. Je devrais vous engager. Vous avez du talent pour la chasse aux criminels.

— Merci.

— Et qu'avons-nous ici ?

Il examina les aliments sur le plateau, et son visage s'éclaira sous l'effet de la jouissance anticipée.

— Des chocolats aux cerises et des biscuits au citron. Nelly ne connaissait pas vos préférences.

— Des chocolats aux cerises et vous, Miss du Maurier ?

— La même chose.

Je souris et en choisis un.

— Pensez-vous vraiment qu'il reviendra ici ?

— Et bien, il aura un mal fou à enlever ces menottes sans la clé. Et il ne peut s'éloigner de la maison.

— Mais il doit savoir que nous l'attendons ici.

— Oui, mais selon mon expérience, il voudra courir ce risque.

— Pourquoi êtes-vous aussi sûr ? Il a l'argent.

— L'argent, Miss Daphné, est la clé. Et il y a un homme qui se croit assez chanceux pour nous échapper.

— Vous parlez de Jack Grimshaw ?

En consultant sa montre, l'inspecteur engloutit le dernier morceau de chocolat.

— À l'heure actuelle, nous devrions l'avoir interpellé. En fait, concéda-t-il, le major Browning doit l'avoir arrêté. Quelqu'un nous a indiqué l'endroit où se trouvait Mr Grimshaw. Nous voulions l'interroger depuis un certain temps mais il s'est toujours organisé pour nous éviter. Pas cette fois, je crois.

— Détenir une personne en garde à vue ne signifie pas qu'elle va parler. Qui l'a trahi ?

L'inspecteur eut un petit sourire satisfait.

— Voulez-vous essayer de deviner ?

Je réfléchis un instant.

— Il ne s'entend pas avec son cousin Dean Fairchild ; alors ce n'est pas lui.

— Ici vous vous trompez. Il semble que Mr Grimshaw ait volé des deux côtés, comme l'a attesté Mr Fairchild. La vente de renseignements constitue un jeu dangereux. Disons que ce jeu s'est retourné contre lui et que ses anciens employeurs souhaitent qu'il soit mis sous les verrous.

— Salinghurst... le comte et les autres.

— Oui. Ils disent qu'ils ont engagé Jack Grimshaw pour persuader la veuve de son oncle de se départir de ses actions. Le terme *persuasion* est utilisé dans son sens large. Je crois que vous comprenez ce que je veux dire.

— Les attaques... dans les bois et les chocolats...

— Nous avions des soupçons mais pas de preuves. À présent nous en sommes convaincus, car une femme l'a fait parler.

Je le regardai fixement.

— Rosalie ? Elle l'a livré à la police ?

— Exactement. Il semble que le peu de temps qu'elle a passé avec sa sœur l'a encouragée à faire volte-face. Le major Browning et l'agent Heath la ramèneront ici.

Je me levai.

— Je dois prévenir Ellen... Je dois la préparer. Rosalie n'est pas la personne qu'elle paraît être.

— Non, en effet. Moi-même, je lui ai parlé au téléphone. Elle dit qu'elle ne connaissait qu'une petite partie de la vérité. Je lui en ai fait connaître davantage.

— Ceci ne nous permet pas de comprendre qui a tué sa mère.

L'inspecteur soupira.

— Nous ne saurons peut-être jamais ce qui s'est passé, je le crains. La ville est trop occupée pour s'intéresser à ce cas. Il sera probablement classé comme non résolu.

Il fit une pause et me regarda.

— Quelque chose vous dérange, Miss du Maurier?

— Je n'aime pas les cas non résolus.

— Et pourtant, il arrive parfois dans la vie qu'on ne sache pas si une personne est bonne ou mauvaise. Vous dites que vous aimez écrire des livres. Pourquoi n'écririez-vous pas un livre dans lequel on ne saurait pas si le personnage principal est bon ou mauvais? Rendez le personnage lui-même non résolu. Un concept intéressant, n'est-ce pas?

C'était une excellente idée. Je sortis et allai griffonner quelques notes à ce sujet dans mon journal. J'écrivis. *Une veuve. Une riche veuve. Son mari est décédé mystérieusement. Est-elle bonne ou mauvaise? Est-elle innocente ou coupable?* De plus, j'avais un nom. *Ellen…, non, Rachel. Oui, Rachel.*

Je convainquis Ellen de descendre pour le dîner.

Après avoir posté un autre agent dans le bureau de Harry, l'inspecteur James s'assit avec nous.

— Je souhaite rendre les lieux aussi invitants que possible afin que Mr Mainton décide d'entrer dans la maison; et c'est pourquoi nous avons posté deux hommes dans le parc et deux autres à l'intérieur de la maison. Mesdames, s'il vous plaît, veuillez vous retirer dans vos chambres et fermer la porte à clé.

— Pourquoi oncle Harry est-il mauvais ? demanda Charlotte à sa mère. Il est toujours gentil avec moi. Nous devions aller au bord de la mer. Il a dit qu'on te retrouverait là-bas, maman.

Ellen échangea des regards avec nous tous et soupira.

— Parfois, chérie, l'esprit d'une personne devient malade. Harry est malade.

En fronçant les sourcils, Charlotte examina cette réponse.

— Pouvons-nous lui donner un médicament pour le soigner, maman ?

— Nous le pouvons. C'est pour ça que l'inspecteur James est ici. Il emmènera Harry se faire soigner.

— Oh.

Charlotte gratifia l'inspecteur d'un charmant sourire avant de revenir à sa mère.

— Mais peut-être qu'oncle Harry ne veut pas prendre son médicament et que c'est pour ça qu'il s'est enfui ?

— Mais chérie, tu sais ce qui arrive quand tu ne prends pas ton médicament. Il faut que Harry prenne le sien, c'est important.

— S'il déteste prendre son médicament autant que moi, il entrera en passant par la place secrète.

Laissant tomber sa cuillère, Ellen regarda fixement son enfant.

— Quelle place secrète ?

Charlotte détourna son regard.

— C'est notre secret, maman. À moi et à oncle Harry.

Se jetant à ses genoux, Ellen supplia sa fille.

— Chérie, tu dois me montrer cette place. À moi et à l'inspecteur James. C'est très important que nous aidions Harry pendant que nous pouvons le faire. Où est-ce?

Charlotte n'était pas vraiment convaincue.

— Tu penses que tu manques à ta promesse en nous en parlant mais ce n'est pas le cas, chérie. Où se trouve cette place secrète?

— Je vais vous la montrer, dit-elle finalement.

Tandis que nous quittions en file la salle à dîner, un silence étrange s'installait dans la maison. Pendant que l'inspecteur James, Ellen et Charlotte se dirigeaient vers le couloir du côté est, instinctivement, je me dirigeai vers l'ouest.

Le faible éclairage guidait mes pas. C'était l'heure du dîner, et je me dis que les domestiques devaient être à table après avoir servi leur maîtresse. Ne voulant pas s'éloigner de Charlotte, Alicia suivit les autres, et je me demandais si je n'aurais pas dû faire la même chose.

L'étrange silence semblait s'alourdir dans l'air estival. C'était une magnifique soirée : calme, chaude, et le seul son que j'entendais était le bruit de mes chaussures sur le vieux plancher de bois. J'avançais machinalement tout en enlevant ma veste à cause de la chaleur.

L'aile ouest se dressait devant moi. Bizarre, j'avais toujours trouvé que c'était la partie la plus froide de la maison. Je passai devant l'armure de chevalier qui se trouvait dans le vestibule, ouvris la porte donnant sur la partie la plus ancienne du manoir et j'eus le souffle coupé.

Le feu... le feu était partout.

J'essayai de reculer mais il était trop tard. Les flammes m'attaquaient, m'entouraient tout en poursuivant leur destruction implacable de la bibliothèque. Debout, au milieu de toute cette destruction, je ressentis une immense tristesse au plus profond de mon être en observant les flammes lécher tous ces livres magnifiques. Des livres irremplaçables... détruits à présent dans une chaleur infernale.

La chaleur brûlait mes chaussures, et je sautais d'une pierre à l'autre. La moquette et les fauteuils étaient en feu, et une poutre qui craquait se délogea et tomba entre les murs. Esquivant l'une d'elles, je formulai rapidement une prière. *Oh, s'il vous plaît, s'il vous plaît, sauvez-moi, quelqu'un...*

Je me protégeai le visage avec ma veste. Je ne pouvais plus respirer. Il n'y avait pas d'air. Je me sentais faible, j'étais sur le point de m'évanouir. Je mourais d'envie d'avoir de l'eau. De l'eau, beaucoup d'eau. Le feu faisait rage, il m'enveloppait. J'essayai de sortir de la pièce mais je ne pouvais trouver la porte. Où était la porte?

Désespérée, je courus de l'autre côté et j'entendis les fenêtres se briser en éclats. Les vitres éclataient en produisant un son incroyablement perçant, et je posai mes mains sur mes oreilles. Je ne pouvais supporter ce bruit.

— Daphné!

Quelqu'un jeta un tissu mouillé sur ma tête.

— Daphné, je suis là, mais tu vas devoir sauter.

Le major. J'aurais pleuré de soulagement.

— Sauter? répétai-je sans oser regarder.

— Ne regarde pas en bas. Je ne te laisserai pas.

L'autorité qui perçait dans sa voix devint un ordre. Nous n'avions pas le temps de discuter. Il me dit de sauter maintenant. Lui faisant entièrement confiance, je m'enveloppai dans son manteau, fermai les yeux et sautai.

J'atterris sur l'herbe, son manteau grésillait autour de moi; je regardai fixement la maison.

— Oh non...

Il m'enleva le manteau et examina mes cheveux, mon visage, mes mains, mes pieds, en fait, chaque partie de mon corps. Soumise à ses soins attentifs et, lisant la terreur dans ses yeux, je souris.

— Tu es venu pour moi...

Il avait le visage couvert de fumée noire.

— Bien sûr, je suis venu pour toi. Tu n'as pas idée à quel point j'ai eu peur... Je descendais la colline en voiture et, après avoir effectué le virage, j'ai aperçu la lueur orange dans le ciel. Je me suis dit : «Non, ce n'est pas l'holocauste. C'est Thornleigh!»

— C'était...

Et je le dis d'un air malheureux, en voyant le feu se répandre d'une extrémité à l'autre de la demeure.

— C'était Harry...

— Il est mort. J'ai vu son corps... ou ce qu'il en reste.

Je frissonnai. S'il ne pouvait avoir Thornleigh, alors personne ne l'aurait.

— Les autres… ?

— Ils sont en sécurité. Viens, mon ange, c'est le feu le plus dispendieux que tu auras jamais vu.

Il m'emmena dans une clairière près des bois mais je n'osais pas regarder. Je considérais le grand manoir comme une personne et je ne supportais pas de le voir souffrir. Des générations traversant l'histoire, disparues. Des biens d'une valeur inestimable, détruits. Et la demeure, la demeure d'Ellen qui lui avait été enlevée en une nuit.

Thornleigh, perdu pour toujours.

CHAPITRE TRENTE-SEPT

— Cette demeure est destinée à devenir une maison fantôme. Les gens viendront visiter ses ruines...

Une semaine plus tard, alors que nous étions à Fowey, assises sur le balcon de notre maison de campagne donnant sur la rivière, Ellen trouva la force d'accepter la tragédie.

— Je n'ai pas les moyens de la réparer. Elle devra rester ainsi, une ruine désolée, inhabitée.

— Je suis désolée, murmura Rosalie qui partageait à présent la douleur d'Ellen et de Charlotte.

Après avoir mis le passé de côté, Rosalie avait accepté de venir avec nous à Ferryside.

— Rien n'a pu être sauvé, dit Ellen en essuyant une larme. Rien.

— Tu as des souvenirs, lui rappela mon père.

— Et des photographies, fit remarquer Charlotte. Nous avons des photographies de Thornleigh, maman. Nous avons même des cartes postales.

Nous nous sommes tous regardés en souriant.

— Des cartes postales, répéta Ellen. Je ne sais plus quoi faire à présent. Thornleigh a toujours été ma vie...

— Non, Charlotte est ta vie, dit ma mère. Et à présent, tu as ta belle-fille. Vous avez toutes subi une perte. Vous pouvez peut-être rebâtir quelque chose ensemble?

— Oh oui, maman, pouvons-nous aller en Amérique? Rosalie dit que la maison de grand-maman est aussi grande que Thornleigh.

— Elle n'est pas aussi ancienne, ajouta Rosalie, mais c'est une demeure historique, et papa y a grandi.

— Oh, pouvons-nous y aller, maman? *S'il vous plaît.*

En regardant sa fille qui la suppliait avec une telle intensité, Ellen sourit.

— Peut-être.

— C'est la meilleure idée dans les circonstances, chère Ellen, dit mon père. Éloignez-vous de toutes ces absurdités. Quand vous serez prête, revenez. L'air frais de la mer vous fera le plus grand bien à toutes. Et vous avez un excellent guide en la personne de Rosalie. Elle connaît la ville et les gens.

— Et les parents.

Rosalie roula les yeux.

— Nous ne pourrons pas tous les éviter, je le crains, n'est-ce pas Alicia?

J'observai les deux cousines. Après l'incendie, faire la paix n'avait pas été facile pour elles. Mais Rosalie avait changé depuis qu'elle était en Angleterre. Le décès de sa mère lui avait permis de faire ses propres choix; en outre, elle avait gagné une plus grande liberté en envoyant en prison le cousin Jack, qui n'était plus Jack le chanceux à présent.

— Ainsi, nous irons en Amérique *après* le bal, dit Alicia un peu plus tard.

Elle m'avait demandé la permission de visiter ma chambre et, en jetant un coup d'œil par la fenêtre, elle ajouta :

— La vue est belle. Écrirez-vous votre livre dans cette pièce?

— Oui. Enfin, je l'espère. Il y a tellement d'idées qui me trottent dans la tête que je ne sais pas par quel livre commencer!

— Vous devez les classer. Chaque histoire devrait avoir son propre carnet de notes. Quand vous avez une idée, inscrivez-la mais concentrez-vous sur une seule histoire à la fois.

Je l'observai tandis qu'elle était près de la fenêtre. Elle était jeune et pourtant elle paraissait vieille.

— Alicia, aviez-vous déjà pensé que cela puisse se terminer ainsi?

— Se terminer comment?

— L'entente entre Ellen, Rosalie et Charlotte. Elles avaient très peu de chances d'y arriver.

Le regard toujours fixé sur la rivière, Alicia sourit légèrement.

— Oncle Teddy souhaitait que cela se produise.

— C'est presque miraculeux.

Elle haussa les épaules et dit en se retournant :

— Peut-être pas.

Puis elle sortit de la pièce.

Je venais de recevoir la réponse que je cherchais. Elle avait tué Cynthia Grimshaw. La voix de femme qu'Emmy, la femme de chambre du Claridge, avait entendue était la sienne.

En frissonnant, je me souvins qu'elle n'avait manifesté aucune surprise lorsque nous avions lu l'article de journal concernant le meurtre. Ellen s'occupait de Charlotte cet après-midi-là... Alicia était libre. Quelle avait été sa première intention ? Avait-elle voulu faire entendre raison à une femme — sa tante — qui la remarquait à peine ?

Mais je savais une chose. Des personnalités telles que celle d'Alicia Brickley, très secrète, ne dévoilaient jamais leurs motifs. Quels que soient les événements qui s'étaient déroulés cet après-midi-là, ils avaient permis à Rosalie d'accomplir sa propre destinée.

Alicia Brickley, une meurtrière.

Mais une meurtrière pour de bonnes raisons ?

— Dissimuler des informations, Miss du Maurier, est une grave infraction.

— Je n'appellerais pas cela exactement des informations, inspecteur James. Disons plutôt une déduction logique.

— Oui, mais vous avez réussi à faire parler Olivia, la femme de chambre. Mon assistant n'y est pas parvenu.

— Elle était effrayée, et je suis moins redoutable qu'un officier de police.

Mon interlocuteur téléphonique se mit à rire.

— Adieu, Miss du Maurier. J'espère que nos chemins ne se croiseront plus.

— J'espère qu'ils le feront. Bonne journée, inspecteur.

Je sentis la présence du major avant qu'il ne s'approche de moi. Je souris lorsqu'il posa sa main sur mon poignet et je déposai le combiné.

— Jack Grimshaw restera en prison un certain temps... mais le mystère de la mort de Teddy Grimshaw demeure entier.

En caressant ma tempe, il grogna :

Ton esprit ne se repose donc jamais ?

— Pas quand il y a des questions sans réponses. Tu ne t'interroges pas ?

— Le temps, ma chère petite, permet de résoudre les mystères. Laisse-le faire. Je ne veux pas que ta mère — ou la mienne d'ailleurs arrange nos fiançailles et le mariage.

— Mariage, murmurai-je en passant mes mains autour de son cou. C'est une activité intéressante, que je peux...

Il arrêta ma bouche avec un baiser. Le premier d'une longue série et, pour une fois, mon esprit devait s'arrêter.

ÉPILOGUE

L'année suivante, je reçus une lettre timbrée en Amérique.

Ma chère Daphné,
Merci de m'avoir invitée à tes fiançailles.
Malheureusement, nous ne retournerons pas en
Angleterre avant un certain temps. Charlotte et moi
nous adaptons très bien au climat de cette partie du
monde. La mère de Teddy nous a accueillies à bras
ouverts, et nous formons une curieuse petite famille
— Charlotte, Rosalie, Alicia et moi. Je suis bien réso-
lue à assister au mariage des filles, et c'est pourquoi
nous reviendrons peut-être la saison prochaine.

Mais comme tu sais, il y a des souvenirs désa-
gréables à la maison. Chaque jour je pense à Teddy
et aujourd'hui, ma chère Daphné, je veux te parler
de lui. Teddy m'a écrit avant sa mort et il a laissé
une lettre à ses notaires. Il leur a demandé de me la
remettre un an après son décès.

Ma chère Daphné, il avait un cancer. Il l'avait
appris deux semaines avant notre mariage. Il a écrit:
«Je ne peux accepter, ma très chère amie, que tu sois

obligée de prendre soin d'un vieil homme ou de payer pour mes erreurs. Je t'aime, Teddy.» Par erreurs, il voulait dire que, s'il avait vécu, il aurait perdu sa fortune. Il s'est enlevé la vie, Daphné. Et Alicia le savait. Elle m'a tout raconté. Comment son oncle lui avait demandé de ne rien révéler avant qu'une année se soit écoulée après son décès, et comment elle a acheté la ciguë qu'il a prise le jour de notre mariage.

Nous gardons le secret. Cela ne servirait à rien de diffuser cette nouvelle mais j'ai pensé que tu aimerais savoir...

Ton amie pour toujours,
Ellen

P.S. : Je rêve de Thornleigh chaque nuit. Je rêve que je traverse les grilles en voiture et que je parcours l'allée sinueuse jusqu'à notre maison. Je ne peux l'oublier. S'il vous plaît, Daphné, fais-la revivre dans l'un de tes livres. Elle continuera peut-être à exister dans ces pages.

Je scellai la lettre et la brûlai comme elle me le demandait, puis je pris sur mon bureau la carte postale représentant Thornleigh. Je m'ennuyais beaucoup de cette vieille demeure et je souffrais au plus profond de mon cœur. Quel dommage qu'elle n'ait pas survécu à l'incendie.

Fais-la exister dans ces pages.

Je pris une feuille de papier vierge, fis une esquisse de Thornleigh et renommai le domaine.

Manderley.

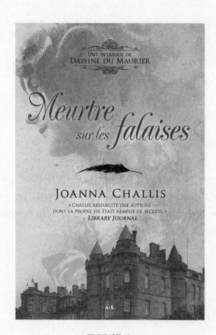

TOME 1